光盘界面

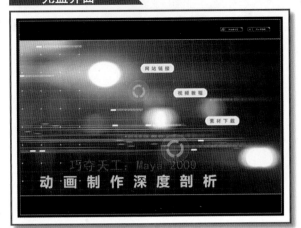

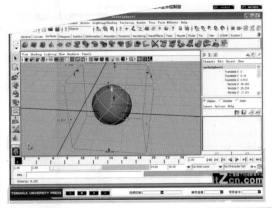

案例欣赏

素材下载

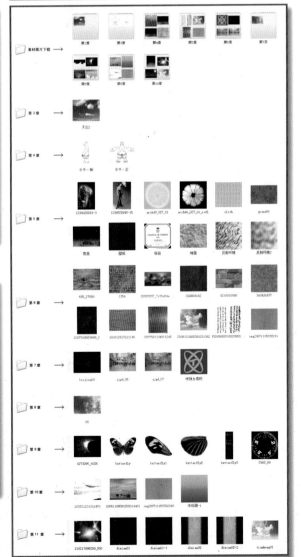

视频文件

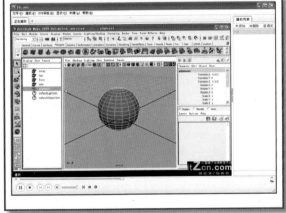

>>>休闲摇椅

>>>花瓶展示

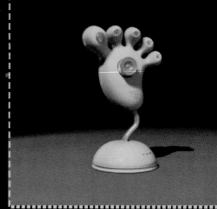

>>>大脚丫摄像头

>>>咖啡壶

>>>笔触

LOGO 招 贴

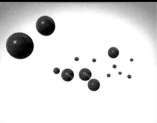

>汇智科技-粒子运动镜头1　　>汇智科技-粒子运动镜头2　　>汇智科技-粒子运动镜头3　　>汇智科技-粒子运动镜头4

>游戏场景　　　　　　　　　　　>游戏场景（1）　　　　　　　　>游戏场景（2）

→ 矮人小屋

三点照明↑

光效 →

↓ 幽灵之地

← 夜景

宁静一角（1）

宁静一角

蝴蝶飞舞

海底世界

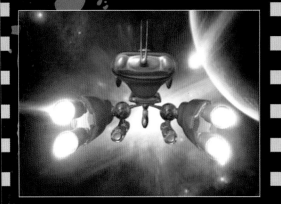

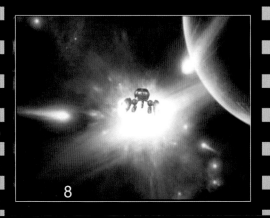

Maya

>>>特效

>>>吧台一角

>>>水果写实

含 **DVD** ROM 全彩印刷

光盘内容：

- 18 段全程配音教学视频
- 30 个书中实例完整文件

韩翠英　张巍屹　等编著

巧夺天工

Maya 2009 动画制作 深度剖析

清华大学出版社

内 容 简 介

本书采用基础理论和实例相结合的方式讲解Maya 2009的功能，帮助读者真正掌握Maya建模和动画、特效等制作功能。本书共12章，介绍了产品造型设计、角色造型设计、材质和贴图技术、灯光技术、栏目包装动画设计、Maya变形技术、常用动画技术、动画—粒子应用技术、特效—流体和笔触等内容。本书最后介绍了两个综合开发案例。本书结构清晰、叙述流畅，结合丰富的实例介绍了使用Maya进行动画开发的内容。本书部分章节采用全彩印刷，附带了大容量的DVD光盘，提供丰富的练习素材和操作视频。

本书适合三维造型、动画设计、影视特效和广告创意方面的初中级读者使用，也可以作为高等院校电脑美术、影视动画等相关专业及社会各类Maya培训班的教材。

本书封面贴有清华大学出版社防伪标签，无标签者不得销售。

版权所有，侵权必究。侵权举报电话：010-62782989　13701121933

图书在版编目（CIP）数据

巧夺天工：Maya 2009动画制作深度剖析/韩翠英等编著.—北京：清华大学出版社，2010.2
ISBN 978-7-302-20718-4

Ⅰ.巧… Ⅱ.韩… Ⅲ.三维—动画—图形软件，Maya 2009 Ⅳ.TP391.41

中国版本图书馆CIP数据核字（2009）第141395号

责任编辑：冯志强
责任校对：徐俊伟
责任印制：何　芊
出版发行：清华大学出版社　　　　　　　　　　地　　　址：北京清华大学学研大厦 A 座
　　　　　http://www.tup.com.cn　　　　　　　邮　　　编：100084
　　　　　社　总　机：010-62770175　　　　　邮　　　购：010-62786544
　　　　　投稿与读者服务：010-62776969，c-service@tup.tsinghua.edu.cn
　　　　　质 量 反 馈：010-62772015，zhiliang@tup.tsinghua.edu.cn
印 刷 者：北京市世界知识印刷厂
装 订 者：三河市新茂装订有限公司
经　销：全国新华书店
开　本：190×260　印　张：23.25　插　页：4　字　数：635 千字
　　　　附光盘 1 张
版　次：2010 年 2 月第 1 版　　　印　　次：2010 年 2 月第1 次印刷
印　数：1～5000
定　价：79.80 元

本书如存在文字不清、漏印、缺页、倒页、脱页等印装质量问题，请与清华大学出版社出版部联系调换。联系电话：(010)62770177 转 3103　　产品编号：028168-01

PREFACE 前言

Maya作为三维动画软件的后起之秀，深受业界欢迎和钟爱。Maya集成了AliasWavefront最先进的动画及数字效果技术，它不仅包括一般三维和视觉效果制作的功能，而且还结合了最先进的建模、数字化布料模拟、毛发渲染和运动匹配技术。Maya因其强大的功能在3D动画界形成巨大的影响，已经渗入到电影、广播电视、公司演示、游戏可视化等各个领域，且成为三维动画软件中的佼佼者。

1. 本书主要特色

市场上有各种Maya动画开发与影视制作的图书，编者希望编写一本内容专业、实例效果精美而丰富的全彩图书。本书采用基础理论和实例相结合的方式讲解了Maya的功能，使读者在了解软件理论知识的基础上，通过具体实践加深理解所学到的知识，真正掌握Maya建模和动画、特效等制作的能力。本书主要特色如下。

>> 内容专业、实例制作精美。本书全面介绍了Maya动画开发与影视制作知识，实例的制作过程展示了Maya命令及工具的运用。

>> 实例操作和应用。本书利用典型案例引导读者巩固所学内容。在每章的合适位置都提供了知识模块，利用综合性的案例来提高读者对Maya的综合操作能力，还为用户的设计工作提供新思路。

>> 改变传统的分章模式，各章内容紧扣主题，能够深入地剖析Maya实例制作的方法以及技巧。

>> 图书采用全彩制作，图文并茂，版式风格活泼、紧凑美观，完美地展现了Maya精美的实例效果。

>> 目录和前言部分也精心设计了配图，采用了杂志版式风格，使得本书进一步摆脱枯燥的说教色彩，更加生动活泼。

本书配套的光盘中包括全书所有实例制作时用到的素材、完成效果图与最终完成文件。读者在阅读本书时可直接打开这些文件，进行临摹学习。本书为实例配备了视频教学文件，读者可以通过视频文件更加直观地学习Maya 2009动画开发与影视制作知识。

2. 本书主要内容

本书通过理论结合实际操作的方法，深入浅出地介绍Maya的应用。本章的知识结构简介如下。

第1章　走进Maya 2009。介绍Maya 2009的基本功能、新增功能、软件的基本操作知识以及一些操作的技巧、典型方法等。

第2章　产品造型设计——NURBS建模技术和细分建模技术。介绍Maya的两种建模方法，即NURBS建模和细分建模，包括曲线编辑、曲面成形、细分面建模概要等。

第3章　角色造型设计。介绍Maya的多边形建模，包括角色的设计构思、布线的技巧、常用的多边形建模技术，并在本章中为读者提供了一个角色的详细构建方法。

第4章　质感表现研究——材质和贴图技术。介绍Maya的材质与贴图技术，包括材质物理属性分析、贴图的功能、节点的概念、常用的材质节点以及贴图的使用方法等。

第5章　灯光照明剖析——灯光技术。介绍Maya中的灯光照明技术，包括灯光的布置理念、夜景的布置方法、如何使用灯光雾、数字光学特效、典型照明的布置方法等。

第6章　栏目包装动画设计——基础动画。本章以影视应用为主线，以基础动画为基础，介绍Maya的基础动画，并向读者提供了面向影视开发的基础知识，包括栏目包装动画的设计流程、动画知识要点、影视动画开发技巧、Maya曲线编辑器的使用方法等。

第7章　Maya变形技术。Maya变形技术是高级动画的应用，它通常被应用在角色动画当中，尤其是面部表情动画。本章向读者介绍了面部表情的几种实现方法、动物的运动规律等知识。

第8章　常用动画技术。本章介绍了Maya中的一些常用的动画设计方法，包括路径变形、快照动画、约束动画等。

第9章　动画——粒子应用技术。介绍Maya的粒子系统，包括常用的几种粒子发射器的创建方法、粒子属性的设置方法、粒子碰撞、影视中粒子的应用等知识点。

第10章　特效——流体和笔触。流体主要用来计算那些没有固定形态的物体在运动中的受力状态。Maya的Paint Effect工具是一个非常方便且适用的工具，使用它可以绘制二维或三维物体。本章介绍3D流体和2D流体的使用方法、常用笔触特效的应用方法等知识点。

第11章　综合案例——游戏场景。本章综合了全书的知识点，通过具体的实例效果，向读者传授了游戏场景的开发概念。

第12章　打造炫场时空。本章介绍了影视栏目包装，这个实例大量应用了Maya中的基础动画，最重要的是通过该实例向读者讲授了栏目包装方面的知识。

3. 本书读者对象

本书的内容从易到难，将案例融入到每个知识点中，使读者在掌握理论知识的同时，动手能力也得到同步提高。本书适合三维造型、动画设计、影视特效和广告创意方面的初中级读者使用，也可以作为高等院校电脑美术、影视动画等相关专业及社会各类Maya培训班的基础教材。

参与本书编写的除了封面署名人员外，还有王健、张勇、冯冠、刘好增、赵俊昌、王海峰、祁凯、孙江玮、田成军、刘俊杰、王泽波、张银鹤、阎迎利、何方、李海庆、王树兴、朱俊成、康显丽、崔群法、孙岩、秦长海、宋素萍、倪宝童、王立新、温玲娟、于会芳、赵喜来、杨宁宁、郭晓俊、方宁、牛丽萍、郭新志、王黎、安征、亢凤林、李海峰等。由于时间仓促，作者水平有限，书中不足之处在所难免，欢迎读者朋友登录清华大学出版社的网站www.tup.com.cn与我们联系，帮助我们改进提高。

编者
2009年5月

CONTENTS 目 录

第1章　走进Maya 2009

第2章　产品造型设计——NURBS和细分建模技术

第3章 角色造型设计

第4章 质感表现研究—— 材质和贴图技术

第5章 灯光照明剖析—— 灯光技术

第1章

走进Maya 2009

　　Maya是当前世界上最为流行也是最为优秀的三维动画制作软件之一，Maya凭借其强大的功能、友好的界面和丰富的视觉效果，一经推出就引起了动画和影视界的广泛关注。它集成了最先进的动画及数字效果技术，不仅包括一般三维和视觉效果制作的功能，而且还结合了最先进的建模、数字化布料模拟、毛发渲染和运动匹配技术。Maya的功能完善、工作灵活、易学易用、制作效率高、渲染真实感强，使其成为电影级别的高端制作软件。

1.1 初识Maya 2009

Maya由于其优异的三维制作功能广受青睐，在短短的几年内不断推出新的版本。现在的Maya 2009在原有版本的功能上又一次产生了飞跃，为广大的影视广告设计人员、三维动画制作人员、影视制作人员提供了更加强大的支持，为开拓思维开辟了更大的空间。本章将带领读者认识Maya 2009，并向读者介绍Maya 2009的详细知识，为用户的实际应用指引方向。

1.1.1 应用领域

Maya作为三维动画软件的后起之秀，深受业界欢迎和钟爱，从诞生之日起就参加了许多国际大片的制作，如《金刚》、《星战前传》、《精灵鼠小弟》、《汽车总动员》等。Maya的应用领域也非常广泛，包括专业的影视角色动画、电影特技、影视广告、游戏开发等。本节将对这些领域做简要介绍。

1. 影视角色动画

使用Maya能够制作出以假乱真的影视角色，写实能力非常强悍，能够轻而易举地表现出一些结构复杂的形体，并且能够渲染出惊人的真实效果。图1-1所示的是典型电影《加勒比海盗》和《金刚》的两个剧照。

在超现实的三维世界，任何一个被赋予生命的物体都可以称之为角色，Maya软件在角色动画的绑定技术上堪称一流，无论是卡通角色还是机械角色，也无论是多么复杂的动作，它都能出色地完成任务，图1-2所示的是《马达加斯加》和《变形金刚》中的两个角色。

图1-1 超写实角色

2. 影视特效

三维影视特效包含的范围很广，如爆炸、火焰、暴风雪等，都是比较常见的特效形式，使用Maya的粒子系统、流体技术等特效模块以及扩展平台的应用，可以创建出真实的自然现象和一些匪夷所思的特效场景，如图1-3所示的电影剧照的特效场景。

图1-2 卡通和机械角色

图1-3 电影剧照的特效场景

3. 游戏开发

由于Maya自身所具备的一些优势，使其成为了全球范围内应用最为广泛的游戏角色设计与制作软件。除制作游戏角色外，还被广泛应用于制作一些游戏场景，如图1-4所示。

图1-4 游戏角色和场景

4. 影视广告

使用三维技术进行产品包装以及电视栏目包装，已经成为一种热门的商业手段，使用Maya和后期软件可以轻松完成绚丽多彩的商业动画和栏目包装，如图1-5所示的栏目包装效果。

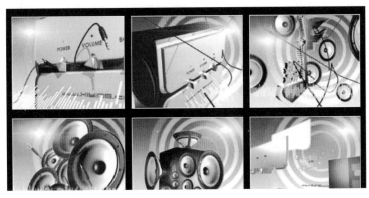

图1-5 广告动画

5. 工业造型

Maya可以成为产品造型设计中最为有效的技术手段，它可以极大地拓展设计师的思维空间。同时，在产品和工艺开发中，它可以在生产线建立之前模拟实际工作情况以检测实际的生产线运行情况，以免因设计失误而造成巨大的损失，图1-6所示的是使用Maya模拟的一些产品。

图1-6 产品展示

1.1.2 界面介绍

本节向读者介绍Maya 2009的工作界面构成以及操作方法。Maya 2009的界面构成比较复杂，而且熟悉它也是非常重要的，因为它将直接影响到读者的操作。双击Maya 2009启动图标后，打开Maya 2009操作界面，如图1-7所示。

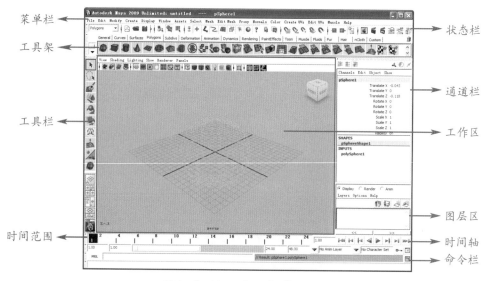

图1-7 Maya 2009操作界面

1. 菜单栏

Maya的菜单被完全组合成了一系列的菜单组，每个菜单组对应一个Maya模块，不同的模块则可以实现不同的功能。Maya中的模块包括动画、建模、动力学、渲染、布料模拟等模块，读者可以在状态栏左端的下拉列表中选择模块，也可以使用F2~F6快捷键在各个模块之间切换。当在不同的菜单组中进行切换时，将会切换到相应的菜单组中，当然前6个通用菜单不会发生变化，如图1-8所示。

公共菜单　File Edit Modify Create Display Window
动画菜单　Animate Geometry Cache Create Deformers Edit Deformers Skeleton Skin Constrain Character Help
多边形建模菜单模　Select Mesh Edit Mesh Proxy Normals Color Create UVs Edit UVs Help
曲面建模菜单　Edit Curves Surfaces Edit NURBS Subdiv Surfaces Help
动力学菜单　Particles Fluid Effects Fields Soft/Rigid Bodies Effects Solvers Hair Help
渲染菜单　Lighting/Shading Texturing Render Toon Paint Effects Fur Help
布料菜单　nCloth Edit nCloth nConstraint nCache Fields Help

图1-8 菜单栏

Maya的所有命令都集中在这几大模块的菜单中，在菜单操作时有一个比较实用的功能，就是当单击一个菜单时，在其下拉菜单的顶端有两条横线，单击它就可以将该菜单变成浮动菜单，如图1-9所示。当需要多次使用某个菜单中的命令时，打开浮动菜单可以更方便地进行选择。

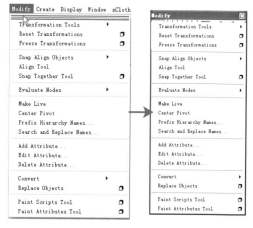

图1-9 打开浮动菜单

2. 状态栏

状态栏主要集中了Maya的一些常用命令，包括切换Maya功能模块、文档操作、过滤选择、对象捕捉、历史记录的开关和快速渲染。

为了能够为用户的操作提供足够的方便，这些工具都是按组排列的，读者可以通过单击相应的分隔符将其展开或者关闭，如图1-10所示。

图1-10　折叠与展开

3. 工具栏

Maya的工具栏在整个界面的最左侧，这里集中了选择、移动、旋转、缩放等常用工具命令，如图1-11所示。

在工具栏的下方，还有一排控制视图显示样式的图标，如图1-12所示。这些都是Maya常用的布局模式，单击图标即可进行切换。

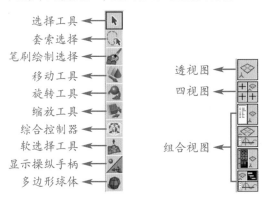

图1-11　常用工具　　图1-12　视图操作工具

4. 工具架

Maya的工具架非常有用，它集合了Maya各个模块下最常用的命令，并以图标的形式分类显示在工具架上，只要单击图标就等于执行相应的操作命令，例如，在创建一个多边形球体后，进入工具架的Fur选项卡，选择球体，单击第一个图标，这时就会在球体上生成毛发，如图1-13所示。

5. 通道栏和图层区

通道栏用来集中显示物体最常用的各种属性集合，如物体的长宽高、空间坐标、旋转角度等，不同类型的物体，具有不同的属性。如果对物体添加了修改器或者编辑命令，在这里还可以找到相应的参数并可以对其进行调整，如图1-14所示。

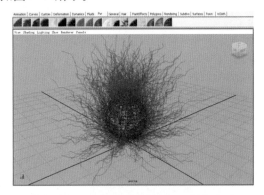

图1-13　工具架的应用——生成毛发

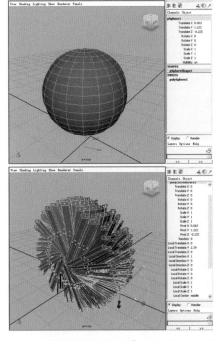

图1-14　添加挤出修改前后属性显示对比

在通道栏的下方就是图层区，其功能主要是对场景中的物体进行分组管理，当复杂场景中有大量物体的时候，可以自定义将一些物体放置在一个图层内，然后通过对图层的操作来控制这些物体的显示、隐藏、冻结等。

6．时间轴

时间轴实际上包括两个区域，分别是时间滑块和范围滑块。其中，时间滑块包括播放按钮和当前时间指示器。范围滑块中包括开始时间和结束时间、播放开始时间和播放终止时间、范围滑块、自动关键帧按钮和动画参数设置按钮，如图1-15所示。

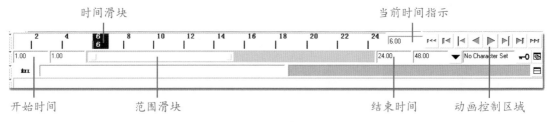

图1-15　时间轴

时间滑块上的刻度和刻度值表示时间。如果要定义播放速率，可以单击动画参数设置按钮，从Perferences属性编辑器中的Settings区域中选择需要播放的速率，Maya默认的播放速率为24帧/每秒。

7．命令栏

除了可以通过工具创建物体外，Maya还允许用户通过输入命令来创建物体，这一功能和AutoCAD的键盘输入功能有点相似。在Maya中，命令栏分为输入命令栏、命令回馈栏和脚本编辑器3个区域，如图1-16所示。

图1-16　命令栏

当在输入命令栏中输入一个MEL命令后，场景中将执行相应的动作，例如在输入命令栏中输入CreateNURBSCylinder命令，即可启用NURBS圆柱体创建工具。此外，当用户执行了相应的操作后，在命令回馈栏中将显示回馈信息。

1.1.3　Maya 2009新增功能

Maya 2009这个最新版本为制作高分辨率角色、环境及角色表演提供了更快、更高效的工具和工作流程，包括用于制作高分辨率模型的新功能以及用于角色搭建和蒙皮的新的无损编辑工作流程。Maya 2009还能让游戏开发人员更高效地制作和显示用于新一代游戏控制台的尖端效果。此外，Autodesk还将继续加强这些优势，通过提高软件的可扩展性以及继续在娱乐行业提供比任何其他3D软件包更多的平台支持，使Maya成为建立数字内容制作流程的理想软件。Maya 2009的主要功能如下。

1．新的和改进的建模工具与工作流程

Maya 2009 引入了重要的性能改进和许多的新功能，显著提高了建模工作流程的效率。例如，Maya光滑代理的工作流程就得到了重大改进：可以在编辑网格结构的同时预览平滑的网格，如图1-17所示。

此外，新的Slide Edge功能以及Booleans、Bevel、Bridge、Reduce和其他工具的重大改进都能让用户更高效地进行建模。Maya 2009还提供了两种新的选择管理功能：X-Ray显示和pick walk边循环功能，图1-18所示是X-Ray的显示效果。

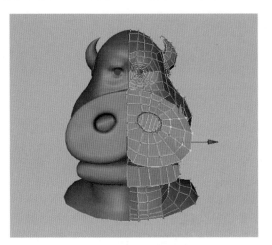

图1-17　光滑代理效果

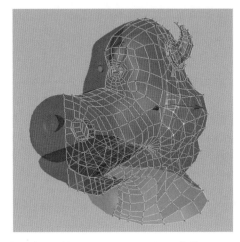

图1-18　X-Ray显示效果

2．更快、更精确的视窗/硬件渲染

现在，由于Maya硬件渲染引擎支持分层纹理、多组UV、负片灯光和物体空间法线贴图，因而使得向真正的"所见即所得"交互式预览又接近了几步。当在交互式视口中使用高质量渲染器时，这不仅可以提高预览保真度，还允许使用Maya硬件渲染器把更广泛的特效渲染到最终输出。此外，加速的绘图和选择性能与用户界面元素的更高效更新一起，可以促进层级编辑，加速总体工作流程。

3．支持DirectX HLSL材质

Maya 2009能高效地制作和显示用于新一代游戏控制台的尖端效果。特别是，对DirectX®HLSL材质的本地支持能让用户在视窗中处理素材，并能像在目标控制台上一样观看它们。

4．非破坏性皮肤编辑

动画师和动画技术总监通常发现有必要在他们搭建的角色上进行迭代工作。Maya 2009现在改进了迭代蒙皮工作流程，使用户能够修改绑定角色的骨骼，而不必在修改后重新绑定，因而避免了在骨骼绑定后进行任何工作。这个过程是通过在绑定骨骼上插入、移动、删除、连接和断开关节的新工具以及对多种绑定姿势的支持实现的。

5．API改进

游戏开发人员现在可以使用新的硬件材质API，更轻松地为 Maya编写高性能的硬件着色插件。这个API包含对OpenGL和DirectX材质的本地支持、内置材质参数支持，并能直接访问Maya渲染缓存。另外，新的约束API能让插件开发人员从基本Maya约束节点和命令结构编写他们自己的动画约束节点和命令。这使得更容易编写自定义约束，并让它们以与内置约束相似的方式与Maya其他部分进行交互。

6．mental ray 3.6内核

Maya 2009使用最新的mental ray 3.6内核，此版本可在转换多边形网格和引用以进行渲染时显著提高性能，并提高IPR（交互式写实渲染）启动性能。此外，以前仅在Maya硬件渲染器中支持的粒子类型现在可以在mental ray中进行渲染，因而消除了组合多个渲染器输出的需要。

1.2　掌握基本操作

本节讲解Maya的一些基础的操作，包括视图操作、选择操作等，读者要非常熟练地掌握这些操作，为制作复杂的场景打下坚实的基础。

1.2.1　视图操作

视图是Maya的工作平台，通过视图可以创建、编辑场景元素，因此在这里将有很多的动作、应用方式产生。本节将向读者介绍视图的一些常用操作以及改变视图布局的快速方法，视图操作简介如下。

1. 快速观察场景

视图实际上是一个通过虚拟摄像机观看到的视角。Maya中的默认视图包括透视图、前视图、侧视图和顶视图。如果需要在视图中观察一个物体的细节，则可以使用以下4种方式。

>> 旋转视图

按住Alt键，再单击鼠标左键可以翻转视图，通过这种方法可以旋转任意角度来观察场景的中物体。

>> 移动视图

按住Alt键，再单击鼠标中键可以移动视图，通过这种方法可以平移视图，以达到变换场景的目的。

>> 推拉视图

这是一种既实用也十分有趣的操作，通过按住Alt键，再单击鼠标右键可以推拉视图，从而使场景中的物体放大或者缩小，能够很好地观察场景全局或者局部细节。

>> 框选缩放视图

按住Alt+Ctrl键，再单击鼠标左键可以对场景进行局部放大。当按住该组合键后，读者可以在视图中框选相应的区域将其放大，如图1-19所示。

此外，在视图的右上角还有一个控制视图的图标，这是Maya 2009新增的功能，使用该图标可以在透视图中方便地切换视角，如图1-20所示。

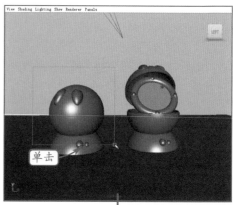

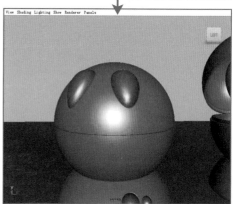

图1-19　框选缩放视图

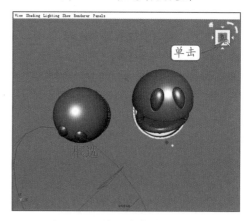

图1-20　使用控制视图图标

2. 视图布局

在Maya中，可以将视图转换为多视图状态。在操作过程中使用最多的就是单视图和四视图之间的转换，其快捷键为空格键，如图1-21所示的四视图布局效果。

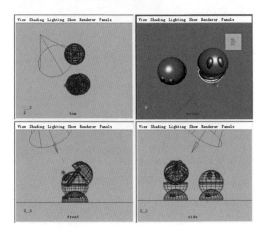

图1-21　四视图布局效果

Maya默认显示的四视图是大小均等排列，如果有需要可以自由调整这些视图的大小，其方法是：把鼠标指针放置在四视图的中心交界处，当鼠标指针变成+号时单击并拖动鼠标，到适当的位置再松开鼠标，如图1-22所示。

当然也可以在工具栏中单击视图控制图标来切换视图，如图1-23所示，这是在动画编辑时经常使用的一种视图模式。

1.2.2　积木玩具——创建基本物体

Maya的基本几何体包括多边形几何体、NURBS几何体和细分几何体，本节通过一个小实例来讲解Maya基本几何体的创建方法，不同几何体的创建方法略有不同，这里将使用几个具有代表性的几何体进行操作。

01 单击工具架上的Polygons标签，显示出相应的多边形建模工具，接着单击工具架上的 ▇ 图标，然后按住鼠标左键在透视图中拖动，创建出长方体的底面，如图1-24所示。

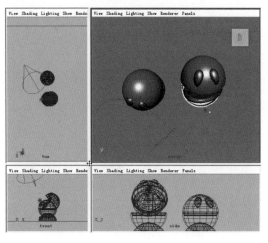

图1-22　自由调整视图效果

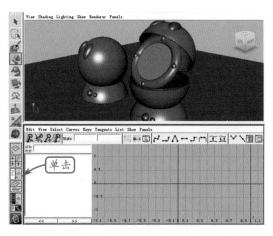

图1-23　单击视图控制图标切换视图

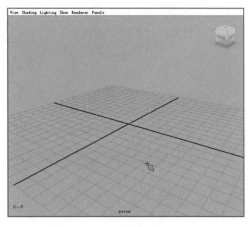

图1-24　创建长方体的底面

02 释放鼠标，再单击并向上拖动，创建出长方体的高，如图1-25所示。

出圆管的底面和高，然后按住鼠标左键并左右托动创建出圆管的厚度，如图1-27所示。

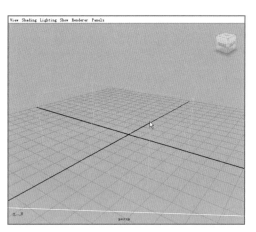

图1-25 创建长方体的高度

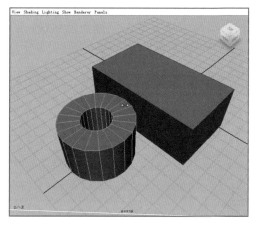

图1-27 创建圆管

 提 示

除了单击工具架上的图标进行创建外，还可以在菜单栏中执行Create | Polygon Primitives | Cube命令，然后在视图中创建。

05 单击工具架上的Surfaces标签，显示出相应的NURBS建模工具，然后单击 ● 图标，在透视图中拖动鼠标创建出圆环半径，再次单击并拖动鼠标创建出圆环的截面半径，如图1-28所示。

03 创建完毕之后，按键盘上的5键，可以将模型以实体方式显示，如图1-26所示。

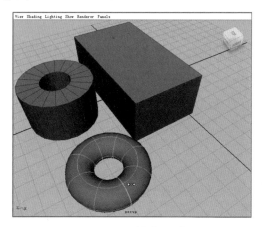

图1-28 创建圆环

 注 意

其他几何体的创建方法大同小异，就不再介绍了。细分几何体的创建方法更为简单，单击相应图标，或者在菜单栏中执行相应创建命令即可生成一个细分模型，并自动放置在网格的中央。

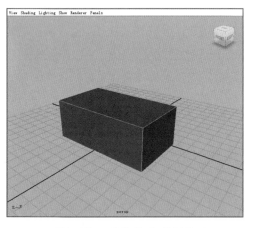

图1-26 以实体方式显示

04 单击 ■ 按钮，和创建长方体一样创建

1.2.3 物体的构成元素

在Maya的3种模型类型中，每一种类型的几何体都有各自不同的构造原理以及相应的构成元素。根据外观和实际编辑方式的不同大致可以总结如下：NURBS物体外表最为光滑，但是建模难度最复杂；多边形物体的特点是易于编辑，但是变形平滑效果不如NURBS物体；细分模型则介于

两者之间。下面以NURBS和多边形物体为例，简要介绍Maya物体的构成元素。

NURBS物体包括曲线和曲面，首先介绍曲线的构成元素：在菜单栏中执行Create | CV Curve Tool命令之后，在视图中依次单击即可创建曲线，按回车键结束创建，然后在曲线上右击即可看到其构成元素，如图1-29所示。

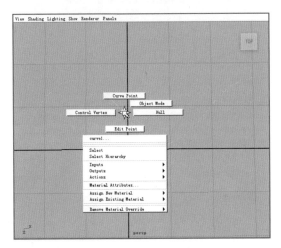

图1-29　曲线构成元素

将鼠标指针移动到相应的选项上，即可进入元素编辑状态进行编辑，图1-30所示是常用的3种编辑模式。其中在曲线点模式下，在曲线上单击即可添加曲线点。

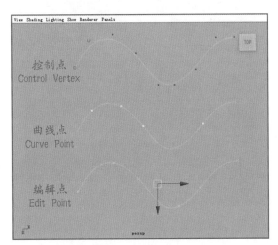

图1-30　元素编辑模式

创建一个NURBS物体后，在其上右击，即可弹出构成元素的快捷菜单，如图1-31所示。

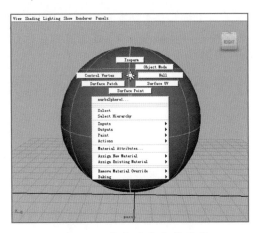

图1-31　构成元素快捷菜单

将鼠标指针移动到相应的选项上，即可进入元素编辑状态进行编辑，图1-32所示是常用的3种编辑模式。

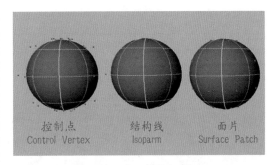

图1-32　元素编辑模式

多边形的构成元素和NURBS物体有很大差异，创建一个多边形物体后，同样右击弹出其构成元素快捷菜单，如图1-33所示。

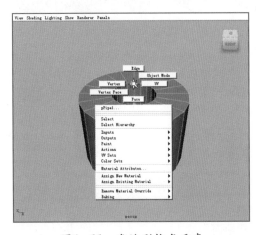

图1-33　多边形构成元素

图1-34所示是多边形物体的点、边、面构成元素的显示模式。具体的编辑方法在后面章节的实例操作中将详细讲解。

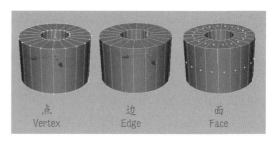

图1-34　构成元素编辑模式

1.2.4　摆放水果——选择和变换操作

选择和变换操作是最基础的操作之一，但这些操作却非常重要，为了使读者快速掌握这些命令，下面使用一个实例进行讲解，具体操作如下。

01 在菜单栏中执行File | Open Scene命令，打开配套光盘提供的"摆放水果"场景文件，如图1-35所示。目前水果的摆放过于整齐，下面要将它们调整到自然摆放状态。

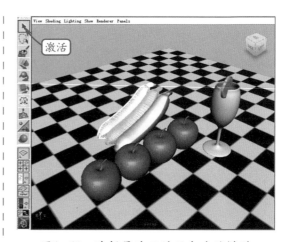

图1-36　选择最外面的两个香蕉模型

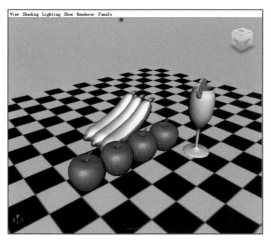

图1-35　摆放水果场景文件

02 在工具栏中激活选择工具（快捷键为Q），框选最外面的两个香蕉模型，这时地面模型也会被选择，按住Ctrl键并单击地面模型，即可取消地面的选择，如图1-36所示。

03 激活移动工具（快捷键为W），在Z轴上向左移动物体，如图1-37所示。

04 选择剩余的一个香蕉模型，激活旋转工具（快捷键为E），在Y轴和Z轴上旋转，使其卧倒，如图1-38所示。然后使用移动工具调整到地面上。

图1-37　移动香蕉

05 激活移动工具，单击最左端的苹果，并配合Shift键单击第一个苹果及梗物体，这样两个物体同时被选中，然后在X轴上移动调整，如图1-39所示。

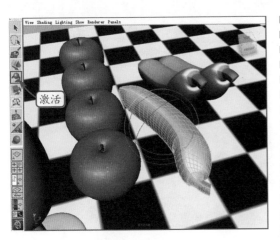

图1-38 旋转模型

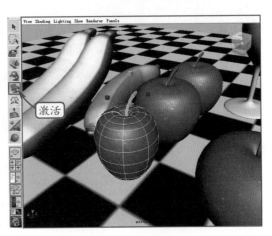

图1-40 缩放苹果

图1-39 移动苹果

图1-41 旋转并移动

06 选择第2个苹果及梗物体，激活缩放工具（快捷键为R），按住缩放图标中心的立方体，拖动鼠标进行整体缩放，然后再调整Y轴上的缩放，如图1-40所示。

07 使用旋转工具将苹果卧倒，这时苹果及梗物体仍然保持在原来的位置，还需要使用移动工具进行调整，如图1-41所示。

08 选择第3个苹果及梗物体，激活综合控制器工具，这时在物体的周围会出现一个方框，并有示意图标，使用它可以进行移动、旋转和缩放调整，如图1-42所示。

09 激活套索选择工具，在使用框选调整过的3个苹果，然后切换到移动工具调整位置，如图1-43所示。

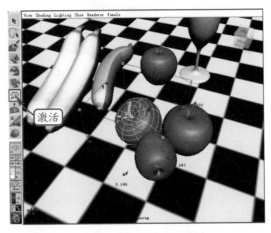

图1-42 使用综合控制器

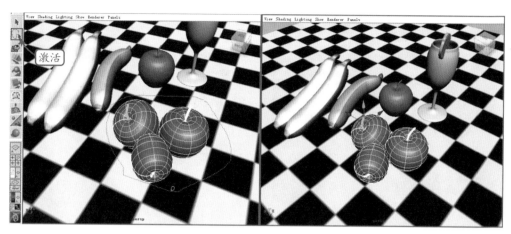

图1-43　套索选择并移动

1.2.5　物体基本属性

物体基本属性包括空间坐标、旋转坐标、体积缩放以及自身的长宽高、段数划分等，这些属性都放置在属性栏内，图1-44所示是一个立方体的属性显示。

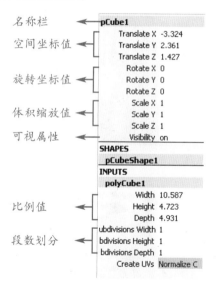

图1-44　立方体属性栏

在名称栏中可以为当前物体重新命名，单击即可激活文本框，命名后按回车键确认。在变换属性中，除了前面讲的使用移动、旋转和缩放工具进行调整外，还可以在这里通过输入精确的数值来控制。

这里有一个Visibility属性，该属性用来控制物体的显示，默认为on表示该物体被显示，当输入0时，物体将被隐藏；输入1，则物体再次被显示。

在INPUTS选项下方除了可以控制物体的尺寸外，还可以为物体添加段数划分，它是细分物体的一个重要途径，如图1-45所示的设置物体分段的结果。

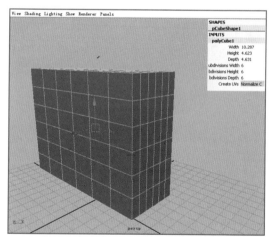

图1-45　增加物体分段

技巧

在修改属性参数时，有时候使用输入数值的方式比较慢，例如要将长方体的长宽高都改为10，如果一个一个地输入就很麻烦，这时可以使用鼠标同时框选3个文本框，使其变为黑色，然后在一个文本框中输入10，按回车键即可同时改变选中的所有选项。另外，选中属性名称，然后在视图的空白处按住鼠标的中键左右拖动，可以快速调整数值。

1.2.6 复制物体

在创建场景时，有时需要创建许多相同的物体，而且它们都具有相同的属性，这时就可以使用复制的方法进行创建。在Maya 2009中，系统向用户提供了两种不同的复制方法。

1. 快速复制

使用移动工具选中物体，按Ctrl＋D组合键，即可复制一个物体，然后使用移动工具调整位置即可，如图1-46所示。

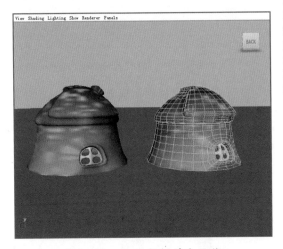

图1-46　快速复制单个物体

使用Ctrl＋D组合键复制一个物体，按住Shift键，使用移动工具移动一段距离，然后使用Shift＋D组合键可以快速复制多个物体，如图1-47所示。

图1-47　快速复制多个物体

2. 高级复制

使用高级复制可以得到更多的复制方式，在菜单栏中执行Edit | Duplicated Special ◻命令，打开高级复制选项设置对话框，如图1-48所示。

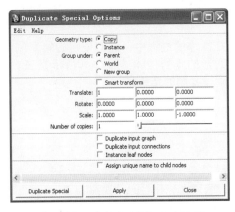

图1-48　高级复制选项对话框

该对话框中重要选项的含义以及使用方法如下。

>> Geometry type　该选项包括Copy和Instance两种类型，其中Copy是普通复制方式，复制出的物体具有独立属性。而Instance是实例复制方式，即复制出的物体实际是原物体的实例引用，当改变其中一个物体的外形时，其他复制物体包括原始物体也会跟随改变，如图1-49所示。

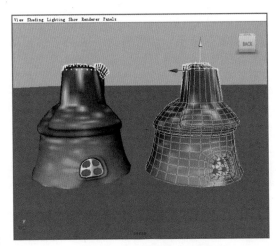

图1-49　实例复制方式

▶▶ Group under 该选项用来设置复制出的物体所在的世界坐标关系，有关群组和父子关系在后面的章节会详细讲解。

▶▶ Translate／Rotate／Scale 这3个文本分别控制复制物体的位移值、旋转角度和缩放比例，后面的3个文本框分别代表X、Y、Z轴向上的值。

▶▶ Number of copies 该选项控制复制的数量。

在操作的过程中，经常使用旋转复制功能制作圆形的阵列物体，图1-50所示是在Y轴上进行旋转复制的结果。

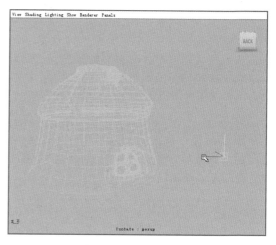

图1-51 调整轴心点

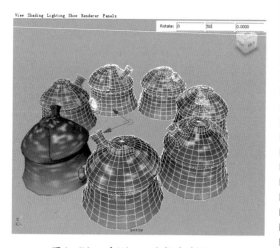

图1-50 在Y轴上旋转复制结果

在旋转复制的时候一般都要调整轴心点的位置，在此向读者介绍控制轴心点的方法。当物体被创建完成之后，其轴心点一般放置在物体的中心上，使用移动工具选择物体，按Insert键激活轴心图标，然后拖动手柄即可将其移动，如图1-51所示。再次按Insert键即可回到原来的编辑模式。要想使轴心点重新回到物体的中心位置，在菜单栏中执行Modify | Center Pivot命令即可。

此外，还经常使用负值复制的方法来制作镜像物体，将复制的数量设置为1，然后将一个轴向上的缩放值设置为-1即可进行镜像复制，如图1-52所示。

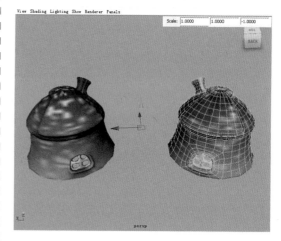

图1-52 镜像复制结果

1.3 基本操作技巧

无论使用什么软件工作，工作效率都十分重要，本节向读者介绍一些最常用的操作技巧和管理手段，通过本节的学习使读者在掌握基本操作的同时，进一步提高工作效率。

1.3.1 空中演习——父子关系和群组工具

Maya为物体的层级逻辑关系提供了父子关系设置，在这种关系中，每个物体虽然独立，但是子物体的坐标却完全处于父物体的局部坐标之下，也就是说，子物体的变换等属性会跟随父物体的变化而变化。除了父子关系外，也经常使用群组工具来管理物体，群组其实就是为所选中的对象创建一个空的父物体。本节将通过一个小实例来学习这两种关系的应用。

01 打开配套光盘提供的"空中演习"场景文件，这里有一架飞机的模型，在菜单栏中执行Window | Outliner命令，打开大纲窗口，如图1-53所示。

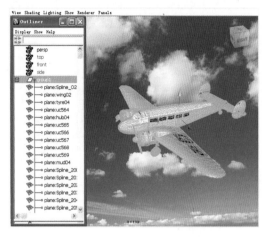

图1-54 群组

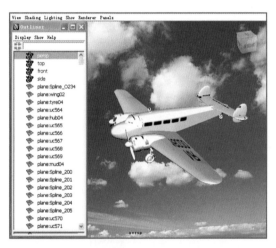

图1-53 场景文件和大纲窗口

02 目前飞机模型有多个组件组成，不利于控制。在场景中选中所有模型，在菜单栏中执行Edit | Group命令，或者按Ctrl+G键进行群组，如图1-54所示。

03 在大纲窗口中，双击group1字样，激活文本框，并将其命名为plane1，然后使用复制工具将plane1复制两个，并调整位置，如图1-55所示。

04 选中plane1组物体，使用移动工具向前移动，这时plane2和plane3保持不动，如图1-56所示。要想让plane2和plane3跟随plane1运动，则需要为它们建立父子关系。

图1-55 复制组物体

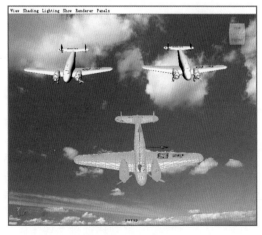

图1-56 移动plane1

05 选择plane2，按住Shift键并选择plane1，然后执行Edit | Parent命令或者直接按P键，建立父子约束，这时在大纲窗口中可以看到plane2已经是plane1的一个子物体，如图1-57所示。

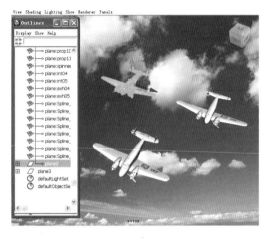

图1-57　创建父子关系

06 选择plane1，使用旋转工具调整角度，这时plane2也会跟随变化，而plane3仍然保持独立，如图1-58所示。

1.3.2　捕捉和对齐

捕捉和对齐工具是每个三维软件中所必需的一种辅助工具，在Maya中，有3个经常使用的捕捉工具：栅格捕捉、线捕捉和点捕捉，另外Maya 2009中的对齐工具也有了很大的改进，本节将分别介绍它们的特性以及使用方法。

1. 栅格捕捉

栅格捕捉是一种特殊的捕捉形式，它可以使物体的顶点或者边线吸附到栅格的交叉点上，从而进行精确绘制。例如在绘制曲线时，单击状态栏中的按钮，或者按住X键进行绘制即可捕捉到网格上，如图1-59所示。

2. 边线捕捉

使用边线捕捉工具可以将物体的轴心点捕捉到边线上，也可以在创建物体时直接捕捉边线。例如要将一个球体的轴心点放置在曲线上，可以选择移动工具，然后单击状态栏中的按钮，或者按住C键将其移动到曲线上，这时球体会自动捕捉曲线，如图1-60所示。

图1-58　旋转plane1

07 可以使用同样的方法将plane3也作为plane1的子物体，这样plane1就可以带着其他两个飞机分行了。

在建立父子关系之后，子物体的运动并不会影响父物体。另外要想取消父子关系，只需选择两个物体，再次按P键即可。要想取消群组，在选择组物体之后，执行Edit | Ungroup命令即可。

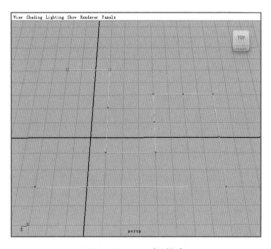

图1-59　网格捕捉

这里的边线除了NURBS曲线外，还包括曲面曲线以及多边形物体的边线，例如，在创建曲线时，可以使用该工具将曲线捕捉到多边形的边线上，如图1-61所示。

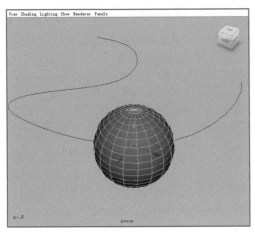

图1-60 曲线捕捉

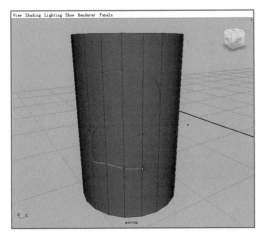

图1-61 捕捉到边线

3．点捕捉

使用点捕捉可以将对象捕捉到目标点上，这里的点包括物体上的点和曲线的顶点。在操作时单击状态栏中的 按钮，或者按住C键即可进行顶点捕捉，如图1-62所示，是将一个球体捕捉到另外一个球体的顶点上。

4．对齐工具

顾名思义，对齐工具可以将两个或者两个以上物体进行轴向上的对齐，其操作方法是：选择要对齐的物体，在菜单栏中执行Modify | Align Tool命令，这时在视图中会显示对齐工具的控制器，如图1-63所示。

控制器是一个长方体，每个棱上都有控制对齐轴向的图标，单击图标，即可进行相应的对齐操作，例如，要想立方体的底面对齐到圆

柱体的顶面，可以按照如图1-64所示的步骤进行操作。

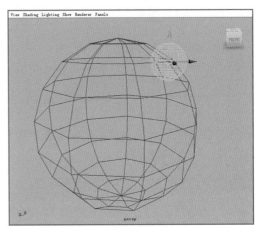

图1-62 点捕捉

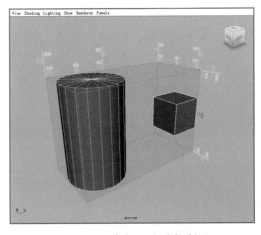

图1-63 对齐工具的控制器

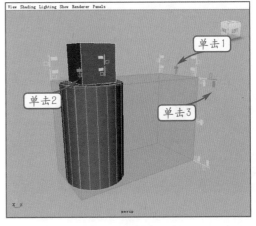

图1-64 对齐操作

1.3.3 管理家具——图层操作

如果读者接触过Photoshop或者Illustrator等平面软件的话，应该对图层的概念比较清晰，在Maya中图层的概念稍有不同。Maya中的图层主要是对场景中的物体进行分层管理，可以自定义将一些物体设置到某一层，然后通过对图层的控制决定这些物体是否显示、是否被选择等。

在图层区顶端有Display和Render两个单选按钮，它们是用来控制切换图层和渲染图层显示的控制标签。默认选中Display单选按钮，表示当前图层区显示的是图层属性。而如图Render单选按钮，则图层区切换显示为渲染图层区。下面通过一个实例向读者介绍有关图层的操作方法。

01 打开配套光盘提供的"管理家具"场景文件，在大纲窗口中可以看到所有物体的名称，如图1-65所示。

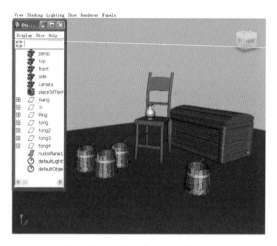

图1-65 管理家具场景文件

02 在图层区中单击 按钮新建一个图层，回到场景中选择所有水桶模型，然后在新建的图层上右击，在弹出的快捷菜单中执行Add Selected Object命令，如图1-66所示。

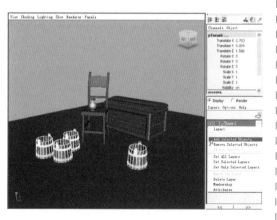

图1-66 建立图层

03 目前水桶模型已经被添加到了新建的图层中，单击layer1层第一个框内的V字后，这时V字会消失，同时所有在该层的物体都将被隐藏，如图1-67所示。

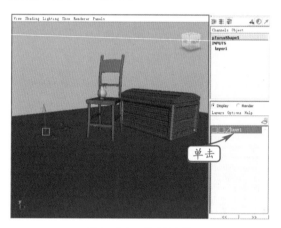

图1-67 隐藏物体

04 再次单击第一个小方框，将模型显示出来，然后单击第二个小方框，当出现T字时，所有该图层的物体将会被冻结，如图1-68所示。此时图层被设置为Template模式，即样板模式，只能显示灰色线框，而无法被选取编辑。

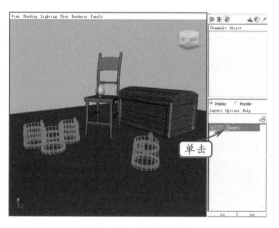

图1-68 冻结物体

05 再次单击第二个小方框，当出现R字样时，物体将完全显示在视图中，不过仍然不能被编辑，如图1—69所示。现在的模式为Reference模式，即参考模式。

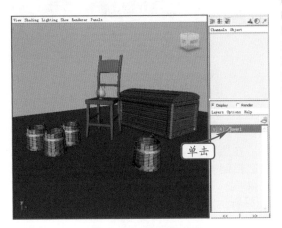

图1—69　参考模式

1.3.4　快捷操作

在Maya提供的快捷操作中，除了一些快捷键的操作外，Maya还提供了一套非常方便的快捷操作方式——热盒。它的功能涵盖了几乎所有菜单栏中的命令，下面向读者详细介绍。

在视图中按住空格键不放，即可弹出热盒快捷菜单，如图1—71所示。

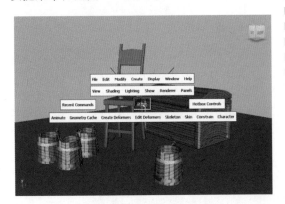

图1—71　热盒快捷菜单

快捷菜单以鼠标指针为中心点显示，这样方便鼠标指针到每个子菜单的记录最短。仔细观察热盒，可以看到第一行的菜单设置实际上就是前面菜单栏里面讲过的公共菜单栏。这些菜单是不随Maya模块切换而改变的。第二行的菜单和视图区的菜单完全一样。

最下面一行是Maya功能模块菜单栏，因为

06 双击layer1，打开层编辑对话框，在这里可以为层重新命名，更改显示模式，以及设置层显示的颜色，如图1—70所示。

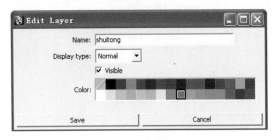

图1—70　层编辑对话框

现在在Animation动画模块下工作，所以最下面的功能菜单也只显示了动画模块的菜单。如果按F3键切换到Polygons（多边形）建模模块，再按空格键激活菜单栏，则多边形模块下的菜单显示如图1—72所示。

图1—72　多边形模块下的菜单显示

在热盒的左侧有个Recent Commands菜单，该菜单储存了最近的几次命令操作，单击即可打开此菜单，如图1—73所示。执行相应命令，即可快速执行前一次操作。

热盒右侧的Hotbox Controls菜单是关于整个热盒显示的设置，在鼠标的周围共有7个选项，如图1—74所示。这些选项都是用来控制热盒最下方菜单的显示，通过选择可以快速进入相应的模块。

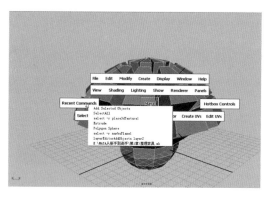

图1-73　Recent Commands菜单

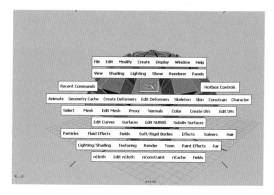

图1-76　显示所有模块

在热盒的中心部位有一个  图标，在按住空格键的同时单击该图标会弹出切换视图模式菜单，在这里可以方便地切换视图，如图1-77所示。

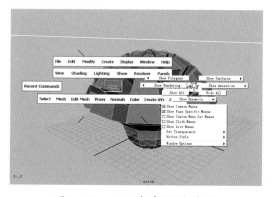

图1-74　显示菜单的7个选项

移动鼠标指针到Show Surfaces，此过程按住鼠标左键不放，菜单变为如图1-75所示的模样。将鼠标指针移动到Surfaces Only选项后，模块菜单将被切换到曲面模式下。

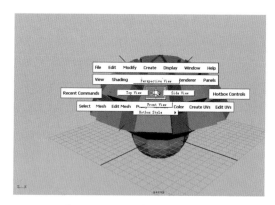

图1-77　切换视图模式菜单

在热盒四周的4个区域还有4个标记菜单，为了方便观察，在Hotbox Controls菜单的选项中选择Hide All选项，再次打开热盒之后的效果如图1-78所示。

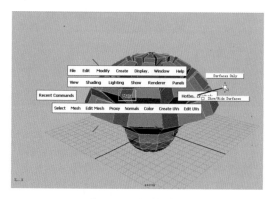

图1-75　切换模块

如果需要将所有模块同时显示出来，只需在Hotbox Controls中选择Show All选项即可，再次进入热盒后，就可以看到所有模块的菜单，如图1-76所示。

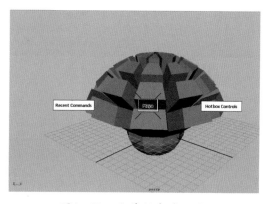

图1-78　隐藏所有选项后

打开热盒之后，在四周的任何一个方向的空白处单击，都可以弹出标记菜单，图1-79所示是将4个标记菜单都显示出来的结果。

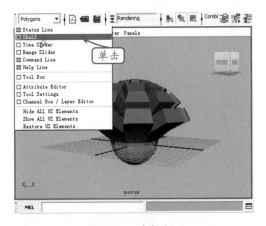

图1-79 4个标记菜单

1.3.5 界面优化

Maya默认的庞大操作界面占据了屏幕不少的显示面积，在实际应用中不可能同时使用所有功能菜单。如在学习建模时，完全可以去掉命令栏、帮助栏、时间轴等，从而扩充操作空间，达到优化界面的目的。

优化界面的方法很简单，例如要去除工具栏，只需单击工具栏顶端的双虚线即可，如图1-80所示。

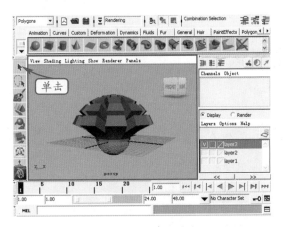

图1-80 隐藏工具栏

要想再次打开隐藏的工具，可以在任何一个栏目的双虚线上右击，在弹出的快捷菜单中进行选择栏目即可，如图1-81所示。如果要将界面回复到原始状态，可以在菜单栏中执行Display | UI Elements | Show UI Elements命令即可。

此外，执行Display | UI Elements | Hide UI Elements命令，可以将显示界面切换到专家模式下，如图1-82所示。

图1-81 选择栏目

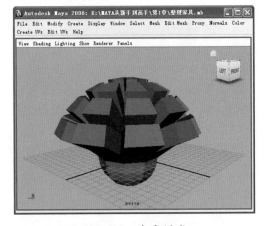

图1-82 专家模式

这样，操作界面就舒畅得多了，其实还可以将界面简化得更彻底。分别按Ctrl＋M和Shift＋M组合键，Maya的两个基本菜单栏也被隐藏掉。再次按这两个组合键可以恢复基本菜单的显示。现在读者就可以理解热盒的作用了。

第2章

产品造型设计——NURBS和细分建模技术

产品设计是一个将人的某种目的或需要转换为一个具体的物理形式或工具的过程，是把一种计划、规划设想、问题解决的方法，通过具体的载体，以美好的形式表达出来的一种创造性活动过程。产品设计考虑的东西比较多，如功能、美学、人体工程、形象和总体技能等，甚至还要考虑到对环境的影响。本章主要探讨产品造型方面的一些知识，重点讲解如何使用Maya软件的建模技术来制作产品模型。

2.1 产品造型设计概要

产品造型设计是产品设计的一部分，而产品设计反映着一个时代的经济、技术和文化，随着人类精神文明的提高，人们对产品的造型和外观的审美要求也越来越高，例如要设计一款手机，除了功能和技术要超过竞争对手外，其质感、颜色和造型也起着举足轻重的作用，毕竟这些是吸引消费者眼球的重要因素。

2.1.1 产品造型赏析

产品设计的范围比较广阔，大到汽车、飞机，小到耳机、螺丝钉都属于产品设计，下面来看几款国际知名设计作品。

图2-1所示是Logitech的一款鼠标和SONY的一款音箱，像这种流线型的产品使用NBRUS建模是最佳的选择。

如果是复杂的产品造型，如图2-2所示的摩托模型，很多细节的东西都是棱角分明的，单纯地使用NURBS建模会有困难，对于这种情况，可以将多种建模方法结合使用，可以用细分建模，也可以使用多边形建模。

图2-1　鼠标和音箱造型

图2-2　摩托模型

2.1.2 NURBS和细分建模介绍

NURBS是非统一有理B样条的意思。非统一是指一个控制顶点影响力的范围能够改变。当创建一个不规则曲面的时候这一点非常有用。同样，统一的曲线和曲面在透视投影下也不是无变化的，对于交互的3D建模来说这是一个缺陷。

NURBS是一种非常优秀的建模方式，也是高级三维软件当中都支持的建模方式。NURBS能够比传统的网格建模方式更好地控制物体表面的曲线度，从而能够创建出更逼真、生动的造型。比较适合创建构造比例和结构比较写实，又带有曲线特征的工业产品，像图2-3所示的模型，完全可以使用NURBS建模技术完成。

建模，而从表现效果方面来看，细分模型能够在简单模型的基础上输出非常光滑的模型表面，这一优势和NURBS物体相同。不过到目前为止，细分建模还有很多局限性，可以使用它创建一些简单的卡通玩具模型，如图2-4所示。

图2-3　使用NURBS创建的概念车模型

细分建模英文简称为Subd或者Subdiv，它是在结合NURBS和多边形建模优势的基础上应运而生的。细分建模的创建过程类似于多边形

图2-4　使用细分创建的模型

2.2　编辑曲线

Maya提供了一系列曲线编辑工具，使用这些工具可以创建出复杂的曲线结构，切换到Surfaces建模模块，在菜单栏中单击Edit Curves命令，会弹出一个很长的菜单，其实在实际制作过程中并不是所有的工具都经常用到，这里只介绍常用命令。

2.2.1　复制表面曲线

Duplicate Surface Curves（复制表面曲线）命令，可以将NURBS物体表面的曲线或者是结构线、剪切边等线型元素复制出来，其操作方法也很简单，例如要复制一条结构线，在模型上选择结构线之后，执行Edit Curves | Duplicate Surface Curves命令即可，如图2-5所示。

执行Edit Curves | Duplicate Surface Curves□命令，可以打开"复制表面曲线选项"对话框，如图2-6所示，下面向读者介绍对话框中两个选项的含义。

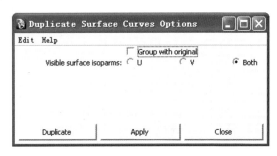

图2-6　Duplicate Surface Curves Options对话框

>> Group with original　启用该复选框可以将复制出的曲线同原始物体成组。

>> Visible surface isoparms (U/V/Both)　该选项决定在选择NURBS物体直接复制时，会复制出哪一方向上的结构线。默认情况下会

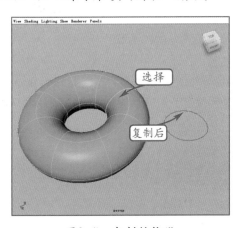

图2-5　复制结构线

将U向和V向的所有可见结构线都复制出来，如图2-7所示。

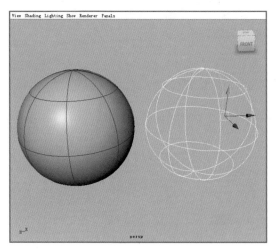

图2-7　默认复制

如果模型进行了剪切处理，可以进入到Trim Edge编辑模式，然后选择要复制的剪切边执行该命令即可，如图2-8所示。

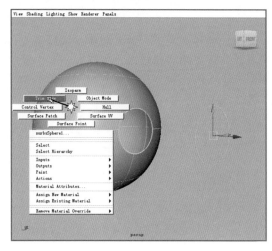

图2-8　复制剪切边

注　意

使用复制表面曲线命令时，在保留历史记录的状态下，复制出来的曲线依然受到原始曲线和物体的影响，要想使其完全独立，需要将曲线的历史记录删除。

2.2.2　结合和分离曲线

Attach Curves（合并曲线）可以将断开的曲线合并成一条曲线，选择曲线后，执行Edit Curves | Attach Curves命令即可。曲线合并的状态可以在Attach Curves Option对话框中进一步设置，如图2-9所示。

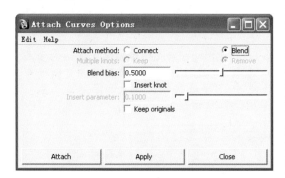

图2-9　Attach Curves Option对话框

>> Attach method（Connect/Blend）　两种合并方式，可以选择连接或者融合，效果如图2-10所示。

>> Blend bias　选择融合方式后，在此可以设置融合的偏移值。

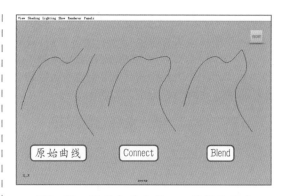

图2-10　两种合并方式——连接和融合

>> Insert parameter　该复选框的功能是在结合的位置添加顶点以保证结合后的曲线形状尽量接近原始曲线的形状。

>> Keep originals　该复选框在合并时保留原始曲线备份。

与结合曲线相对的Detach Curves（分离曲线）命令，可以将一个完整的曲线分离成若干条线段。分离的方法有下列两种：

1. 方法1

选择曲线，右击，进入曲线点编辑模式，然后在曲线上添加曲线点，可以配合Shift键添加多个曲线点，执行Edit Curves | Detach Curves命令即可，如图2-11所示。

2. 方法2

选择曲线，进入编辑点模式，然后在曲线上选择编辑点，最后执行Edit Curves | Detach Curves命令即可，如图2-12所示。

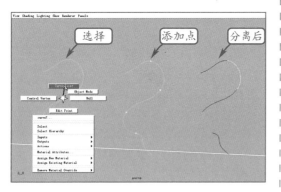

图2-11　选择曲线点分离

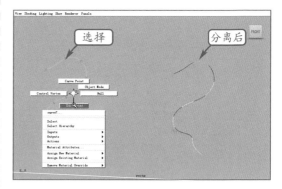

图2-12　选择编辑点分离

2.2.3　偏移工具

偏移工具可以将一条曲线偏移成一个曲线轮廓，它包括Offset Curve（偏移曲线）和Offset Curve On Surface（偏移表面曲线）两个命令，Offset Curve On Surface命令只对曲面上的曲线有作用。

选择曲线或者选择曲面上的曲线，执行Edit Curves | Offset | Offset Curve或者Edit Curves | Offset | Offset Curve On Surface命令即可创建曲线轮廓，偏移曲线选项对话框如图2-13所示。

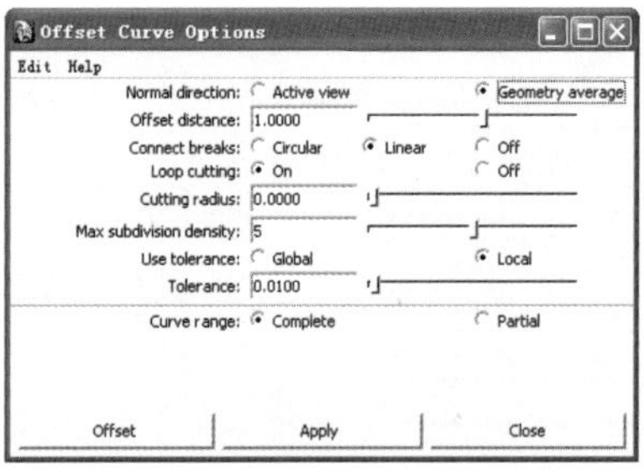

图2-13　Offset Curve Options

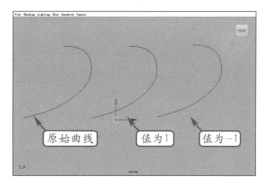

图2-14　偏移距离控制

▶▶ Loop cutting　该选项控制循环剪切的方式。选中On单选按钮，表示自动处理交错现象；选中Off单选按钮，表示保留交错现象，如图2-15所示。

▶▶ Normal direction　设定偏移曲线的方向。选中Active view单选按钮，表示以观察的视角作为偏移的基准；选中Geometry average单选按钮，表示以参考原始曲线的状态为基准。

▶▶ Offset distance　该选项控制偏移的距离，距离为正值或者为负值会在不同的方向上进行偏移，如图2-14所示。

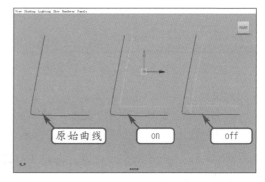

图2-15　循环剪切方式

2.3 曲面成形

在创建好NURBS曲线之后，可以通过Surfaces菜单中的相关命令将曲线生成需要的曲面，本节向读者介绍曲面成形的常用工具。

2.3.1 旋转成面

Revolve（旋转成面）可以使曲线沿着某个轴向旋转，从而生成一个三维几何体，例如制作一个苹果、茶杯等具有轴对称特性的物体。

要创建车削曲面，需要使用Surfaces | Revolve命令。通过该命令，还可以设置旋转对象的其他参数，如图2-16所示。

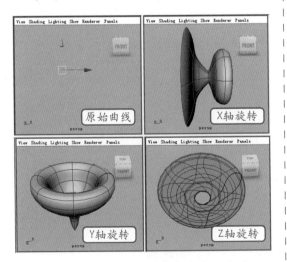

图2-16 Revolve Options对话框

▶▶ **Axis preset** 该选项后面有4个单选按钮，分别控制着4种不同的旋转方向，如图2-17所示。

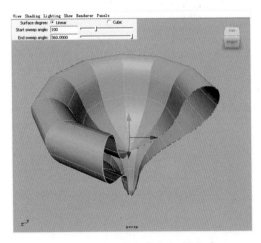

原始曲线 X轴旋转
Y轴旋转 Z轴旋转

图2-17 不同的旋转方向产生的效果

▶▶ **Axis** 当选择Free旋转轴时，此选项才可

用。3个参数值分别为X、Y、Z轴向上的参考值，可以使曲线以自由角度进行旋转，如图2-18所示。

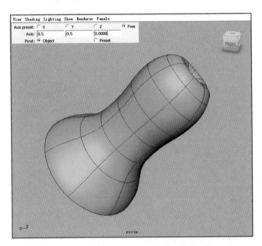

图2-18 自由角度旋转

▶▶ **Surface degree** 定义旋转模型的曲度，包括Linear（线形）和Cubic（立方）两种计算方式。

▶▶ **Start sweep angle** 开始扫描角度。图2-19所示是将该值设置为100的结果。

图2-19 设置曲度和扫描角度

▶▶ End sweep angle   结束扫描角度。

▶▶ Segments   曲面侧面的分段数。

2.3.2 放样曲面

Loft（放样）可以在两个或者多个轮廓线之间形成曲面，如图2-20所示的放样效果。使用Loft进行放样时，应尽量使每个截面的分段数相同，否则生成曲面的表面结构会零乱。

▶▶ Section spans   设置每两个轮廓线之间生成曲面的段数，图2-22所示是将该值设置为5的结果。

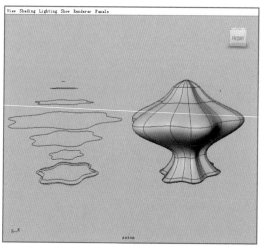

图2-20   放样效果

放样的操作方法是：创建曲线截面后，按顺序选择轮廓线，然后执行Surfaces | Loft命令即可。放样选项对话框如图2-21所示，常用选项解释如下。

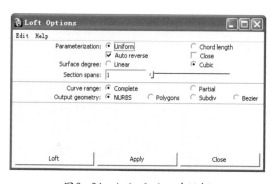

图2-21   Loft Options对话框

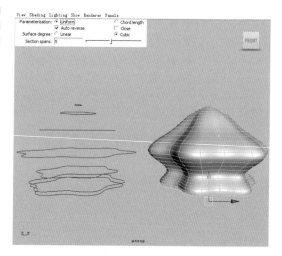

图2-22   设置曲面段数为5的效果

▶▶ Output geometry   决定生成曲面的类型，默认为NURBS类型，当选中Polygons单选按钮时，还可以设置生成多边形的方式和数量等，如图2-23所示的设置结果。

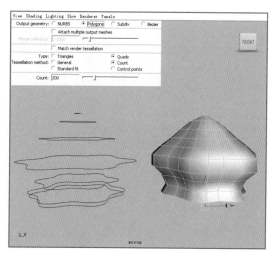

图2-23   生成多边形的效果

2.3.3　挤出曲面

Extrude（挤出）命令可以通过一条轮廓线和一条路径线进行挤出管状曲面，这是一种十分常用的曲面构成方法。所谓轮廓线，也就是沿路径挤压的曲线，它可以是开放的也可以是闭合的，甚至还可以是曲面结构线、曲面上的曲线或者修剪边界线等。

在场景中先选择轮廓线，接着选择路径曲线，然后执行Surfaces | Extrude命令即可挤出曲面，执行Surfaces | Extrude□，打开挤出选项对话框，如图2-24所示。

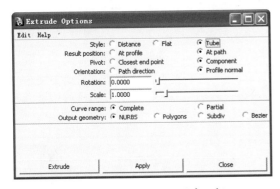

图2-24　Extrude Options对话框

>> **Style**　该选项组用于设置挤出的样式，它包括3种基本类型，分别是Distance（距离）、Flat（扁平）和Tube（圆管）。

● **Distance**　如果选中该单选按钮，则会打开一些新的选项，包括长度设置和方向等，如图2-25所示。使用这种方法创建挤出曲面时不需要挤出路径，可以直接使用一个路径进行挤出，如图2-26所示的挤出效果。

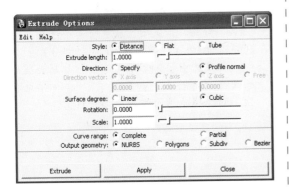

图2-25　Distance挤出类型选项

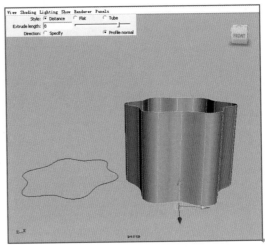

图2-26　距离挤出方式的效果

● **Flat**　如果选中该单选按钮，则轮廓线不会随路径曲线的弯曲而进行扫描，它仅仅是在扫描过程中产生适当的变形，如图2-27所示。

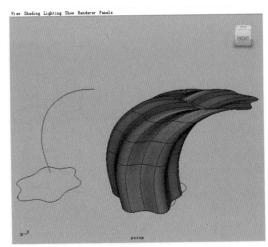

图2-27　扁平挤出方式的效果

● **Tube**　如果选中该单选按钮，挤出的曲线会随路径曲线的弯曲而进行相应的扫描，其效果如图2-28所示。

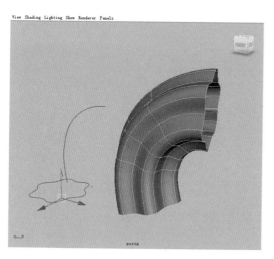

图2-28　圆管挤出方式的效果

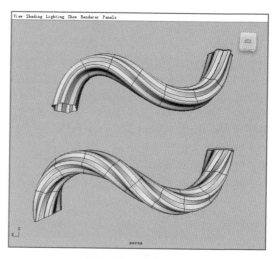

图2-30　旋转效果

▶▶ Orientation　定义挤出曲面的方向。该选项区域中有两个选项，分别是Path direction（路径方向）和Profile normal（轮廓法线）。如果选中了Path direction单选按钮，则按路径曲线挤出曲面；如果选中了Profile normal单选按钮，则按照轮廓法线挤出曲面，如图2-29所示。

▶▶ Scale　该参数用于设置挤出的曲面是否可以被缩放，图2-31所示为不同的缩放值所创建的缩放效果。

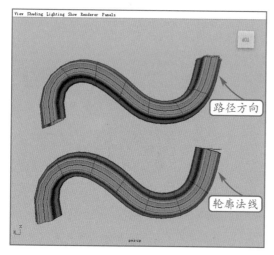

图2-29　定义挤出曲面的方向

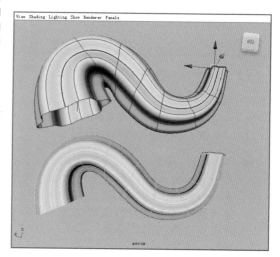

图2-31　缩放效果

▶▶ Rotation　该选项用于设置挤出的曲面是否可以产生旋转角度，图2-30所示为不同的旋转数值所创建的不同的旋转效果。

▶▶ Curve range　该选项区域包含两个选项，分别是Complete（全部）和Partial（部分）。其中，如果选中了Complete单选按钮，则会将轮廓曲线全部挤出；如果选中了Partial单选按钮，则会将轮廓曲线进行部分挤出。

2.3.4　倒角曲面

Bevel（倒角）命令可以通过曲线生成一个倒角曲面，在实际操作中，很多边界需要使用曲线生成倒角，这样可以使物体看起来更加光滑，有效地避免了物体的尖锐边缘，尤其是在成品展示方面。

倒角命令的操作方法是：选择轮廓曲线或者曲面上的结构线，执行Surfaces | Bevel命令即可。下面向读者介绍Bevel选项设置对话框中的常用选项，如图2-32所示。

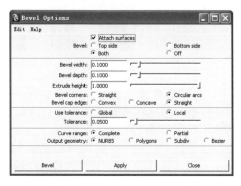

图2-32　Bevel Options对话框

▶▶ Attach surfaces　如果启用该复选框，则创建的曲面将被连接为一个整体，否则创建的倒角将是一个单独的倒角面。

▶▶ Bevel　Bevel用于设置创建倒角曲面的位置，包括4个选项，选中Top side单选按钮，表示只在顶部产生倒角；选中Bottom side单选按钮表示只在底部产生倒角；选中Both单选按钮，表示在顶部和底部都产生倒角；而选中Off单选按钮则不会产生倒角。

▶▶ Bevel width与Bevel depth　Bevel width参数用于设置倒角的宽度；Bevel depth用于设置倒角的深度。

▶▶ Extrude height　该选项用于设定曲面拉伸部分的高度，不包括倒角的区域。

▶▶ Bevel cap edge　该选项用于设定倒角面的形状为Convex（凸圆面）、Concave（凹圆面）还是Straight（直面），如图2-33所示。

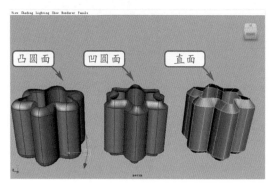

图2-33　设置倒角面的形状

除了Bevel命令外，Maya还提供了Bevel Plus（倒角扩展）命令，倒角扩展选项对话框如图2-34所示，在这里可以从列表中选择多种倒角的预设类型进行倒角。

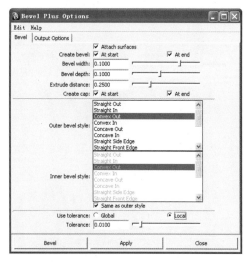

图2-34　倒角扩展选项对话框

2.4　工艺产品设计——花瓶展示

本节带领读者使用NURBS建模制作花瓶和展牌的模型，主要使读者掌握NURBS曲线的基本编辑方法，以及曲面成形工具的使用。

01 切换到前视图，使用CV曲线工具创建花瓶的轮廓线，并进入Control Vertex编辑模式，调整控制点的位置，结果如图2-35所示。

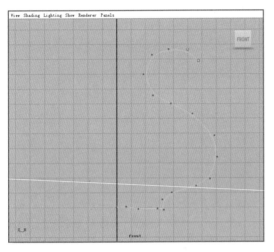

图2-35　创建曲线轮廓

02 按F8键进入曲线的选择状态，执行Edit Curves | Offset | Offset Curve命令创建偏移曲线，然后进入到属性栏中设置偏移距离值，如图2-36所示。

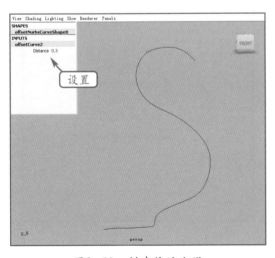

图2-36　创建偏移曲线

03 同时选择两条曲线，执行Edit Curves | Attach Curves命令，然后进入控制点编辑模式调整瓶口处的顶点，如图2-37所示。

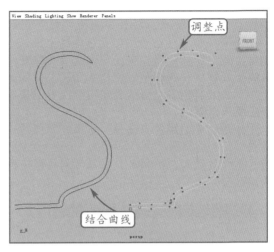

图2-37　调整瓶口顶点

04 选择调整后的曲线，执行Surfaces | Revolve命令，然后在属性栏中设置分段数，如图2-38所示。

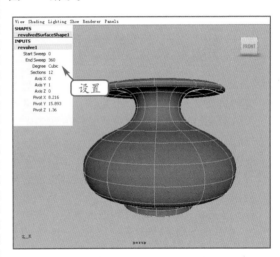

图2-38　设置细分

05 目前瓶底有点小，在没有删除历史的情况下，选择曲线并进入控制点编辑模式，调整瓶底处的顶点，可以改变模型的形状，如图2-39所示。

06 使用同样的方法再创建一个瘦长型的花瓶模型，如图2-40所示。

07 切换到侧视图，使用CV曲线工具创建标牌的截面曲线，如图2-41所示。

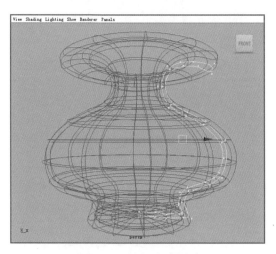

图2-39　调整瓶底顶点

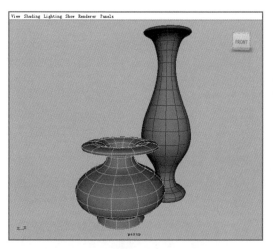

图2-40　创建一个瘦长型花瓶

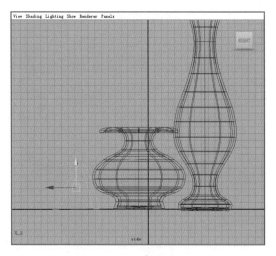

图2-41　创建截面曲线

08 切换到透视图，按Ctrl＋D键将轮廓复制一个，并移动位置，然后使用Loft命令创建模型，如图2-42所示。

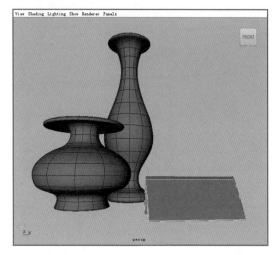

图2-42　复制曲线

09 在菜单栏中执行Create｜Text □命令，打开Text Curues Options对话框，输入要创建的文字并选择一种字体，然后设置其他参数，如图2-43所示。

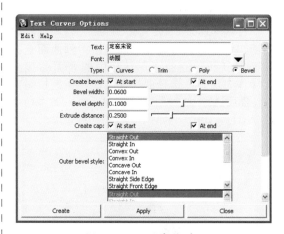

图2-43　设置字体选项

10 这里的参数选项和倒角曲面非常相似，单击Create按钮创建字体后，使用变换工具调整大小和位置，如图2-44所示。

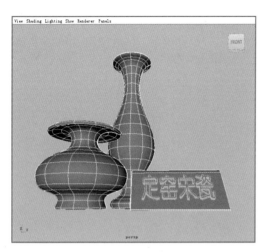

图2-44　创建字体

11 到此模型就制作完了，赋予材质后的渲染效果如图2-45所示。

图2-45　最终效果

2.5　编辑曲面

　　使用曲面成形工具能制作的模型比较有限，要制作复杂的曲面模型，还需要掌握一些重要的编辑曲面工具，在Edit NURBS菜单中包含了编辑和修改曲面的各种工具，下面向读者详细介绍最常用的工具。

2.5.1　投射和剪切

　　使用Project Curve On Surface（投射曲线到曲面）命令可以将独立的曲线投射到曲面上，从而得到和独立曲线形状相同的表面曲线。其操作方法是：选择曲线和曲面，确定投射方向，然后执行Edit NURBS | Project Curve On Surface命令即可，如图2-46所示的投射曲线效果。

　　Project Curve On Surface命令的选项设置窗口如图2-47所示。重要参数介绍如下。

图2-47　Project Curve On Surface Options对话框

▶▶ **Project along**　控制曲线投射时的参考方向。其中Active view单选按钮是指以观察视角的方向作为参考投射方向，而Surface normal单选按钮是指以曲面法线方向作为参考投射方向。

▶▶ **Curve range**　控制投射曲线范围。选中Complete单选按钮，表示使用整个曲线进行投射；选中Partial单选按钮，表示只使用部分曲线进行投射，投射之后，可以在其属性栏

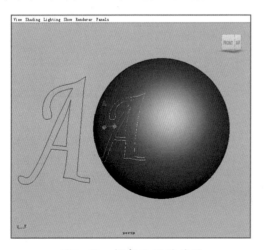

图2-46　投射曲线的效果

中通过控制Max/Min Value的值来调整投射曲线的范围，如图2-48所示。

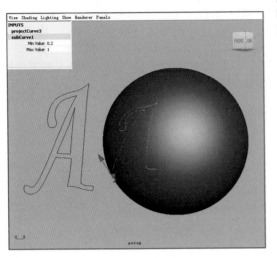

图2-48 投射部分曲线

Project Curve On Surface命令通常和Trim Tool（剪切）命令配合使用，来制作孔洞或者保留曲面，具体操作方法是：选择具有投射曲线或者具有相对封闭曲线的曲面，执行Edit NURBS | Trim Tool命令，然后在要保留的部分上单击，可以配合Shift键添加保留部分，最后按回车键确认，如图2-49所示。

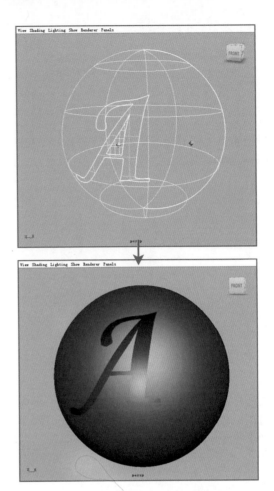

图2-49 使用剪切工具的效果

2.5.2 布尔运算

Booleans（布尔运算）子菜单包含了曲面的Union Tool（相加）、Difference Tool（相减）和Intersection Tool（相交）3种运算方式。通过相加命令可以将两个相交的NURBS物体变成一个整体，相交部分将被删除；通过相减命令可以让一个曲面将另一个与其相交曲面的相交部分剪除；相交命令使被运算的物体只保留相交部分的曲面。

具体的操作方法是：执行Edit NURBS | Booleans | Union Tool命令（或者其他两个命令），单击一个物体，然后按回车键，再单击参与运算的另一个物体，按回车键完成运算。各种运算方式的效果如图2-50所示。

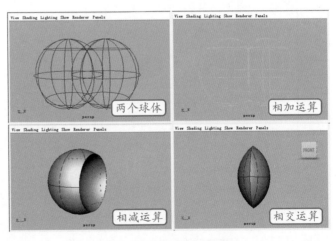

图2-50 布尔运算效果

2.5.3　插入结构线和偏移面

使用Insert Isoparms（插入结构线）命令可以增加曲面上的控制点数，从而添加模型细节。具体操作方法是：选择物体，进入其结构线编辑模式，然后使用鼠标从结构线上拖出黄色的虚线，并确定要添加的位置，还可以配合Shift键添加多个位置，然后执行Edit NURBS | Insert Isoparms命令即可，如图2-51所示。

Offset Surfaces（偏移面）命令可以将曲面偏移复制，从而制作出有厚度的物体。操作方法也比较简单，选择曲面模型，执行Edit NURBS | Offset Surfaces命令即可，如图2-52所示。要改变偏移的厚度，可以在曲面的属性栏中设置Distance的值。

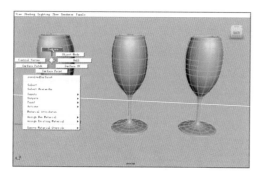

图2-51　插入结构线

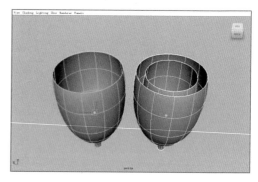

图2-52　偏移曲面

2.5.4　重建曲面和圆角工具

使用Rebuild Surfaces（重建曲面）命令，可以对曲面的描述状态、曲面分段数、曲面的纬度等多项属性进行设置。操作方法是：选择曲面，执行Edit NURBS | Rebuild Surfaces❑命令，打开如图2-53所示的重建曲面选项对话框，在其中进行适当的设置后，单击Rebuild按钮即可。

>> Number of spans U/V　使用这两个参数可以设置重建曲面U向和V向上的分段数。

>> Output geometry　在这里可以选择重建曲面的其他类型。

使用Round Tool（圆角工具）命令可以在曲面交接的边界上创建圆形倒角，该命令也是一个比较常用的工具。其使用方法是：执行Edit NURBS | Round Tool命令后，在模型的交界边上拖动鼠标，一旦操作成功，在边上会出现调整倒角大小的操作手柄，调整好圆角大小后，按回车键确定，如图2-54所示。

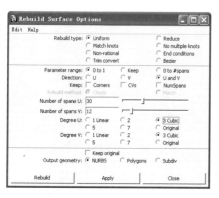

图2-53　Rebuild Surface Options对话框

下面对该对话框中常用的几个选项进行介绍。

>> Rebuild type　重建曲面的类型选择。这里有8种重建类型，其中Uniform是最常用的一种方式，该方式可以使重建的曲面进行统一描述。

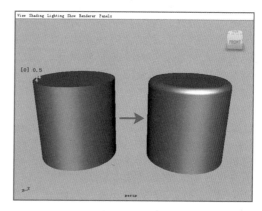

图2-54　使用圆角工具效果

2.5.5 曲面衔接

Surface Fillet（曲面衔接）子菜单可以在相交或者不相交的曲面间生成过渡曲面，并且过渡曲面和原始曲面之间是平滑连接。该子菜单有3种衔接方式，下面分别向读者介绍。

1. 圆弧衔接

使用Circular Fillet（圆弧衔接）命令可以用圆弧表面连接原来的两个表面，操作方法比较简单：选择两个曲面，执行Edit NURBS | Surface Fillet | Circular Fillet命令即可，如图2-55所示。

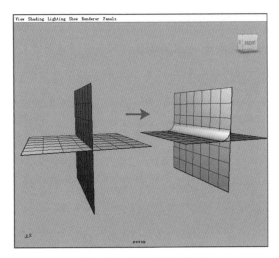

图2-55　圆弧衔接效果

圆弧衔接的选项对话框如图2-56所示，其中有几个比较重要的选项，详细解释如下。

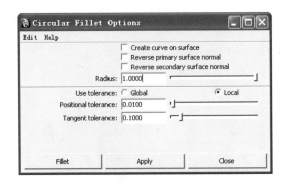

图2-56　Circular Fillet Options对话框

▶▶ Create curve on surface　如果选择的两个面是相交曲面，启用该复选框可以在相交曲面上创建圆角曲面同原始曲面的交线。

▶▶ Reverse primary surface normal　启用该复选框，将翻转前选择的那个曲面的法线，以创建正确的衔接曲面。

▶▶ Reverse secondary surface normal　启用该复选框，将翻转后选择的那个曲面的法线，以创建正确的衔接曲面。

▶▶ Radius　该选项用来设置圆角曲面的半径。

2. 自由衔接

Freeform Fillet（自由衔接）命令主要用于两个自由曲面之间的连接，操作方法是：选择曲面上的一条结构线或表面曲线或剪切边，按住Shift键选择另一个曲面上的一条结构线或表面曲线或剪切边，然后执行Edit NURBS | Surface Fillet | Freeform Fillet命令，自由衔接效果如图2-57所示。

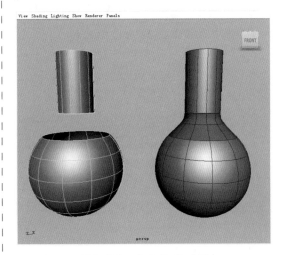

图2-57　自由衔接效果

自由衔接选项对话框如图2-58所示，其中有两个重要的选项。

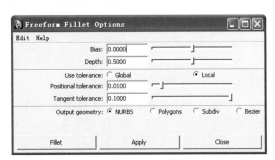

图2-58　Freeform Fillet Options对话框

>> Bias 偏差值，用于控制与原始曲面相连的圆角曲面两端的切线状态，控制连接处的平滑度。

>> Depth 控制圆角曲面的曲率。

3．混合衔接

Fillet Blend Tool（混合衔接工具）命令可以根据所选表面的曲线填补融合两个曲面，其操作方法是：执行该命令后，选择曲面上的一条结构线或表面曲线或剪切边，按回车键，然后选择另一个曲面的一条结构线或表面曲线或剪切边，再按回车键即可，混合衔接效果如图2-59所示。

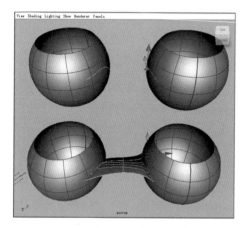

图2-59 混合衔接效果

混合衔接的选项设置对话框如图2-60所示，下面向读者介绍其中几个比较重要的选项。

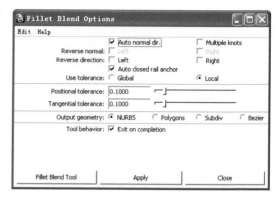

图2-60 混合衔接选项设置对话框

>> Auto normal dir 自动调整法线方向。

>> Reverse direction 如果生成的曲面发生扭曲，在禁用Auto normal dir复选框的情况下，通过启用该选项右面的两个复选框来纠正错误。

>> Auto closed rail anchor 启用该复选框时，即使旋转原始曲面，圆角曲面也不会发生扭曲。

2.6 电器模型设计——咖啡壶

本节带领读者制作一个咖啡壶的造型，其中壶嘴和壶把是制作的难点，用到了前面介绍的多种命令，具体操作步骤如下。

01 切换到前视图，使用CV曲线工具创建壶体的轮廓线，然后将端点和轴心都捕捉到同一条网格线上，如图2-61所示。

02 选择所有曲线，执行Surfaces | Revolve命令，旋转成面，如图2-62所示。

03 选择壶体中间的部分，在菜单栏中执行Modify | Make Live命令将模型激活，然后在壶嘴处创建曲线，如图2-63所示。

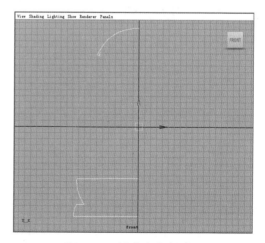

图2-61 创建壶体轮廓线

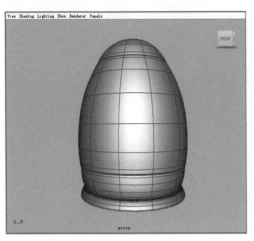

图2-62 旋转成面

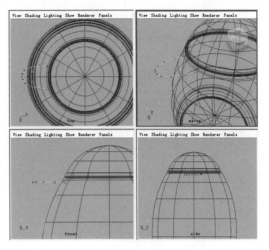

图2-64 在顶视图创建曲线

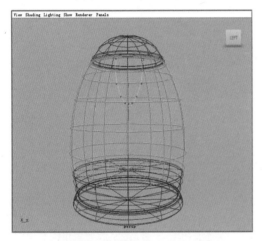

图2-63 在壶嘴处创建曲线

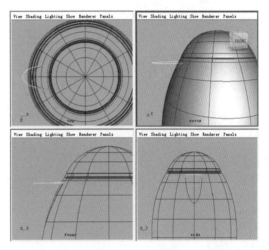

图2-65 复制曲线

04 取消所有物体选择，执行Modify | Make not Live命令，然后在顶视图创建曲线，并在其他视图调整位置，如图2-64所示。

05 将刚创建的曲线复制一条，使用旋转工具调整位置，并使用缩放工具调整形状，如图2-65所示。

 注意

在创建完壶嘴曲线之后，进入顶点编辑模式，选择端点，使用移动工具配合C键将端点捕捉到表面曲线所对应的端点上，这样在使用这3条曲线创建曲面时才不会出错。

06 按顺序选择3条曲线，接着使用Loft工具放样曲面，然后使用Rebuild Surfaces工具重新设置曲面的分段，如图2-66所示。

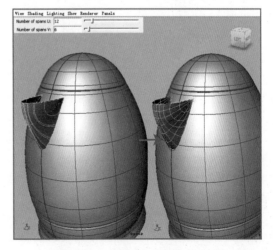

图2-66 重新设置曲面的分段

07 选择曲面，执行Edit NURBS | Offset Surfaces命令，并设置偏移值为−0.2，如图2−67所示。

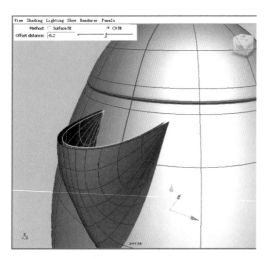

图2−67　偏移曲面

08 进入曲面的结构线编辑模式，选择两个曲面上端的结构线，然后使用Loft工具放样曲面，如图2−68所示。

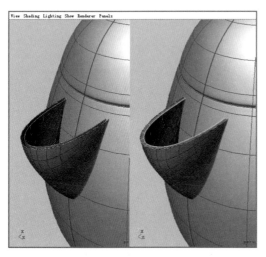

图2−68　放样曲面

09 在侧视图中创建一个轮廓曲线，然后切换到前视图，进入Control Vertex编辑模式，并使用移动工具调整顶点的位置，使其依附在壶体的表面，如图2−69所示。

10 进入曲线的选择模式，按Ctrl+D键复制一条，调整好位置后，同时选中两条曲线，使用Loft工具放样成面，如图2−70所示。

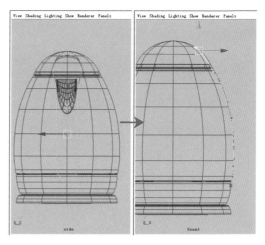

图2−69　创建并调整曲线

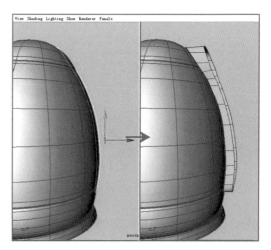

图2−70　复制曲线并放样成面

11 选择放样面外侧的曲线，复制一条，并将其历史删除，然后进入其Edit Point编辑模式，在曲线两端选择两个点，接着执行Edit Curves | Detach Curves命令，将曲线打断，如图2−71所示。

12 选中两条被打断的曲线，先使用Loft工具放样成面，然后使用Rebuild Surfaces工具重建曲面，如图2−72所示。

13 切换到侧视图，在壶把的顶部创建一个圆，并进入其Control Vertex编辑模式，调整顶点位置，然后镜像复制一个放置在壶把的下方，如图2−73所示。

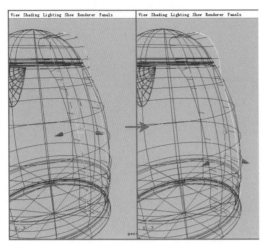

图2-71 打断曲线

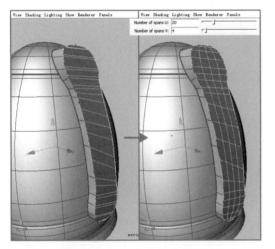

图2-72 放样并重建曲面

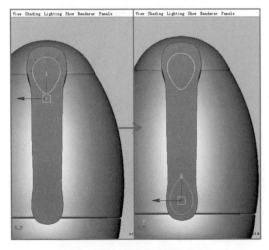

图2-73 在壶把创建图形

14 使用Project Curve On Surface工具将创建的图形投射到壶把的曲面上，然后使用Trim Tool工具进行剪切处理，如图2-74所示。

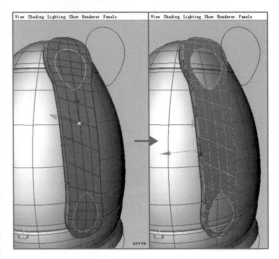

图2-74 剪切平面

15 再创建一个圆形和一个路径曲线，在4个视图中的位置如图2-75所示。

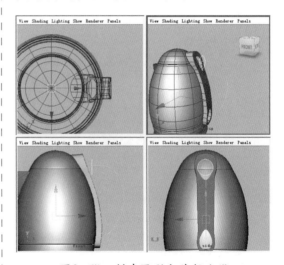

图2-75 创建圆形和路径曲线

16 同时选中圆形和路径，使用Extrude工具挤出模型，然后进入模型的Hull编辑模式，并旋转底端的外壳线，如图2-76所示。

43

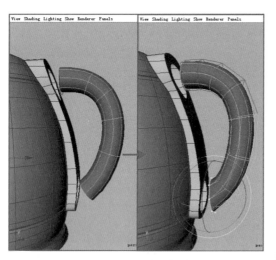

图2—76　调整模型

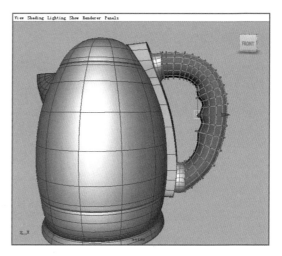

图2—78　编辑壶把细节

17 使用Rebuild Surfaces工具重新划分曲面段数，然后使用Surface Fillet工具衔接曲面，如图2—77所示。

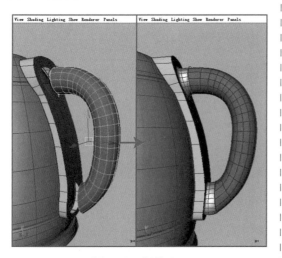

图2—77　衔接曲面

18 选择壶把曲面，进入到Control Vertex编辑模式，使用移动工具调整控制点的位置，编辑出壶把的细节，如图2—78所示。

19 目前，咖啡壶的重要部件已经创建完毕，其他小的部件创建都比较简单，这里不再赘述，最终的模型和渲染效果如图2—79所示。

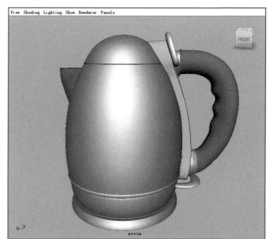

图2—79　最终效果

2.7 办公用品设计——台灯

本节继续使用NURBS建模技术创建一个时尚台灯的模型，主要让读者熟悉NURBS的布尔运算工具、圆角工具以及常用编辑工具的用法，具体操作步骤如下。

01 在透视图中创建一个NURBS球体，设置参数如图2-80所示，并使用缩放工具调整形状。

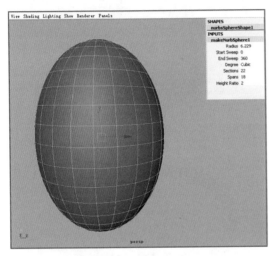

图2-80 创建球体

02 继续创建NURBS球体，使用变换工具调整其位置，并设置参数如图2-81所示。

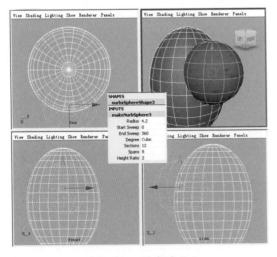

图2-81 创建球体2

03 使用Booleans工具将两个球体进行差集运算，然后使用Round Tool工具进行圆角处理，如图2-82所示。

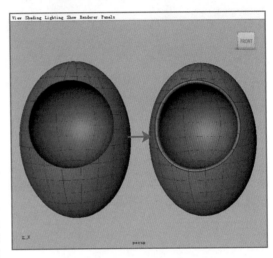

图2-82 布尔运算并圆角处理

04 选择模型底部的一条结构线，执行Edit NURBS | Detach Surfaces命令，然后将分离的面删除，如图2-83所示。

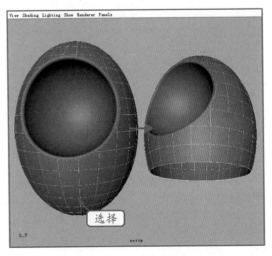

图2-83 分离并删除面

05 选择开口处的结构线，执行Surfaces | Planar命令，填补一个面，然后使用Round Tool工具添加圆角，如图2-84所示。

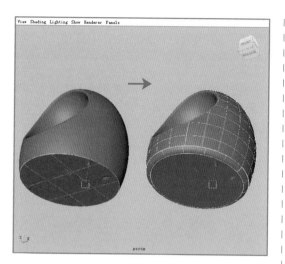

图2—84　补面并添加圆角

06 在布尔运算的凹陷处创建一个圆形曲线，并使用Project Curve On Surface工具将其投射到凹面上，如图2—85所示。

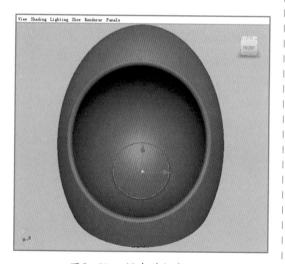

图2—85　创建并投射曲线

07 使用Trim Tool工具剪切面，接着复制圆形曲线，并调整位置，然后配合Shift键加选剪切边，并使用Loft工具放样成面，如图2—86所示。

08 使用Round Tool工具在洞口的边沿创建圆角，如图2—87所示。

09 创建一个NURBS球体，设置参数如图2—88所示，并使用变换工具将其调整到创建的洞口内。

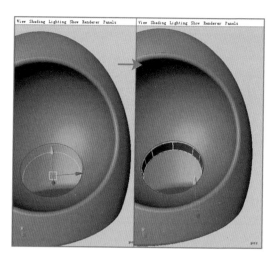

图2—86　放样成面

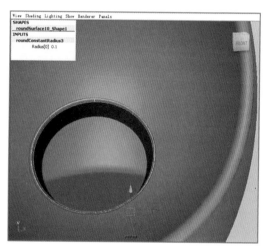

图2—87　创建圆角

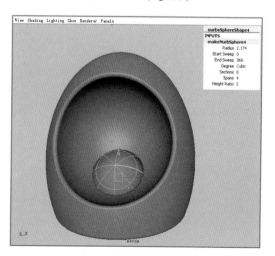

图2—88　创建球体

10 创建一个NURBS圆柱体，设置参数如图2-89所示，然后使用对齐工具和移动工具调整位置。

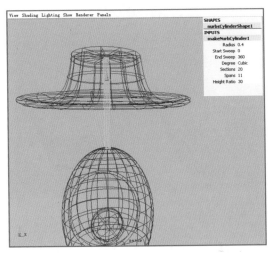

图2-89 创建圆柱体

11 进入圆柱体的控制点编辑状态，使用移动和缩放工具调整顶点，从而改变圆柱体的形状，如图2-90所示。

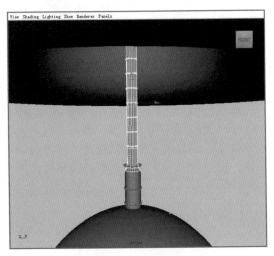

图2-90 调整顶点

12 最后再添加一个NURBS圆环到圆柱体的底部，最终的模型和渲染效果如图2-91所示。

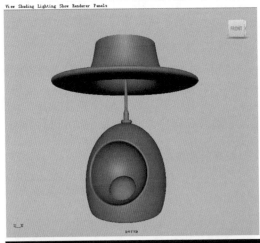

图2-91 最终效果

 2.8 细分建模知识要点

细分建模虽然没有多边形和NURBS建模的功能强大，但它同样具有独立的编辑菜单，这些菜单的命令操作起来相对简单。比较特别的是，在多边形代理模式下，可以使用编辑多边形的大部分工具编辑细分模型。下面向读者介绍几种常用的细分编辑工具。

2.8.1 边和点的编辑操作

通过边和点的操作可以对模型指定的部位进行锐化处理，而不需要添加更多的细节，另外还可以进行一些选择编辑操作，具体介绍如下。

1. 边或点的完全锐化操作

使用Full Crease Edge/Vertex（边或点的完全锐化）命令可以在模型上创建尖锐的棱角，其操作方法是：进入细分模型的边或者点编辑模式，选择要锐化的边或点，然后执行Subdiv Surfaces | Full Crease Edge/Vertex命令即可，锐化边和点的效果如图2-92所示。

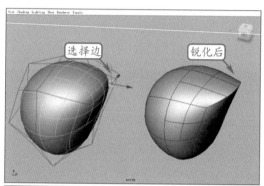

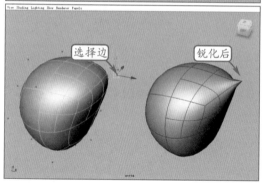

图2-92　锐化边和点

2. 边或点的半锐化操作

如果在模型的表面不需要过于尖锐的棱角，可以使用Partial Crease Edge/Vertex（边或点的半锐化）命令对边或者点进行小程度的锐化，操作方法和锐化操作相同，半锐化效果如图2-93所示。

3. 去除边或点的锐化操作

细分物体表面被锐化的边或点可以通过执行Uncrease Edge/Vertex（去除边或点的锐化）

命令将其还原到初始状态。创建过锐化或者半锐化的边会以虚线显示，当需要还原时，选择虚线显示的边，执行该命令即可。

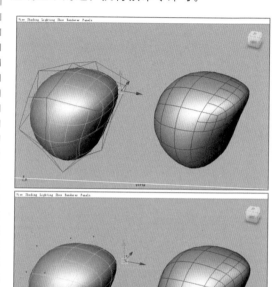

图2-93　半锐化效果

4. 转化选择元素操作

使用Convert Selection to Faces/Edges/Vertices/UVs（转化选择元素）命令可以将选择的元素转化到其他元素编辑模式，以方便编辑物体。图2-94所示是将选择的点元素转化成面元素的结果。

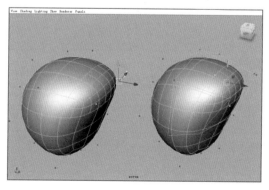

图2-94　元素转化效果

2.8.2 物体编辑操作

在细分模型的物体模式下，可以使用一些物体编辑操作命令，对其进行镜像、结合以及拓扑结构的处理，其操作方法相对比较简单，下面向读者介绍几个常用操作命令。

1．镜像操作

在Maya中，NURBS物体和多边形物体都可以通过在某个轴向上的负值缩放来创建物体的镜像。对于多边形物体来说，复制缩放并镜像能够顺利地将两个部分的面合并；对于NURBS物体来说，由于不需要将物体真正合并成一个整体，所以使用负值缩放的方式镜像复制也可以。但是如果使用同样的方法镜像细分模型，就会导致细分面和原始细分面无法合并成一个整体。所以，对于细分物体必须使用其特有的镜像工具检索进行镜像复制，然后使用合并工具进行合并。

细分物体镜像的方法是：选择要镜像复制的物体，执行Subdiv Surfaces | Mirror □命令，在选择设置对话框中选择镜像轴向，然后执行命令即可。图2-95所示是在Z轴上镜像的效果。

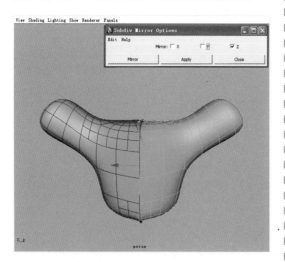

图2-95 镜像效果

2．结合物体

使用Attach（结合）命令，可以将具有对称结构的模型合并成一个整体。选择镜像后的两个细分物体，执行Subdiv Surfaces | Attach命令即可，也可以在选项设置对话框中设置结合参数，如图2-96所示。

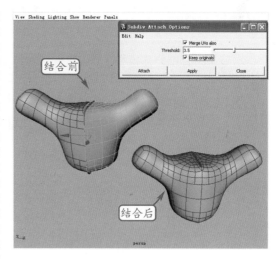

图2-96 结合效果

3．模式切换

选择细分模型，执行Subdiv Surfaces | Polygon Proxy Model命令可以将细分模型转化到多边形代理模式，在该模式下可以使用编辑多边形工具来编辑细分物体，如果要回到细分编辑模式，执行Subdiv Surfaces | Standard Model命令即可。图2-97所示是标准模式和多边形代理模式的对比。

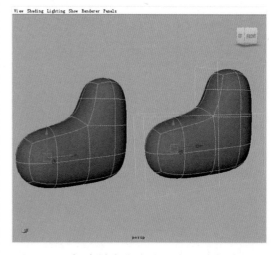

图2-97 标准模式和多边形代理模式的比较

2.9　数码产品设计——大脚丫摄像头

本节将结合细分建模和NURBS建模技术，创建一个摄像头的模型，在细分建模部分，使用了多边形代理模式，有关多边形的知识以及常用的工具可以参照第3章内容。详细操作步骤如下。

01 在透视图中创建一个细分球体，按Ctrl＋A键打开其属性通道盒，设置显示分辨率为3，如图2－98所示。

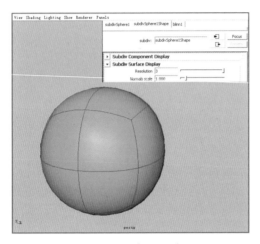

图2－98　创建细分球体

02 进入多边形代理模式，在Polygon模块下，使用Smooth工具对模型进行光滑处理，并使用缩放工具调整模型形状，如图2－99所示。

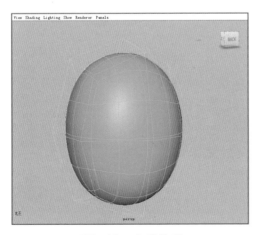

图2－99　光滑模型

03 进入边编辑模式，使用Insert Edge Loop Tool工具添加两条循环边，然后进入顶点编辑模式，调整顶点的位置，如图2－100所示。

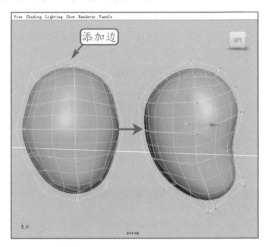

图2－100　添加循环边并调整顶点位置

04 进入面编辑模式，选择大拇指处的一个面，然后使用Extrude工具进行调整，如图2－101所示。

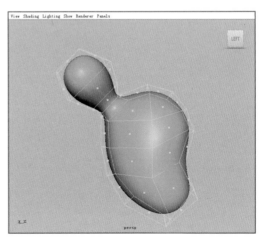

图2－101　挤出面

05 使用同样的方法，挤出其他脚趾的模型，然后进入顶点编辑模式调整顶点，如图2－102所示。

06 旋转脚掌中心的6个面，使用Extrude工具进行调整，如图2－103所示。

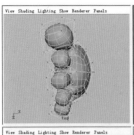
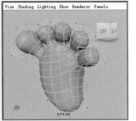
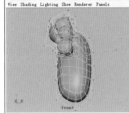

图2-102　创建其他脚趾模型

 技 巧

在挤出脚趾的操作中，先执行Edit Mesh | Keep Faces Together命令，禁用相应选项，这样同时选中多个面进行挤出时，挤出的面可以独立操作。

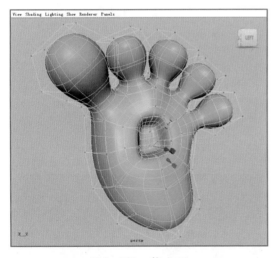

图2-103　挤出面

07 将最后挤出的面删除，然后调整顶点的位置，使其呈圆形，如图2-104所示。

08 使用挤出面的方法，在脚趾上添加细节，并通过调整顶点规范细节，如图2-105所示。

09 切换到Surfaces建模模块，在顶视图绘制摄像头的轮廓线，并将轴心点捕捉到轮廓线的内端点，如图2-106所示。

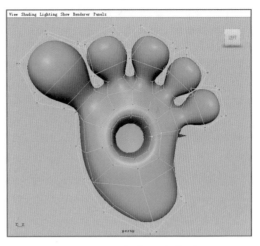

图2-104　调整顶点位置

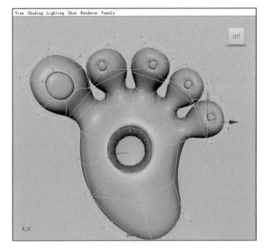

图2-105　添加脚趾细节

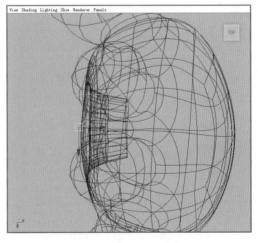

图2-106　绘制轮廓曲线

10 使用Loft命令将曲线旋转成面，并适当调整大小和位置，如图2-107所示。

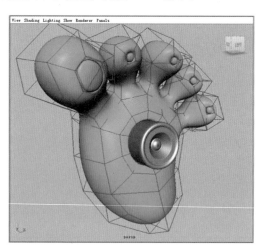

图2-107　将曲线旋转成面

11 创建一个圆形和一个放样路径，使用Extrude命令创建出圆管模型，如图2-108所示。

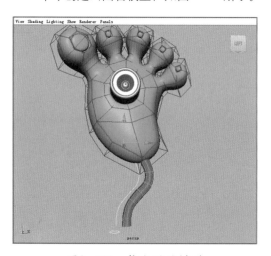

图2-108　挤出圆管模型

12 在创建出底座的界面线之后，使用Revolve命令旋转成面并适当调整大小，如图2-109所示。

13 选择底座，进入结构线编辑模式，在与圆管的衔接处添加结构线，然后进入外壳线编辑状态，通过缩放外壳线编辑出凹槽，如图2-110所示。

14 到此，摄像头模型制作完毕，为模型添加材质和贴图之后的效果如图2-111所示。

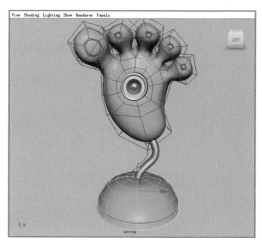

图2-109　旋转成面

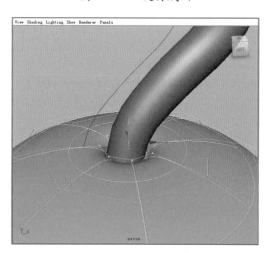

图2-110　编辑凹槽

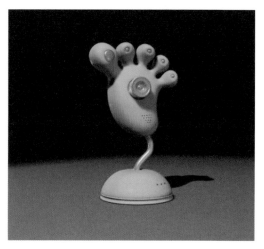

图2-111　最终效果

第3章

角色造型设计

动画角色造型设计是动画创作的前期工作，在动画创作中具有十分重要的地位。在游戏和影视动画领域，角色设计已经成为一门独立的学科，并向多元化发展，对设计师的要求也越来越高。本章主要探讨三维角色创作的相关知识和技巧，并详细讲解如何使用Maya软件制作一个完整的角色模型。

3.1 角色造型设计概要

一个出色的角色设计师必须具备深厚的美术功底和创造性思维，不过，即使一个人绘画功底以及创意不够深厚，也可以从一个角色模型师做起，任何知识都是积累的过程，缺什么补什么，最终都可以达到理想状态。这里不对角色设计的理论进行过多的介绍，着重讲解使用多边形建模技术创建三维角色模型的技术要点。

3.1.1 角色造型赏析

可以将角色造型的风格简单分为两大类，即写实风格和卡通风格。本节将通过几个经典角色设计案例，向读者介绍各种角色造型的特点以及建模技术分析，主要为读者引导一个方向，以确定自己所擅长的风格。另外还将介绍游戏角色这一特殊角色类型的特点。

1. 写实角色

在影视动画领域，写实角色被广泛应用到以科幻、战争为题材的影片中，如著名的《指环王》、《机械公敌》等。图3-1所示是2007年好莱坞三维电影《贝奥武夫》的男主角，从画面的逼真和细腻程度就足以表明制作者技术的精湛。

图3-1 写实人物

单从模型上讲，像这类高精度的模型完全可以在Maya软件中实现，并且对于有机生物模型使用Polygon或者NURBS都可以完成，这两种

建模方法各有长处，使用哪种方法要看个人习惯。不过在贴图的应用上Polygon模型更容易控制。当然，也可以将这两种建模方法结合使用，例如创建如图3-2所示的机械角色，在制作曲面时使用NURBS建模，在制作棱角分明的造型时使用Polygon建模，这样在一定程度上可以提高工作效率。

图3-2 机械角色

2. 卡通角色

卡通角色最大的特点就是可爱和拟人化，卡通角色在卡通剧集和卡通电影中都得到了淋漓尽致的体现，如近几年比较经典的三维卡通电影《怪物史莱克》、《冰河世纪》以及《功夫熊猫》等。图3-3所示是2008年推出的《霍顿与无名氏》的主角。

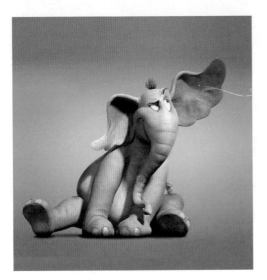

图3-3 卡通角色

总结一下就可以知道，卡通角色的造型都不复杂，在建模技术上可以使用多边形建模，也可以使用细分建模，在后面的实例中将使用多边形建模技术创建一个卡通模型。

3. 游戏角色

游戏角色当然也有卡通和写实风格，这里讲的是实时画面级别游戏角色的特点和建模

3.1.2 角色布线规则

使用多边形创建角色建模时，拓扑结构的布线是一个非常重要的知识点，因为在动画创作的过程中，角色的布线好坏和疏密直接影响后期的动画效果及渲染速度。那么在创建模型时怎样把握网格线的分布和疏密，有没有统一的科学的布线方法？本节将详细向读者介绍。

1. 布线的疏密依据

模型布线的疏密在不同制作领域的要求各有不同，大致可分为3类：第一类是超写实电影级别角色，在好莱坞大片中对角色的精细度要求相当高，无论摄像机在什么机位，都要保证肉眼看不到任何破绽，一个兽人的制作至少要百万个面，如图3-5所示。

方法。由于游戏画面要实时计算，并且必须让普通显卡都能承受得起，所以对模型的精简要求很高，既要刻画出角色的轮廓和个性，又要使模型的面数尽可能地加以控制。基于这种特点，实时画面级别游戏角色的模型注定要使用多边形建模技术。另外由于模型较为粗糙，在细节上要完全依靠贴图进行表现，图3-4所示就是该类游戏角色的代表。

图3-4 游戏角色

图3-5 写实角色布线

第二类就是前面讲的实时游戏模型，这类模型的面数要尽可能的精简，一个普通的角色一般要低于5000个面，如图3-6所示。第三类就是处于这两类中间的模型，例如三维动画剧集中的角色，或者三维电影中没有特写镜头的角色，这类角色一般要几十万个面。

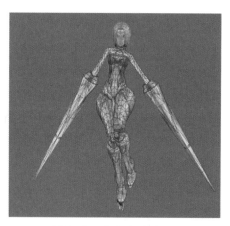

图3-6　游戏角色布线

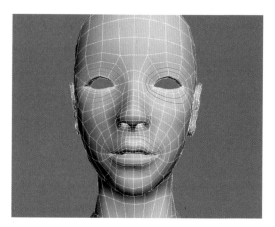

图3-8　面部布线

2. 网格线划分原则

如果制作的模型需要制作动画，无论是动画级还是电影级，在布线方法上没有太大出入，基本上可以遵循这样的规律：运动幅度大的地方网格线密集，如关节、腰部等，如图3-7所示。

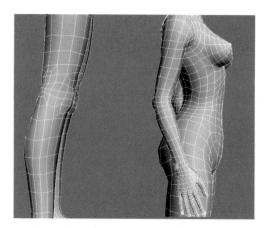

图3-7　关节和腰部的布线

对于角色的面部，如果要制作表情动画，则表情丰富的地方布线要密，且最好沿着面部肌肉的走向安排布线，如图3-8所示。

另外还有一个比较重要的布线原则，就是要尽量避免五星线和多边面，因为五星线或者五边形在表情或肌肉变形时比较难以控制，不能很好地伸展，一般五星线出现在哪里，伸展就会在哪里停止。然而，鉴于有机物体的复杂性，很多时候五星线难以避免，在这种情况下最好能将五星线安排在动作幅度小的位置，如图3-9所示。

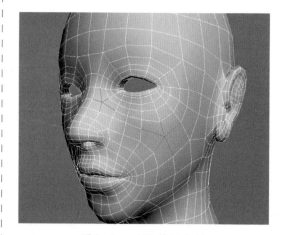

图3-9　五星线的安排

3.2　多边形角色建模知识要点

多边形建模是一种非常直观而又灵活的建模技术，虽然Maya的NURBS曲面建模和细分曲面建模也非常优秀，但在角色建模方面多边形建模技术有不可取代的优势，在许多游戏与动画公司，仍然是优先使用的技术手段。本节将向读者详细介绍多边形建模常用工具的使用方法和技巧。

3.2.1 创建和添加多边形

Create Polygon Tool（创建多边形工具）用于手动创建任意Polygon物体，在菜单栏中执行Mesh | Create Polygon Tool命令之后，在视图中单击即可创建多边形，按回车键结束创建。

在创建的过程中如果发现创建的顶点位置不对，可以按住鼠标的中键并拖动来重新定位顶点的位置。如果创建一个面之后，在按回车键之前，按住Ctrl键，可以在已创建面的内部创建一个洞，如图3-10所示。

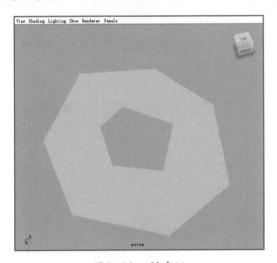

图3-10 创建洞

执行Mesh | Create Polygon Tool ▢ 命令之后，可以在属性通道中打开该工具的设置选项，如图3-11所示，各参数的解释如下。

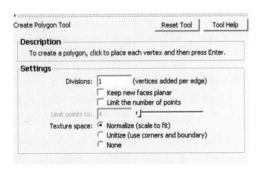

图3-11 创建多边形工具选项

>> Divisions 设置每条边上点的数目。

>> Keep new faces planar 是否将新的多边形面保持在一个平面上。

>> Limit the number of points 是否限制物体点的数量。

>> Limit points to 设置限制点的数量。例如，将该值设置为7，当创建的多边形达到7个点时，将自动创建一个独立的物体。

Append to Polygon Tool（添加多边形工具）和创建多边形工具在功能上比较类似，只不过它是在物体的边或者多个边之间添加多边形，也就是说，该工具必须以至少一条边为基础再向外延伸。选择一个Polygon物体，在菜单栏中执行Edit Mesh | Append to Polygon Tool命令，接着在模型开放的边上单击，这时开放的边上会出现紫色的三角箭头，继续沿箭头的方向单击相邻的边即可添加多边形，如图3-12所示，按回车键结束操作。

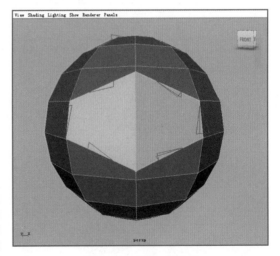

图3-12 添加多边形

Append to Polygon Tool的属性设置参数和Create Polygon Tool完全一样，读者可以参照Create Polygon Tool进行理解，这里不再赘述。

3.2.2 合并与分离

Combine（合并）工具可以将两个或者多个Polygon物体合并成一个Polygon物体。这和Group（成组）不是一个概念，合并后的物体只拥有唯一的中心点，在Outline中也只显示为一个物体名。在创建两边完全对称的模型时，通常只创建一半模型，镜像之后，在菜单栏中执行Mesh |

Combine命令将其合并为一个物体，不过要注意，合并之后虽然已经成为了一个物体，但接缝处的顶点并没有真正焊接，移动顶点就可以发现这一问题，如图3-13所示。这时还需要使用Merge工具进行对称点的焊接。

　　Separate（分离）是和Combine相对应的一个工具，即将具有多个独立部分的单一物体分离为多个物体，可以将Combine后的物体再分开。这两个操作都比较简单，选择多个物体后，在菜单栏中执行Mesh | Combine命令即可将其合并。选择合并的物体，然后执行Mesh | Separate命令即可将它们分离。

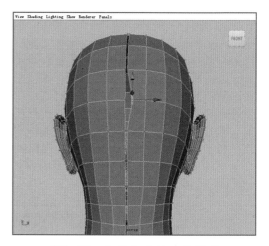

图3-13　合并之后的对称模型

3.2.3　光滑

　　Smooth（光滑）工具是使用Polygon创建角色模型必不可少的工具之一，在使用Polygon编辑工具创建角色的结构之后，使用Smooth工具可以使模型表面平滑和柔和，更接近生物的特征，以达到所需的结果。选择物体之后，在菜单栏中执行Mesh | Smooth命令即可对模型进行光滑，图3-14所示是光滑前后效果对比。

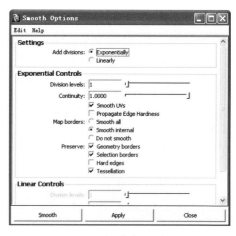

图3-15　光滑选项对话框

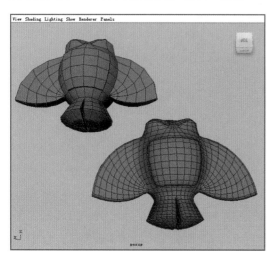

图3-14　光滑前后效果对比

　　执行Mesh | Smooth▢命令可以打开Smooth Options对话框，如图3-15所示，在该对话框中，光滑方式分为Exponentially（指数）和Linearly（线性）两种模式，其中指数模式是最常用的模式，其重要选项的解释如下。

» Divisions levels　控制多边形对象平滑程度。该参数越高，对象就越平滑，细分面也就越多。图3-16所示是不同细分级别的不同网格密度。

» Continuity　控制模型表面的平滑程度，当值为0时，面与面之间的转折都是线性的，比较生硬，当值为1时，面与面之间的转折比较圆滑。

» Smooth UVs　启用该复选框，在光滑细分模型时，模型的UV将一同被光滑。

在面编辑模式下，选择一部分面，在菜单栏中执行Mesh | Smooth（平滑）命令，可以只光滑模型的一部分，这个方法在制作大的场景中经常用到，以节约渲染时间。

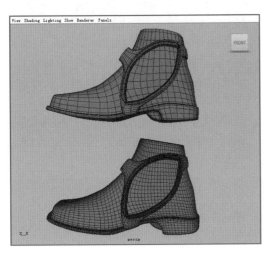

图3-16 不同细分级别的不同网格密度

在Maya中，除了Smooth外还有另外一种平滑模型的方式，即Average Vertices（均化顶点），选择模型，在菜单栏中执行Mesh | Average Vertices命令即可对模型进行平滑，这

3.2.4 细分代理

Subdiv Proxy（细分代理）也就是Maya早期版本中的Smooth Proxy，在Maya 2009中被更名并放置在了Proxy菜单中。该工具可以为低面多边形创建一个光滑代理模型，而原来的模型依然存在，在修改低面多边形时，光滑模型也会随之更新。这一功能在创建角色模型时非常有用。选择多边形模型，在菜单栏中执行Proxy | Subdiv Proxy命令即可生成代理模型，如图3-18所示。

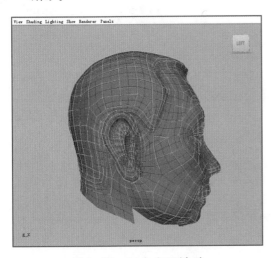

图3-18 细分代理模型

种方式不会改变模型的拓扑结构，也不会增加面数，可以使点与点之间过渡更加自然，但平滑的效果不理想，模型会变形，图3-17所示是均化顶点前后的效果对比。

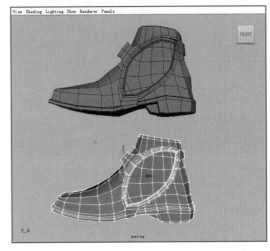

图3-17 均化顶点前后

Subdiv Proxy的对话框如图3-19所示，其中框选中的部分与Smooth工具一致，其含义不再赘述，有关Setup和Display Settings两个区域中的重要选项解释如下。

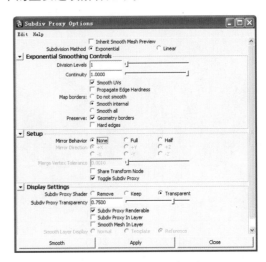

图3-19 细分代理对话框

>> Mirror Behavior 控制代理镜像行为，共有3个选项，None指不镜像代理；Full指完全镜像代理，可以得到对称的光滑代理；Half指只镜像一半光滑模型，如图3-20所示。

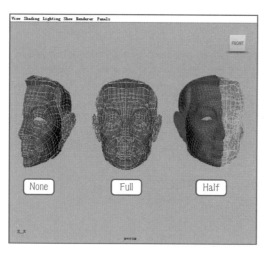

图3-20 3种代理镜像类型

▶▶ Mirror Direction 在这里可以选择镜像代理的轴向。

▶▶ Merge Vertex Tolerance 设定合并顶点的容差。当相邻的两个顶点的间距小于该值时将被合并。

▶▶ Share Transform Node 只有选中None单选按钮时，该选项才会被激活，启用该复选框，代理和光滑模型将共享一个变形节点。

▶▶ Subdiv Proxy Transparency 选中Transparent单选按钮后，调整该参数的值可以改变代理物体的透明度。

3.2.5 挤出

Extrude（挤出）工具用来对模型的面、边、点进行挤出操作，选择polygon物体的一个子元素之后，在菜单栏中执行Edit Mesh | Extrude命令，即可选择挤出操作。挤出元素之后会在原来元素的基础上添加新的元素，图3-21所示分别是对模型的点、边、面进行一次挤出的效果。

使用Extrude工具还可以将多边形物体的面或者边，沿着绘制的曲线进行挤出，具体操作方法为：选择面或者边，并配合Shift键选择曲线，然后执行Extrude命令即可，图3-22所示是沿曲线挤出面的效果。

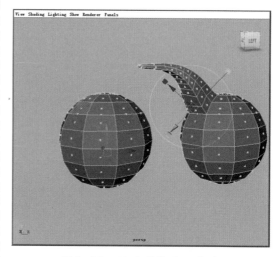

图3-22 沿曲线挤出面和边

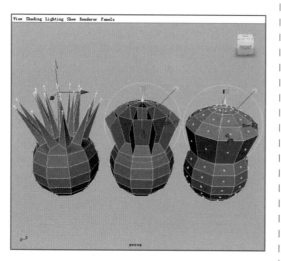

图3-21 挤出效果

在对模型的边或者面执行Extrude命令后，会出现一个操纵手柄，使用该手柄可以对挤出的边或者面进行变换操作，在操纵手柄上单击带有直线的小圆圈，可以将选择元素的坐标系在局部坐标系和世界坐标系之间转换。

当切换到不同元素显示时，Extrude工具的属性也会变换到对应的元素设置，其中以Extrude face（挤出面）的参数设置最为全面，图3-23所示是Extrude Face Options对话框。对话框中各选项含义解释如下。

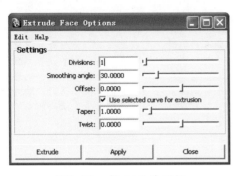

图3-23 挤出面对话框

>> Divisions 挤出部分的分段数量，默认值为1。

>> Smoothing angle 设置分割多边形得到的边是硬边还是软边，小的Smooth值可以得到较硬的边，较大的值可以得到较软的边。

>> Offset 设置挤出面和中心点位置的偏移值。

>> Use selected curve for extrusion 该复选框控制是否使用曲线作为挤出路径。

>> Taper 控制挤出面末端大小，可以产生锥体效果。

3.2.6 分割边

Split Polygon Tool（分割多边形工具）用来对模型进行细分，在需要添加细节的地方进行分割。选择要编辑的多边形模型，在菜单栏中执行Edit Mesh | Split Polygon Tool命令，然后在多边形边上连续单击即可创建分割边，右击结束操作，如图3-25所示。

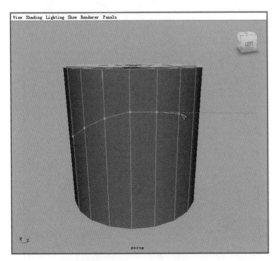

图3-25 分割多边形

>> Twist 控制挤出部分的扭曲程度，产生扭曲效果，如图3-24所示。

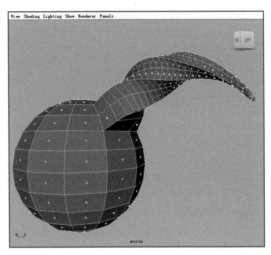

图3-24 扭曲效果

在对Polygon物体的元素选择挤出操作之后，可以在通道盒中修改各挤出参数的值。

在菜单栏中执行Edit Mesh | Split Polygon Tool口命令，会在通道盒中显示设置参数，如图3-26所示，各参数的具体解释如下。

图3-26 分割多边形工具设置参数

>> Divisions 设定创建面的每一条边的细分数目，细分点沿着边放置。

>> Split only from edges 控制是否只在物体边上创建端点。如果禁用该复选框，可以在物体表面的任意位置创建点，但起始点一定要在边上。

▶▶ Use snapping points along edge　控制是否使用在边上自动采样分段点。

▶▶ Number of points　设置沿着边平均吸附点的数量，默认值为1，并被放置的点的中布。

▶▶ Snapping tolerance　设置捕捉点的敏感程度，值越大，其敏感度越高。

3.2.7　切割面

　　Cut Face Tool（切割面工具）和Split Polygon Tool（分割多边形工具）一样，都可以分割多边形面。但Split Polygon Tool比较细致、精确，可以对每一条边进行分割。而Cut Face Tool可以沿着一条线切割模型上的所有面，比Split Polygon Tool方便快捷，但有一定的局限性。

　　选择要分割的模型，在菜单栏中执行Edit Mesh | Cut Face Tool命令，然后在模型上按住鼠标左键不放，会出现一条直线，如图3-27所示，松开鼠标即可得到切割的边。

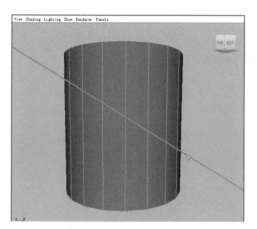

图3-27　切割面

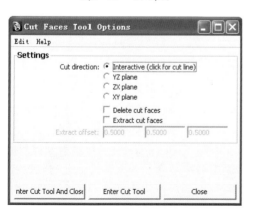

图3-28　Cut Face Tool Options对话框

技巧
在分割多边形时，可以配合X或V键打开网格捕捉或点捕捉，来定位分割点。在分割的设置参数中设置Snapping tolerance（磁性公差）为100，则当把第一个分割点放在一条边的中点附近时，Maya会自动将分割点捕捉到边的中心上，从而能够均匀地分割多边形。

　　当执行Edit Mesh | Cut Face Tool命令时会弹出该工具的设置对话框，如图3-28所示，各选项的解释如下。

▶▶ Interactive　选中该单选按钮可以交互拖动切割线，操作比较灵活。

▶▶ YZ plane/ZX plane/XY plane　分别沿YZ、ZX和XY平面切割模型，并显示切割操作器，可以交互调整切割位置，如图3-29所示。

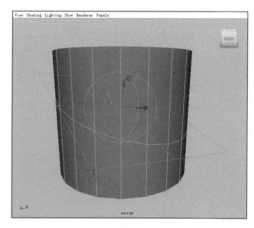

图3-29　使用切割平面

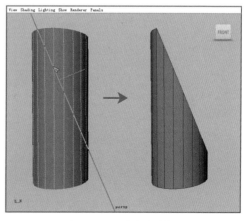

图3-30　删除切割面

▶▶ Delete cut faces　删除切线一侧的模型，在使用交互式切割时，Maya会出现虚线提示要删除面的位置，如图3-30所示。

▶▶ Extract cut faces　将模型从切割线处断开并分离。

> **注 意**
>
> 当进入多边形模型的面编辑模式，选择一个或者多个面时，使用切割面工具只对选中的面起作用。

3.2.8　插入和偏移边

　　Insert Edge Loop Tool（插入循环边工具）用于为模型添加新的循环边，选择模型之后，在菜单栏中执行Edit Mesh | Insert Edge Loop Tool命令，然后单击模型的一条边，这时会出现循环边的虚线，如图3-31所示。可以拖动该虚线来确定添加的位置，释放鼠标即可添加循环边。

▶▶ Relative distance from edge　循环线上的每个点的位置和所在边长度的比例保持相同。

▶▶ Equal distance from edge　保持插入的循环线的每条边都与相邻的边平行。

▶▶ Multiple edge loops　同时添加多条等分边的循环线，每个点的位置处于等距点上。

▶▶ Number edge loops　设置循环线数，这样一次可以创建多个循环边。

　　与Insert Edge Loop Tool 具有相似功能的还有Offset Edge Loop Tool（偏移循环边工具），该工具是以一条边为基准向两侧偏移循环边。在菜单栏中执行Edit Mesh | Offset Edge Loop Tool命令之后，在模型的边上单击并拖动鼠标即可创建偏移边，如图3-33所示。

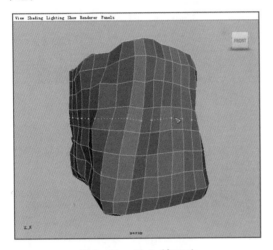

图3-31　添加循环边

　　执行Edit Mesh | Insert Edge Loop Tool▣命令，打开插入循环边工具的选项设置对话框，如图3-32所示，其中几个重要选项解释如下。

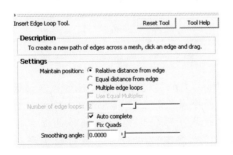

图3-32　插入循环边对话框

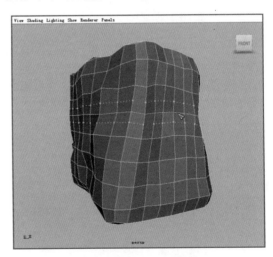

图3-33　偏移循环边

3.2.9　焊接

　　Merge（焊接）工具可以焊接模型上的点、边和面，而焊接的点、边或者面必须在一个整体模型

上，彼此独立模型上的元素不能被焊接。在制作对称物体时，经常在镜像并合并模型后，选择接缝处的点将其焊接，如图3-34所示。其操作方法也很简单：选择要焊接的元素，在菜单栏中执行Edit Mesh | Merge命令即可。

在焊接开放的边时，还可以使用Merge Edge Tool（焊接边工具）进行操作，具体操作方法为：执行Edit Mesh | Merge Edge Tool命令之后，在模型上依次单击要焊接的边，然后再次单击鼠标即可将其焊接，如图3-35所示。

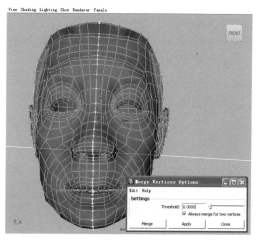

图3-34　焊接顶点

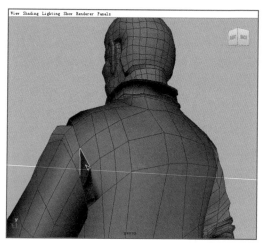

图3-35　焊接边工具

3.2.10　倒角和切点

Bevel（倒角）工具用来给物体的边添加倒角效果，经常用于工业建模，在角色建模中更适合制作机械类角色，或者角色的盔甲。

选择模型上的一条或多条边，然后在菜单栏中执行Edit Mesh | Bevel命令即可进行倒角处理。如果选择模型的点执行该命令，则与该点相邻的边都会进行倒角处理，如图3-36所示。

倒角工具的选项设置对话框如图3-37所示，其中几个重要选项的含义解释如下。

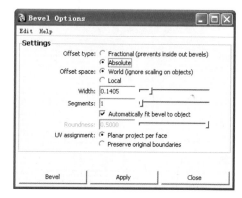

图3-37　Bevel Options对话框

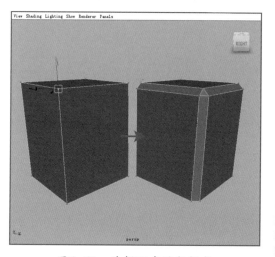

图3-36　选择顶点进行倒角

▶▶ Offset type　设置倒角偏移方式。该选项后有两个单选按钮，其中Fractional为分数值偏移模式，限制倒角顶点偏移范围大于物体上顶点范围；Absolute为绝对值偏移模式，当倒角顶点偏移范围大于物体上的顶点范围时，翻转内部面。

▶▶ Width　在该选项后面的文本框中可以输入精确的倒角的宽度。

➤➤ **Segments** 设置倒角的分段数，值越高其倒角越平滑。

➤➤ **Automatically fit bevel to object** 控制是否自动计算倒角的圆滑度，如果禁用该复选框，可以手动设置Roundness的值来控制倒角的光滑度。

Chamfer Vertex（切点）工具可以将一个

点以一定距离分散到连接的边上，形成一个切面。如果在选择边或者面的情况下执行Edit Mesh | Chamfer命令，则Maya会先提取这些边或者面上的顶点信息，然后再对顶点执行切角处理。

在切点工具的选项设置对话框中只有Width一个参数选项，该选项控制分散点和原始点的距离。如果启用该选项下的Remove the face after chamfer复选框，则在切角的同时删除切角面。

3.3 创建水牛力士

在创建一个角色模型之前，首先要设计出形象特征，绘制出正面和侧面参考图，然后将参考图导入到软件中创建模型。当然，这只是参考方法的一种，很多模型师可以根据构思直接在软件中创建模型，不过对于一个动画创作团队而言，在建模之前都有前期的设定工作，角色形象的设计还是要通过绘图或者雕塑表现出来。本节将创建一个卡通角色形象——水牛力士，参考图的绘制以及最终模型效果如图3-38所示。

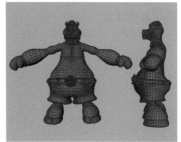

图3-38 绘制参考图像

3.3.1 创建头部模型

在该案例中，头部模型的创建比较复杂，并且考虑到要制作表情动画，在布线上要严格按照前面讲的布线规则进行创建。

1. 创建眼部模型

01 在Maya中新建一个Project，然后切换到前视图，执行View | Image Plane | Import Image命令，打开配套光盘提供的"水牛-正.jpg"文件，结果如图3-39所示。

02 在通道栏中选中looking through camera单选按钮，这样只能在前视图看到参考图像，然后将Color Gain的颜色值降低，以缓解操作时的视觉疲劳，如图3-40所示。

 提示

在imgePlane1面板中，一定要选中Image Plane的Fixed单选按钮，如果选中Attached To Camera单选按钮，则参考面片会随摄像机缩放和移动。另外，要调整参考图像的大小，可以修改Image Plane的Placement Extras属性中的值进行调整。

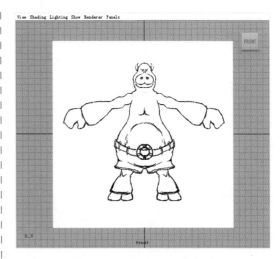

图3-39 导入正面参考图

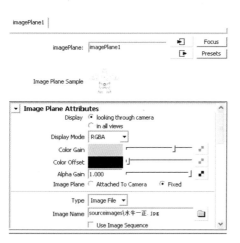

图3-40　设置参考图像属性

03 切换到侧视图，使用同样的方法导入配套光盘提供的"水牛－侧.jpg"文件，并在其通道栏中进行同样的设置，结果如图3-41所示。

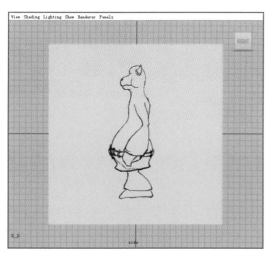

图3-41　导入侧面参考图

04 切换到前视图，使用Create Polygon Tool在眼睛处创建一个8边形，如图3-42所示。

如果在创建时不能实时看到，可以执行View | Image Plane | Image Plane Attributes | imageplane1命令，在通道面板中展开Placement Extras卷展栏，然后将Center选项Z轴的值改为-100即可。

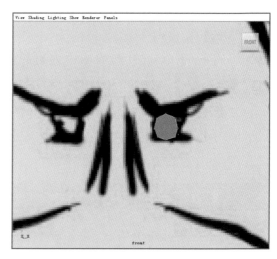

图3-42　创建多边形

05 将创建的面片复制两个，使用变换工具分别调整到鼻孔和牛角处，如图3-43所示。

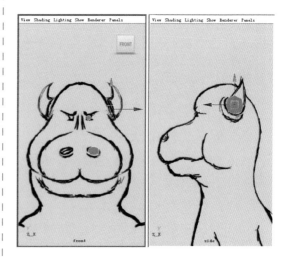

图3-43　复制调整多边形

06 进入边编辑模式，选择所有边，使用Extrude工具进行挤出操作，结果如图3-44所示。

07 进入顶点编辑模式，使用移动工具调整顶点位置，使之符合眼部的结构，如图3-45所示。

08 选择最外层的一圈边，使用Extrude工具挤出一次，然后在前视图中调整形状，使内侧的边线处在鼻梁的中央，如图3-46所示。

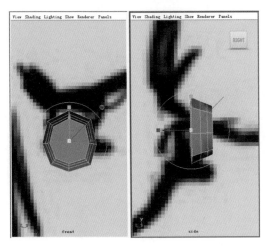

图3-44 挤出边

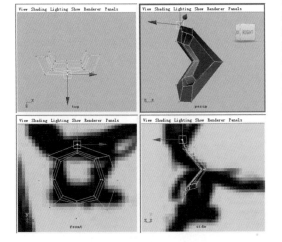

图3-45 调整顶点

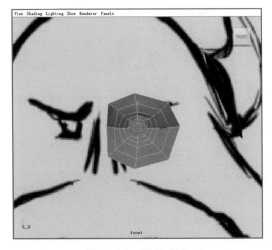

图3-46 调整形状

09 进入选择模式，使用Subdiv Proxy工具将眼部的模型生产一个代理模型，并用Half镜像方式，如图3-47所示。

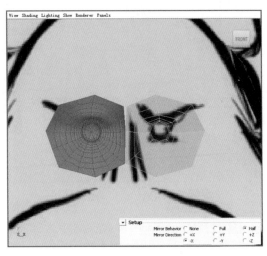

图3-47 生成细分代理

10 继续使用Extrude工具，在前视图依次挤出眉弓、颧骨和下眼帘处的边，并在其他视图调整其空间位置，如图3-48所示。

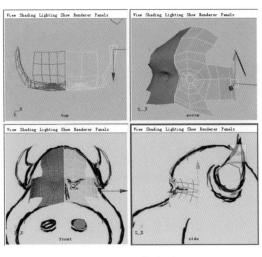

图3-48 挤出边

11 选择头部和颧骨处相对应的边，分别向内挤出，并调整位置，结果如图3-49所示。

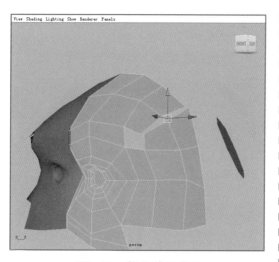

图3-49 挤出并调整边

12 使用Merge Edge Tool工具将刚才调整的边焊接起来，然后使用Append to Polygon Tool将镂空的面补上，如图3-50所示。

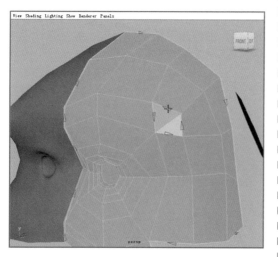

图3-50 焊接边并填补面

13 使用同样的方法创建腮部的面，如图3-51所示。

 提示

这种填补面的方法称为"一分为二"法，即在确定好五星线的放置位置后，向两侧分别挤出面，然后再挤出面的时候在分离处保留一个镂空的四边形，最后将其填补上。

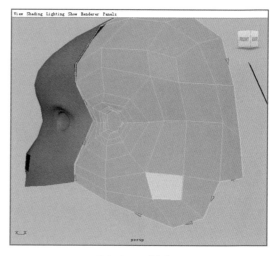

图3-51 创建面

2. 创建鼻子模型

01 选择鼻孔处的多边形，进入面编辑模式，使用Extrude工具向内挤出面，并在侧视图中调整位置，如图3-52所示。

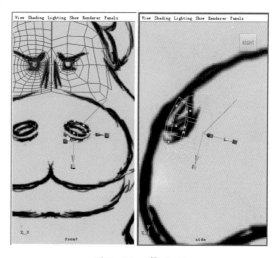

图3-52 挤出面

02 将模型顶部的面删除，进入边编辑模型，挤出周围的边，如图3-53所示。

03 进入选择模式，使用Subdiv Proxy工具生成一个代理模型，依然使用Half镜像方式，如图3-54所示。

04 目前在鼻头的接缝处产生了两个6星线，首先使用Split Polygon Tool工具，添加一条边，然后再删除多余的边，如图3-55所示。

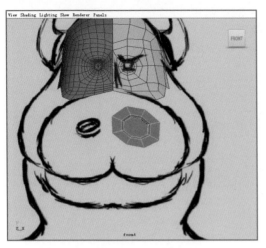

图3-53　挤出边

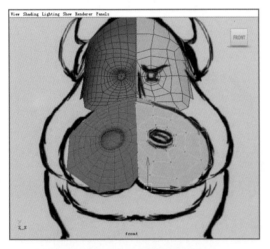

图3-54　生成代理

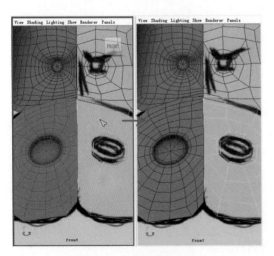

图3-55　分割并删除边

05 使用同样的方法将下方的6星线进行同样的调整，结果如图3-56所示。

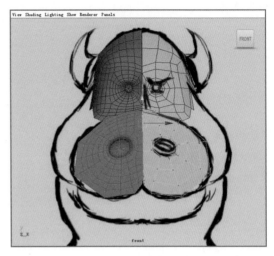

图3-56　调整6星线

注意

在纠正6星线之后会多出两个5边面，由于在鼻头的平面内没有表情动画，所以对最终的效果并没有影响。如果要做特殊的变形或者溶解动画还需要重新布线。

06 选择鼻子模型最外层的边，切换到侧视图，使用Extrude工具多次挤出并调整边，如图3-57所示。

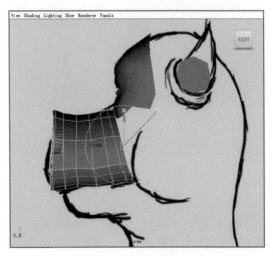

图3-57　挤出边

07 切换到顶视图，发现中间的点距离太远，进入到点编辑模式，使用移动工具调整，如图3-58所示。

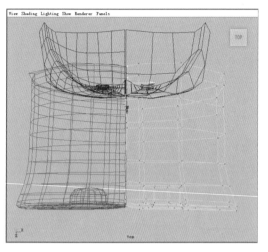

图3-58　调整点

08 观察右侧的光滑代理模型，发现有明显的棱角，使用Insert Edge Loop Tool添加细节，并调整顶点的位置，如图3-59所示。

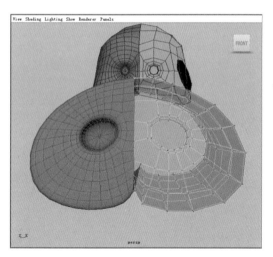

图3-59　添加边

3. 创建角部.

01 切换到透视图，选择牛角处的面，使用Extrude工具挤出并调整面，如图3-60所示。

02 切换到前视图，在菜单栏中执行Create | CV Curve Tool命令，然后沿着牛角的曲度创建一条曲线，如图3-61所示。

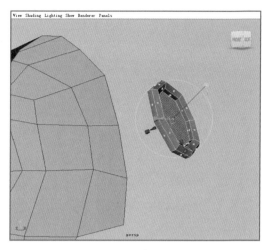

图3-60　挤出面

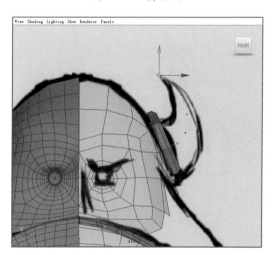

图3-61　创建曲线

03 切换到透视图，选择多边形的面，配合Shift键加选曲线，然后使用Extrude工具挤出牛角，接着在其属性栏中设置参数，如图3-62所示。

 注意

在创建曲线之后，其轴心点可能不在曲线的中心点上，为了操作方便，可以在菜单栏中执行Modify | Center Pivot命令进行纠正轴心点。另外在挤出操作时，如果出现错误，可以清除操作历史之后再挤出。

04 选择牛角处的所有面，选择Mesh | Extract命令，将其分离，如图3-63所示。

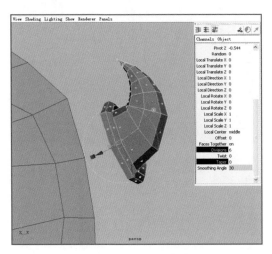

图3-62 挤出模型

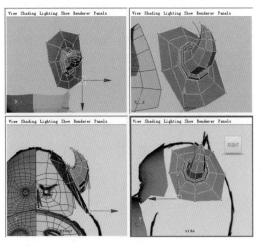

图3-64 挤出边并调整顶点

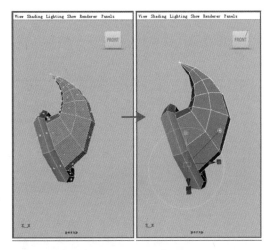

图3-63 分离面

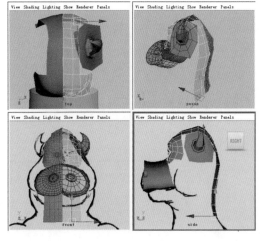

图3-65 挤出面

05 选择角根部最外层的边,使用Extrude工具挤出边,然后在其他视图调整顶点的位置,如图3-64所示。

 技巧

使用Select Border Edge Tool命令可以快速选择模型最外层的边界,使用Select Edge Loop Tool命令可以快速选择模型上任意一个循环边,这两个工具都位于Select菜单中。

06 选择额头上的两条边,使用Extrude工具依照参考图片挤出面到颈部,如图3-65所示。

07 目前头侧面模型的细分偏少,使用Insert Edge Loop Tool添加细节,如图3-66所示。

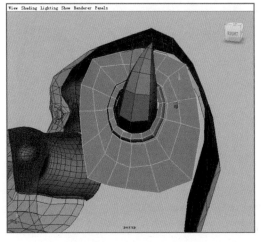

图3-66 添加模型细节

4. 完善头部模型

01 进入边编辑模式，使用Extrude工具拓展嘴部和腮部的面，并注意结构线的划分，如图3-67所示。

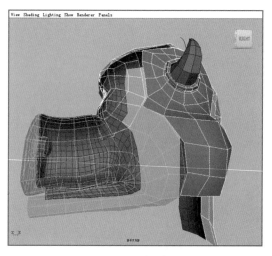

图3-67　拓展面

02 对照正面和侧面的参考图，继续使用Extrude工具挤出脖子和下巴处的面，如图3-68所示。

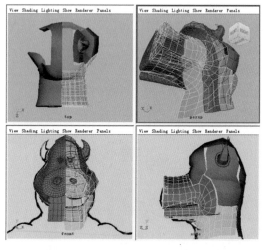

图3-68　挤出脖子和下巴处的面

03 切换到正视图，使用Append to Polygon Tool填补下嘴唇处的面，接着使用Split Polygon Tool将上下对应的顶点进行连线，结果如图3-69所示。

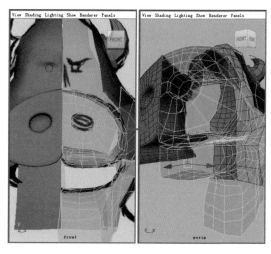

图3-69　填补面并连接顶点

04 删除左侧的光滑代理模型，并赋予右侧半透明模型一个Lambert材质，使其正常显示，如图3-70所示。

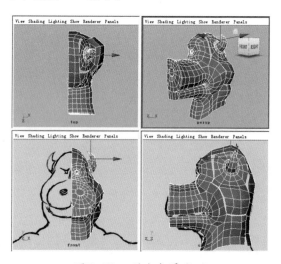

图3-70　删除光滑代理

05 选择所有模型，在菜单栏中执行Display | Polygons | Face Normals命令，显示所有法线，看法线方向是否一致，如图3-71所示。

06 选择法线朝内的所有面，在菜单栏中执行Normals | Reverse命令将法线翻转，如图3-72所示。

07 使用Combine工具将所有模型合并，然后使用Merge Edge Tool焊接所有接缝，并调整顶点的位置，如图3-73所示。

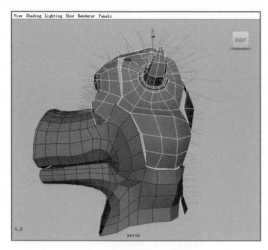

图3-71 查看法线

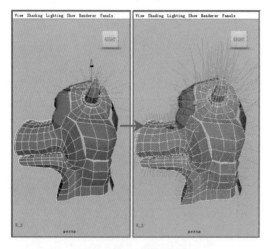

图3-72 翻转法线

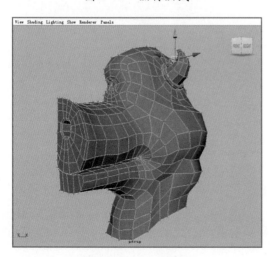

图3-73 合并模型

提 示

调整法线方向是非常必要的操作，如果法线方向
不统一，在合并模型后，焊接边或者顶点时会
出错。另外调整好法线之后，再次执行Display |
Polygons | Face Normals命令即可取消法线显示。

08 在眼睛部位创建一个球体作为眼球，然后使用Insert Edge Loop Tool在眼睛部位添加线并调整顶点位置，编辑出眼部结构，如图3-74所示。

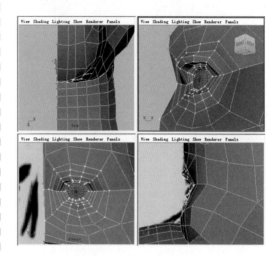

图3-74 调整眼睛

09 最后，使用Subdiv Proxy工具再次添加一个细分代理，如图3-75所示。

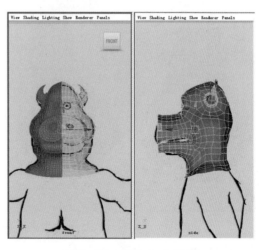

图3-75 添加细分代理

3.3.2 创建身体模型

相对头部模型而言，身体模型要简单得多，在制作过程中，主要通过结构线的走向表现身体的结构，并把握好肩部和臀部的结构特征。

01 在透视图中创建一个圆柱体，切换到属性栏设置参数如图3-76所示。

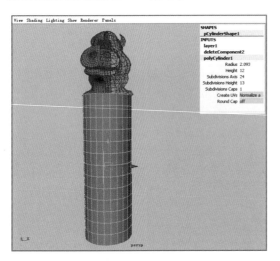

图3-76　创建圆柱体

02 进入点编辑模式，使用缩放工具，在前视图和侧视图调整点的位置，如图3-77所示。

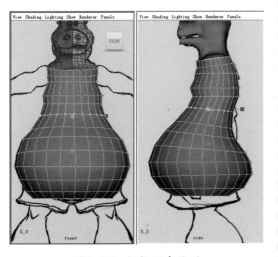

图3-77　调整顶点位置

03 使用Select Edge Loop Tool选择身体前面的循环边，然后使用移动工具调整位置，使其和颈部的结构线对应，如图3-78所示。

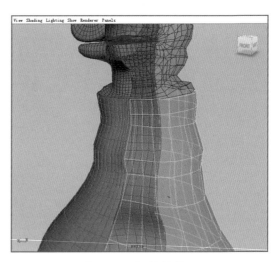

图3-78　调整结构线

04 使用Insert Edge Loop Tool在胸部添加边线，然后调整顶点的位置，使胸部肌肉轮廓呈现，如图3-79所示。

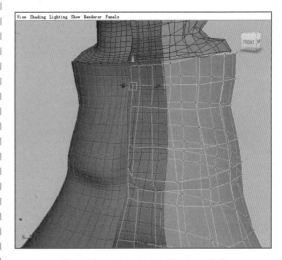

图3-79　添加边线并调整顶点

05 选择肩膀处的面，使用Extrude工具挤出并调整，如图3-80所示。

06 使用Insert Edge Loop Tool在肩部添加一圈边，并在前视图调整大小，如图3-81所示。

07 进入点编辑模式，使用移动工具调整背部的顶点，使其呈现肩胛骨的结构，如图3-82所示。

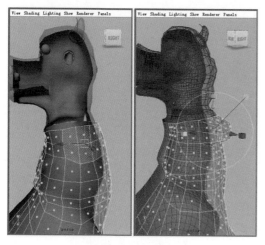

图3-80　挤出面

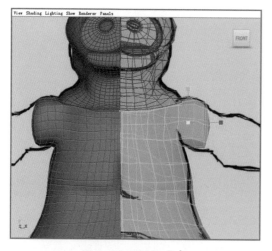

图3-81　调整肩部

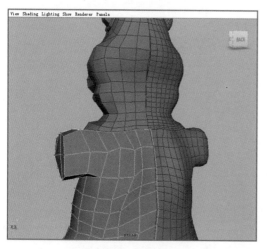

图3-82　调整顶点

提　示

在使用光滑代理之后，原始模型会以半透明显示，如果要回复实体显示，可以执行Window｜Rendering　Editors｜Hypershade命令，在超级着色器中双击Lambert2材质，然后在其属性通道中调整不透明度即可。

08 使用Split Polygon Tool在臀部添加一条边线，然后通过调整顶点的位置编辑臀部形状，如图3-83所示。

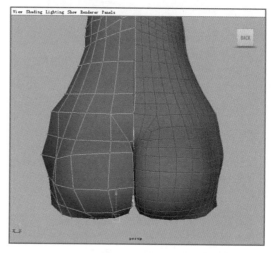

图3-83　调整臀部

09 选择腹部的一条边，使用Extrude工具挤出延伸到臀部，如图3-84所示。

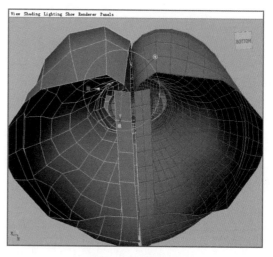

图3-84　挤出边

10 使用Merge Edge Tool将最后挤出的边和臀部的边焊接到一起，然后选中边界线，继续使用Extrude工具挤出，如图3-85所示。

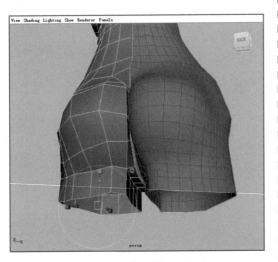

图3-85　焊接并挤出边界

11 使用Insert Edge Loop Tool在大腿的根部添加循环边，并调整顶点的位置，如图3-86所示。

12 使用Split Polygon Tool在腹部的下端重新分割面，使大腿根部的5星线转移到上方，这样更有利于动画，如图3-87所示。

3.3.3　创建四肢模型

四肢的创建也比较简单，使用最多的是Extrude工具，要注意在挤出面之后随时调整顶点的位置。另外在运动幅度大的地方布线要密，以保证能够制作正常的动画效果。

1. 创建手臂模型

01 进入面编辑模式，选中肩膀截面处的面，使用Extrude工具挤出并调整面，如图3-88所示。

02 使用Insert Edge Loop Tool添加循环边，然后进入顶点编辑模式，在4个视图中调整顶点，如图3-89所示。

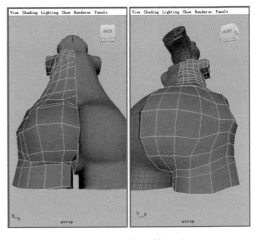

图3-86　添加循环边

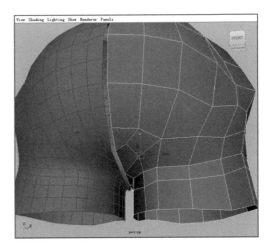

图3-87　重新分割面

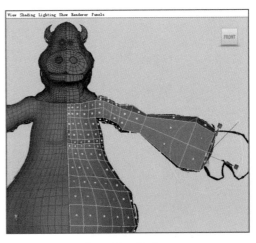

图3-88　挤出面

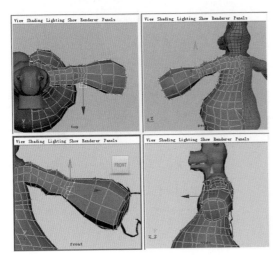

图3-89 添加细节并调整顶点

03 在手腕处，继续使用Extrude工具调整面，然后使用Duplicate Face工具复制出最后挤出的面，如图3-90所示。

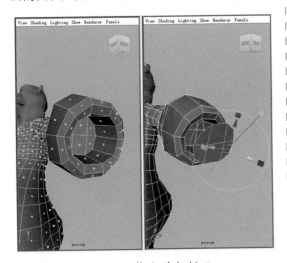

图3-90 挤出并复制面

04 选择复制出的所有面，使用Extrude工具挤出并调整，如图3-91所示。

05 进入顶点编辑模式，使用移动工具在4个视图中调整手部的顶点，结果如图3-92所示。

06 在复制面之后，手部的细分代理物体会消失，使用Subdiv Proxy工具再次创建代理物体，并使用移动工具调整到对称位置，如图3-93所示。

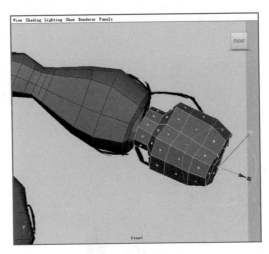

图3-91 挤出面

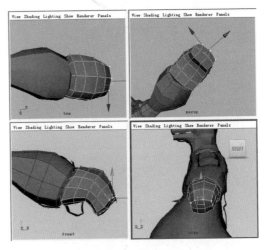

图3-92 调整顶点

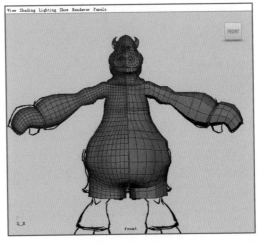

图3-93 创建代理

07 选择拇指处的面，使用Extrude工具挤出并调整顶点的位置，如图3-94所示。

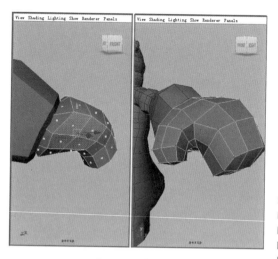

图3-94 挤出面

2. 创建腿和脚模型

01 切换到前视图，选择大腿根部的边界，向下移动，并使用缩放工具调整其他边线，如图3-95所示。

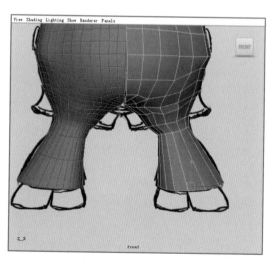

图3-95 调整边

02 使用Insert Edge Loop Tool添加循环边，然后进入点编辑模式，在前视图和侧视图调整顶点，如图3-96所示。

03 选择腿部的边界，使用Extrude工具挤出并调整边，结果如图3-97所示。

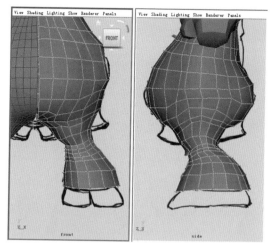

图3-96 调整腿部顶点

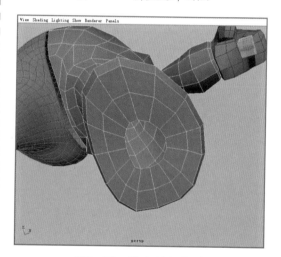

图3-97 挤出并调整边

04 进入面编辑模式，选择腿部下端的面，使用Duplicate Face工具复制选择的面，并移动到下方，如图3-98所示。

05 选择复制面上一半的面，使用Extract工具将选中的面摘出，如图3-99所示。

> Extract（摘出）工具可以使选中的面脱离原来的模型，操作方法也很简单，选中面之后，在菜单栏中执行Mesh | Extract命令即可。

06 使用Append to Polygon Tool在脚底部位填补面，然后使用Split Polygon Tool分割边线，如图3-100所示。

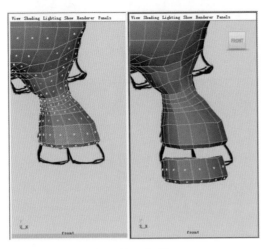

图3-98 复制面

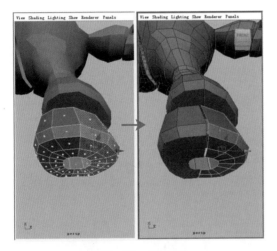

图3-99 摘出面

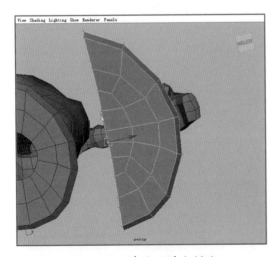

图3-100 填补面并分割边

07 同样使用Append to Polygon Tool在脚的内侧填补面，然后使用Split Polygon Tool分割边线，如图3-101所示。

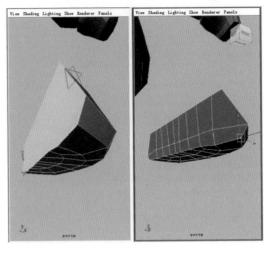

图3-101 填补内侧面并分割线

08 选择内侧一圈边线，使用Bevel工具进行倒角处理，结果如图3-102所示。

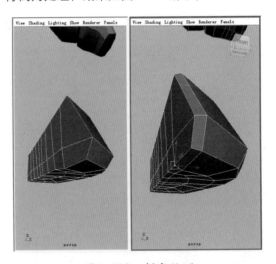

图3-102 倒角处理

09 使用同样的方法调整另一半脚部模型，然后调整位置，并使用Combine工具将它们合并到一起，如图3-103所示。

10 使用Insert Edge Loop Tool添加细节，并依照参考图片调整顶点的位置，结果如图3-104所示。

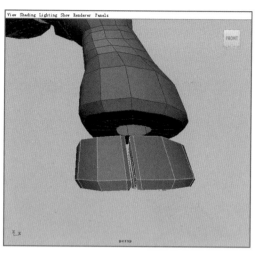

图3-103　合并模型

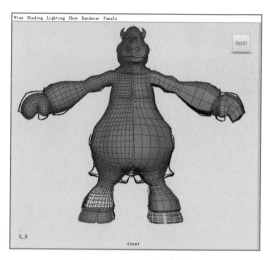

图3-104　创建脚部

3.3.4　创建衣服模型

在制作角色衣服模型时，衣服结构线的分布要尽可能和身体一致，这样在蒙皮时权重比较容易掌握，制作动画时也不会出现穿插现象。

1. 制作短裤

01 选择腰部的一组面，使用Duplicate Face工具将其复制，并稍微放大，如图3-105所示。

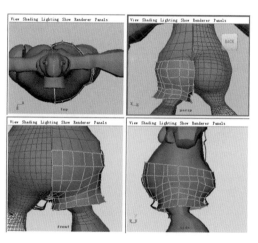

图3-106　调整顶点

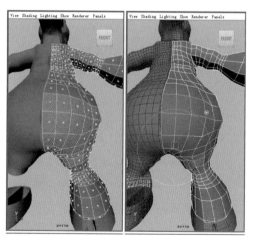

图3-105　复制面

02 进入点编辑模式，在4个视图中调整顶点的位置，结果如图3-106所示。

03 选择裤腿最下方的边界，使用Extrude工具挤出边，编辑出裤腿的厚度，如图3-107所示。

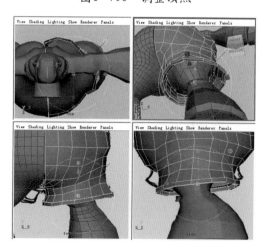

图3-107　挤出边

04 使用同样的方法编辑短裤上端的边界，然后使用Subdiv Proxy工具生成代理，如图3-108所示。

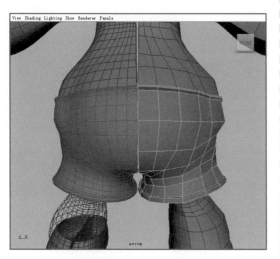

图3-108　添加代理模型

2. 制作腰带

01 使用Insert Edge Loop Tool在短裤的上部添加循环边，然后进入面编辑模式，选中腰带处的循环面，如图3-109所示。

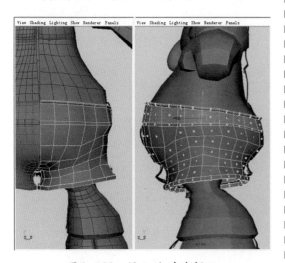

图3-109　添加边并选择面

02 使用Duplicate Face工具复制选择的面，并使用缩放工具稍微放大，然后使用Extrude工具挤出厚度，如图3-110所示。

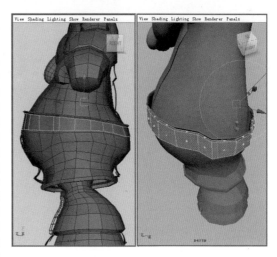

图3-110　挤出厚度

03 为挤出的腰带模型添加细分代理，将顶端的面删除，并进入到点编辑模式，使用移动工具将上端和下端的顶点向中间收缩，结果如图3-111所示。

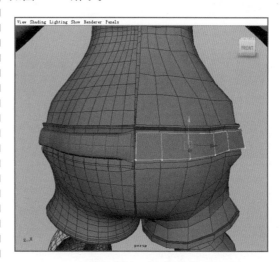

图3-111　调整顶点

04 选择短裤模型，进入面编辑模式，选择上端的一个面，使用Extrude工具向下挤出腰带环模型，如图3-112所示。

05 删除最后挤出的面和下方对应的面，然后进入到边编辑模式，使用Merge Edge tool工具将其焊接到一起，如图3-113所示。

06 使用同样的方法，制作出其他腰带环模型，如图3-114所示。

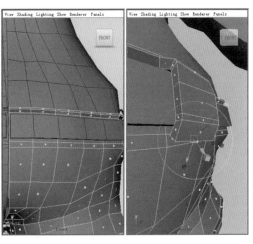

图3-112　挤出面

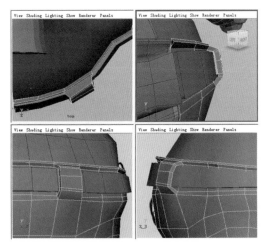

图3-113　焊接边

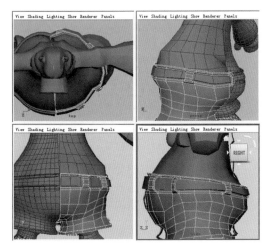

图3-114　制作其他腰带环模型

技巧

在制作腰带环的时候，如果每个面都挤出比较繁琐，而且还需要调整顶点。可以制作好一个腰带环后，将其复制，然后调整到其他位置，进行焊接边就行了。

3. 完善模型

01 将所有的细分代理物体删除，使用Combine工具将头部和身体模型合并，然后使用Merge工具焊接接缝处的点，如图3-115所示。

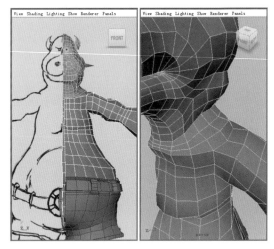

图3-115　合并模型

02 选择口腔内的顶点，使用缩放工具进行调整，如图3-116所示。

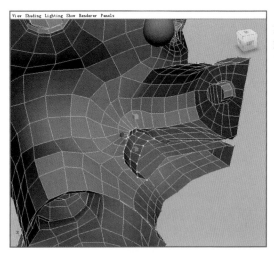

图3-116　调整顶点

03 使用Mirror Geometry工具镜像所有面，并焊接接缝处的顶点，如图3—117所示。

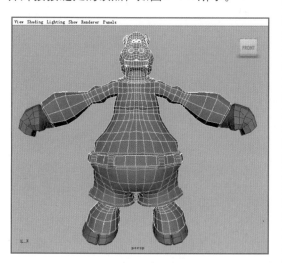

图3—117 镜像物体

 提示

在执行Mesh｜Mirror Geometry命令之后，默认情况下，在镜像模型的同时会自动焊接接缝处的顶点，如果模型的边界不够整齐，可以执行Mesh｜Mirror Geometry▢命令，在设置对话框中禁用Merge with the original复选框，这样接缝处不会焊接，手动将点调整之后再使用Merge工具焊接模型。

04 在菜单栏中执行Create｜Polygon Primitives｜Pipe命令，然后在前视图中创建一个圆管模型，在其属性栏中设置参数如图3—118所示。

05 选择圆管的4条循环边，使用Bevel工具进行倒角处理，并设置Offset的值为0.03，结果如图3—119所示。

06 进入面编辑模式，选择圆管表面的间隔面，然后使用Extrude工具向内挤出洞口，如图3—120所示。

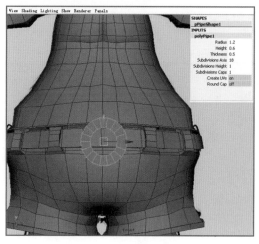

图3—118 创建圆管模型

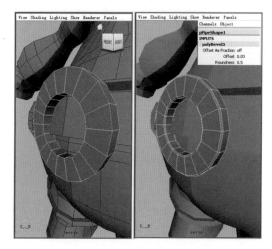

图3—119 倒角边

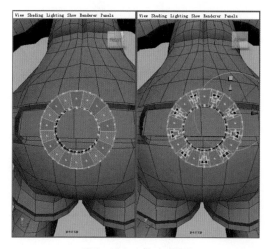

图3—120 挤出模型

07 使用Insert Edge Loop Tool插入两条循环边,如图3-121所示。

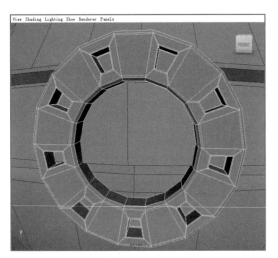

图3-121 插入循环边

08 在圆管内创建一个球体,适当调整大小,最后,使用Smooth工具光滑所有模型,效果如图3-122所示。

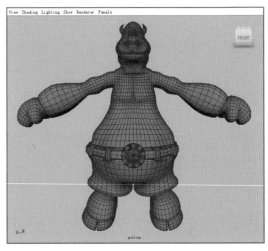

图3-122 最终效果

第4章

质感表现研究——材质和贴图技术

在Maya中，材质和贴图是表现物体真实性的唯一途径，材质可以表现物体的高光强度、反射方式、透明度、折射率等内在的物理属性，而贴图是体现物体表面纹理、图案、花纹及色泽等物体表面属性的一种方式。总之，人们通常所说的赋予物体材质是指将一个不具备任何物理属性的模型变成一个现实生活中的物体，使之具有真实或特殊的视觉效果。

4.1　材质分析

很多初学者在制作材质的时候，总是不知道怎样去设置材质参数和处理纹理。制作的东西不真实，金属做的像塑料，石头做的像金属。要想制作出产品级的作品，理解材质属性的基本概念是十分重要的。

4.1.1　材质物理属性分析

世界上的一切事物都是通过表面的颜色、光线的强度、透明度、反射率、折射率以及纹理等来表现自身的性质。要掌握不同物体的质感，需要经常仔细地观察周围的事物。下面以生活中最常见的玻璃制品来分析一下材质属性。

首先，玻璃具有透明属性，它可以完全透明也可以不完全透明，玻璃的颜色、凹凸纹理等都可以影响其透明程度，图4-1所示是磨砂玻璃和染色玻璃的质感。生活中具有透明属性的事物还有很多，如水、冰块、塑料、气泡等。

图4-2　反射属性

图4-1　透明属性

其次，玻璃具有很强的反射属性，具有反射属性的物体可以清晰地反射出周围和环境，反射越强，环境在其表面上呈现的清晰度就越高，最为常见的就是楼体上窗户的玻璃，如图4-2所示。除玻璃外，金属、塑料、亚光漆材料等也是具有强反射属性的事物。

接下来就是折射属性，通常使用折射率来控制该属性的强弱，例如玻璃的折射率在1.5左右、水的折射率为1.33、钻石的折射率为2.41等，另外不同厚度的玻璃也表现出不同的质感，如图4-3所示。

图4-3　厚度对折射的影响

最后，玻璃还有一个比较特殊的焦散属性。所谓焦散，就是指物体被灯光照射以后所反射或折射出来的影像，其中反射后产生的焦散就是反射焦散，折射以后产生的焦散就是折射焦散。图4-4所示是玻璃的焦散现象。

使用同样的方法可以分析其他事物的材质属性，在掌握了各种事物的物理特性之后，使用三维软件进行创作就可以最大限度地发挥人们的想象力，创造出各种质感的物体，甚至是现实生活中所没有的材质。

材质是对视觉效果的模拟，而视觉效果包括颜色、反射、折射、质感和表面的粗糙程度等诸多因素，这些视觉因素的变化和组合呈现出各种不同的视觉特征。Maya中的材质正是通过模拟这些因素来表现事物。材质模拟的是事物的综合效果，它本身也是一个综合体，由若干参数组成，每个参数负责模拟一种视觉因素，如Transparency参数控制物体的透明程度等。

图4—4　焦散现象

4.1.2　贴图的作用

在表现物体质感时，只凭借材质的基本参数还是很难表现出更真实、更细腻的材质效果。这就需要贴图的介入，贴图是体现物体表面属性的一种方式，例如制作一个角色，不仅要表现出皮肤和道具的质感，还要表现这些事物的颜色、图案以及纹理特征等，如图4—5所示。

在Maya软件中，不仅可以将贴图应用到颜色通道上，也可以用来表现物体的凹凸和置换效果，甚至可以直接使用贴图来创建模型，如图4—6所示。此外还可以使用黑白贴图通道制作透明效果。

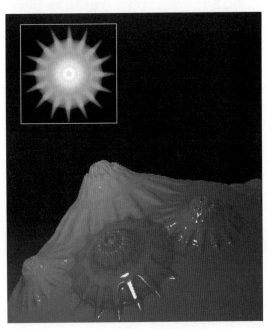

图4—6　使用贴图制作置换效果

图4—5　角色贴图的应用

4.1.3 Maya节点技术概要

Node（节点）是Maya中一个十分重要的概念，也是Maya中的最小计算单位，每个节点都有一个属性组，包括输入、输出和中间计算3个部分。一般情况下一个节点会从另一个节点取得数据，然后经过内部的计算按要求交给下一个节点，或者直接输出。例如可以将一个图像节点的黑白信息转换为材质节点的凹凸信息进行输出，如图4-7所示。

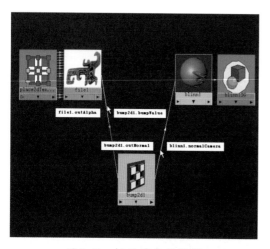

图4-7 材质节点的换算

在使用节点的时候，知道节点能完成什么样的计算要比怎样完成这种计算更重要，即使完全不知道它内部是怎样计算的也完全不影响使用。打个简单的比喻来说，可以将收音机看作一个节点，收音机的一端输入的是无线电信号，另一端输出的是声音信号。从无线电信号转换为声音信号是在收音机的内部完成的，这对绝大多数人来说是未知的，但这并不影响收音机的使用。

在Maya中，节点不仅仅存在于材质部分，在建模、灯光、动画中都有节点的影子，Maya进行计算也是以节点为单位的。以模型为例，在创建一个NURBS球体后，按Ctrl＋A组合键进入到其通道盒，在未清除历史的情况下至少会产生4个节点，每个节点的属性都放置在一个选项卡中，如图4-8所示。其中nrubsSphere1节点用来说明球体和空间坐标的关系，如空间位置、方向、比例值和大小；另一个nurbsSphereShape1节点是nrubsSphere1节点的子节点，用来记录球体的最后形状；其后的makeNurbSphere1节点规定了球体的初始参数，如UV向的分段数、半径等。

图4-8 几何体节点

4.2 材质知识要点

前面对材质物理属性进行了分析，本节将重点讲解在Maya软件中创建材质节点的方法，以及如何编辑材质节点。另外，还将深入了解材质的通用属性、高光和光线跟踪属性，并对重点材质节点进行介绍。

4.2.1 Hypershade编辑器

Hypershade也翻译成阴影超图，它的编辑功能非常健全，可以很直观地在操作区中看到材质节点网络的结构图，在编辑复杂的材质结构时，这一点很重要。另外，在Hypershade编辑器中还可以对其他节点进行编辑操作，如灯光、摄像机、骨骼等。

在菜单栏中执行Window | Rendering Editors | Hypershade命令打开Hypershade编辑器，如图4-9所示。

1. 菜单

>> File 用于导入或导出Shade数据，可以将别人制作好的材质导入直接使用，或者用来学习和分析，也可以将自己制作好的材质导出，以备后用。

>> Edit 通过该菜单可以对材质和纹理进行编辑操作，其中有两个比较重要的命令，一个是Delete Unused Nodes，该命令用于删除场景中没有指定几何特征或者粒子的所有节点，可以有效地清理不必要的材质数据；另外一个是Duplicate命令，用来复制材质节点。

>> View 该菜单主要控制工作区的显示状态等。

>> Bookmarks 用于创建和编辑书签，以方便用户调用观察。

>> Create 用于创建各种节点，包括材质、纹理、常有工具、灯光和摄像机等。

>> Graph 用于控制材质节点网络在工作区域中的显示。

>> Window 在这里可以访问Attribute Editor、Attribute Spread Sheet和Connection Editor等编辑器。

>> Options 该菜单主要用来控制编辑器界面的显示状态。

2. 工具栏

在工具栏中，可以使用各种按钮直接对材质节点或者视图的布局进行操作，下面向读者介绍常用工具按钮的含义。

>> ▪ 单击该按钮可以打开或者关闭渲染节点面板的显示。

>> ▬ ▭ ▭ 这3个按钮控制显示区和工作区的3种显示方式：单击▬按钮同时显示两个区

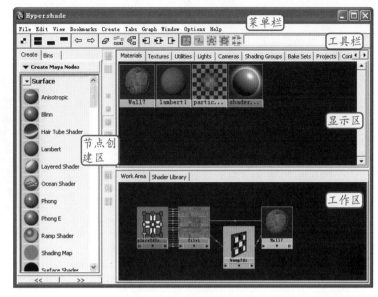

图4-9 Hypershade界面

域；单击▪按钮只显示工作区；单击▪按钮只显示显示区。

>> ⇐ ⇒ 这两个按钮用于显示上次或者下次的连接。

>> ✎ 在工作区中选择一个节点后，单击该按钮可以断开连接。

>> ▦ 单击该按钮可以将工作面板中的节点和网络重新排列，以便于观察和编辑。

>> ▣ ▣ ▣| 这3个按钮控制材质节点网络结构的3种显示方式，如图4-10所示。

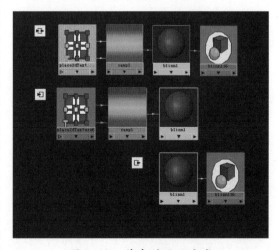

图4-10 节点的显示方式

3．节点创建区

该区域包含了所有材质和贴图节点，如图4-11所示，拖动右侧的滑条即可进行浏览。单击节点图标即可在显示区中创建一个节点。

4．显示区和工作区

显示区主要用于显示场景中各种类型的节点，不同类型的节点分别放置在不同的选项卡内，读者可以单击各标签进行切换。

工作区主要用于节点的编辑，包括修改节点、连接节点以及赋予物体材质，具体的操作将在后面的章节中详细介绍。

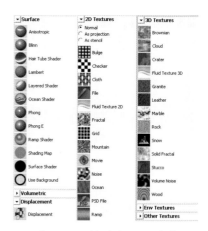

图4-11　材质和贴图节点

4.2.2　重点材质节点介绍

根据材质的应用类型，Maya自身将材质节点分为3种类型：Surface Materials（表面材质）、Volumetric Materials（体积材质）和Displacement Materials（置换材质）。其中Surface Materials节点是Maya材质节点的基础，通过创建这些节点，并使用其他工具节点对材质的属性进行编辑，可以产生各种材质效果，本节就向读者介绍主要表面材质节点的作用和特点。

在Hypershade的菜单中执行Create | Create Render Node命令，可以打开创建渲染节点对话框，如图4-12所示。

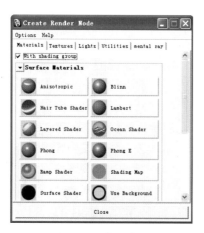

图4-12　表面材质

>> Anisotropic　Anisotropic翻译为"各向异性"，这种材质类型的针对性比较强，适用于模拟具有细微凹槽的表面和镜面高亮

与凹槽的方向接近于垂直的表面。例如，头发、铝合金和CD盘片，都具有各向异性的高亮。图4-13所示是使用各向异性材质制作的炊具效果。

图4-13　Anisotropic材质表现效果

>> Blinn　Blinn材质是应用最为广泛的材质，兼容性比较好，通用于各大三维软件，不论是亚光的木材或石头，还是光滑亮丽的金属和玻璃，它都可以游刃有余地表现，是许多艺术家经常使用的材质。图4-14所示的大部分事物都是使用Blinn材质表现的。

>> Lambert　Lambert材质也是一个常用的材质，它不包括任何镜面属性。对粗糙物体来说，这项属性是非常有用的，它不会反射出周围的环境。它多用于不光滑的表面，是一种自然材质，常用来表现自然界的物

体材质，如土地、木头、石膏等。图4—15所示是Lambert材质表现的石膏效果。

图4—14　Blinn材质表现效果

图4—15　Lambert材质表现效果

>> Phong　Phong材质有明显的高光区，它利用一个比较特殊的cosine Power参数来控制高光。适用于湿滑的、表面具有光泽的物体，如塑料、玻璃、水等。图4—16所示是Phong材质的表现效果。

>> Phong E　Phong E材质是一种比较特殊的材质类型，它可以看成Phong材质的"升级版"，其基本功能和Phong材质几乎相同。但它能更好地根据材质的透明度来控制高光区。它还可以调节出比Phong材质更柔和的高光，并且可以表现出亚高光表面的特点，如图4—17所示的材质效果。

图4—16　Phon9材质表现效果

图4—17　Phong E材质表现效果

>> Layered Shader　Layered Shader翻译为"层阴影组"，它已经超出了普通材质的范围，准确的说，它不是一个材质，而是多种材质的集合。它可以将不同的材质节点合成在一起，每一层都具有其自己的属性，每种材质都可以单独设计，然后连接到分层底纹上。上层的透明度可以调整或者建立贴图，显示出下层的某个部分。图4—18所示是使用Layered Shader创建的混合效果。

图4—18　Layered Shader创建的混合效果

>> Surface Shader　Surface Shader是指表面阴影组。它可以给材质节点赋以颜色，能够很好地表现卡通和一些特殊的绘画效果，除了颜色以外，它还有透明度、辉光度和光洁度，所以在目前的卡通材质里，选择Surface Shader比较多。图4—19所示是Surface Shader表现的卡通效果。

>> Use Background　Use Background材质通常用来合成背景图像。物体一旦被指定了该材质，那么它本身将不会被渲染，但却可以接受投影和反射。所以当三维物体与真实的图像合成时，为了让三维物体在背景图像上投射出阴影，以获得更好的合成效果，通常会选择该材质。如图4—20所示，车轮物体是在Maya中创建的，而背景是一

张图片，车轮在图片上的投影就是使用Use Background材质进行模拟的。

图4—19　Surface Shader表现的卡通效果

图4—20　使用Use Background材质模拟投影

4.2.3　通用材质属性

通用材质属性是指大部分材质都具有的材质属性，主要描述材质基本的外部特征。创建任何一个常有的表面材质，进入到其通道盒后，在Common Material Attributes卷展栏下即可看到这些通用属性，如图4—21所示。

>> Color　材质的颜色，也就是通常意义上的物体表面颜色，即固有色。

>> Transparency　材质的透明度。这里的透明度由颜色来控制，黑色是完全不透明，白色是完全透明。图4—22所示是不同透明度对玻璃质感的影响。

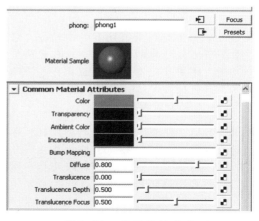

图4—21　通用属性参数

图4—22　透明度对玻璃质感的影响

图4—23　Incandescence参数的作用

▶▶ Ambient Color　环境色。主要是影响材质的阴影和中间调部分，它是模拟环境对材质影响的效果，是一个被动的反映。该颜色默认为黑色，这时它并不影响材质的颜色。

▶▶ Incandescence　白炽，也可以理解为自发光。用来模仿白炽状态的物体发射的颜色和光亮，但并不照亮别的物体。熔岩效果就是一个非常典型的例子，另外，还可以配合灯光制作照明效果，如图4—23所示。

▶▶ Bump Mapping　凹凸纹理。通过对凹凸映射纹理的像素颜色强度的取值，在渲染时改变模型表面法线使它看上去产生凹凸的感觉。实际上给予了凹凸贴图的物体的表面并没有改变。

▶▶ Diffuse　漫射。它描述的是物体在各个方向反射光线的能力。Diffuse值的作用好像一个比例因子，值越高，越接近设置的表面颜色（它主要影响材质的中间调部分）。

▶▶ Translucence　半透明。它是指一种材质允许光线通过，但是并不透明的状态。这样的材质可以接受来自外部的光线，变得发光。常见的半透明材质有：蜡烛、玻璃、花瓣和叶子等。图4—24所示是使用半透明属性制作的玉石材质。

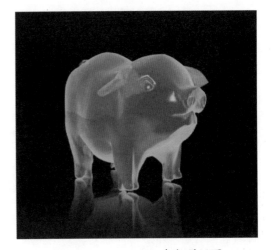

图4—24　Translucence参数的运用

4.2.4　高光和光线跟踪属性

高光属性控制着物体表面反射光线的范围和能力以及表面炽热所产生的辉光的外观。也是大多数常用材质所共有的（Lambert材质除外）属性。而光线跟踪属性则是表现具有折射属性材质的必备属性。这两种属性的参数分别放置在通道盒的Specular Shading卷展栏和Raytrace Options卷展栏下，如图4—25所示。

▶▶ Eccentricity　用来控制高光范围的大小，可以在文本框中直接输入数值。

▶▶ Specular Roll off　高光强度。控制物体表面反射环境的能力。

▶▶ Specular Color　该参数控制的是表面高光的颜色，黑色表示没有表面高光。

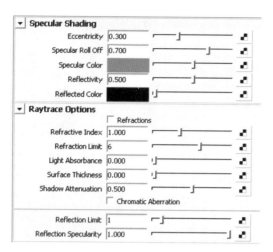

图4-25 高光和光线跟踪属性

图4-26 折射限制设置

>> Refractive Index 折射率。用来描述光线穿过透明物体时被弯曲的程度，从物理角度上讲，光线从一种介质进入另一种介质时，方向就会发生改变，如从空气进入玻璃、离开水进入空气等。折射率为1时表示不弯曲。

>> Refraction Limit 折射限制。光线被折射的最大次数，低于6次计算机就不计算折射了，默认为6次，次数越多，运算速度就越慢。图4-26所示是不同折射次数的效果对比。

4.2.5 材质的创建与赋予物体的方法

在Maya中，完成一个操作往往有多种方法，同样材质的创建和材质的赋予也有多种方法，这也充分地体现了Maya软件操作的灵活性。首先向读者介绍创建材质的方法。

方法1：在Hypershade编辑器的节点创建区中，单击材质节点，或者在其菜单栏上执行Create | Materials命令，在弹出的材质列表中选择材质进行创建，如图4-27所示。新的材质节点将被放置在显示区和工作区。

方法2：在场景中选中模型，右击，在弹出的快捷菜单中执行Assign New Material命令，在弹出的材质列表中选择材质，如图4-28所示，这时会自动切换到该材质的通道盒。

>> Light Absorbance 光的吸收率。此值越大，反射与折射率越小。

>> Surface Thickness 表面厚度。实际上是指介质的厚度，通过此项的调节，可以影响折射的范围。

>> Shadow Attenuation 阴影衰减。它是通过折射范围的不同而导致阴影范围的大小控制。

>> Reflection Limit 光线被反射的最大次数，与Refraction Limit的作用类似。

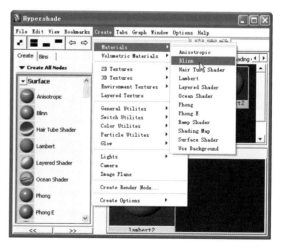

图4-27 创建材质方法1

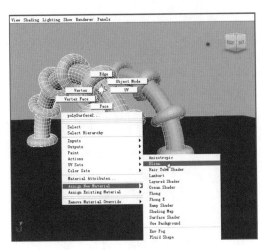

图4-28　创建材质方法2

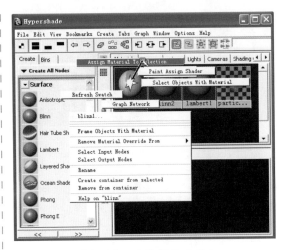

图4-29　赋予材质方法1

　　将材质制作好之后，还需要将其赋予场景中的模型，下面介绍将材质赋予物体的方法。

　　方法1：在场景中选中模型后，回到Hypershade窗口中，在编辑好的材质上右击，在弹出的快捷菜单中执行Assign Material To Selection命令即可，如图4-29所示。

　　方法2：在视图中选择模型并右击它，然后在弹出的快捷菜单中执行Assign New Material命令，并通过弹出的子菜单赋予材质，如图4-30所示。这种方法用于在视图中将已有的材质指定给模型。

　　方法3：直接使用鼠标中键将材质拖放到模型上，也可以使用中键将材质拖放到IPR渲染窗口中的模型上。

　　另外，如果要对制作的材质重新命名，可以在Hypershade的显示区中，按住Ctrl键，双击要命名的材质，即可进行命名，不过Maya不支持中文名称。

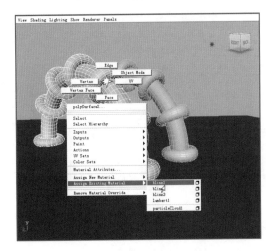

图4-30　赋予材质方法2

4.3　LOGO招贴——金属材质表现

　　金属材质是经常用到的材质之一，金属分为很多种，如不锈钢、铁、铜、铝、铂金等，这些金属在物理属性上都有较亮的高光和较强的反射，光泽都比较明显。本节将向读者介绍一种重金属的制作过程，并通过该练习，使读者掌握材质网络的基本编辑方法。

　　01 打开配套光盘提供的"logo招贴"场景文件，在该场景中已经创建好了灯光和模型，如图4-31所示。

　　02 打开Hypershade编辑器，创建一个Blinn

材质，并命名为Metal，如图4-32所示。

　　03 在显示区中双击Metal材质，切换到其属性通道盒，设置Color、Eccentricity和Reflectivity的值，如图4-33所示。

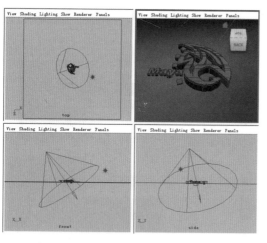

图4-31　场景文件

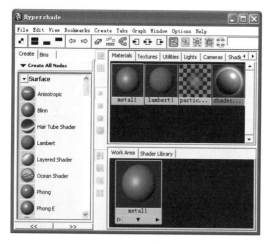

图4-32　创建材质

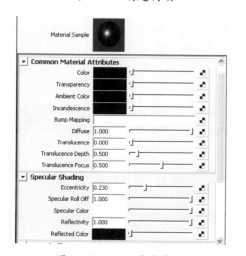

图4-33　设置基本参数

04 将制作的材质赋予场景中除"地面"之外的所有模型，然后激活透视图，单击状态栏上的按钮进行渲染，如图4-34所示。从图中可以看到已经有了一点金属的光泽，但没有任何反射效果。

图4-34　渲染效果

05 回到Hypershade编辑器，在节点创建区找到Env Sphere节点，单击进行创建，然后在工作区中，使用鼠标中键拖动该节点到Metal材质节点上，在弹出的快捷菜单中执行reflectedColor命令，如图4-35所示。

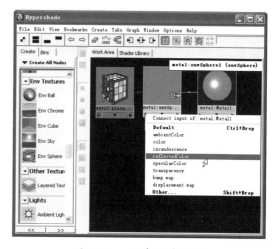

图4-35　创建环境节点

 提示

为材质添加反射环境有两种方法：一是建立真实的反射环境，可以使用一个球体进行模拟，然后在球体上贴图；另一种方法就是通过Env Sphere节点创建虚拟的反射环境。

06 创建一个二维File节点,使用鼠标中键将其连接到Env Sphere节点的image通道上,如图4-36所示。

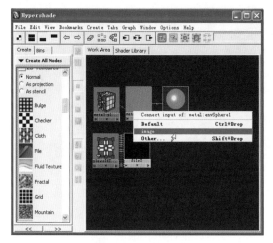

图4-36 连接文件节点

07 双击File节点,在其通道盒中单击■按钮,找到配套光盘提供的"反射环境3"贴图文件,双击打开,如图4-37所示。

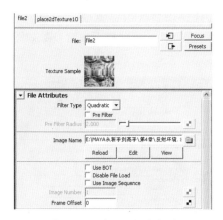

图4-37 打开贴图文件

08 激活透视图进行渲染,效果如图4-38所示。目前虽然有了比较强烈的金属质感,不过没有对地面进行反射,显得有些失真。

09 在状态栏中单击■按钮,打开渲染设置对话框,在Maya Software选项卡中启用Raytracing复选框,并设置参数如图4-39所示。

图4-38 渲染效果

图4-39 设置参数

10 再次渲染透视图,就可以看到真实的反射效果,如图4-40所示。

图4-40 真实的反射

11 目前地面的材质有点暗，在Hypershade中创建一个Blinn材质，赋予地面，然后进入到其通道盒，设置颜色值为RGB（0.5，0.5，0.5），其他参数设置如图4-41所示。

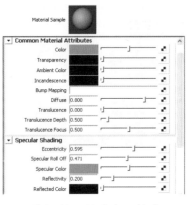

图4-41　设置地面材质

12 将地面材质的Reflectivity值设置得比较低，是为了模拟地板的模糊反射，最终的渲染效果如图4-42所示。

图4-42　最终效果

4.4　吧台一角——酒水材质表现

本节向读者介绍玻璃材质和水材质的制作方法，对于玻璃材质的物理属性在本章首部已经进行了分析，在制作的过程中，除了要知道材质参数的设置方法外，还要考虑到环境和灯光对材质的影响。本节的内容牵涉到贴图方面的知识，读者也可以学习完贴图知识后再回来进行练习。

01 打开配套光盘提供的"吧台一角"场景文件，同样已经创建好了模型和灯光，如图4-43所示。

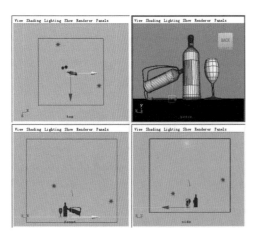

图4-43　场景文件

02 打开渲染设置对话框，在Anti-aliasing Quality卷展栏下选中最高渲染质量，然后在Raytracing Quality卷展栏下设置参数如图4-44所示。

图4-44　设置渲染参数

03 打开Hypershade编辑器，创建一个Lambert材质节点和一个File节点，在文件节点上添加配套光盘提供的"环境贴图"文件，然后将该节点连接到材质节点的Color通道上，如图4-45所示。

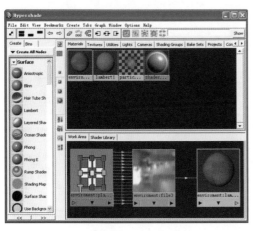

图4-45 连接环境节点

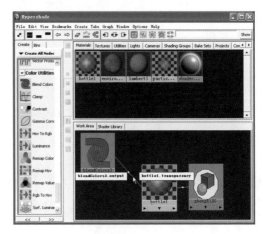

图4-47 连接节点

04 将制作好的材质赋予场景中作为环境的立方体模型，然后在透视图中执行View | Bookmarks | cameraView1命令，进行渲染，如图4-46所示。

图4-46 渲染背景

05 在Hypershade中创建一个Phone E材质，并命名为"bottle"，再创建一个Blend Colors节点，并将该节点连接到bottle材质节点的transparency通道上，如图4-47所示。

 提 示

Blend Colors节点用于将两个输入颜色进行混合，并可以调整两种颜色的混合比例，用到玻璃材质的透明属性上可以更好地表现真实的玻璃质感。

06 在Hypershade的工作区中双击Blend Colors节点，进入其通道盒，设置Color1的颜色值为RGB（0.9，0.9，0.9），其他使用默认值，如图4-48所示。

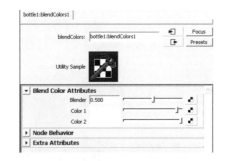

图4-48 设置颜色融合节点

07 进入bottle材质节点的通道盒中，设置通用属性和高光属性的参数，如图4-49所示。

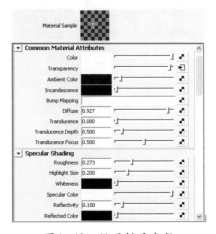

图4-49 设置材质参数

08 在Outline大纲窗口中选中两个酒瓶和玻璃杯的模型，并将制作好的bottle材质赋予渲染的物体，渲染透视图，如图4-50所示。

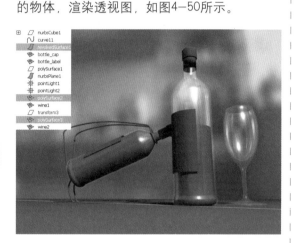

图4-50 渲染效果

09 目前还没有表现出玻璃的质感，这是因为目前的材质没有折射属性。回到bottle材质的通道盒中，在Raytrace Options卷展栏下设置折射参数，并渲染透视图，如图4-51所示。

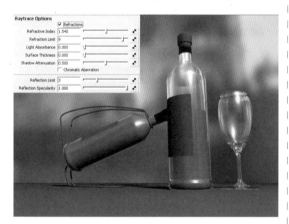

图4-51 添加折射属性

10 在Hypershade中选择bottle材质节点，然后执行Edit | Duplicate | Shading Networks命令，复制一个材质节点，并重新命名为"wine3"，如图4-52所示。

11 进入wine3材质节点的通道盒，将其折射率设置为1.33，然后进入blendColors4节点的通道盒，设置Color1和Color2两个颜色的值分别为RGB（0.8，0.58，0.06）和RGB（1，0.69，0)，如图4-53所示。

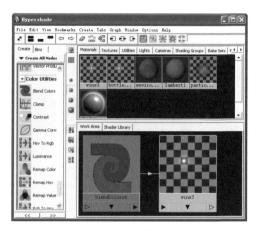

图4-52 复制节点

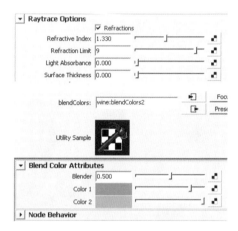

图4-53 设置参数

12 将wine3材质赋予创建中的酒水模型，渲染结果如图4-54所示。

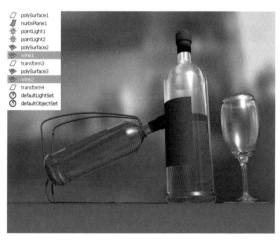

图4-54 酒水渲染结果

13 在Hypershade中创建一个Lambert材质节点和一个File节点，在文件节点上添加配套光盘提供的"标签"文件，然后将该节点连接到材质节点的Color通道上，如图4-55所示。

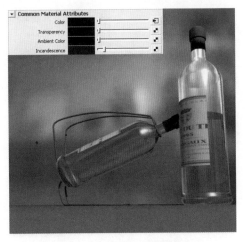

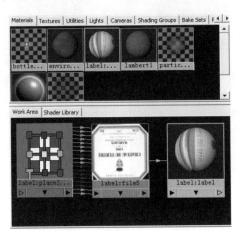

图4-55 创建标签节点

14 进入标签材质的通道盒，将Incandescence的颜色值提高，其他使用默认值，渲染结果如图4-56所示。

图4-56 标签渲染效果

15 目前，还有地面、金属架和瓶盖的材质没有做，其中地面和金属架的材质和上个练习中的制作方法基本一样，只不过金属材质不需要加反射贴图。而瓶盖的材质和标签材质的属性一样，只是改变一下材质的颜色而已，具体的操作就不再赘述了，最终的渲染效果如图4-57所示。

图4-57 最终效果

4.5 纹理贴图知识要点

纹理贴图是材质编辑系统的一部分，它配合材质基本参数的调节，加之灯光照明、最终渲染，就是主流三维软件表现质感的方法。纹理贴图使用起来很灵活，能够应用到材质属性的任何一个通道上，如颜色、高光、反射、凹凸等，几乎能够满足任何制作的需要。

根据材质的基本制作方法，在Maya软件里纹理被分为3种：2D纹理、3D纹理和环境纹理，纹理通过贴图来实现。在Hypershade的节点创建区中和Create Render Node对话框中都可以预览这些纹理。

4.5.1 纹理贴图操作

本节向读者介绍纹理贴图的创建和编辑方法，首先来看创建纹理的方法。

方法1：在材质的属性通道盒中，单击通道选项的贴图按钮，即可弹出创建节点对话框，然后单击要创建的贴图即可，如图4-58所示。

这种方法在操作的过程中能实时看到材质的变化，也是最常使用的方法，在创建贴图节点后贴图按钮会变成连接图标，这时在Hypershade中也建立了相应的连接，如图4-59所示。

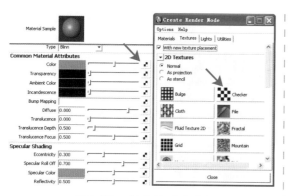

图4-58　创建纹理方法1

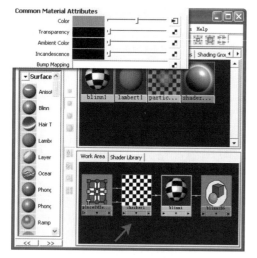

图4-59　贴图显示

方法2：在Hypershade的节点创建区中直接单击贴图节点，即可进行创建，不过创建的纹理并没有和材质节点建立连接，还需要手动编辑。

在Hypershade的工作区中，使用鼠标中键将纹理节点拖动到材质节点上，这时会弹出一个快捷菜单，可以选择想要连接的通道，如图4-60所示。

如果要想将纹理节点的其他属性连接到材质节点上，可以在弹出的快捷菜单中执行Other命令，打开Connection Editor（连接编辑器）对话框，如图4-61所示，在这里列出了所有能够建立连接的选项，左侧是贴图节点选项，右侧是材质节点选项，当被选择的选项的字体变成斜体时，表示已经建立连接。

此外，要想断开纹理的连接也有两种方法：一是在Hypershade的工作区选择连接线，按Delete键进行删除；另一种方法是在材质的建立

连接的属性通道上右击，在弹出的快捷菜单中执行Break Connection命令即可，如图4-62所示。

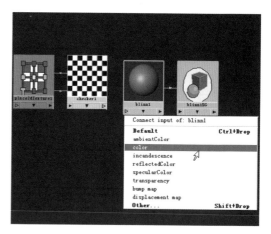

图4-60　手动连接

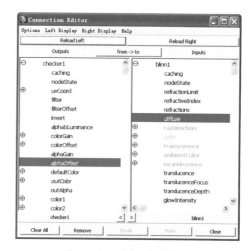

图4-61　连接其他选项

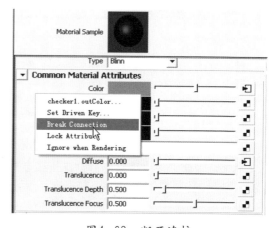

图4-62　断开连接

4.5.2 2D纹理

2D纹理即是二维图像，它们通常贴图到几何对象的表面。在实际使用过程中，最为简单的2D纹理是位图，而其他种类的二维贴图则是由纹理程序自动生成的。

1. 贴图坐标

2D纹理可以理解成一个平面图形，当它被赋予到三维模型上时，需要和三维对象建立一种关系，即怎样把平面图形赋予到立体模型上，这时就需要引入贴图坐标的概念。

在Hypershade的创建区中可以看到，2D纹理有3种贴图方式：Normal（法线）、As projection（映射）和As stencil（模板），首先向读者介绍第一种。

>> Normal贴图方式

默认情况下，以法线方式进行贴图。如果使用的是标准物体，或者模型的UV结构分布得很规则，那么使用这种方法可以得到较好的结果，它可以将二维图像按照法线的方向和长宽比例进行变形处理，如图4-63所示。

图4-63 法线贴图效果

在实际的工作中，不可能只使用简单的几何体，对于复杂的模型，使用法线贴图的方法很难达到理想的效果，在对茶壶进行变形处理后，原来的贴图纹理就会产生拉伸，如图4-64所示。

>> As projection贴图方式

添加贴图之前，在Hypershade的创建区中

选中As projection单选按钮，创建贴图之后，在视图中可以看到一个带有"田"字框，也就是大纲中的place3dTexture1节点，选中它，按下T键，可以使用操纵手柄调整映射坐标平面，如图4-65所示。

图4-64 被拉伸的纹理

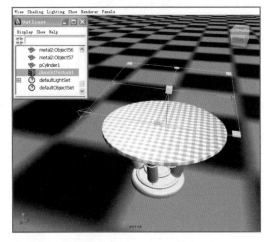

图4-65 交互式调整

按下6键可以直接在视图中观察纹理。在默认的情况下纹理显示得很不清楚，在Hypershade中双击材质球，进入其通道盒，展开Hardware Texturing（硬件纹理）卷展栏，然后在Texture resolution（纹理分辨率）下拉列表中选择Highest（256×256）选项，即可在视图中看到清晰的纹理。

巧夺天工：
Maya 2009动画制作深度剖析

使用As projection方式添加贴图之后，其网络结构图中会多出一个projection1节点，如图4-66所示，该节点就是用来计算投射方式的。

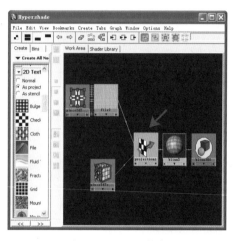

图4-66　网络结构

此外，在projection1节点通道盒的Proj Type的下拉列表中还除Planar方式以外的其他8种映射方式，如图4-67所示，读者可以逐一进行测试，交互编辑方法和Planar相同，这里不再赘述。

图4-67　映射类型

>> As stencil贴图方式

As stencil贴图方式　很适合应用到NURBS表面上。使用这种方式可以制作标签的贴图效果，如酒瓶标签等。

使用As stencil贴图方式之后，在Hypershade中可以看到材质节点的网络结构，如图4-68所示。

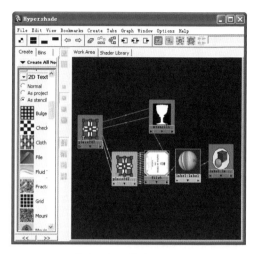

图4-68　节点网络

在节点网络中双击Place2Texture节点，进入到其属性通道盒，单击Interactive Placement按钮后会在视图中看到带有顶点的红色边线，使用鼠标中键拖动边线上的顶点，可以调整贴图的覆盖面积和位置，如图4-69所示。

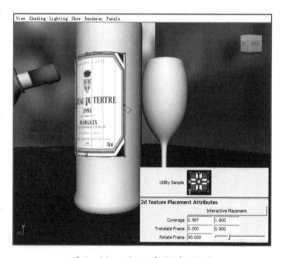

图4-69　交互式调整贴图

双击stencil1节点，进入到其属性通道盒，在这里可以通过调整Edge Blend和Mask两个参数的值来控制贴图和材质底色的融合程度。

2．2D纹理坐标节点

当给一个材质节点指定了2D纹理后，就会出现一个Place2dTexture（纹理坐标）节点，在Hypershade的工作区中可以看到。双击Place2dTexture节点，可以打开其属性通道盒，如图4-70所示。在这里可以控制纹理的范围、重叠、旋转等操作，具体参数含义介绍如下。

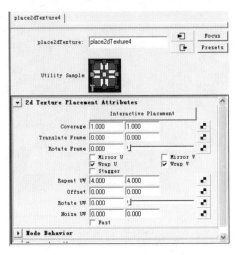

图4-70 属性通道盒

▶▶ Interactive Placement 用于将纹理放置在模型表面，可以交互式地控制纹理的坐标，其使用方法和模板贴图中的交互式工具是一样的。

▶▶ Coverage 该参数控制纹理在物体表面的覆盖面积。图4-71所示是将Coverage的值设置为0.8、0.8之后的效果。

图4-71 覆盖设置

▶▶ Translate Frame 该参数用于控制物体的UV坐标原点相关帧的布置，图4-72所示是将Translate Frame的值设置为0.5、0.3的结果。

图4-72 转化帧设置

▶▶ Rotate Frame 用于控制纹理的旋转角度。图4-73所示是将Rotate Frame值设置为60的结果。

图4-73 旋转帧设置

▶▶ Repeat UV 该参数用于控制纹理在UV方向上的重复。图4-74所示是将Repeat UV的值设置为3、3的结果。

▶▶ Offset 用于控制纹理的相对位置的偏移。与下面的Rotate UV结合使用方能看出效果。

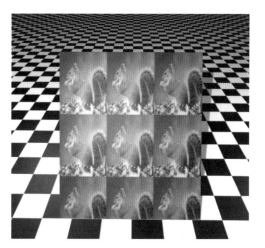

图4—74　重复UV设置

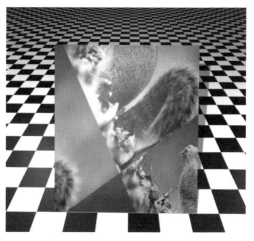

图4—75　Rotate UV设置

▶▶ Rotate UV　主要控制纹理在UV方向上的旋转，和Rotate Frame参数的作用是不一样的，图4—75所示是将Rotate UV设置为60的结果。

▶▶ Noise UV　该参数控制纹理在UV方向上的噪波，图4—76所示是将噪波值设置为0.1、0的结果。

图4—76　噪波设置

4.5.3　3D纹理

　　Maya中的3D纹理是根据程序以三维方式生成的图案。3D纹理已经包涵了XYZ坐标，所以使用3D纹理的模型不需要贴图坐标，不会出现纹理拉伸现象。在3D纹理程序中所有的纹理、图案都可以通过参数来调节。

　　当给一个材质节点指定了3D纹理后，就会出现一个Place3dTexture（纹理坐标）节点，双击Place3dTexture节点，可以打开其属性通道盒，如图4—77所示。

　　在Place3dTexture节点属性通道盒中，Transform Attributes卷展栏下的参数，主要控制纹理的位置、旋转、缩放等。一般情况下直接使用常用的操纵工具在视图中进行调节。

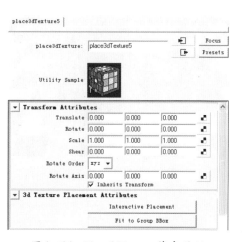

图4—77　Place3dTexture节点属性

当赋予模型纹理后，可以将纹理转换为位图文件，这样可以节省渲染的时间。具体的操作方法是，在视图中选中要转换的模型，并在Hypershade中选中要转换的材质节点，然后在Hypershade的菜单栏中执行Edit | Convert to File Texture (Maya Software) ▫命令，这时会打开Convert to File Texture Potion（转换到文件纹理）对话框，如图4-78所示。在该对话框中设置转换位图的尺寸和分辨率。单击Convert按钮，在Hypershade中可以看到创建的新的材质节点。现在再调整控制器时将无法控制纹理贴图的位置。

图4-78 转换到文件纹理对话框

4.5.4 常用Utilities节点

在Maya 2009中，Utilities（实用）节点共有6类，可以使用这些节点来调整材质的属性，要想掌握好Utilities节点，必须对节点的连接属性有深入的了解，对不同属性的连接，可以制作出很多独特的效果。本节将为读者介绍最为常用的4个Utilities节点，如图4-79所示。

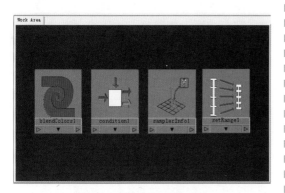

图4-79 常用Utilities节点

接下来，分别对这4个节点的属性通道盒中的参数进行介绍，在后面的课堂练习中将学习它们的具体用法。

1．Blend Colors节点

Blend Colors节点将两个输入颜色进行混合。使用一个蒙板（也可以理解成遮罩）控制两种不同的颜色在最终结果中所占的比例。

在Hypershade中创建Blend Colors节点后，双击就可以打开其属性通道盒，如图4-80所示。它有3个参数来控制，详细介绍如下。

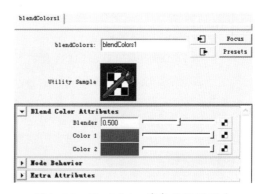

图4-80 Blend Colors节点属性通道盒

▶▶ Blender

该参数控制两个输入颜色，即Color1和Color2所占的比重。提高该参数的值，最后输出的颜色中Color1所占的比例会增加，而Color2所占的比例会下降。当Blender的值为1时，输出的结果是Color1；当其值为0时，输出的结果为Color2。

颜色的混合比例也可以有一个贴图文件来控制。当使用贴图来控制混合比例时，只有贴图的亮度起作用，色调不起作用。如果使用的是彩色贴图，则Maya会自动将彩色信息转化为黑白信息。

▶▶ Color1和Color2

就是两个输入的颜色，也可以使用贴图代替，这里不再解释了。

2．Condition节点

该节点的作用是，当满足预先指定的条件时采用一种行为方式，不能满足条件时采用另一种行为方式。Condition节点不仅能用在材质节点中，还可以应用到动画控制。双击Condition节点打开其属性通道盒，如图4-81所示。其中控制参数的含义如下。

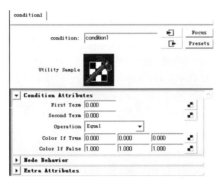

图4-81　Condition节点属性通道盒

▶▶ First Term和Second Term　这两个参数的值作为Condition节点判断的依据。简单地说，Condition节点就是比较First Term和Second Term的值，根据比较的结果改变颜色输出的结果。

▶▶ Operation　该选项下有个下拉列表框，在下拉列表中有6个选项供选择操作。它们的含义从上到下依次为：相等、不等、大于、大于等于、小于、小于等于。

▶▶ Color If True　当条件判断的结果为真时，物体表面使用的颜色。

▶▶ Color If False　当条件判断的结果为假时，物体表面使用的颜色。

3．Sampler Info节点

Sampler Info节点是Utility节点中最富有变化、最常用的一个节点，但也是一个最复杂的节点，图4-82所示是该节点的属性通道盒，这里的参数比较多，也比较抽象。不需要记住每个参数的含义，只需要知道该节点与哪些因素有关就可以了。

Sampler Info节点的中文名为采样点信息节点。首先来了解什么叫采样和采样点。

Maya在渲染计算的过程中，正在计算的点就是所谓的采样点。渲染的过程并不是将所有的物体一起进行计算，而是从摄像机出发，看哪些物体或者物体的哪些部分是渲染窗口中可以看到的，然后对这些物体的可见部分进行渲染计算。

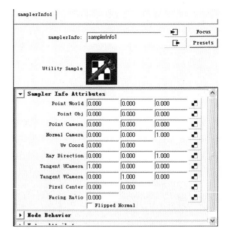

图4-82　Sampler Info节点属性通道盒

4．Set Range节点

Set Range节点的作用是将上游节点输入的属性值经过计算处理限制在某一个范围内，然后输出到下游节点。当用户想对纹理处理只局限于某个范围内的部分，而不是对整个纹理进行时，可以使用该节点。该节点的属性通道盒如图4-83所示。

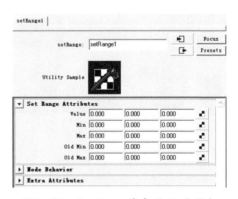

图4-83　Set Range节点属性通道盒

▶▶ Value　将该值从一个旧的取值范围转换到一个新的取值范围，可以使用纹理图案，也可以是其他节点的输出信息。

▶▶ Min和Max　输出范围的最小值和最大值。

▶▶ Old Min和Old Max　旧取值范围的最小值和最大值。

4.6 沙发皮革——三维贴图应用

本节将使用三维贴图来着制作沙发皮革的颜色和凹凸效果，操作相对比较简单，主要使读者了解三维纹理的创建和编辑方法，具体操作如下。

01 打开配套光盘提供的"沙发皮革"场景文件，这里已经创建好了模型和灯光，目前的渲染效果如图4-84所示。

图4-84 渲染效果

02 打开Hypershade编辑器，创建一个Blinn材质，命名为sofa，再创建一个Leather节点，然后将该节点连接到材质节点的Color通道上，如图4-85所示。

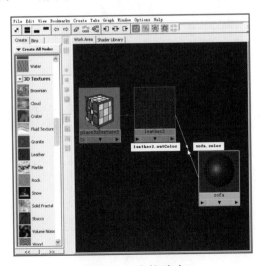

图4-85 连接节点

03 进入Leather节点的属性通道盒，设置Cell Color颜色的值为RGB（0.4，0.15，0.03），设置Crease Color为白色，其他参数设置如图4-86所示。

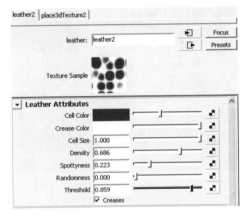

图4-86 设置贴图参数

04 将sofa材质赋予场景中的沙发垫模型，然后进入sofa材质节点的通道盒，设置高光参数，并渲染透视图，如图4-87所示。

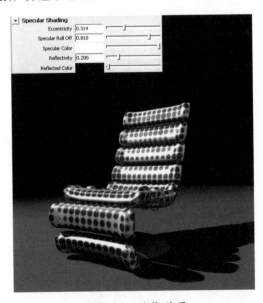

图4-87 渲染效果

05 如果觉得斑点还是有点小，可以进入Place3dTexture节点的通道盒将Scale的值增大，如图4-88所示。

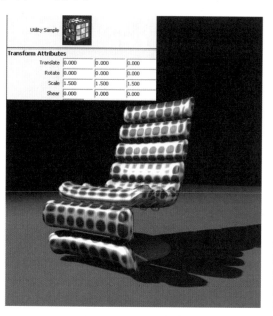

图4-88　增大斑点

06 回到Hypershade的工作区中，将Leather节点连接到sofa材质节点的Bump map属性上，并进入bump3d节点的通道盒设置参数，如图4-89所示。

07 最后为地面和其他模型制作简单的材质，最终渲染效果如图4-90所示。

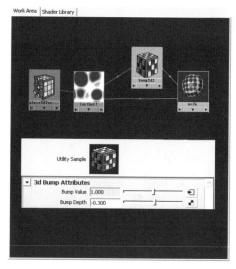

图4-89　设置凹凸参数

图4-90　最终效果

4.7　水果写实——二维贴图应用

本节将带领读者学习写实水果的制作过程，主要讲解二维纹理贴图的创建和编辑方法，在操作的过程中还将向读者介绍一些贴图UV的基本编辑方法，具体操作如下。

1. 制作苹果材质

01 打开配套光盘提供的"水果写实"场景文件，在该场景中已经为玻璃杯和酒水制作了材质，并设置了环境，渲染效果如图4-91所示。

02 创建一个Blinn材质，命名为apple，再创建一个file节点，并添加配套光盘提供的"背景"贴图，然后将该节点连接到材质节点的Color通道上，如图4-92所示。

图4-91 渲染效果

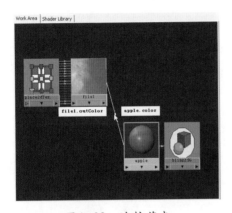

图4-92 连接节点

03 双击apple材质节点，在其属性通道盒中设置参数如图4-93所示。

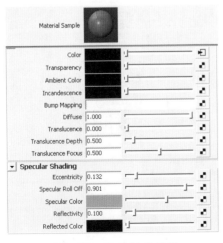

图4-93 设置材质属性

04 将制作好的材质赋予场景中的苹果模型，渲染效果如图4-94所示。

图4-94 渲染效果

苹果模型是一个NURBS模型，所以不需要为其添加UV修改，如果贴图在模型上有接缝，可以进入place2dTexture节点的通道盒中对Rotate UV的值进行纠正。

2. 制作香蕉材质

01 在场景中选择香蕉模型，按F3键进入到Polygons建模模块，接着在菜单栏中执行Create UVs | Cylindrical Mapping命令，这时在香蕉模型上会出现编辑UV的控制手柄，如图4-95所示。

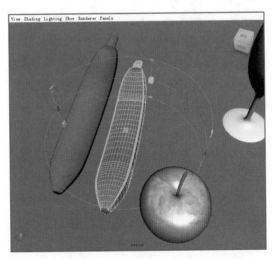

图4-95 添加UV编辑

02 在菜单栏中执行Window | UV Texture Editor命令，在UV编辑器中可以看到当前UV展开的情况，如图4-96所示。

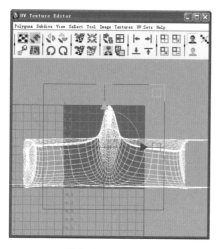

图4-96　默认UV

03 在视图中单击控制手柄左下角的T形图标，接着使用变换工具调整大小、位置以及旋转角度，使其在UV编辑器中的显示如图4-97所示。

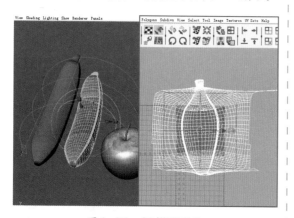

图4-97　调整UV形状

04 在UV编辑器中右击，在弹出的快捷菜单中进入UV编辑模式，使用移动工具调整右上角的UV点，然后进入边编辑模式，选择如图4-98所示的边线。

05 在工具栏中单击 按钮，分离选择的边，然后将分离的UV移动到左侧，如图4-99所示。

06 使用 按钮或者Merge 命令将对应的UV点焊接到一起，如图4-100所示。

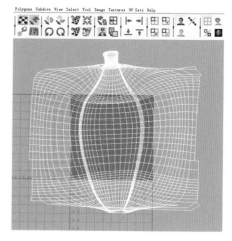

图4-98　选择边线

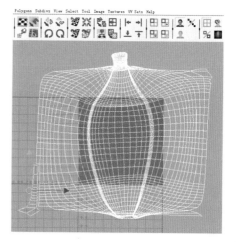

图4-99　移动UV

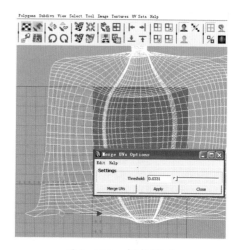

图4-100　焊接UV点

07　选择所有UV，使用缩放工具将其调整到灰色方形内，如图4-101所示，然后保存UV快照绘制贴图。

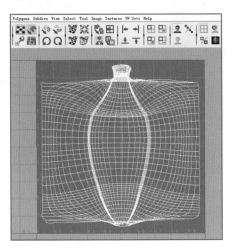

图4-101　调整UV

提 示

在调整好UV之后，执行Subdivs | UV Snapshot命令，可以保存UV快照，然后导入到Photoshop或者其他绘图软件中绘制添加，具体绘制的过程不再介绍。

08　在Hypershade中，创建一个Blinn材质，命名为banana，再创建一个file节点，并添加配套光盘提供的"背景"贴图，然后将该节点连接到材质节点的Color和Bump map通道上，如图4-102所示。

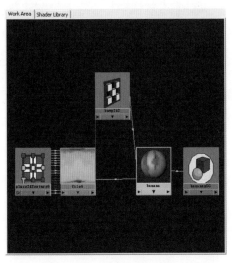

图4-102　创建并连接节点

09　进入banana材质的属性通道盒设置高光属性，具体参数的调整和渲染效果如图4-103所示。

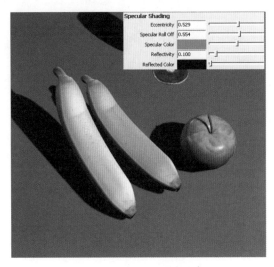

图4-103　香蕉渲染效果

3. 制作柠檬材质

01　在场景中选中柠檬模型，在菜单栏中执行Create UVs | Planar Mapping □命令，在弹出的对话框中选中X axis单选按钮，如图4-104所示。

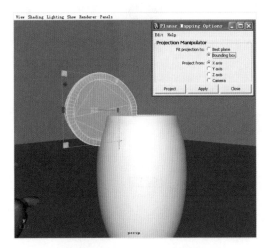

图4-104　添加平面映射

02　打开UV编辑器，选择所有UV，使用缩放工具将其调整到灰色方形内，如图4-105所示，然后保存UV快照绘制贴图。

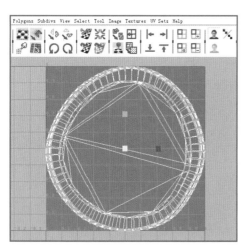

图4-105　调整UV

03 在Hypershade中，创建一个Phone E材质，命名为casing，再创建一个file节点，并添加配套光盘提供的"柠檬颜色"贴图，然后将该节点连接到材质节点的Color通道上。

04 进入casing材质节点通道盒，将Incandescence的颜色值设置为RGB（0.2，0.15，0.05），其他参数设置如图4-106所示。

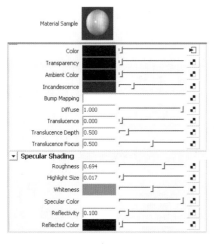

图4-106　材质属性设置

05 返回Hypershade中，再创建一个file节点，并添加配套光盘提供的"柠檬凹凸"贴图，然后将该节点连接到材质节点的Bump map通道上，如图4-107所示。

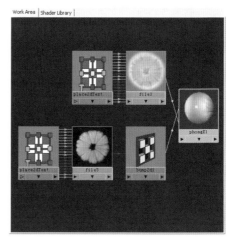

图4-107　创建凹凸节点

技 巧

光线下的柠檬片是湿润及晶莹剔透的，要想精确地表现出这种效果，使用简单的材质是很难做到的，不过可以使用自发光属性来弥补透亮的质感，而湿润的效果则可以通过改变高光的范围和亮度来实现。

06 将制作好的casing材质赋予场景中的柠檬模型，渲染效果如图4-108所示。

图4-108　柠檬渲染效果

07 地面的材质制作比较简单，使用Blinn材质节点，在其Color通道上添加Bulge二维纹理节点，具体的参数和颜色设置如图4-109所示。

08 最后，在渲染设置窗口中选择最佳渲染品质，然后渲染摄像机视图，效果如图4-110所示。

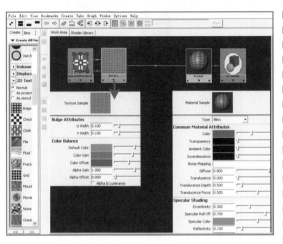

图4-109　地面材质

图4-110　最终效果

4.8　矮人小屋——贴图综合应用

本节向读者介绍一个简单场景的纹理贴图制作，重点讲解的内容包括：层材质的应用、3D纹理和2D纹理的结合应用以及纹理属性的编辑方法。具体操作步骤如下。

1.　创建房子材质

01　打开配套光盘提供的"矮人小屋"场景文件，如图4-111所示，该场景的灯光布置比较复杂，在后面的章节中有详细的介绍。

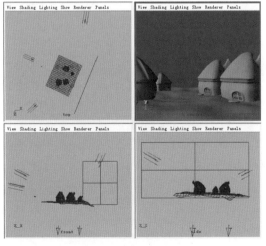

图4-111　场景文件

02　打开Hypershade编辑器，创建Layered Shader和Lambert两个材质节点，并将Layered Shader材质重命名为house，将Lambert材质重命名为house-o，如图4-112所示。

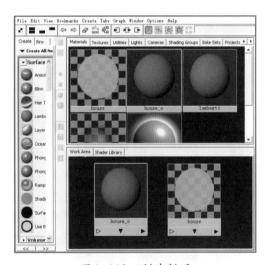

图4-112　创建材质

03　双击house材质节点，打开其通道盒，使用鼠标中键将house-o材质拖动到通道盒中的材质框中，然后单击绿色空白材质下方的x号，将其删除，如图4-113所示。

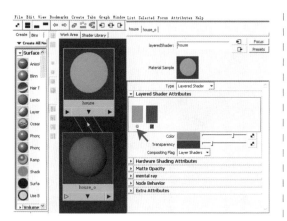

图4-113　放置材质并删除默认材质

Layered Shader（层材质）可以将不同的材质节点合成在一起。每一层都具有其自己的属性，每种材质都可以单独设计，然后连接到分层底纹上。上层材质的透明度可以调整或者建立贴图，显示出下层材质的某个部分。在层材质中，白色的区域是完全透明的，黑色区域是完全不透明的。

04 在Hypershade的节点创建区域单击Ramp贴图类型，切换到工作区，使用鼠标中键将Ramp节点拖动到house-o材质节点的Color选项上，如图4-114所示。

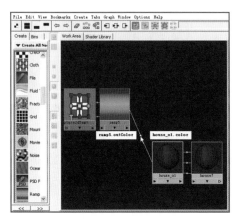

图4-114　创建Ramp节点

05 双击Ramp节点，打开其通道盒，将渐变条上的绿色删除，然后单击选择下面的红色，接着将Selected Color的颜色值设置为RGB（0.6，0.5，0.3），如图4-115所示。

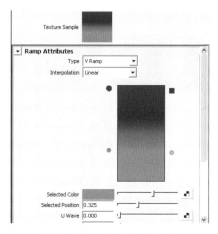

图4-115　设置渐变颜色

06 在渐变条上选择蓝色，然后单击Selected Color选项后面的贴图按钮，在弹出的对话框中双击Brownian贴图类型，如图4-116所示。

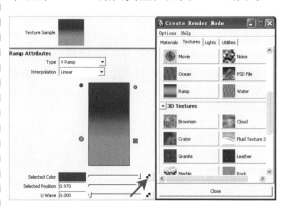

图4-116　添加贴图

07 进入Brownian节点通道盒，将Brownian Attributes卷展栏下的Octaves值设置为5，然后在Color Balance卷展栏下将Color Gain的值设置为RGB（0.08，0.4，0.16），如图4-117所示。

08 在Hypershade的工作区中，将brownian1节点连接到house-o材质节点的Bump map选项上，结果如图4-118所示。

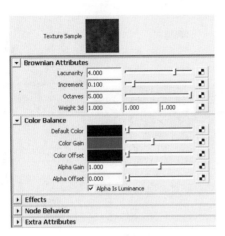

图4-117 设置贴图参数

10 在Hypershade的工作区中，创建一个Blinn材质，重命名为house-t，再创建一个Ramp贴图，并将其连接到house-t材质的Color属性上，如图4-120所示。

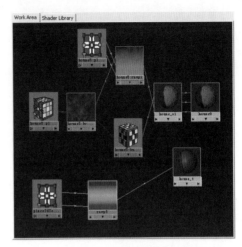

图4-120 创建材质和贴图

11 在工作区中双击ramp2节点，在其通道盒中的渐变条上，将绿色删除，接着将上面的颜色值设置为RGB（1，0.9，0），将下面的颜色值设置为RGB（1，0.5，0），如图4-121所示。

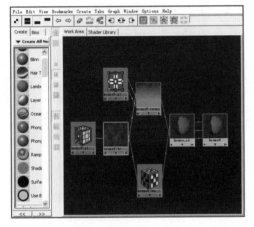

图4-118 连接节点

09 将House材质赋予场景中所有房子和石头模型，渲染摄像机视图，效果如图4-119所示。

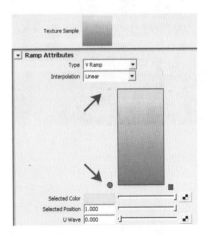

图4-121 设置渐变颜色

12 进入house材质的通道盒，使用鼠标中键将house-t材质拖动到house材质通道盒中的材质框中，放置在house-o材质的后面，如图4-122所示。

图4-119 渲染效果

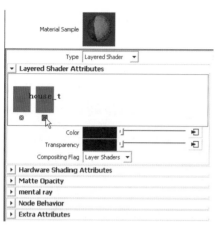

图4-122 连接节点并拖放材质

13 在工作区中创建一个Leather贴图类型,然后将其连接到house-o材质的transparency属性上,如图4-123所示。

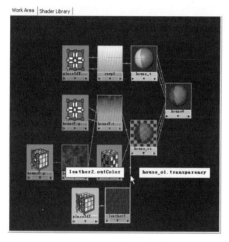

图4-123 连接节点

14 双击leather1节点,在其通道盒中将Cell Color和Crease Color的颜色分别改成白色和黑色,然后将Cell Size和Randomness的值分别设置为0.3和5。目前的渲染效果如图4-124所示。

15 选中house1模型,进入其面编辑状态,使用Paint Selection Tool(绘制选择工具)选中"门"上的面,然后将house-o材质赋予选中的面。对其他两个房子模型做同样的操作,渲染结果如图4-125所示。

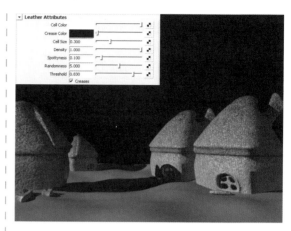

图4-124 渲染效果

图4-125 渲染效果

2. 创建地面和背景材质

01 在Hypershade中,创建一个Lambert材质节点和一个File节点,在文件节点上添加配套光盘提供的"地面"文件,然后将该节点连接到材质节点的Color和Bump map通道上,如图4-126所示。

02 在工作区中双击place2dTexture节点,在其通道盒中设置Repeat UV的值为0.3、0.3,然后渲染摄像机视图,如图4-127所示。

03 回到Hypershade中,再创建一个Lambert材质节点和一个File节点,在文件节点上添加配套光盘提供的"背景"文件,然后将该节点连接到材质节点的Color和Transparency通道上,如图4-128所示。

04 到此,所有材质制作完毕,最终的渲染效果如图4-129所示。

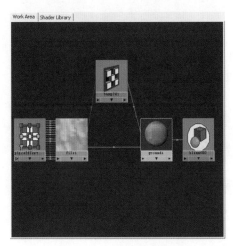

图4—126 创建地面材质

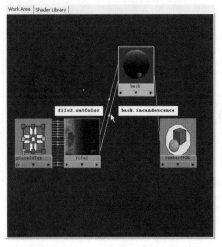

图4—128 创建背景材质

图4—127 渲染效果

图4—129 最终渲染效果

第5章

灯光照明剖析——灯光技术

    在Maya中，无论表现静帧还是创建动画，灯光应用的好坏同样起着举足轻重的作用，特别是灯光和材质的结合应用尤为重要，在不考虑灯光的情况下进行调节材质是没有任何意义的，因为任何色彩只有通过光的照射才能表现出来。对于一个场景而言，它的整体色调和气氛都是通过灯光进行表现的，除此之外，灯光还可以表现特殊的环境气氛，如雾、体积光等。本章将向大家介绍灯光在实际项目中的使用方法。

5.1 灯光技术设计概要

对于初学者而言，灯光的概念可能有点陌生，可能会认为这是一种可有可无的辅助物体，如果这么理解，那么就大错特错了。灯光对于整个场景的影响是巨大的，不同的场景、不同的表达思想所采用的灯光是不同的。在学习使用Maya的灯光之前，首先带领读者正确认识一下灯光。

5.1.1 场景中的灯光

灯光在场景中不仅仅是起到了照明的作用，更为重要的是用来表达一种情感、渲染气氛，吸引观众的注意，为场景提供更大的深度，体现丰富的层次。所以在为场景创建灯光时，先要明确自己要表达的情感、基调。图5-1所展示的作品是一个机械化的城市，这个场景主要用来表现一个落后的、残破的城市，因此作者利用逆光的效果营造了一种阴沉、忧郁、颓废的气氛，光源偏上，色调采用了灰色搭配少量的黄色，尽量减少在城市物体上的照射，并将有色光照在背后的大山上，从而形成了很强的对比，更加衬托出了城市的残破、陈旧、颓废。

图5-1　城市场景中的照明

图5-2所示的也是一个现代化城市的场景效果，但风格和图5-1截然不同，该作品画面明亮，有充足的光源，营造了一个现代化都市安详、平和的早晨。在表现这种场景的时候，逆光也是必须的，但是主光源偏移到右侧，缩小了建筑物的受光面，再利用背光进行适当的补充，能够非常清晰地表现建筑物造型。

图5-2　明亮的城市照明

5.1.2 阴影的重要性

一个没有阴影的场景给人的第一感觉就是不真实。因为没有阴影，所以看起来物体都漂浮在空中，缺乏一种踏实的感觉。在制作的过程中，尤其要考虑柔化阴影。在现实生活当中，很少有点光源，也就是说很少有光线是从某一点射出的，所以多数都应该是软阴影，而不是边缘很清晰的阴影。而且有些光照下阴影也是有衰减的，如图5-3所示的阴影。

在Maya中，可以使用高动态范围图像（HDRI）来为场景提供照明，通过这种照明方式会使渲染出来的图像更加真实、更加逼真、更加自然，如图5-4所示的场景中就使用了这种照明技术。

5.1.3 Maya中的灯光

无论是在虚拟的三维空间中还是在现实世界中，光是人们认知世界的基础。通过光的照射，人们可以分辨物体体积、远近和颜色等信息。在三维软件中，灯光就像一种语言，是抒发情感，表现创意时不可缺少的部分。三维作品的成败和灯光的布置是分不开的，优秀灯光布局可以使画面效果更佳。

在现实生活当中，当要对某个物体进行拍摄时，需要考虑灯光的影响，需要各种类型的灯光来烘托和渲染画面的气氛。三维世界也是这样，物体材质表现出的效果完全取决于灯光的照射，包括颜色和质感的表现，如图5-5所示。

图5-3　观察阴影

图5-4　HDRI照明效果

图5-5　灯光效果

在Maya中，可以模拟出在现实世界中的所有灯光效果，当建立一个物体时，Maya会默认地创建一个灯光，这也就是为什么在没有创建灯光的情况下可以渲染出图像的原因。

创建灯光的方法很简单，读者可以直接执行Create|Lights命令，在弹出的子菜单中选择需要的灯光类型即可。Maya中的灯光分为6种基本类型，分别是Ambient Light、Directional Light、Point Light、Spot Light、Area Light和Volume Light，如图5-6所示。

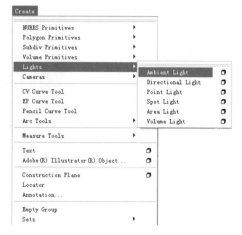

图5-6　灯光类型

5.2　阴影的重要性

有时候，在制作游戏或者仿真场景时，需要布置夜景效果，对于很多新手来说，是最为头疼的事情，灯光应该怎么布置，灯光颜色、强度应该怎么调整，成了最大的难点。本节以实例为基础，一步步向读者传授灯光布置方法。

5.2.1　使用Spot Light

Spot Light主要用来模拟现实中的一些常见人工光源，类似于路灯的光线，在一个圆锥形的区域均匀地发射光线。Spot Light的属性最多也最为常用，由于它的光线带有一定的角度，所以可以节省渲染时间，并且Spot Light可以很容易地被定位和控制。下面介绍一下它的一些参数设置（图5-7所示是Spot Light的参数面板）。

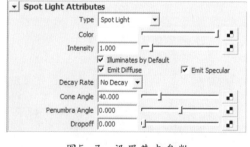

图5-7　设置基本参数

>> **Cone Angle**　该参数是Spot Light所独有的参数，用来调整聚光灯的照明角度，默认参数为40，可调控范围为0.006~179.994。

>> **Penumbra Angle**　Penumbra Angle参数用来控制Spot Light投射光线边缘的虚化程度。在默认状态下，Penumbra Angle的值为0，Spot Light照射区域的边界是清晰的，当Penumbra Angle的值趋向无穷大时，Spot Light的照射变化向内虚化，然而Penumbra Angle的值不能真正地在正负无穷大这个值域中取值。该参数的效果对比如图5-8所示。

图5-8　效果对比

>> Drop off 当该参数取值为0时，Spot Light照射区域的光线分布是均匀的；当值趋向于正无穷大时，Spot Light照射区域的亮度由中心向四周递减，其递减程度与Drop off的值成正比。效果对比如图5-9所示。

图5-9　Drop off效果对比

5.2.2　布置夜景——Spot Light

夜景是场景布置当中的一个难点，它没有什么规律可循，随着场景的变化而变化。本节向大家介绍的就是一种常见的夜景的制作方法，通过这个练习的操作，为读者的实际设计提供了一种思路。

01 执行File|Open Scene命令，打开光盘目录下的fangzi2.mb文件，如图5-10所示。

图5-10　打开场景文件

02 执行Create|Lights|Spot Light命令，建立一盏聚光灯，如图5-11所示。

03 确定刚才的聚光灯被选择的状态下，单击工具栏上的 按钮显示光源操纵器，从而显示灯光的投射点和目标点，如图5-12所示。

04 分别调整光源和目标点的位置，使光源在路灯上，目标点定位于路灯的下面的草地上，如图5-13所示。

05 选择灯光，单击 按钮进入灯光属性

编辑器，把灯光的Color改为HSV（60、0.286、0.866），灰黄色的，Intensity改为0.8，Cone Angle设置为120，Penumbra Angle改为10，将Dropoff设置为2，如图5-14所示。

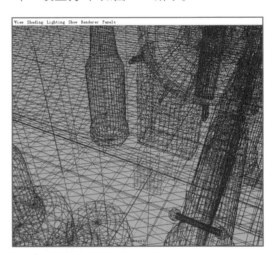

图5-11　创建聚光灯

图5-12　设置灯光投射点和目标点

图5-13 调整灯光

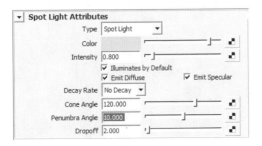

图5-14 调整后的灯光参数

06 确定聚光灯被选择，然后从Persp视图菜单中执行Panels|Look Through Selected命令，载入灯光视图，配合Alt+鼠标左右键调整一下位置，如图5-15所示。

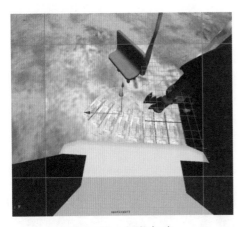

图5-15 调整灯光

07 在视图菜单中执行Panels|Perspective|Persp命令，回到Persp视图。快速渲染该视图并观察此时的效果，如图5-16所示。

图5-16 灯光照明效果

08 执行Create|Lights|Volume Light命令。选择灯光，单击 按钮进入灯光属性编辑器，将灯光的Color设置为HSV（60、0.286、0），淡黄色的，Intensity更改为0.7，如图5-17所示。

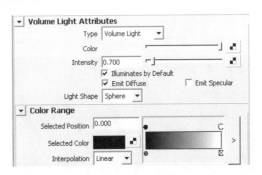

图5-17 创建体积光

09 设置完毕后，再次回到Persp视图，快速渲染该视图并观察此时的照明效果，如图5-18所示。

图5-18 照明效果

10 然后选择两盏灯光，按组合键Ctrl+D，复制并放在另一盏路灯上，如图5-19所示。

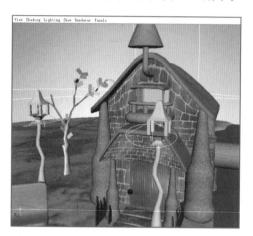

图5-19 复制灯光

11 通过简单的复制操作，可以将已经设置好的灯光复制出来，并将其应用到另一根柱子上，渲染效果如图5-20所示。

图5-20 照明效果1

12 执行Create|Lights|Volume Light命令创建一盏体积光。进入其属性编辑器，将Color设置为HSV（60、1、1），将Intensity（强度）更改为0.7，快速渲染Persp观察效果，如图5-21所示。

13 单击Light Effects下Light Fog右侧的 ■ 按钮，切换到Light Fog Attributes卷展栏，并将Color改为黄色的。快速渲染Persp视图，观察此时的渲染效果，如图5-22所示。

图5-21 照明效果2

图5-22 设置灯光雾

14 选择Volume Light物体，按Ctrl+D键复制一个副本，并将其放置到路灯灯芯处，如图5-23所示。

图5-23 复制体积光

15 保持此时的灯光参数不变，快速渲染Persp视图，观察一下此时的效果，如图5-24所示。

16 此时效果并不明显，这是因为灯光的强度不够所造成的，为此可以适当提高灯光的强度，再次渲染Persp视图并观察效果，如图5-25所示。

图5-24 观察效果

图5-25 最终渲染效果

5.3 使用灯光雾

雾效是大自然中的一种现象，在现实生活中，如果灯光照射的环境中出现雾，则会产生一种很特殊的灯光照射效果，人们可以观察到灯光的照射范围，以及灯光所形成的锥形。为了模拟这一效果，Maya在灯光中添加了灯光雾，关于它的介绍如下。

5.3.1 Light Fog效果

Point Light和Spot Light可以产生Light Fog效果，Point Light产生的Light Fog效果为球形，而Spot Light产生的是锥形雾效，如图5-26所示。

当在场景中创建了灯光以后，在其属性面板中展开Light Effects卷展栏，即可设置灯光的基本参数，如图5-27所示。

图5-26 两种灯光雾的不同形状

图5-27 Light Fog参数设置面板

>> Light Fog

创建灯光雾效果。当单击其右侧的节点按钮时，会打开一个灯光雾节点。

>> Fog Spread

该参数用于设置雾的分散程度，数值越大，则雾效就越分散，该参数对雾效的影响如图5-28所示。

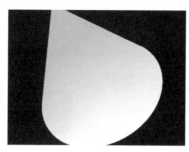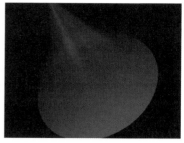

图5-28　设置雾的发散程度

当单击了Light Fog右侧的节点按钮后，会打开一个如图5-29所示的Light Fog Attributes卷展栏。

在这个卷展栏中，Color用于设置雾的颜色，Density用于设置雾的密度。如果单击这两个选项右侧的节点按钮，则可以添加相应的节点。

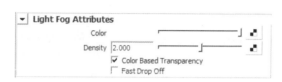

图5-29　Light Fog Attributes卷展栏

5.3.2　灯光雾——台灯

灯光雾主要用来模拟现实生活中一些光线效果，通常用来表现场景十分的喧闹、灰尘较多，或者用来表现夜间灯光照明、月光照射的效果。本节将利用一个台灯的案例，向大家介绍灯光雾的设置方法。

01 执行File | Open Scene命令，打开光盘目录下的taideng.mb文件，如图5-30所示。

图5-31　创建聚光灯

图5-30　打开场景

02 执行Create | Lights | Spot Light（聚光灯）命令建立一盏光源，如图5-31所示。

03 选中光源，单击工具栏上的Show Manipulator Tool（显示操作工具）按钮，或按快捷键T，显示光源操纵器。按照图5-32所示的方式分别调整光源和目标点的位置。

04 打开属性编辑器。将Cone Angle改为50，Penumbra Angle改为20，Dropoff（衰减）改为3。此时的灯光轮廓如图5-33所示。

图5-32　调整光源和目标点

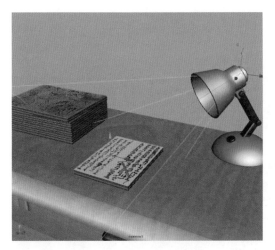

图5-33　设置灯光轮廓

05 展开Light Effects，进入灯光特效栏，然后单击Light Fog后的 ▪ 按钮进入Light Fog

Attributes（灯光雾属性）卷展栏，将Density（密度）改为0.9，渲染透视图并观察此时的效果，如图5-34所示。

图5-34　效果

06 灯光特效基本做完就完成了，调整一下摄像机，快速渲染摄像机视图，观察此时的效果，如图5-35所示。

图5-35　最终渲染效果

5.4　数字光学特效

　　Maya中的光学特效使用起来非常方便，读者只需要在灯光物体上启用相应的参数设置即可，和其他软件相比，这是一种较为成熟的模式。本节将向大家介绍如何利用Maya中的光学特效模拟现实生活中的光效。

5.4.1　使用光学特效

　　使用Volume Light等类型的灯光可以创建Light Glow特效。光学特效包含辉光、光晕以及镜头光斑，其效果对比如图5-36所示。这些特效的设置都是通过Light Effects卷展栏来完成的，下面将向读者介绍一下光学特效的参数功能。

在Light Effects卷展栏中单击Light Glow右侧的 按钮，添加Optical F/X节点，此时的参数设置如图5-37所示。

>> Active与Lens Flare　启用Active复选框则可以启用灯光特效，否则将不显示任何效果。启用Lens Flare复选框后则将显示镜头效果。

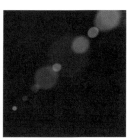

图5-36　光学特效类型

>> Glow Type　通过该下拉列表框可以设置辉光特效的类型。该下拉列表框提供了5种基本类型以供设置，如图5-38所示。

>> Halo Type　通过该下拉列表框来设置光晕的类型，Maya提供了5种光晕特效，其形状如图5-39所示。

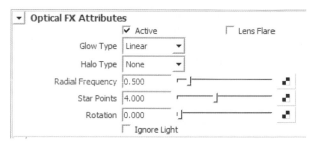

图5-37　节点属性

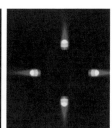

图5-38　Glow Type

图5-39　光晕类型

>> Radial Frequency　Radial Frequency用于设置光学特效的径向频率，通常可以为其添加一个Ramp节点进行动态控制。

>> Star Points　Star Points用于设置星星的数量，数值越大，则星星越多。图5-40所示是较低的数值和较高的数值所产生的效果对比。

>> Rotation　Rotation用于设置星星的旋转角度。该参数经常用来设置动画，当设置为动画时，则可以产生星星旋转的效果。

图5-40　不同的参数设置对比

5.4.2　耀日当空——光学特效

数字光学特效是Maya灯光所独有的,它可以通过一盏灯光来表现各种灯光效果,尤其是镜头光效。在前面一节中向读者介绍了光学特效的一些特性,在本节当中将向读者介绍如何利用它们制作真实的效果。

01 执行File|Open Scene命令,打开光盘目录下的fangzi3.mb文件,如图5-41所示。

图5-41　打开场景

02 执行Create|Lights|Point Light命令建立一盏点光源。打开光源定位器,按照图5-42所示的位置修改灯光的投射点和目标点。

图5-42　调整灯光

03 打开属性编辑器,将灯的Color改为HSV(60、0.373、1),Intensity改为1.1,单击Fog Intensity后的节点按钮,进入光学特效属性编辑器,如图5-43所示。

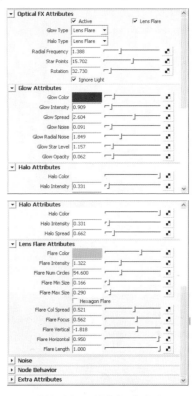

图5-43　设置光学属性

04 设置完毕后,激活Persp视图,单击工具栏上的🖰按钮,快速渲染一下透视图,观察此时的效果,如图5-44所示。

图5-44　光学特效

05 在视图中创建一盏Spot Light，如图5-45所示。打开灯光属性编辑器，把Intensity改为0.8，decay rate更改为Linear，Cone Angle改为120，将Penumbra Angle改为10，将Dropoff改为0.6。

图5-45　创建灯光

06 快速渲染透视图，观察此时的渲染效果，如图5-46所示。

图5-46　渲染效果

07 执行Create|Lights|Ambient Light命令，在场景中创建一盏环境灯。打开其属性编辑器，将Intensity设置为0.4，照明效果如图5-47所示。

图5-47　照明效果

08 到此为止，关于灯光特效的参数设置就完成了，快速渲染一下摄像机视图，观察此时的效果，如图5-48所示。

图5-48　最终渲染效果

5.5　布置三点照明

现实生活中的光源大致可分为两类：一类是自然光，如阳光、月光、闪电光等；一类是人工光，如日光灯、台灯、霓虹灯、路灯等。无论是现实中的灯光还是数字灯光都具有共同的属性，如亮度、入射角度、色相、色温以及衰减程度等。那么，在三维环境下如何合理地利用这些参数为人们提供帮助，是学习Maya灯光的目的所在。下面向读者介绍一个比较典型的照明方法——三点照明。

5.5.1 三点理论讲解

顾名思义，三点照明主要通过3个点来为场景提供灯光的一种思路。三点照明中的灯光按照其功能的不同，可以分为主光、辅光和背光，关于它们的简介以及布置原则如下。

1. 主光源

主光源奠定了场景的基本基调，例如，是晴朗的还是阴暗的；是温暖的还是寒冷的；等等。主光源不是指单一的光源，而是指场景中的主要光源。主光源的入射角一般在物体前方和上方的45°角，这样可以使物体具有立体感。

主光源的颜色对场景的整体色调的影响很大，场景光线的强弱和色相、色温都由它来决定。主光源还可以营造特殊的气氛，例如表现人物的性格，当要表现一个阴险的人物形象的

时候，可以让主光源从下往上照射，并使用冷色调。

2. 辅助光源

辅助光源是用来照亮物体的背光处或阴暗处，起到布光的作用，它能丰富被照射物体的细节以及增加场景的层次和真实感。特别是在表现光线不足的场景中，辅助光源的作用尤为重要。一般情况下，辅助光源的强度不要超过主光源的二分之一。

3. 背光光源

背景光源的作用是将物体从背景中分离出来，并使物体的边缘产生高光，背光一般放置的主光源的对面较高的位置，它的强度和辅助光源差不多。

5.5.2 丛林木屋——三点照明

三点照明是Maya中的一种经典照明技术，它是很多资深的设计师所总结出来的宝贵经验。同时，三点照明还是Maya中的基本照明系统，可以把任何一个复杂的照明系统分解，将其分割为多个三点照明系统。下面向读者介绍一个具体的三点照明的应用。

01 执行File|Open Scene命令，打开光盘目录下的katongfangzi.mb文件，如图5-49所示。

图5-50 显示光源操纵器

03 分别调整光源和目标的位置，使光源在房子的右上方，目标点定位于房子门前，如图5-51所示。

04 快速渲染一下透视图，观察此时的效果，如图5-52所示。

05 确定聚光灯被选择，然后从Persp视图菜单中执行Panels|Look Through Selected命令进入灯光视图，使用摄像机调整工具Alt+鼠标左右键就可以调整房子的位置，把它全部包括在圆形的灯光范围内，如图5-53所示。

图5-49 打开场景文件

02 选择Create|Lights|Spot Light命令，建立一盏聚光灯。显示光源的操纵器，如图5-50所示。

图5-51　调整光源位置

图5-52　渲染效果

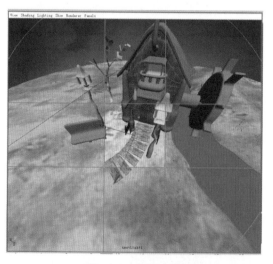

图5-53　调整灯光

06 在视图菜单中执行Panels|Perspective|Persp命令，回到透视图。选择聚光灯，单击靠按钮进入灯光属性面板中，将Color设置为HSV（0，0，0.886），将Cone Angle改为120，将Penumbra Angle设置为10，启用Emit Specular复选框，如图5-54所示。

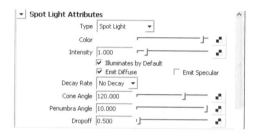

图5-54　设置聚光灯属性

07 展开Depth Map Shadow Attributes卷展栏，启用其中的Use Depth Map Shadows复选框，如图5-55所示。

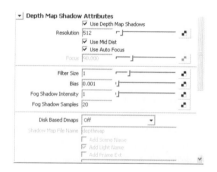

图5-55　设置阴影属性

08 参数设置完毕后，快速渲染Persp视图，观察一下此时的效果，如图5-56所示。

图5-56　渲染效果

09 选择聚光灯，按组合键Ctrl+D复制一个方向光，其位置如图5-57所示。

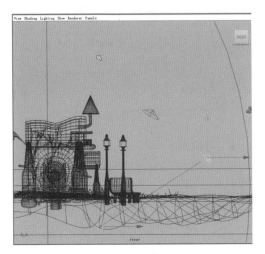

图5-57 复制灯光

10 然后调整投射点和目标点的位置，使投射点位于房子的前方，而目标点位于房门下的草地，如图5-58所示。但这个光源比主光源要弱点，选择聚光灯，单击 按钮进入灯光属性面板，将Intensity改为0.7。

图5-58 调整

11 设置完成后，快速渲染Persp视图，观察此时的效果，如图5-59所示。

12 这时还有两部分完全没有被照亮——房子的左边部分和环境完全是黑的，所以需要两盏灯来照亮它，先建一盏灯照亮房子左边，位置如图5-60所示。

图5-59 渲染效果

图5-60 创建聚光灯

13 选择方向光源，按组合键Ctrl+D复制一个方向光。调整它的光源位置，使其从左侧上方照射房子的左侧下方，如图5-61所示。

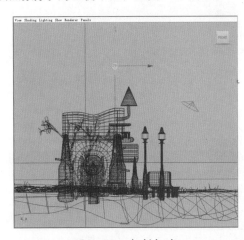

图5-61 复制灯光

14 进入Spot Light的属性面板，将Color设置为黑色，将Intensity设置为0.3。渲染Persp视图并观察效果，如图5-62所示。

图5-62　渲染效果

15 选择方向光源，按组合键Ctrl+D复制一个方向光。调整它的光源位置，使其从房顶照射天空的一角，如图5-63所示。

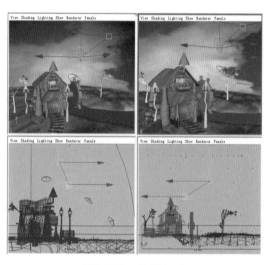

图5-63　复制灯光

16 选择聚光灯，单击 按钮进入灯光属性面板，把Color改为灰白色的，Intensity改为0.7，如图5-64所示。

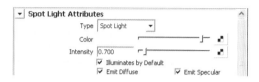

图5-64　设置灯光强度

17 单击 按钮，打开渲染全局设置，在Image Size卷展栏中面板把分辨率更改为640×480，如图5-65所示。

图5-65　设置图像大小

18 在单击Maya software标签。在Antialising Quality（消锯齿品质）卷展栏中选择Quality（品质）为production Quality。然后关闭渲染全局面板，调整到一个比较好的视角，单击 按钮，最终渲染结果如图5-66所示。

图5-66　最终渲染效果

5.6　幽明圣地

幽明圣地讲述的是一幅世外桃源的景象，在这里没有勾心斗角、没有权益横流，只有一片宁静的天空，潺潺的流水。为了能够突出这一氛围，作者利用了蓝色的灯光，给人以一种梦幻般的感觉。本节向大家介绍它的实现方法。

5.6.1 Ambient Light

环境光有两种照射方式：一种是光线从光源的位置平均地向各个方向照射，类似一个点光源；而另一种是光线从所有的地方平均地照射，犹如一个无限大的中空球体从内部的表面发射灯光一样，使用环境光可以模拟平行灯光和无方向灯光。

下面来介绍一下Ambient Light（环境光）的选项对话框。单击灯光名称右侧的方块按钮□，打开如图5-67所示的对话框。

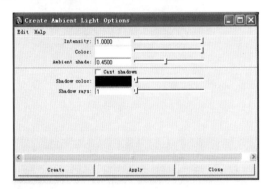

图5-67 环境光的选项对话框

环境光渐变为0

环境光渐变为1

图5-68

>> **Intensity** 该选项可以控制灯光的强度，该选项数值越大，灯光的强度就越强，它可以用来模拟强光源。相反地，数值越小，灯光的强度就越小，它可以用来模拟弱光源。

>> **Color** 设置灯光的颜色，拖动滑块可以调整颜色的明亮程度，单击色块区域，会弹出一个Color Chooser，在其中可以选择需要的颜色。

>> **Ambient shade** 设置平行光和环境光的比率，当值为0时，光线从四周发出来照明场景，体现不出光源的方向，画面呈一片灰状，如图5-68所示。

>> **Cast shadows** 控制灯光是否投射下阴影。在这里因为Ambient shade没有Depth Map Shadows，只有Ray Trace Shadows，所以在此启用Cast shadows复选框，即打开Ray Trace Shadows。

>> **Shadow color** 设置阴影的颜色，拖动滑块可以设置阴影的明亮程度，单击色块区域，会弹出一个Color Chooser，可以选取需要的色彩，Maya默认为黑色。

>> **Shadow rays** 控制阴影边缘的噪波程度，Maya默认该参数为1，最大值为6，最小值为1，注意在其Attribute Editor中，可以设置Shadow rays大于6。

另外，要在场景中查看照明效果，可以按快捷键7，进入照明模式。

5.6.2 Directional Light

平行光仅在一个地方平均地发射灯光，它的光线是互相平行的，使用平行光可以模拟一个非常远的点光源发射灯光。例如，从地球上看太阳，太阳就相当于一个平行光源。

下面来介绍一下Directional Light（平行光）的选项对话框，如图5-69所示。

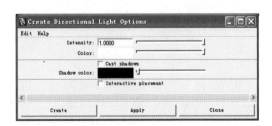

图5-69 平行光选项对话框

>> Intensity 设置灯光的照明强度，这里Maya的默认参数为1，其最大值为1，最小值为0。数值越大，灯就越亮；数值越小，灯就越暗。

>> Color 设置灯光的颜色，拖动右侧的滑块可以设置颜色的明亮程度。单击色块区域，会弹出一个Color Chooser，可以选取需要的色彩。

>> Cast shadows 控制灯光是否投射下阴影。启用Cast shadows复选框即可打开Directional Light的Depth Map Shadows（深度贴图阴影）选项。

>> Shadow color 设置阴影的颜色，单击色块区域，会弹出一个Color chooser，可以选取需要的色彩。

>> Interactive placement（作用地点） 作

5.6.3 幽明圣地——灯光布置要点

灯光的设置是整个场景的灵魂，也是作者情感的重要表达方式。在布置场景时，灯光的不同颜色给人的心情是不一样的，同时情感也就产生了。本示例注重的是颜色的使用以及灯光特效的使用以及特效的合理利用。下面是具体的操作流程。

01 打开光盘目录下的yeijing.mb场景，如图5-71所示。

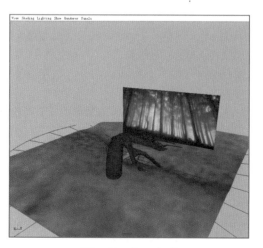

图5-71 打开场景

02 创建一个摄像机，调整位置。执行Create|Cameras|Camera命令。按快捷键T显示摄像机目标点，然后把摄像机调整到如图5-72所示的位置。

用地点是个很实用的工具，启用Interactive placement复选框后，视图会切换到灯光的视图，然后根据需要旋转、移动、缩放灯光视图来调节灯光作用于物体的地点，这里的操作方法和视图的操作方法完全相同，如图5-70所示。

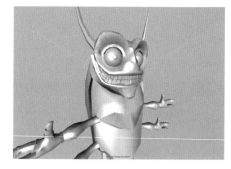

图5-70 启用作用地点后

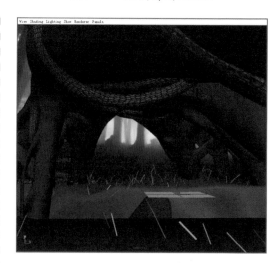

图5-72 调整摄像机位置

03 在视图窗口左上角的场景菜单栏中，执行View|Camera Settings|Resolution Gate命令，显示安全框，如图5-73所示。

04 将Top视图转换成Persp视图，执行Panels|Orthographic|Persp命令，切换视图显示方法，如图5-74所示。

05 在主菜单栏中，执行Create|Lights|Ambient Light命令。选择环境灯，调整一下位置，如图5-75所示。

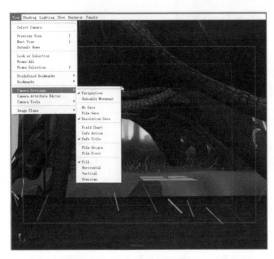

图5-73 显示安全框

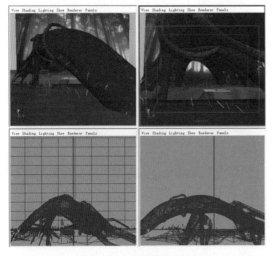

图5-74 转换视图显示方式

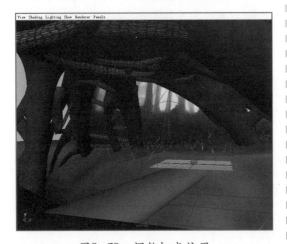

图5-75 调整灯光位置

06 选中环境灯，按快捷键Ctrl+A，切换到灯光属性面板，将Ambient Light Attributse（环境灯光属性）下的Color设置为HSV（202、1、1），将Intensity设置为1.6，将Ambient Shade（无向性/方向性）设置为0.859。启用Raytrace Shadow Attributes（光线追踪阴影属性）卷展栏下的Use Ray Trace Shadows复选框，如图5-76所示。

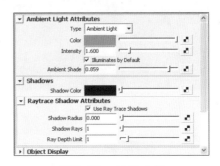

图5-76 设置参数

07 设置完毕后，快速渲染摄像机视图，观察此时的效果，如图5-77所示。

图5-77 渲染效果

08 执行Create|Lights|Spot Light命令，创建一盏目标聚光灯，并适当调整一下它的位置，如图5-78所示。

09 选择Spot Light物体，按快捷键Ctrl+A进入灯光属性面板，单击Light Effects下的Light fog后面的节点按钮。进入灯光雾属性面板，然后将Light Fog Attributes（灯光雾属性）下的Color设置为HSV（240、0.591、0.656），将Density设置为2，如图5-79所示。

图5-78　调整灯光位置

图5-79　设置灯光雾参数

10 重新选择Spot Light物体，切换到其属性面板。单击Color右侧的节点按钮，打开Create Render Node对话框。单击Noise（噪波）选项，添加该效果。切换到Place2dTexture选项卡，在2d Texture Placement Attributes（2D 纹理放置属性）卷展栏下将Repeat UV设置为4.00、1.00，如图5-80所示。

图5-80　设置重复次数

11 设置完毕后，渲染一下摄像机视图，观察此时的效果，如图5-81所示。

12 做好聚光灯后，按快捷键Ctrl+D复制一盏灯，调整其位置，如图5-82所示。因只复制灯的属性不能复制节点，所以要从新做一遍。如步骤与上面讲述的一样。

图5-81　渲染效果

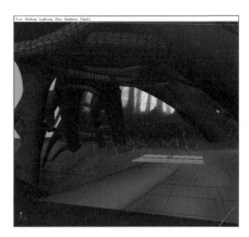

图5-82　复制并调整灯光

13 位置调整好后，再重复上面4步的操作，重新调整一下灯光特效即可完成设置。图5-83所示是该场景的最终渲染效果。

图5-83　最终渲染效果

5.7 深度贴图阴影

Maya中的阴影和真实世界的阴影并不相同，在现实中有了光自然就有了影。而在Maya中需要对Depth Map Shadow（深度贴图阴影）执行一个打开的命令，这样Depth Map Shadow（深度贴图阴影）才能够在视图中起到作用。

在大部分情况下，深度贴图阴影能够产生出比较好的效果，但是会增加一些渲染的时间，一般的物体阴影都可以用它来模拟。深度贴图阴影是描述从光源到目标物体之间的距离，它的阴影文件中有一个渲染产生的深度信息。它的每一个像素代表了在指定方向上，从灯光到最近的投射阴影对象之间的距离，如图5-84所示。

图5-84 深度贴图阴影

如果场景中包含有深度阴影贴图的灯光，Maya 2009在渲染过程中会为其创建Depth Map Shadow（深度贴图阴影）。创建一盏灯光，在其右侧的Attribute Editor（属性编辑器）中可以找到深度贴图阴影的属性栏，如图5-85所示。

图5-85 深度贴图阴影属性栏

▶▶ Use Depth Map Shadows 只有启用该复选框时，深度贴图阴影才被激活。它是与Use Ray Trace Shadows相对应的，如果要给被灯光照射的物体加上阴影，可以启用其中一项。

▶▶ Resolution 设置深度贴图阴影的分辨率。当Resolution（分辨率）的值设得很低的时候，阴影的边缘会出现锯齿；而当此项数值设得过高的时候，则会增加渲染的时间。

注意

Resolution的值最好是2的倍数，为避免阴影周围出现锯齿，Resolution的值不应该调得过低。

▶▶ Use Mid Dist 被照亮物体的表面有时会有不规则的污点和条纹，这时候可以启用Use Mid Dist 复选框，将有效去除这种不正常的阴影。在默认状态下，此参数是启用的。

▶▶ Filter Size 通过调整Filter Size参数来调节边缘柔化程度，参数越大，阴影越柔和，如图5-86所示。

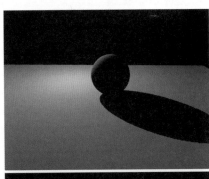

图5-86 柔化阴影边缘

>> Bias 调节Bias可以使阴影和物体表面分离。调节该参数犹如给阴影增加一个遮挡蒙板，当数值变大的时候，灯光给物体投射的阴影就只剩下一部分，当此参数为1的时候，阴影就消失了，如图5-87所示。

图5-87　深度贴图偏心率

>> Fog shadow Intensity　Fog shadow Intensity用于设置灯光雾的阴影浓度，在打开灯光雾的

时候，场景中物体的阴影颜色会呈现不规则显示，这时可以调节该参数来增加灯光雾中的阴影强度。

>> Fog shadow Samples　设置雾阴影的取样参数，此参数越大，打开灯光雾后的阴影就越细腻，但同样地会增加渲染的时间；参数越小，打开灯光雾后的阴影颗粒状就越明显。Maya的默认值为20，如图5-88所示。

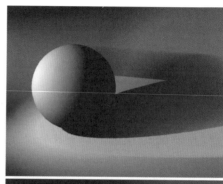

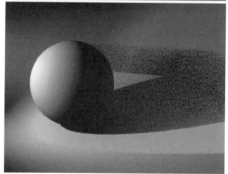

图5-88　雾阴影采样

5.8　光线跟踪阴影

　　和深度贴图阴影一样，使用Ray Trace Shadow也能够产生非常好的结果，在创建光线跟踪阴影时，Maya会对灯光光线根据照射目的地到光源之间运动的路径进行跟踪计算，从而产生光线跟踪阴影。但这会非常耗费渲染时间。光线跟踪阴影和深度贴图阴影最大的不同是，光线跟踪阴影能够制作半透明物体的阴影，例如玻璃物体，而深度贴图阴影则不能。需要注意的是，尽量避免使用光线跟踪阴影来产生带有柔和边缘的阴影，因为这是非常耗时的。

　　在创建光线跟踪阴影时，Maya 2009会对灯光光线从照射摄像机到光源之间运动的路径进行跟踪计算，从而产生跟踪阴影，如图5-89所示。下面介绍一下Ray Trace Shadow的属性栏。

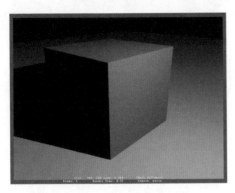

图5-89 光线跟踪阴影

图5-90 阴影辐射

▶▶ Use Ray Trace Shadows 启用该复选框后将使用光线跟踪阴影。它是与Depth Map Shadows相对应的，它们是两种不同的计算阴影的方式，如果要给灯光加上投射阴影功能，可以启用其中一项，也只能启用一项，两者不能同时选择。

▶▶ Light Radius 该选项用于扩大阴影的边缘，该值越大，阴影就越大，但是会使阴影边缘呈现粗糙的颗粒状。

▶▶ Shadow Rays 该数值越大，阴影边缘就越柔和，显得就越真实，它不会呈现粗糙和颗粒状，但是会相应地增加渲染时间。该数值越小，阴影的边缘就越锐利，如图5-90所示。

▶▶ Ray Depth Limit 调整该参数可以改变灯光光线被反射或折射的最大次数。参数越大，反射次数就越多，该参数默认值是1。

第6章

栏目包装动画设计——基础动画

　　动画是Maya的灵魂，它之所以能够被人们所认可，就是因为它具有非常强大的动画功能。作为一个有志向于CG艺术的读者而言，动画也是必须要了解的内容。本章将向读者介绍Maya动画的制作方法，以及栏目包装动画的设计要求。通过搭配大量的实际按钮，向大家介绍Maya动画在影视栏目领域的强大功能。通过本章的学习，要求读者掌握Maya动画设置的基本要点，以及影视栏目包装的基础知识。

6.1 栏目包装动画制作流程

在影视制作当中的另一个主要课题就是影视包装，它主要用来渲染栏目的主题，与影视广告是有根本区别的。本节将向读者介绍一下常见的影视包装制作的一般流程，以及在这个过程中需要注意的一些事项。

1. 客户提出需求

客户通过业务员联系、电话、电子邮件、在线订单等方式提出制作方面的基本要求。

2. 制作方案和报价

回答客户的咨询，对客户的需求给予答复，提供实现方案和报价供客户参考和选择。公司就自己对创意的理解预估，并将合适的制作方案以及相应的价格呈报，以供客户确认和参考。

3. 进行前期策划

方案确定后，按照客户所提出的详细要求进行广泛的讨论，确定制作的创意以及思路，并制定出相关的详细制作计划。

4. 设计主体LOGO

所谓LOGO，实际上就是指一个标识。它是影视包装中动画的核心表现内容，也是定位栏目特点的核心体现。当然，如果客户提供了LOGO则不用进行这一步了。

5. 搜集素材

搜集符合表现LOGO的元素和表现形式。元素是动画组成的基础，不同的组合方式可以形成不同的分镜头。

6. 制作三维场景

根据镜头的表现创建相关的三维模型，设置材质以及镜头的表现。而在本书当中，这一步的操作将通过3ds Max来实现。

7. 制作分镜头

根据影视包装的记叙过程，使用选择好的元素和颜色，制作分镜头，注意分镜头的画面构图一定要讲究，也就是力求精美，这样在交付客户审核的时候会让其满意度提高，图6-1所示的就是一组分镜头图。

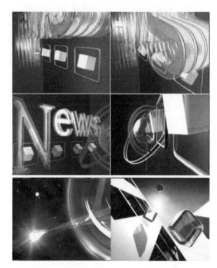

图6-1 分镜头

8. 客户审核

这是一个重要的环节，可能在一开始客户会提出一些反馈的要求，这时就要继续修改分镜头来最终满足客户的需要。通过这一步，客户将确定当前包装定位的整个形式。

9. 整理镜头

最终确定镜头顺序。在After Effects中，根据所制作的音乐节奏剪辑分镜头，确定三维元素的动画长度。

10. 设置三维动画

根据客户确定的分镜头长度，设置具体的动画元素和镜头的运动。然后，使用After Effects 导入PSD分镜头文件。使用渲染好的粗模动画代替静止元素。配合镜头运动，制作出各个静止元素的动画。

11. 渲染成品动画

渲染是影视包装制作中最为耗时的步骤。通过反复测试长度，并检查动画中存在的问题，这样才是减少耗时的有效方法。

12. 客户审核

将最终制作好的样片交付给客户，等待其审核并通知。如果有修改的地方，再根据客户所提出的修改意见进行修改并最终完成成片。

6.2 基础动画知识要点

学习任何事物都是一个循序渐进的过程，都需要从最基础的知识进行入门、提高、并成为一个高手。动画的学习也是如此，也需要从最基础的入门知识开始。所以，本节向大家介绍一些Maya当中需要使用的动画制作工具。

6.2.1 基本控制工具

动画控制工具是制作动画的基础，只有了解了这些工具的使用方法，才能够开始动画的制作。在Maya中，关于动画的基本控制工具比较集中，均被放置在操作区域的下方，如图6-2所示。

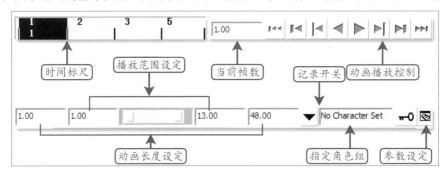

图6-2 时间条和范围条

实际上，动画控制工具是由两部分组成的，分别是时间条和范围条。时间条上的时间标尺显示了当前动画的播放范围。标尺上的刻度随着选择的参考单位不同会显示不同的数值。在Maya中，时间标尺上的最小刻度显示可以达到1/6000秒，时间条右侧是控制动画播放的一系列按钮，关于这些按钮的详细功能如表6-1所示。

在制作动画的过程中，还需要读者了解下面的3点内容。

表6-1 动画播放按钮功能介绍

按钮名称	按钮图标	功能说明
Go to Start	⏮	在设定的时间范围内，将时间滑块返回到开始
Step back of frame	◀|	单步返回上一帧
Step back one key	|◀	跳转到上一个关键帧
Play backwards	◀	反向播放动画，按Esc键可停止播放
Play forwards	▶	正向播放动画，按Esc键可停止播放
Step forward one key	▶|	跳转到下一个关键帧
Step forward one frame	|▶	单步执行，跳转到下一帧
Go to end	⏭	返回到结束帧

➤➤ 时间标尺上的开始和结束时间刻度是由范围条中播放范围数值来控制的。

➤➤ 时间指针所在位置的帧刻度数值可以通过输入数值的方法让时间指针快速定位在某个时间刻度上。

➤➤ 动画自动关键帧按钮被激活时呈红色显示，标示自动记录关键帧功能打开。这时，如果在视窗中移动物体，那么在物体停顿的每个时间点都会被自动记录为关键帧。

6.2.2 预设动画参数

在了解了动画的基本控制工具后，下面向读者介绍一下关于动画的一些参数设置方法。Maya是一个应用范围非常广泛的动画制作软件，范围涵盖动画、广告、影视、游戏制作等多个方面。所以，Maya自身也根据不同的平台配置了多套标准动画制作速率。在工作时，读者只需要根据实际需要进行选择即可。

单击动画时间范围滑块最右端的 按钮，打开Preferences对话框，如图6-3所示。

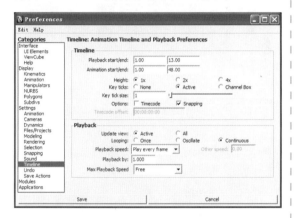

图6-3　Preferences对话框

该对话框主要用来设置Maya的系统属性，而Maya的动画预设主要是通过其中的Timeline选项来完成的。要设置动画的播放速率，则可以对Playback选项区域中的Playback speed选项进行设置。

▶▶ Real-time[24fps]　选择该选项后，将把动画的播放速率设置为每秒24帧，这是电影中常用的一种播放速率。

▶▶ Play every frame　通常在制作粒子动画时才能用到，因为粒子动画是以帧为单位进行实时运算的。在这个速率设置下进行动画预览时的播放速度，完全是依靠计算机硬件性能决定的。不同硬件性能的计算机播放速度会不同，所以制作关键帧动画时不能选择该项。

6.2.3 弹跳的小球——关键帧

▶▶ Half[12fps]　Half[12fps]可以将动画的播放速率设置为每秒预览播放12帧。

▶▶ Twice[48fps]　Twice[48fps]可以将动画的播放速率设置为每秒预览播放48帧。

▶▶ Other　选择该选项后，可以通过其右侧的Other speed选项自定义动画的播放速率。

上面所设置的仅仅是动画的播放速率，根据动画最终在不同的硬件平台上播放，还需要对动画制作速率进行设置。单击Preferences对话框左侧的Settings选项，显示如图6-4所示。

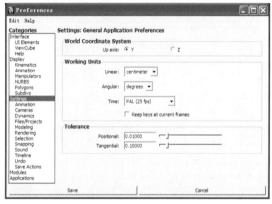

图6-4　Settings选项

在该选项中，Time下拉列表提供了一个速率选择列表。这里的选项比播放速率的选项更加丰富，例如Film[24fps]、PAL[25fps]、NTFS[30fps]等。但是，这里的选项用于指定动画的制作速率而不是播放速率。

正如上文所讲，两者的区别在于播放速率只是表示在Maya中预览动画时每秒播放的帧数，而动画的制作速率则表示在某一特定播放平台上每秒钟需要制作多少帧才能达到播放标准，这个标准是由不同的播放平台来决定的。

利用所学的动画基础知识创建一个弹跳的小球，要求小球的运动符合现实生活中的运动规律，例如，在球体落地时由于重力和弹性作用球体会发生变形等。通过本实例的学习使读者掌握动画关键帧的设置以及简单的编辑等操作，并学会怎样创建出合理的动画效果。

01 在Maya 2009中新建一个场景，创建一个Radius值为2的NURBS球体，并将其位移的属性值都改为0。然后创建一个Width和Length Ratio分别为25、1.5的平面，并将其Translate Y和Translate Z的值分别改为−2、−12，如图6−5所示。

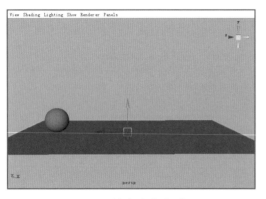

图6−5　创建球体和平面

02 选择球体，在其属性栏中选中除Translate Y、Translate Z和Scale Y这3个属性外的所有属性，右击，在弹出的快捷菜单中执行Lock Selected命令。按Insert键，在Y轴上移动轴心点到球体的底部，再次按Insert键回到选择模式，如图6−6所示。

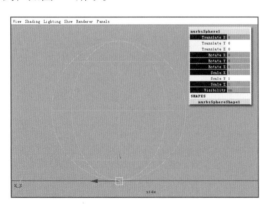

图6−6　锁定属性并调整轴心点

03 在动画控制区中将动画结束时间设置为50帧。移动时间滑块到第0帧，在通道栏中设置Translate Y值为7，按S键设置关键帧，如图6−7所示。

04 移动时间滑块到第18帧，在通道栏中选择球体的Scale Y属性，右击，在弹出的快捷菜单中执行Key Selected命令，设置一个关键帧，然后移动时间滑块到第20帧，将Scale Y的值改为0.6，设置Translate Y值为0，按S键设置关键帧，如图6−8所示。

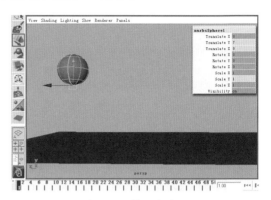

图6−7　第0帧动画

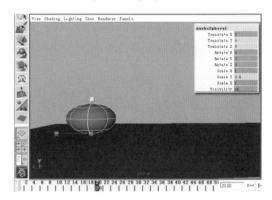

图6−8　第20帧动画

05 移动时间滑块到第22帧，将球体的Scale Y值改为1并为其单独设置关键帧，然后移动时间滑块到第30帧，将Translate Y、Translate Z的值分别改为5、−1，按S键设置关键帧，如图6−9所示。

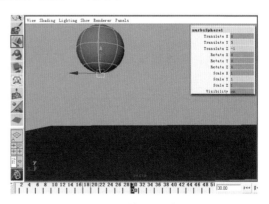

图6−9　第30帧动画

06 移动时间滑块到第38帧，在通道栏中选择球体的Scale Y属性，并为其单独设置一个关键帧，然后移动时间滑块到第40帧，将Scale Y的值改为0.6，并将Translate Y、Translate Z的值分别改为0、-2，按S键设置关键帧，如图6-10所示。

07 移动时间滑块到第42帧，将球体的Scale Y值改为1并为其单独设置关键帧，然后移动时间滑块到第50帧，将Translate Y、Translate Z的值分别改为5、-1，按S键设置关键帧，如图6-11所示。读者还可以按照这个规律继续设置动画。

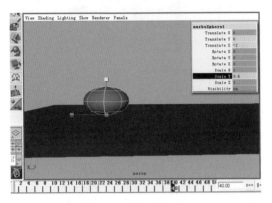

图6-10　第40帧动画

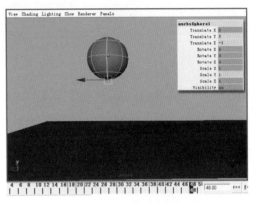

图6-11　第50帧动画

6.3　影视动画——扫光特效

在Maya动画中，实际上是根据时间轴上前后两个关键帧的数值，通过计算机及进行均匀插值计算得出中间帧的运动轨迹。例如，某个物体在第1帧的Z轴位置为1，在第10帧的Z轴位置为10，那么通过插值计算后，计算机会自动将第一帧到第10帧的动画幅度均匀处理，得到一个小球运动的动画。本节将向大家介绍制作关键帧的一些操作。

6.3.1　设置关键帧

在Maya中，设置关键帧的方法有3种，分别是利用快捷键设置、自动设置关键帧以及通过关键属性设置关键帧。本节主要向大家介绍设置关键帧的方法以及如何编辑关键帧。

1. 按S键设置关键帧

这是一种常用的方法，按S键后可以快速对当前选择物体添加关键帧，读者也可以直接执行Animate|Set Key命令来执行操作。

2. 自动设置关键帧

相对于按S快捷键自定义添加关键帧操作，Maya还提供了另一种便捷的自动添加关键帧方式。读者只需要单击灰色的关键帧开关按钮，使其激活变成红色开启状态。此时，如果物体的关键属性有任何改动，Maya都将自动添加关键帧。

下面通过一个简单的案例来观察一下关键帧动画的演变方式。

01 创建一个如图6-12所示的场景，框选场景中的所有圆柱体，按S键在第1帧处创建一个关键帧。

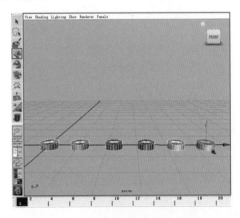

图6-12　创建场景并设置关键帧

02 单击时间帧范围滑块右侧的关键帧开关按钮 ⇥⊙，激活设置自动关键帧，如图6-13所示。

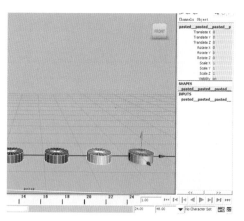

图6-13 开启设置自动关键帧

03 将时间滑块拖动到第10帧处，启用缩放工具，沿着Y轴分别调整各个圆柱体的高度，如图6-14所示。

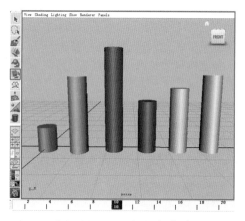

图6-14 沿Y轴调整高度

04 将时间滑块拖动到第20帧处，使用相同的方法再一次调整圆柱体的高度，如图6-15所示。

设置完成后，选择一个圆柱体，可以发现在第10、20帧处分别产生了一个关键帧，即一个红色的标记，这是因为改变了Scale Y的参数，从而使Maya自动产生了关于该参数的动画，读者可以单击播放按钮观察动画效果。

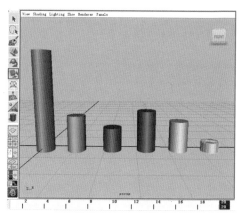

图6-15 再次调整高度

3. 设置属性动画

在Maya中，如果某个属性没有数值变化，那么设置了关键帧之后，动画也不会产生。但是在这种情况下，Maya仍然会进行插值计算，所以可以只将与动画的有关属性设置为关键帧属性，从而优化动画操作。具体的操作方法如下。

01 仍然在上一个示例当中进行操作。选中一个圆柱体，单击 ⇥⊙ 按钮，在通道盒中选择Scale Y选项，右击并执行弹出的快捷菜单中的Key Selected命令，观察此时的通道盒变化，如图6-16所示。

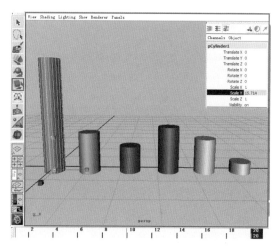

图6-16 通道盒变化

02 然后，通过调整该参数的值，即可达到修改参数属性的目的。通过使用这种方法，一方面可以减少Maya的负荷，另一方面也方便后期编辑修改运动曲线。

有时候，可能需要同时在多个轴向上修改属性，例如需要同时修改Scale X/Y/Z 这3个轴向上的缩放，那么就可以按住Ctrl键的同时选中这 3 个属性，然后右击并执行弹出的快捷菜单中的Key Selected命令即可。

提　示

按Shift+W键可以快速将Translate X、Y和Z的平移属性设置为关键属性；按Shift+E键可以快速将Scale X、Y和Z的平移属性设置为关键属性；按Shift+R键可以快速将Rotate X、Y和Z的平移属性设置为关键属性。

6.3.2　编辑关键帧

在关键帧操作中，Maya允许在时间轴上直接对关键帧进行移动、剪切、复制、粘贴操作，以便快速编辑关键帧序列。为了能够提高动画制作效率，下面向读者介绍对于关键帧的编辑操作。

1．剪切、粘贴帧

要剪切一个关键帧，可以在时间轴上选择该关键帧，使其以黑色高亮度显示，然后右击并执行快捷菜单中的Cut命令，即可将该关键帧剪切，如图6-17所示。

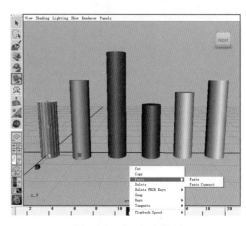

图6-18　粘贴关键帧

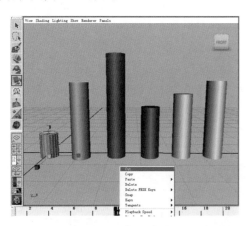

图6-17　剪切关键帧

当执行了上述操作后，位于第10帧处的关键帧消失了。这说明关键帧已经被剪切掉，那么当动画再播放的时候，关于该帧处以及与它相邻的关键帧之间的插值动画也将消失。

如果要粘贴一个动画，则可以按照下面的方法操作：将时间滑块移动到一个新的位置，在时间轴上右击，执行快捷菜单中的Paste命令，观察复制的关键帧，如图6-18所示。

执行粘贴操作后，可以看到原来位于第10帧处的关键帧，调整到了第11帧处，并且原来位于第10帧处的动画也移动到了第11帧，如图6-19所示。

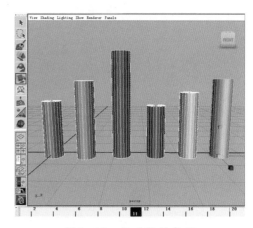

图6-19　粘贴帧的效果

2．复制、粘贴关键帧

在场景中选择一个关键帧，在时间轴上右击，执行快捷菜单中的Copy命令，即可复制一个关键帧。然后，将时间滑块调整到一个新的位置，右击并执行快捷菜单中的Paste命令，即可粘贴一个关键帧，图6-20所示是将第11帧处的关键帧复制到第10帧处的效果。

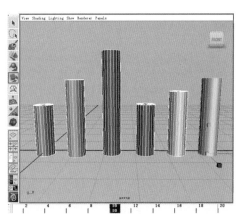

图6-20　复制关键帧

3. 平移关键帧

平移关键帧是指通过平移的方式将关键帧移动到一个新的位置。操作的方法是：将时间滑块放置到需要平移的关键帧上，按住Shift键，再单击该关键帧，观察此时的关键帧变化，如图6-21所示。

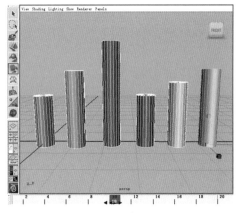

图6-21　观察时间轴

6.3.3 扫光效果——编辑关键帧

扫光是影视栏目中的一种常见的动态元素，通常用来衬托场景的效果，或者用来填补场景的空缺。本示例制作的将是一个围绕文本出现的扫光特效，具体的操作方法如下。

01 在Maya中新建场景，并在菜单栏中执行Create|Text⬚命令，弹出文本曲线对话框，在Text文本框中输入Maya字体，如图6-23所示。

时间轴上出现红色标记后释放Shift键，则当前关键帧被选择并可以任意拖动，如图6-22所示。

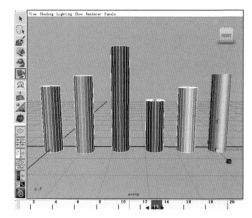

图6-22　拖动关键帧

红色滑块最外面的两个黑色三角标志表示扩展范围，而中心的两个黑色三角标志表示进行左右平移的控制器。

4. 快速浏览关键帧

在操作关键帧的时候，常常需要快速浏览跳到下一个关键帧。可以利用播放控制器的 ◄ 和 ►| 按钮分别跳到上一个关键帧和跳到下一个关键帧。在实际操作过程中，更多地使用快捷键来快速浏览前后关键帧。

> **注意**
> 只有单击滑块中心位置的黑色箭头才能保证被正确地拖动，否则红色滑块可能会消失。在改变红色滑块范围的时候需要先按下Shift键再选中外面两端的扩展标记，延伸完成后还需要注意先释放Shift键再释放鼠标左键，否则操作可能无法完成。

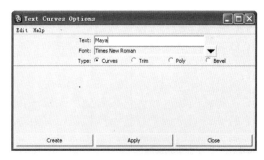

图6-23　输入文本

02 单击Apply按钮创建曲线文本，如图6-24所示。

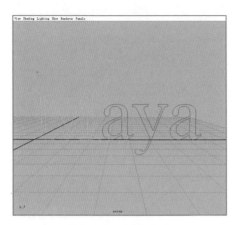

图6-24 创建文本

03 选中曲线文本，执行菜单栏中的Surfaces|Bevel Plus命令，如图6-25所示。

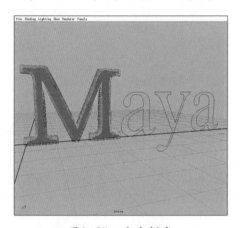

图6-25 文本倒角

04 其他文本曲线执行同样的操作，框选文字，按快捷键Ctrl+G进行组合并赋予材质，如图6-26所示。

05 执行菜单栏中的Create|CV Curve Tool命令，围绕文字调节曲线的弧度，如图6-27所示。

06 执行Create|NURBS Primitives|Circle命令，创建一个NURBS圆环，适当缩放其比例并按C键将圆环吸附到曲线的起始处，如图6-28所示。

图6-26 赋予材质

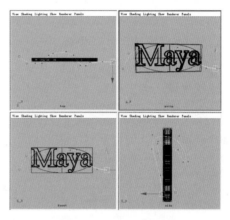

图6-27 曲线四视图

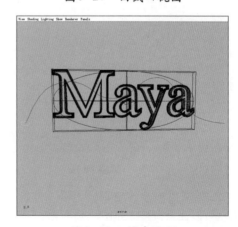

图6-28 创建圆环

07 首先选中圆环再按住Shift键选择曲线，执行菜单栏中的Surfaces|Extrude□命令，弹出Extrude Options对话框，修改其属性控制并单击Apply按钮，从而沿路径生成NURBS曲面，如图6-29所示。

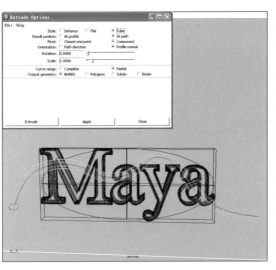

图6-29　挤压曲面

图6-31　新建曲面

08　按5键显示实体，可以看出曲面边缘过渡比较生硬，选中曲面，按快捷键Ctrl+A打开其属性面板，在Tessellation卷展栏下启用Display Render Tessellation复选框，并在Simple Tessellation Options卷展栏下将V Dicisions Factor属性改为20，曲面就变得比较光滑，如图6-30所示。

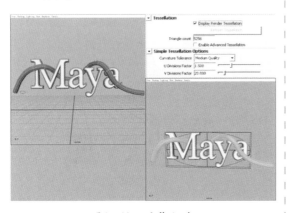

图6-30　渲染细分

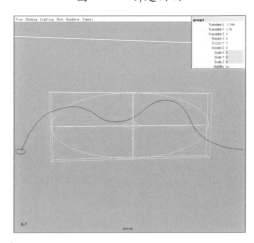

图6-32　文字设置关键帧

11　当时间滑块在第30帧时，选择文字组并把其右侧通道栏属性Scale（X、Y、Z）都修改为1，并为其设置关键帧，如图6-33所示。

09　依照前面的步骤再做出几个曲面，曲线形状可以任意调整，如图6-31所示。

10　当时间滑块在第0帧时，选择文字组并把其右侧通道栏属性Scale（X、Y、Z）修改为0，并在其属性上设置关键帧，此时看不到文字，如图6-32所示。

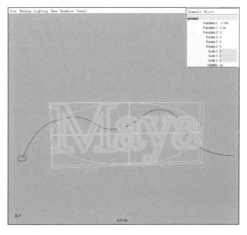

图6-33　缩放文字组

12 选择创建的曲面并在右侧通道栏里打开Subcurve16卷展栏,展开它的子属性Min Value和Max Value用来控制曲面的生长动画,如图6-34所示。

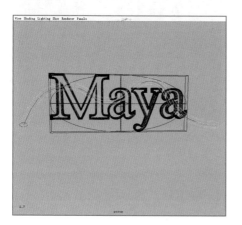

图6-34　打开曲面生长参数

13 当时间滑块在第30帧时,选择曲面将Min Value和Max Value属性值都调为0,并为其设置关键帧,如图6-35所示。

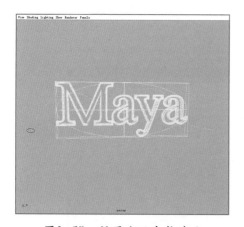

图6-35　设置曲面生长动画

14 将时间滑块拖动到第55帧,选择曲面并将其Max Value属性值改为1,Min Value属性值为0,再设置上关键帧,如图6-36所示。

15 将时间滑块拖动到第70帧,选择曲面并将其Max Value属性值改为1,Min Value属性值为1,再设置上关键帧,如图6-37所示。

16 使用相同的方法为其他曲面制作生长动画,并把时间段错开效果会更好,效果如图6-38所示。

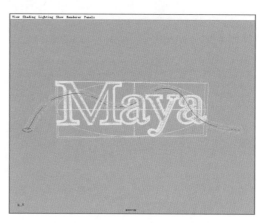

图6-36　设置生长动画

图6-37　各个时间段生长情况

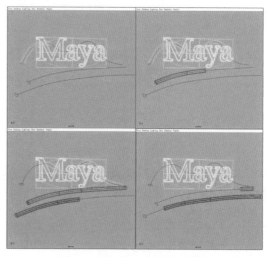

图6-38　各时段各曲面生长动画

⑰ 创建材质并赋予挤压曲面，创建的最终扫光效果，如图6-39所示。

图6-39　各时段扫光效果

6.4　曲线编辑器

曲线编辑器提供了精确修改动画的能力。在曲线编辑器模式下，可以以功能曲线的形式显示动画，生动地描述了物体的运动、变形效果等，可以为动画制作提供直观的信息。本节将向大家介绍一个常见的影视片花，通过这个片花来了解一下曲线编辑器的使用方法。

6.4.1　认识曲线编辑器

本节将学习如何使用曲线编辑器来修整动画的运动轨迹，重点在于理解运动轨迹与时间轴之间的对应关系。要打开曲线编辑器，可以执行Window|Animation Editors|Graph Editor命令即可，如图6-40所示。

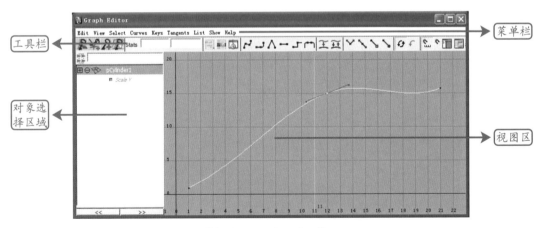

图6-40　Graph Editor窗口

学习曲线编辑器，最重要的就是要理解视图区中的物体运动轨迹。打开上一节中用来调整圆柱体伸长动画的曲线编辑器，观察它的曲线形状，如图6-41所示。

框选任意一个黑色的顶点，可以从Stats区域中参看它的信息。其中，第一个文本框中显示的是当前关键帧的序列号，第二个文本框用来显示当前关键帧的属性值。再观察这条绿色的曲线，实际上和对象选择区域中的Scale Y是对应的。关键属性与曲线之间的对应识别方式为，对象选择区中的关键属性颜色和视图区中的曲线颜色是一一对应的。

简而言之，视图区当中的曲线实际上是每一帧上Y轴坐标数值与动画时间轴相对应的一个关系。通过这个曲线，可以非常直观地观察每两个关键帧之间相隔一段距离，这将由Maya自动插值计算生成过渡曲线，从而使得动画能够流畅播放。

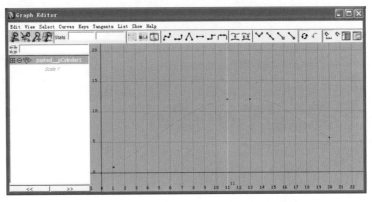

图6-41 曲线形状

6.4.2 操作关键帧

曲线编辑器是一个比较抽象的动画编辑容器，其优点就在于能够快速帮助用户纠正动画动作。但是，在初次接触该工具时，可能有点困难，为此在这里将向大家介绍一下在曲线编辑器中的一些常用的操作。

1. 编辑关键帧

>> 缩放关键点 在曲线编辑器中，可以同时缩放关键帧点的帧序列和纵轴数值。要对关键帧执行缩放操作，可以执行Edit|Scale命令，在打开的对话框中设置参数即可。

>> 插入关键帧 当修改曲线形状时，有时需要在曲线上添加端点才能进行形状控制。此时就可以在视图区选择曲线，使其高亮度显示。然后，单击 按钮，用鼠标中键单击曲线上一点即可，如图6-42所示。

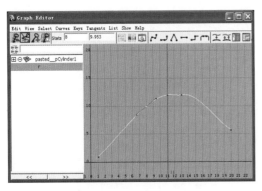

图6-42 插入关键帧

>> 添加关键帧 该工具和插入关键帧工具类似，激活该工具后，选中曲线上最后一个端点，然后在曲线后方的空白区域单击

鼠标中键，即可在曲线末端添加一个关键帧，如图6-43所示。

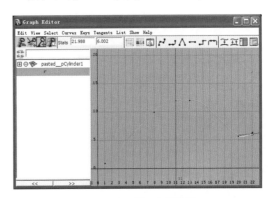

图6-43 添加关键帧

>> 晶格工具 该工具在同时调整多个端点时非常有用，激活该工具后，在视图区框选多个点，可以看到在选中点的周围出现控制范围图标，如图6-44所示。读者可以通过调整控制图标上的控制点来达到变形的目的。

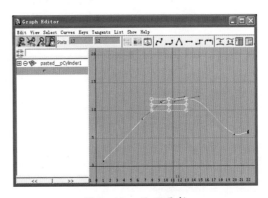

图6-44 显示晶格

>> 显示全部关键帧序列▦ 有时，由于视图区中的功能曲线太长，或者执行过缩放操作，导致看不到曲线的整体形状，此时单击该按钮可以快速显示全部关键帧。

>> 显示播放范围关键帧序列▦ 单击该按钮后，视图区中只显示时间轴播放范围上的曲线长度。

>> 当前帧居中显示▦ 在曲线上选中单个或者多个关键帧点，单击该按钮后，当前被选中的曲线段在视图区中将被居中显示，如图6-45所示。

种曲线通常用来将相邻两个关键帧之间斜率近似的切线控制手柄转换成水平角度。

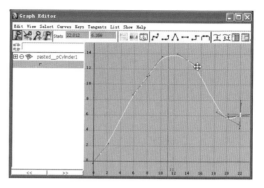

图6-46　调整曲线曲率

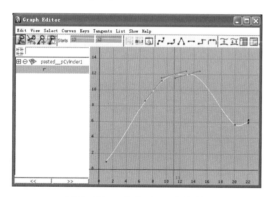

图6-45　居中显示选择帧

2. 编辑曲线曲率

要想获得完美平滑的曲线运动轨迹，需要对曲线进行细致精确的曲率操作。Dope Sheet工具栏右侧提供了一些常用的各种操作工具，下面向读者介绍它们的使用方法。

>> 曲线控制柄　曲线的控制柄用来调整曲线的曲率。在视图区中选择一个关键帧后，即可显示其控制柄。要改变曲线的曲率，则可按W键，单击▦按钮，在视图区中选择控制柄，然后按下鼠标中键就可以对控制柄进行旋转操作，如图6-46所示。

>> Spline tangents▦ 单击该按钮后，可以在选择的两个相邻关键帧之间创建平滑的过渡曲线。关键帧上的手柄在同一角度的直线上，旋转一边手柄，会同样带动另一边手柄同角度旋转。

>> Clamped tangents▦ 单击该按钮，可以在两个关键帧之间产生既有曲线的特征，又有直线的特征的曲线，如图6-47所示。这

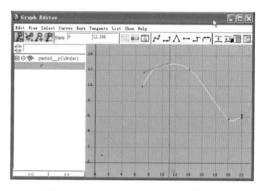

图6-47　Clamped tangents曲线方式

>> Linear tangents∧ 单击该按钮，可以使得两个关键帧之间的曲线都转变为直线，并且影响到后面的曲线链接。图6-48所示的就是这种曲线形状。

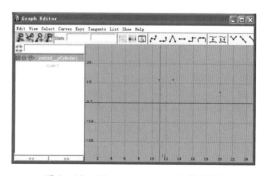

图6-48　Linear tangents曲线形状

>> Flat tangents━ 该按钮可以用来产生一条水平化的曲线。当单击该按钮后，系统将把所有处于选中状态的点上的切线控制手柄调整到水平角度，如图6-49所示。

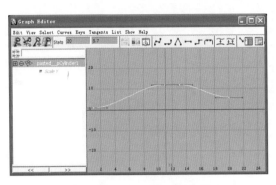

图6-49 Flat tangents曲线

>> Step tangents ⌐ 该工具可以将任意形状的曲线强行转换成锯齿状的台阶形状，如图6-50所示。

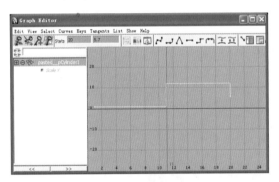

图6-50 Step tangents曲线

>> Beak tangents ∨ 该工具可以将切线控制手柄强行打断，打断后的切线手柄互相之间不再有关联，曲线形状如图6-51所示。

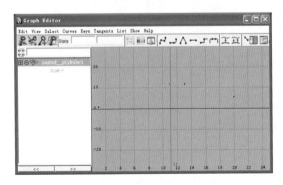

图6-51 Beak tangents曲线

6.4.3 减震动画——曲线编辑器

本节所介绍的是一个减震的运动动画，此类动画经常用在一些广告片头当中，用来突出汽车在颠簸过程中减震的运动。为了能够使减震产生反复运动效果，在这个示例当中应用到了曲线编辑器，下面是具体的实现方法。

01 新建场景并执行菜单栏中的Create|CV Curve Tool命令，在前视图中依照视图网格编辑规则曲线，如图6-52所示。

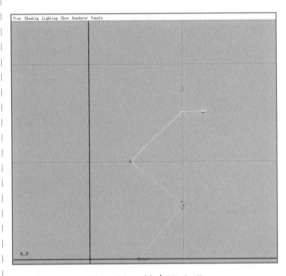

图6-52 创建CV曲线

02 曲线编辑好之后，按F8键转为选择状态，如图6-53所示。

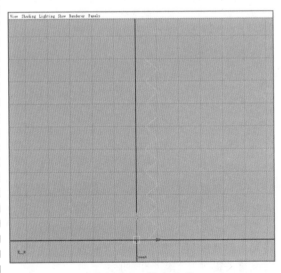

图6-53 创建曲线

03 选中曲线并在Surfaces模块下执行菜单栏中的Surfaces|Revolve命令创建NURBS曲面，如图6-54所示。

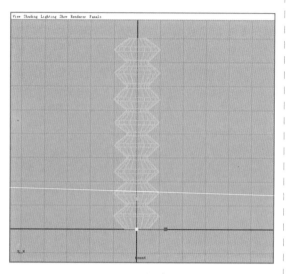

图6-54 创建曲面

04 选中曲面并按5键，显示实体，并赋予材质如图6-55所示。

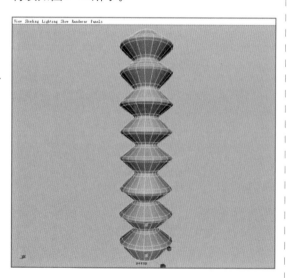

图6-55 显示实体材质

05 当时间滑块在第0帧时选中NURBS曲面，按S键设置关键帧，如图6-56所示。

06 把时间滑块放在第25帧，选中面片并将其右侧通道栏的属性Scale Y设置为0.3，按S键设置关键帧，如图6-57所示。

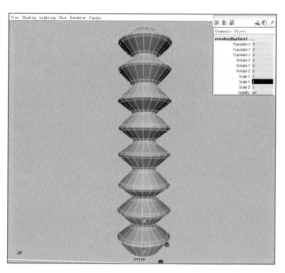

图6-56 设置关键帧

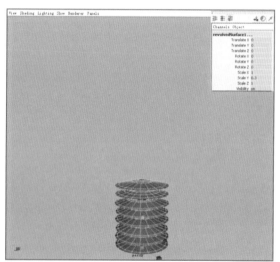

图6-57 设置第25帧为关键帧

07 把时间滑块放在第50帧，选中面片并将其右侧通道栏的属性Scale Y设置为1，按S键设置关键帧，曲面又恢复到原来的状态，如图6-58所示。

08 选中曲面，在Animation模块下执行菜单栏中的Window|Animation Editors|Graph Editor命令，打开曲线编辑器窗口，可以看到曲面的动画编辑曲线，如图6-59所示。

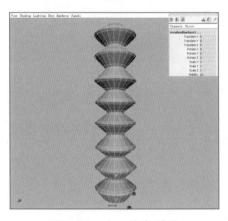

图6-58　曲面恢复原状

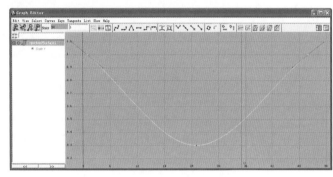

图6-59　曲线编辑器

09 选中第0帧和第50帧的动画曲线节点，单击━按钮，使动作过渡更平缓，并执行曲线编辑器窗口中的View|Infinity（循环）命令，可以看到窗口中前后延伸的虚线，如图6-60所示。

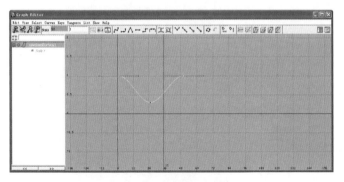

图6-60　设置循环

10 选中曲线并执行Curves|Post Infinity（向后循环）命令，这样动画曲线就一直向后无限循环，如图6-61所示。

图6-61　设置循环动画

11 最后可以看到挤压式充气管反复不停地上下挤压运动，如图6-62所示。

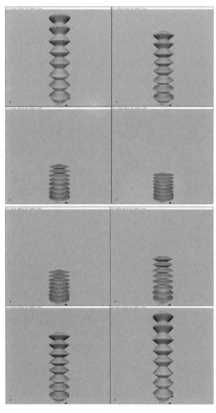

图6-62　动画序列

6.5 高级曲线动画

有时候，在制作了一段动画以后，需要这段动画在未来的一段时间内重复执行，或者进行循环跳跃，如果再重新按照制作好的动画参数执行多次，显得有点啰嗦。此时，就可以使用Maya提供的高级曲线来进行调整。要使用高级曲线功能，则首先需要执行View|Infinity命令激活显示曲线无限延伸；然后执行Curves|Post Infinity命令，在打开的子菜单中选择一个具体的延伸方式即可，如图6-63所示。

图6-63　打开曲线延伸

在Post Infinity子菜单中显示了5种基本的延伸方式，下面分别向读者介绍这些延伸方式的主要功能。

▶▶ Cycle（循环延伸）　这种方式可以使动画曲线自动循环延伸，但是首尾不能自动连接，如图6-64所示。

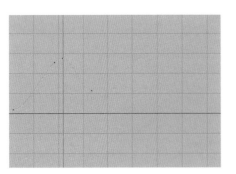

图6-64　循环延伸方式

技巧
图6-64中的实线为自定义创建出的动画曲线，虚线为Maya自动延伸的动画曲线。这种延伸方式通常用在普通动作循环动画中。

▶▶ Cycle with Offset（循环偏移延伸）　选择这种方式后，曲线在循环延伸时，下一段曲线的整体高度位移到上一段曲线尾端的

高度。在延伸曲线时，会累计产生位置偏移，曲线如图6-65所示。

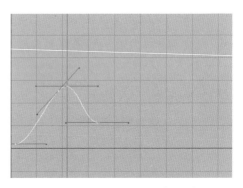

图6-65　循环偏移延伸方式

技巧
这种循环方式通常用在既需要动作循环又需要进行位置偏移的动画制作上，例如行走动画，就需要循环偏移以保证在水平方向上持续运动。

▶▶ Oscillate（相位交替延伸）　这种延伸方式可以产生翻转的动作。也就是说，每执行一次延伸，则曲线就镜像翻转一次，如图6-66所示。这种循环方式通常可以用来制作一些具有运动周期完全对称的动画。

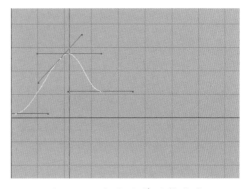

图6-66　相位交替延伸方式

▶▶ Linear（沿切线线性延伸）　使用这种延伸方式时，曲线的首尾端在延伸时，沿当前点曲线的切线方向延伸，如图6-67所示。

图6-67　沿切线线性延伸方式

▶▶ Constant（平直延伸）　这种延伸方式是Maya默认的延伸方式，其首尾端点均为水平方向延伸这种方式下的延伸实际上是没有任何动画效果的，如图6-68所示。

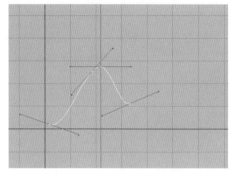

图6-68　平直延伸方式

6.6　模拟中央电视台

在制作动画的过程中，关键帧动画是一种最基本的动画形式，大多数的动画都是基于这种动画类型的。本节将制作一个中央电视台徽标的动画，在动画的制作过程中将使用曲线编辑器来调整动画运动轨迹，详细简介如下。

1. 编辑图形曲线

01 选择摄像机并打开其属性面板，找到Environment选项并单击其右侧的 ▶ 按钮打开其子属性，单击Image Plane选项右侧的Create按钮，单击Image Name选项右侧的 按钮，导入素材电视台标志，如图6-69所示。

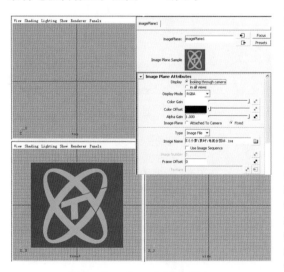

图6-69　导入电视台图标

02 按空格键切换到Front视图，执行菜单栏中的Create|CV Curve Tool命令，在前视图中依照图片进行曲线编辑，如图6-70所示。

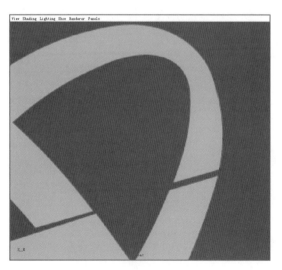

图6-70　绘制CV曲线

03 将视图窗口右侧属性面板切换到imageplane1面板，找到Placement Extras卷展栏，将Center空间坐标值设置为−10，可以看到编辑的曲线如图6−71所示。

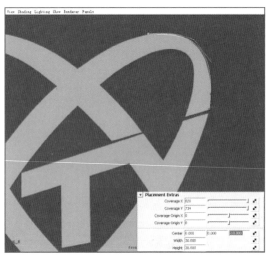

图6−71　调整摄像机图片位置

04 然后，按照中央电视台的徽标调整曲线形状。图6−72所示是调整完成后的曲线形状。

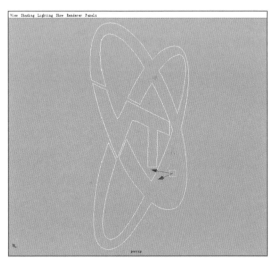

图6−72　编辑图标

2．创建字体倒角

01 执行菜单栏中的Create|Text□命令，弹出Text Curves Options对话框，在Text文本框中输入文字"中央电视台"，并选择合适的字体，如图6−73所示。

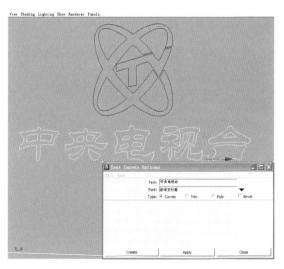

图6−73　创建文字

02 使用同样的方法再创建一组文字，注意在选择字体时适当调整字体的粗细，如图6−74所示。

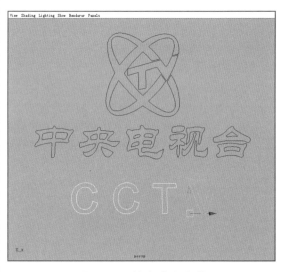

图6−74　创建英文字体

03 选中标志曲线，执行Surfaces|Bevel Plus命令，在打开的对话框中调整参数设置，切换到Output Options选项卡并选择NURBS选项，单击Apply按钮执行倒角命令，如图6−75所示。

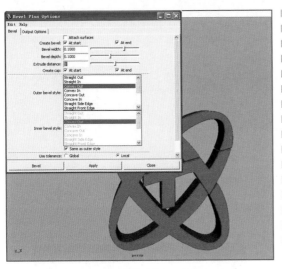

图6-75 创建标志倒角

04 选中字体曲线执行同样的命令，修改参数Extrude distance为1.5，对字体曲线进行倒角，效果如图6-76所示。

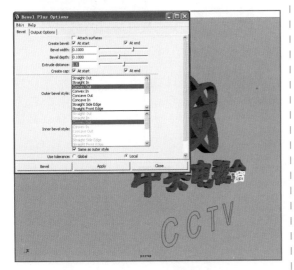

图6-76 创建字体倒角

05 选中英文曲线执行上面相同的命令，设置参数Extrude distance为1，对字体进行倒角。

3. 制作材质

01 执行Window|Rendering Editors|Hypershade命令打开材质编辑器，在窗口的右侧创建一个Blinn材质并重命名为zhengmian，双击材质打开其属性面板并修改其属性，如图6-77所示。

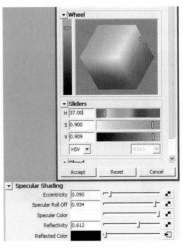

图6-77 创建材质

02 在其属性面板中单击Reflected Color属性右侧的 按钮，打开Create Render Node对话框，在Environment属性下，选择Env Sphere节点打开其属性面板，如图6-78所示。

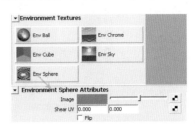

图6-78 创建环境节点

03 在Env Sphere节点的属性面板中单击Image属性右侧的 按钮，打开节点选择对话框并选择Ramp纹理，打开Ramp节点的属性面板，修改其颜色渐变，如图6-79所示。

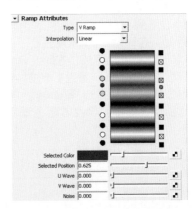

图6-79 添加渐变节点

04 完成后将材质赋予模型的正面部分，节点连接如图6-80所示。

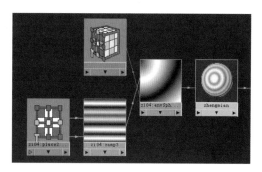

图6-80 节点网络

05 制作倒角部分的材质，首先在材质编辑器中创建一个新Blinn材质并重命名为daojiao，双击材质打开其属性面板并修改其属性，如图6-81所示。

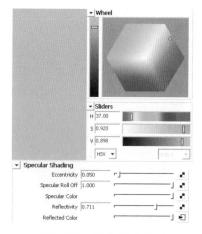

图6-81 创建倒角材质

06 同样地在其属性面板中单击Reflected Color属性右侧的 按钮，打开Create Render Node对话框，在Environment属性下，选择Env Sphere节点打开其属性面板，在Env Sphere节点的属性面板中单击Image属性右侧的 按钮，打开节点选择对话框并选择Ramp纹理，打开Ramp节点的属性面板，修改其颜色渐变，如图6-82所示。

07 完成后将材质赋予模型的正面部分，节点连接如图6-83所示。

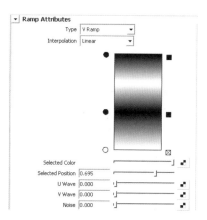

图6-82 添加渐变节点

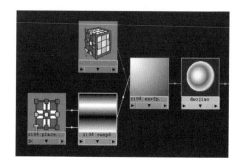

图6-83 节点网络

08 制作侧面部分的材质，首先在材质编辑器中创建一个新Blinn材质并重命名为cemian，双击材质打开其属性面板并修改其属性，如图6-84所示。

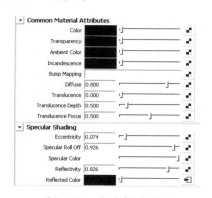

图6-84 修改材质属性

09 单击其属性面板中Reflected Color属性右侧的 按钮，打开Create Render Node对话框，在Environment属性下，选择Env Sphere节点打开其属性面板，如图6-85所示。

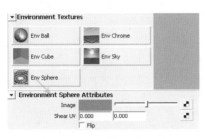

图6-85　创建环境节点

10 在Env Sphere节点的属性面板中单击Image属性右侧的 ▣ 按钮，打开节点选择对话框并选择File节点，导入素材qjgd_06.jpg，切换到二维放置器面板修改Repeat UV为35、1，材质的节点连接如图6-86所示。

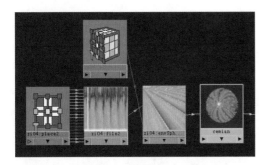

图6-86　材质节点网络

11 完成后把材质赋予材质的侧面部分，效果如图6-87所示。

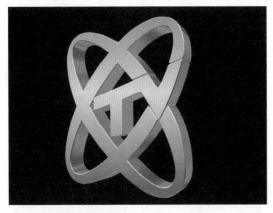

图6-87　材质节点

12 在材质编辑器中首先选择名为zhengmian的材质，执行Edit|Duplicate|Shading Network命令复制材质并重命名为zhengmian02，打开材质属性面板，单击Color属性右侧的色

块并修改其颜色属性，把材质赋予字的正面部分，如图6-88所示。

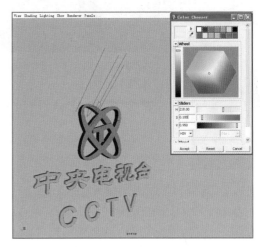

图6-88　复制正面材质

13 选择名为daojiao的材质，执行Edit|Duplicate|Shading Network命令复制材质，进入其属性栏，单击Color属性右侧的色块并修改其颜色属性，把材质赋予字的倒角部分，如图6-89所示。

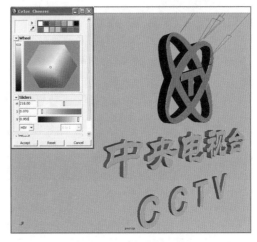

图6-89　复制倒角材质

14 选择名为cemian的材质，执行Edit|Duplicate|Shading Network命令复制材质并重命名为cemian02，双击材质cemian02打开其属性栏，找到其环境球节点属性面板并单击Image属性右侧的 ▣ 按钮，打开文件属性面板并单击Image Name右侧的 ▣ 按钮，导入名为qjgd_07的素材并赋予字体的侧面，如图6-90所示。

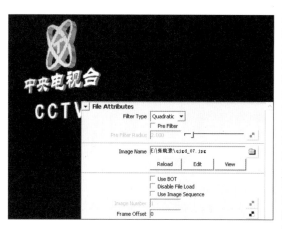

图6-90 复制侧面材质

4．制作第一个镜头动画

01 首先创建一个NURBS面片，并调整面片在视图中的位置，模型组相对排列如图6-91所示，选中各个模型组，执行Modify|Freeze Transformations命令对文字进行冻结。

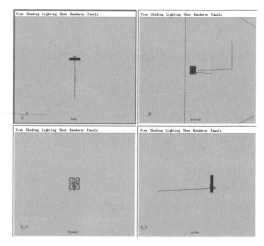

图6-92 创建背景

图6-91 对模型组进行冻结

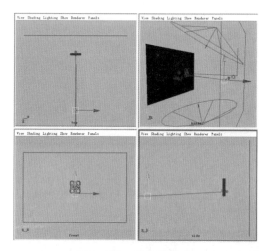

图6-93 创建摄像机

02 在材质编辑器中新建一个Lambert材质并赋予一个背景材质，如图6-92所示。

03 执行Create|Lights命令创建灯光，再执行Create|Cameras|Camera and Aim命令创建一个摄像机并调整其位置，如图6-93所示。

04 选中创建的摄像机执行视图窗口中的Panels|Look Through Selected（通过选择对象查看）命令，对于摄像机调整大概角度就可以了，如图6-94所示。

图6-94 调整摄像机角度

05 把时间设置为0帧~90帧，在摄像机视图中把摄像机移动到标志最近，把时间滑块放在第0帧并设置关键帧，如图6-95所示。

图6-95 给摄像机设置关键帧

06 当时间滑块在第25帧时，把摄像机移动到如图6-96所示角度并设置关键帧。

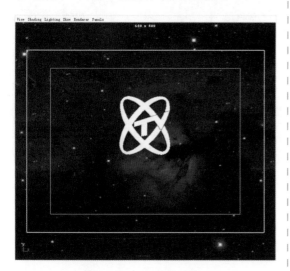

图6-96 移动摄像机

07 此时，各个时间段的徽标运动情况如图6-97所示。

图6-97 徽标运动效果

5. 制作第二个镜头动画

01 把场景文档diantai01另存为diantai02文档，把时间设置为90帧~180帧，在摄像机视图中选中文字，沿坐标Z轴移动并缩放，然后按照如图6-98所示设置关键帧参数。

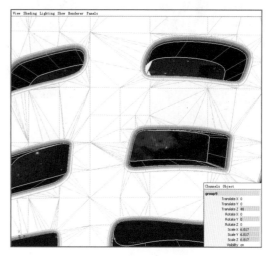

图6-98 设置文字关键帧

02 当时间滑块在第120帧时，设置字体参数及角度如图6-99所示。

图6-99　设置字体参数

03 当时间滑块在第140帧时，设置字体参数及角度如图6-100所示。

图6-100　字体渐渐缩放移动到原来位置

04 当时间滑块在第140帧时选中字母组模型，并将其空间坐标Translate X设置为0，如图6-101所示。

05 当时间滑块在160帧时，设置字母模型组空间坐标Translate X为0，如图6-102所示。

06 创建一个Volume Light，打开其属性栏并在Light Effects属性下单击Light Glow右侧的 按钮，打开Optical FX Attributes属性面板并设置其参数如图6-103所示。

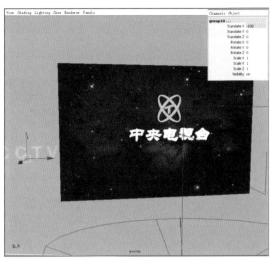

图6-101　设置字母关键帧

图6-102　字母移动到原来位置

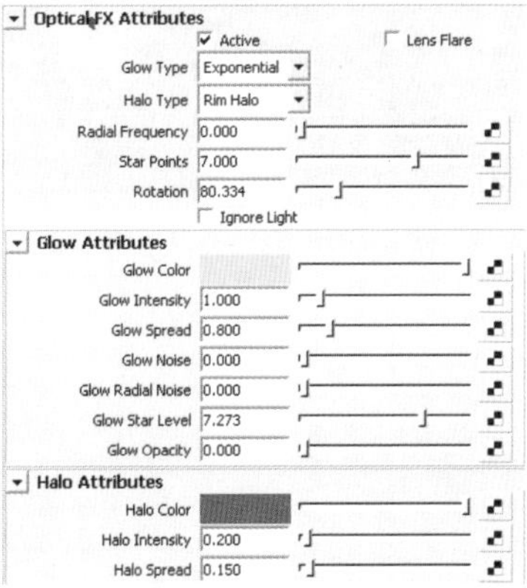

图6-103　修改灯光特效参数

07 设置体积光移动到视图中所示，执行 Modify|Freeze Transformations命令对文字进行冻结，把时间滑块放在第160帧并对体积灯光空间坐标Translate X设置关键帧，如图6—104所示。

图6—104　为灯光设置关键帧

08 把时间滑块放在第180帧，把灯光沿X轴移动到如图6—105所示位置，按S键设置关键帧。

图6—105　设置关键帧

09 到此为止，关于该动画的制作就完成了，各时段动画情况如图6—106所示。

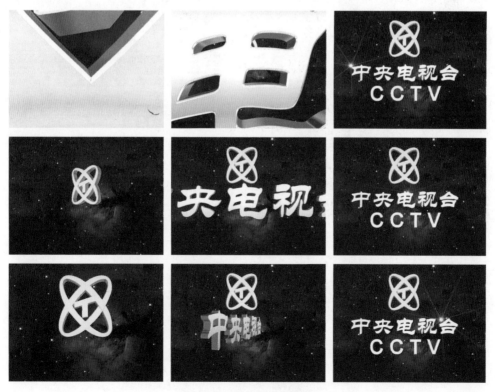

图6—106　动画的序列帧

第7章

Maya变形技术

　　变形器是Maya中的一大亮点，使用变形器可以进一步对模型进行加工，例如使模型整体弯曲、扭曲以及局部的修改；另一个重要的功能就是创建变形动画，常见的角色的表情动画都是使用变形器来制作的。Maya中的变形器分为多种类型，根据不同的要求所使用的变形器也不相同。本章将以一些典型的案例为基础，向读者介绍变形器的使用方法，以及在实际制作过程中的一些注意事项。

7.1 动画高级应用概要

在动画影片中有各种各样的角色，要让它们活起来，首先要让它们动起来，说到动，就要动得合理、自然、顺畅，动得符合规律。这里单从人和动物两方面来看它们的运动规律。

7.1.1 人的运动规律

在动画中表现最多的是人物的动作，日常生活中的一些动作虽然有年龄、性别、体型等方面的差异，但基本的规律是相似的。所以，研究和掌握人物动作的一些基本规律也就十分重要。

1. 人的走路动作

左右两脚交替向前，带动躯干朝前运动。为了保持身体的平衡，配合两条腿的屈伸、跨步，上肢的双臂就需要前后摆动。人在走路时为了保持重心，总是一腿支撑，另一腿才能提起跨步。因此，在走路动作的过程中，头顶的高低必然成波浪状。当迈出步子双脚着地时，头顶就略低，当一脚支地另一只脚抬起朝前弯曲时，头顶就略高。还有，走路动作的过程中，跨步的那条腿从离地到超前伸展落地，中间的膝关节必然成弯曲状，脚踝与地面成弧形运动线。这条弧形运动线的高低幅度，与走路时的神态和情绪有很大关系。还要注意一下脚与地面的关系。图7-1所示是人物行走的动画序列。

2. 人的奔跑动作

人奔跑时身体的重心向前倾，两手自然握拳，手臂略成弯曲状，如图7-2所示。奔跑时两臂配合双脚的跨步前后摆动。双脚跨步的幅度较大，膝关节屈伸的角度大于走路动作，脚抬得较高，跨步时，头顶的高低的波形运动线也比走路时的运动线明显。在奔跑时，双脚几乎没有同时着地的过程，而是完全依靠单脚支撑躯干的重量。一定要有腾空的动作。有些跨大步的奔跑动作，双脚腾空的动作在时间上可以停更长一点。

图7-1 人物行走动画

图7-2 人奔跑时的动作

3. 人的跳跃运动

人的跳跃运动是由身体屈缩、蹬腿、腾空、着地、还原等几个动作姿态所组成的，如图7-3所示。人在跳起之前身体的屈缩，表示动作的准备和力量的积蓄，接着，凭借一股爆发力单腿或双腿蹦起，使整个身体腾空向前，落下时，双

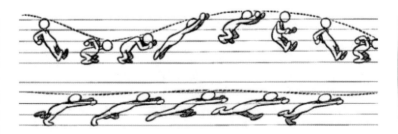

图7-3 人跳跃时的动作

脚先后或同时落地，由于自身的重量和调整身体的平衡，必然产生动作的缓冲，之后恢复原状。跳跃时的运动线呈抛物线状，这个抛物线的幅度根据用力的大小来决定幅度的高低。原地跳时，蹬腿跳起腾空，然后原地缓冲、落下，人的身体和双脚只是上下运动，不产生抛物线。

以上就是人的基本的运动规律。人的感情是丰富的，在高兴、悲伤、愤怒等情绪下所表现的状态是不同的，动作也是千变万化的，但他们离不开基本的规律。所以在熟练掌握基本规律后要多观察生活，多体验动作，这样动画人物才能更生动。

7.1.2　动物的运动规律

生活中动物是无处不在的，动画源自生活，所以要让动画更有真实性，有必要了解和掌握动物的运动规律。

首先了解一下动物的骨骼，这样更有助于了解动物的动作。动物的基本动作是：走、跑、跳、跃、飞、游等，特别是动物走路动作与人的走路动作有相似之处（双脚交替运动和四肢交替运动）。但是，由于动物大多是用脚趾走路（人是用脚掌着地），因此各部位的关节运动也就产生了差异。

1.　兽类动物的基本运动规律

▶▶ 走路　兽类的大部分均属于四条腿走路的"趾行"或"蹄行"动物（即用脚趾部位走路）。它的走的基本动作规律，可以分解成以下4点。

- 四条腿两分、两合，左右交替成一个完步（俗称后脚踢前脚）。
- 前脚抬起时，腕关节向后弯曲；后腿抬起时踝关节超前弯曲。
- 走步时由于脚关节的屈伸运动，身体稍有高低起伏。
- 走步时，为了配合脚步的运动、保持身体中心的平衡，头部会上下略有点动，一般是在跨出的前脚即将落地时，头开始朝下点。

兽类动物走路动作的运动过程中，应注意脚趾落地、离地时所产生的高低弧度。图7-4所示是马在行走过程中的动作分解图。

▶▶ 跑　兽类动物在快速奔跑运动的基本规律可以分解成以下3点。

- 动物奔跑动作基本规律与走步时四条腿的交替分合相似。但是，跑得越快四条腿的交替分合就越不明显。有时会变成前后各两条腿同时屈伸。
- 奔跑过程中身体的伸展和收缩姿态变化明显（尤其是爪类动物）。
- 在快速奔跑过程中，四条腿有时呈腾空跳跃状态，身体上下起伏的弧度较大。但在极度快速奔跑的情况下，身体起伏的弧度又会减小。

▶▶ 跳和扑　兽类动物跳跃和扑跳动作的运动规律，基本上和奔跑动作相似，不同之处是：在扑跳前一般有个准备阶段，身体和四肢紧缩，头和颈部压低或贴近地面，两眼盯住目标物体。跃起时爆发力强，速度快，身体和四肢迅速伸展、腾空，呈弧形抛物线扑向猎物，如图7-5所示。前足着地时身体及后肢产生一股向前冲力，后脚着地的位置有时会超过前脚的位置。如连续扑跳，身体又再次形成紧缩，既而又是一次快速伸展、扑跳动作。

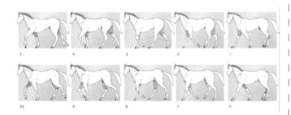

图7-4　马在运动过程中的分解效果

图7-5　兽类动物的扑动作

2. 家禽动作

为了方便掌握禽类运动规律，这里把它们分为家禽类（以走为主）和飞禽类（以飞为主），下面介绍家禽类的运动规律。

» 鸡的走路动作规律

- 双脚前后交替运动，走路时身体向左右摇摆。

- 走步时，为了保持身体的平衡，头和脚互相配合运动。一般是：当一只脚抬起时头开始向后收缩；抬起的那只脚向前迈出时，头将随着向前伸到顶点。

- 要注意脚部关节运动的变化。脚爪离地抬起向前伸展时，趾关节的弯曲同地面必然呈弧形运动。

» 鸭、鹅划水运动规律

- 双脚前后交替划水，动作柔和。

- 左脚逆水向后划水时，脚蹼张开，形成外弧线运动，动作有力。右脚同时向上回收，脚蹼紧缩，成内弧线形，动作柔和，以减小水的阻力。

- 身体的尾部随着脚在水中后划和前收的运动会略向左右摆动。

3. 飞禽

鸟的类型很多，但是按照翅膀长短，可以分为阔翼类和雀类，下面分别介绍一下它们的运动规律。

» 阔翼类　如鹰、雁等这类飞禽，一般是翅膀长而宽，颈部较长而且灵活，它们的动作特点如下。

- 以飞翔为主，飞翔时翅膀上下扇动变化较多，动作柔和。

- 由于翅膀大，飞行时空气对翅膀产生升力和推力（也有阻力），托起身体上升和前进。扇动翅膀时，动作一般比较缓慢，翅膀扇下时展得略开，动作有力，抬起时比较收拢，动作柔和。

- 飞行过程中，当飞到一定高度后，用力扇动几下翅膀，就可以利用上升的气流展翅滑翔。

- 阔翼鸟的动作都是偏慢，走路的动作与家禽相似，涉禽类（如鹤）腿脚细长，提腿跨步的屈伸动作，幅度大而明显。阔翼类的运动序列如图7-6所示。

图7-6　阔翼类鸟的运动规律

» 雀类　如麻雀，它们身体一般短小，翅翼不大，嘴小脖子短，动作轻盈灵活，飞行速度快。它们的动作特点如下。

- 动作快而急促，常伴有短暂的停顿，琐碎而不稳定。

- 飞行速度快，翅膀扇动的频率较高，往往看不清动作（可以减少阔翼鸟的飞行动作张数来实现这个动作特点），飞行中形体变化少。

- 雀类由于体形小，飞行时一般不是展翅滑翔，而是夹翅飞窜。有的还可以在空中停留，这时翅膀扇动奇快。

- 雀类很少用双脚交替行走，一般都是用双脚跳跃前进。

4. 鱼类动作

鱼类生活在水中，它们的动作主要是运用鱼鳍推动流线型的身体，在水中向前游动。鱼身摆动时的各种变化成曲线运动状态。

为了方便掌握鱼类运动规律，可以分为大鱼、小鱼和长尾鱼。

» 大鱼　如鲸鱼，鱼的身体较大较长，鱼鳍相对较小。运动特点是在游动时，身体摆动的曲线弧度较大，缓慢而稳定。停留原地时，鱼鳍缓划，鱼尾轻摆。

>> **小鱼**　身体小而狭长。动作特点是快而灵活，变化较多。动作节奏短促，常有停顿或突然窜游。游动时曲线弧度不大。

>> **长尾鱼**　如金鱼，鱼尾宽大，质地轻柔。动作特点是柔和缓慢，在水中身体的形态变化不大，随着身体的摆动，大而长鱼鳍和鱼尾作跟随运动。

7.2　面部表情——包裹变形

包裹变形是一个相当强大的变形器，它允许使用另外一个曲面物体或者多边形物体来控制当前物体变形。在世纪动画制作过程中，高质量的动画角色模型结构比较复杂，直接对其进行变形并不是一种有效的手段，如果使用包裹变形则可以大大降低劳动强度，并能够提高模型的变形精度。

7.2.1　使用包裹变形器

要使用包裹变形器产生表情动画，则可以按照下面所介绍的方法执行操作。首先，根据模型的外轮廓创建一个NURBS曲面，编辑曲面使其大小和外形与原模型完全相吻合，将其与原模型位置对齐，效果如图7-7所示。

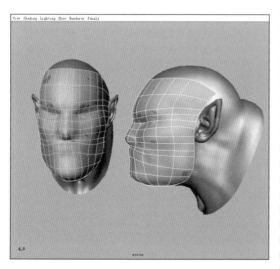

图7-7　创建曲面模型

选中原模型并按住Shift键加选曲面，执行Create Deformers|Wrap命令自动弹出其属性对话框，如图7-8所示。

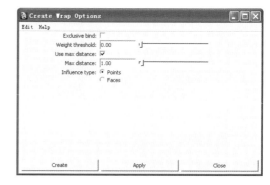

图7-8　执行Wrap命令

对话框中各选项的含义如下。

>> **Exclusive bind（专一绑定）**　Exclusive bind设置包裹变形的专一绑定，当启用该复选框后对于整个变形物体的平滑度不再受限制。

>> **Weight threshold（权重阈值）**　设置包裹变形的形状影响，此设置用于调整被变形物体和包裹物体之间的相似度，可根据包裹物体的点密度（如顶点数量），修改Weight threshold以调整整个变形物体的平滑度。其设置范围为0~1，默认为0。

>> **Max distance**　包裹变形能影响的最大距离，调整该数值，可以调整包裹变形使用的内存大小，尤其在处理高精度模型时，使用Max distance作用很大。通常默认值为1，即包裹物体上的每个点都可以控制其1厘米范围的模型顶点产生变形，如果将数值改为0，Maya会认为影响范围为无限大极大地占用计算机运算量。

>> **Influence type**　包裹变形的影响方式，默认为点影响模式，因为使用的包裹物体为多边形，通常也使用点影响模式。选中Points单选按钮可以影响到点层级；选中Faces单选按钮可以影响到面层级。

7.2.2　制作包裹动画

本节所要介绍的是对一个人头进行包裹变形的实施过程，在这个过程中需要读者掌握的是关于包裹变形器的使用方法、具体的参数设置方法，以及在实际应用过程中的一些技巧。另外，还需要读者掌握包裹动画的变形原理。

1. 创建包裹变形

01 导入文件模型，再创建一个NURBS面片并调整其细分参数，创建一个单色材质，调整其透明度并赋予NURBS面片，如图7-9所示。

02 选中NURBS面片右击，进入点的编辑状态，调整曲面的形状与人头模型形状基本相似即可，调整如图7-10所示。

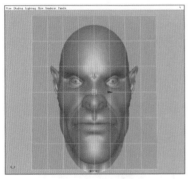

图7-9　创建NURBS面片

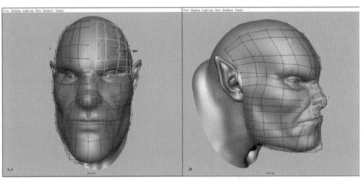

图7-10　调整曲面形状

03 曲面形状调整完成后，先选中人头模型后选中曲面，执行Animation模块下的Create Deformers|Wrap命令，在其弹出的对话框中选中Influence type属性下的Points单选按钮，再单击Create按钮，选择曲面移动一下观察其对人头模型的影响，可以看到只有面部跟随着曲面移动，如图7-11所示。

04 选中模型，打开通道栏查看包裹变形属性，可以看到包裹变形的Max Distance值太小，不能影响到头的后部，把Max Distance值改为2.2，曲面如图7-12所示。

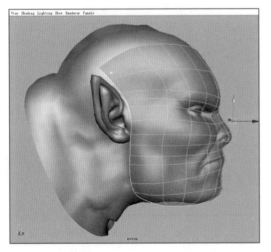

图7-11　执行包裹命令

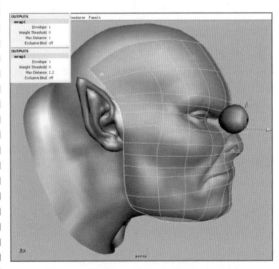

图7-12　查看包裹变形参数的影响

05 如果只想调整脸部局部的变形而不至于影响其他变形，可以将Max Distance值设置为0.4，效果如图7-13所示。

2. 制作包裹动画

01 按Z键还原到初始状态，接下来利用包裹变形制作一个简单的小动画，首先选中曲面转为定点模式，选中位于嘴部曲面部分的点执行Animation|Create Deformers|Cluster命令，如图7-14所示。

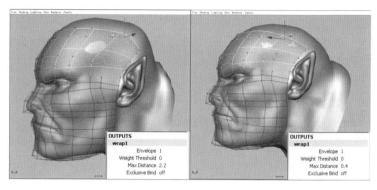

图7-13　调整包裹变形参数

02 创建簇约束之后，选中簇控制手柄移动一下可以看到嘴巴周围还是受到一点影响，选中面片执行Edit Deformers|Paint Cluster Weights Tool命令，打开笔刷属性面板修改Opacity为0.3，修改Value值并在Paint Operation属性下选中Smooth单选按钮，笔刷绘制簇的权重范围，如图7-15所示。

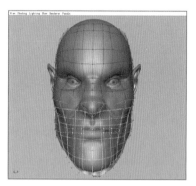

图7-14　创建簇约束

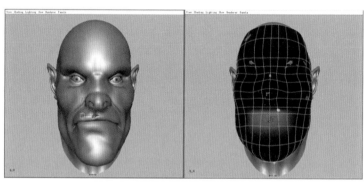

图7-15　笔刷绘制簇的权重范围

03 选中簇控制手柄把时间滑块放在第0帧，簇的空间坐标参数为0时对其设置关键帧，将时间滑块放到第6帧并修改簇的空间坐标参数，为其设置关键帧，参数设置如图7-16所示。

04 然后，使用相同的方法分别设置第12帧、18帧、24帧的簇手柄的参数，并为其设置关键帧，如图7-17所示。

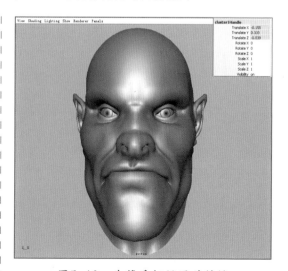

图7-16　为簇手柄设置关键帧

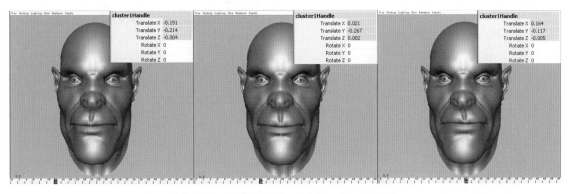

图7-17 设置关键帧（第12、18、24帧）

05 接着，再设置第30帧、36帧的簇手柄的参数并为其设置关键帧，如图7-18所示。最后，再将时间滑块拖到第42帧处，将簇手柄的空间坐标参数设置为第1帧处的参数。

06 各时段变形效果如图7-19所示。

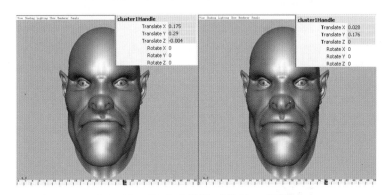

图7-18 设置关键帧（第30、36帧）

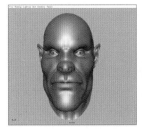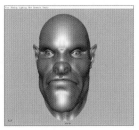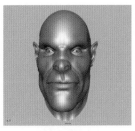

图7-19 变形阶段

7.3 面部表情——融合变形

在创建表情动画的时候，Blend Shape（融合）变形器是必不可少的工具。另外使用该变形器还可以创建混合动画、扭曲动画等。在创建变形的过程中，Blend Shape（融合）变形器本身并不创建变形效果，它是将一个物体的多个变形效果连接起来，创建过渡变形动画。

7.3.1 认识融合变形

融合变形在制作表情动画的过程中有着很重要的作用，在制作表情动画时，通常需要事先制作几个不同的面部表情，如图7-20所示。正是通过将几个已经定义的面部表情进行融合，才产生了人物的哭、笑、悲伤等表情。

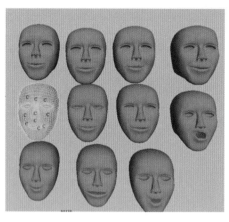

图7-20　面部表情脸庞

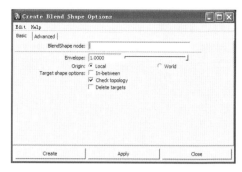

图7-21　融合变形参数设置

　　然后，选择一个或者多个可变形物体作为目标物体形状，再选择一个可变形物体作为基础物体形状。执行Deform|Create Blend Shape▫命令，打开如图7-21所示的参数设置对话框。该对话框中有两个选项卡，只需要掌握Basic选项卡中的选项即可。

▶▶ BlendShape node（混合形状节点）　在该选项的文本框中可以给创建的混合变形器命名，默认按创建顺序命名。

▶▶ Envelope（系数）　该选项控制变形系数，默认值是1。

▶▶ Origin（源）　设置混合变形中目标物体和变形物体之间的位置、旋转、比例差异是按照局域相对比较还是按照空间绝对比较，通常使用默认的Local设置。

▶▶ Target shape options（目标形状选项）　该选项组用来设置变形的方式。其中In-between复选框决定变形方式是平行变形还是系列变形；Check topology复选框用来检查基础物体和变形物体的拓扑结构线是否相同；Delete targets复选框决定是否在变形后删除目标物体。

7.3.2　制作融合变形

　　在制作表情动画时，融合变形是一种常用的工具。本节所介绍的是一个人的惊讶动作。在这个实例当中，将使用融合变形器制作其动画效果，详细的介绍如下。

　　01 打开场景文件导入角色模型，如图7-22所示。

　　02 按组合键Ctrl+D复制4个基础对象，把目标对象取名为head，4个基础对象依次取名为head01、head02、head03、head04，如图7-23所示。

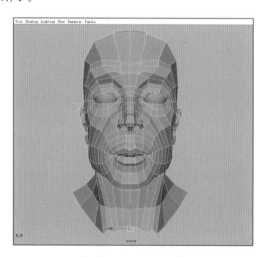

图7-22　导入角色模型

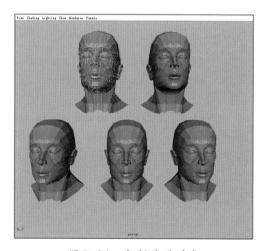

图7-23　复制基础对象

03 选中head01模型并在其模型上右击切换到点编辑状态，执行Edit|Paint Selection Tool命令画笔选择模型上的点，如图7-24所示。

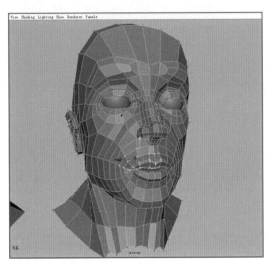

图7-24　选择变形节点

04 选中节点执行Animation模块下的Create Deformers|Cluster命令创建簇约束，把簇控制器取名为mouth01，如图7-25所示。

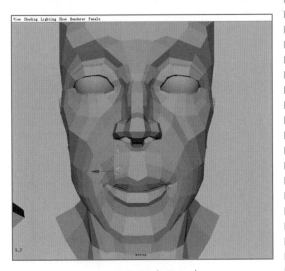

图7-25　创建簇约束

05 选中簇控制器mouth01并拖动以修改模型形状，如图7-26所示。

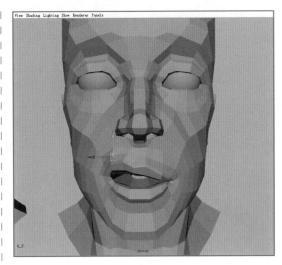

图7-26　编辑嘴部形状

06 可以看到模型变形过渡比较明显，选中head01模型执行Paint Cluster Weights Tool命令对簇的权重进行修改，如图7-27所示。

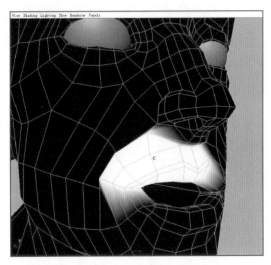

图7-27　画笔权重

07 打开簇的属性面板，单击Paint Attributes下的mouth01Cluster.Weights按钮，单击Flood按钮使过渡变得平滑些，如图7-28所示。

08 按W键转为模型状态，模型转到节点状态调节变形过渡的部位，如图7-29所示。

09 同样的方法为模型的其他部位加簇约束并进行簇权重修改，基础模型的变形约束效果如图7-30所示。

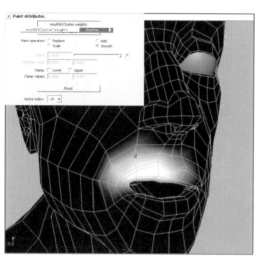

图7-28　修改簇约束的平滑度

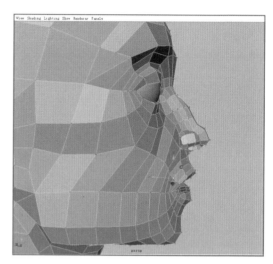

图7-29　调整过渡变形部分

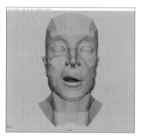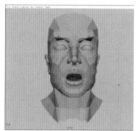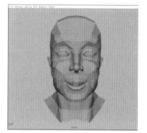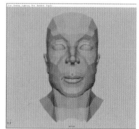

图7-30　4个基础模型的变形编辑

10 按Shift键的同时用鼠标依次加选模型对象，一定要先选择基础物体后选择模型物体并执行Animation模块下的Create Shape|Blend Shape命令，对模型进行混合变形编辑，如图7-31所示。

11 执行Window|Animation|Blend Shape命令打开融合变形编辑对话框，可以看到4个基础模型都被载入到变形参数中，如图7-32所示。

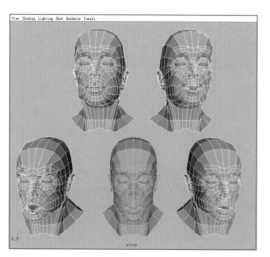

图7-31　执行混合变形命令

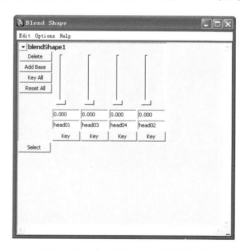

图7-32　打开融合变形编辑器

12 隐藏4个基础模型，拖动head03选项上方的移动滑块，目标模型就会自动变形，效果如图7-33所示。

13 当时间滑块在第0关键帧时单击变形编辑对话框里面的Key All按钮，对目标模型录制表情动画，如图7-34所示。

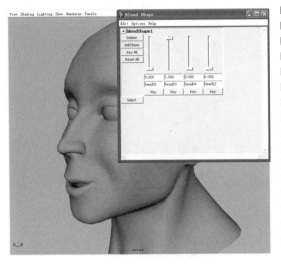

图7-33　目标模型的变形

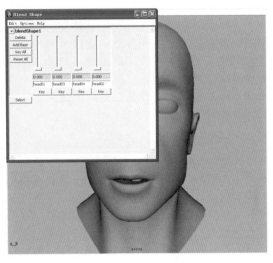

图7-34　录制表情动画

14 用同样的方法在其他关键帧调整不同的表情并录制关键帧，效果如图7-35所示。

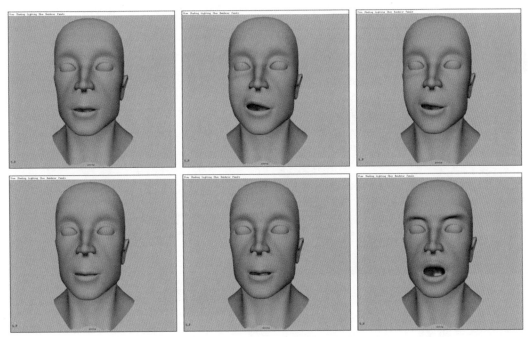

图7-35　各时段表情变化

7.4 面部表情——线性与晶格

在Maya的诸多变形器中，晶格变形也是常用的一种变形工具，在设置动画以及建模的过程中，常常使用这种变形器来修改动画变形或者调整模型外观。线性变形工具允许利用一条或者多条曲线来控制曲面上的点产生变形。这种变形经常被用来控制角色动画。

7.4.1 使用线性变形器

线性变形器的创建方法有别于其他变形器，一般情况下，先将模型激活，接着在模型上绘制曲线，然后再创建线性变形。下面还使用一个头部模型来讲解它的具体创建方法。

1. 线性变形器

首先，在视图中选中模型，执行Modify | Make Live命令，将模型激活。然后执行Create | CV Curve Tool命令，在眉毛处创建一个条曲线，如图7-36所示。

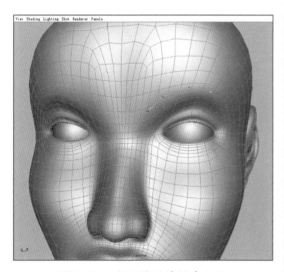

图7-36 激活模型并创建曲线

执行Modify | Make Not Live命令，取消模型的激活。在动画模块下，执行Create Deformers | Wire Tool命令。回到视图，先选择模型，按回车键，再选择NURBS线，按回车键，即完成线性变形器的创建，调整一下曲线形状即可对模型产生影响，如图7-37所示。

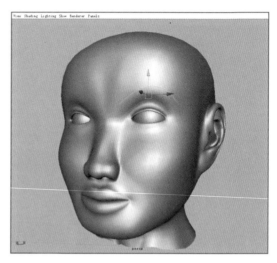

图7-37 创建线变形器

注意

在创建线性变形器之后，在Outliner中可以看到多出了一个curve1BaseWire节点。这里将它称为基础线，而将原始线curve1称为影响线。线变形效果就是取决于影响线和基础线之间的差别。

执行Create Deformers | Wire Tool▢命令，在通道盒中可以看到该变形器的参数设置选项，如图7-38所示。下面解释各选项的含义。

Wire Tool		Reset Tool	Tool Help
▼ **Wire Settings**			
	☐ Holders		
Envelope:	1.0000		
Crossing effect:	0.0000		
Local influence:	0.0000		
Dropoff distance:	1.0000		
Grouping:	☐ Group wire(s) and base wire(s)		
Deformation order:	Default ▾		
	☐ Exclusive		
Exclusive partition:	deformPartition		
Existing partitions:	characterPartition ▾		

图7-38 变形器的设置选项

▶▶ **Holders（固定器）** 该复选框决定创建的线性变形是否带有固定器。固定器的作用是限制曲线的变形范围，如果不使用固定器，则曲线的变化对整个模型都有影响。

▶▶ **Envelope（封套）** Envelope参数用于设定变形影响的系数。

▶▶ Crossing effect（交叉效果）　Crossing effect控制两条影响线交叉处的变形效果。

▶▶ Local influence（局部影响）　Local influence参数可设定两个或多个影响线变形作用的位置。

▶▶ Dropoff distance（衰减距离）　Dropoff distance用于设定每条影响线影响的范围。调整该参数可以消除线变形时产生的锯齿。

▶▶ Grouping（群组）　启用后面的复选框，可以将影响线和基础线进行群组，否则，影响线和基础线将独立在场景中。造型变形也有类似的设置。

▶▶ Deformation order（变形顺序）　该选项的下拉列表中有5项选择，用来设定当前变形在物体变形中的顺序。Default（默认）选项是把当前变形方式在变形节点的上游，创建的顺序即是变形的顺序。After（后置）是将变形放置在物体变形节点的下游。Split（分离放置）是把变形分成两个变形链，使用分离放置可以使用两种方式变形一个物体。Parallel（平行放置）是将当前变形和物体历史上的变形平行放置。

2. 创建固定线性变形

下面来学习如何创建带有固定器的线性变形。

首先，使用上面讲的方法，在左视图中将模型激活，然后在左眼的周围绘制两个曲线，里面的曲线是变形曲线，外面的曲线是固定器，也就是决定范围的曲线，如图7-39所示。

 提 示

在创建曲线后，可以在Surfaces模块下执行Edit Curves | Open/Close Curves命令将曲线关闭。在关闭后，如果曲线的坐标不在中心上可以执行Modify | Center Pivot命令将其纠正。

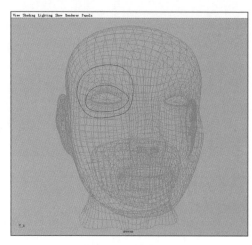

图7-39　创建曲线

执行Modify | Make Not Live命令，取消模型的激活。在动画模块下，执行Create Deformers | Wire Tool▣命令，在通道盒中启用Holder（固定器）复选框。然后在视图中先选择模型，按回车键，再选择内侧的曲线，按回车键，再选择外部的曲线，按回车键，完成创建。现在移动曲线，如图7-40所示。

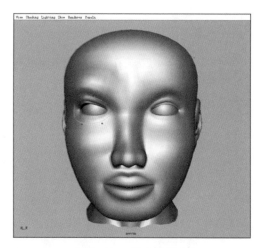

图7-40　创建固定器

7.4.2　使用晶格变形器

晶格变形器的使用比较灵活，它不仅可以在模型的顶点级别进行编辑，也可以直接编辑物体级别，下面学习该变形器的具体创建过程以及相关参数。首先在Maya 2009中新建一个场景，创建一个多边形圆柱体，选中圆柱体，在菜单栏中执行Create Deformers | Lattice▣命令，这时会弹出晶格变形器的设置对话框，如图7-41所示。

在该对话框中有两个选项卡，这里只需要掌握Basic下的选项即可。

▶▶ Divisions（细分）　Divisions选项设置晶格在三维空间的分段数目，后面的3个值分别对应物体X、Y、Z这3个轴向上的晶格分段。

图7-41　晶格变形器设置对话框

>> Local mode（局部模式）　设置每个晶格点可以影响到的模型变形范围，启用Use local mode复选框，可以在Local divisions选项中为每个顶点设置影响的空间范围。如果禁用Use local mode复选框，则晶格上任意一点的移动都会对整个模型产生影响。

>> Local divisions（局部细分）　该选项可以精确设置晶格上单个顶点对模型的影响范围，值越大，影响的范围就越大。

>> Positioning（定位）　默认情况下Center around selection复选框被启用，表示只对晶格所包围的模型部分变形有效。

>> Grouping（群组）　控制是否将影响晶格和基础晶格进行群组，如图7-42所示。

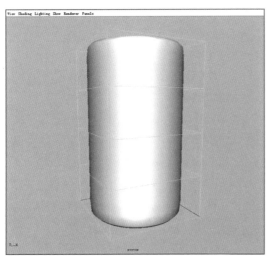

图7-42　默认创建结果

现在移动晶格物体，圆柱体会跟随运动。确保晶格被选中，在视图的空白处右击，在弹出的快捷菜单中执行Lattice Point命令，进入控制点编辑状态，如图7-43所示。

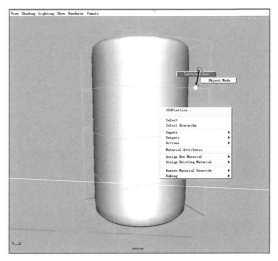

图7-43　进入控制点编辑状态

选中晶格底部的4个控制点，使用移动工具向上移动，使圆柱体的底部向上稍微移动一下，达到变形的目的，如图7-44所示。

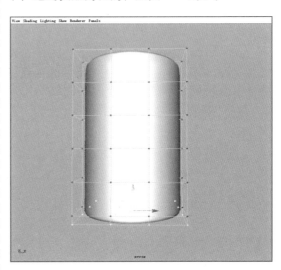

图7-44　移动控制点

晶格变形器的功能是十分强大的，对控制点不仅可以移动操作，还可以进行旋转和缩放处理，如图7-45所示编辑的效果。

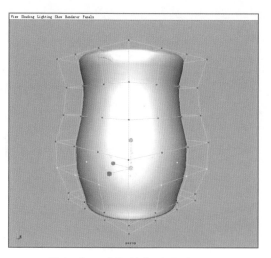

图7-45　对控制点的缩放处理

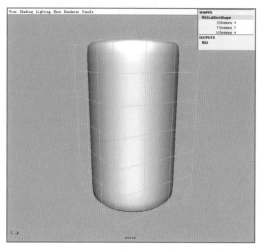

图7-46　更改晶格分段

如果在创建晶格后，想对晶格的分段重新调整，首先要进入晶格的编辑状态，然后在其属性通道栏中的SHAPES选项下进行修改，如图7-46所示。

注意

一旦晶格的控制点有了移动，则无法设置晶格的分段。必须执行Edit Deformers | Lattice | Remove Lattice Tweeks命令，将编辑过的晶格还原成初始状态后，才能继续通过属性栏进行设置。

7.4.3　制作表情动画

一个人的喜、怒、哀、乐在不同的场景，不同的环境下也是有很多细微的变化的。那么，如何能够根据剧情的氛围制作出合理的表情，是每个动画师必须考虑的问题。利用线性变形可以帮助人们快速定义表情动画，提高工作效率。下面向读者介绍一个表情动画的制作方法。

1. 创建约束控制

01 在新建场景中打开模型文件，接下来利用场景中的模型来制作一段变形动画，选中模型取名为head并复制模型取名为head00，保存到图层面板并隐藏原模型，如图7-47所示。

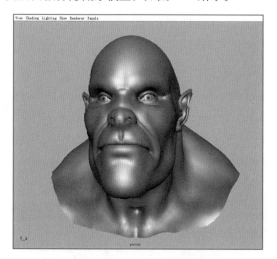

图7-47　导入文件模型

02 选中人头模型head00，单击工具栏里的 按钮对模型眉弓部位进行线吸附，如图7-48所示。

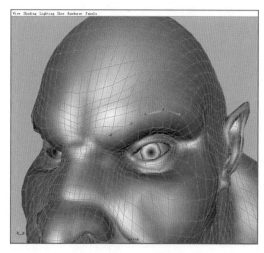

图7-48　创建曲线

187

03 曲线创建完成之后点单 ↻ 按钮取消模型的吸附状态，选中曲线进入节点状态并调整曲线适合眉弓的弧度，选中曲线按组合键Ctrl+D复制到对面的眉弓，如图7-49所示。

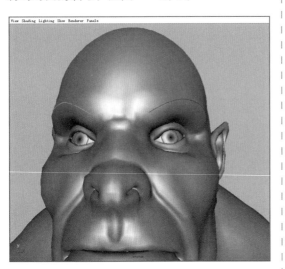

图7-49　复制曲线

04 选中模型head00，执行Animation模块下的Create Deformers|Wire Tool命令，当鼠标指针变为十字状态时按回车键，再单击一下曲线并按回车键确定，这样模型就被加入到线编辑状态，如图7-50所示。

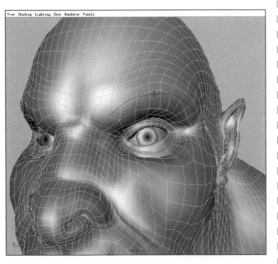

图7-50　执行线变形命令

05 可以看到在拖动曲线上的顶点时模型也跟随着移动并发生变形，如图7-51所示。

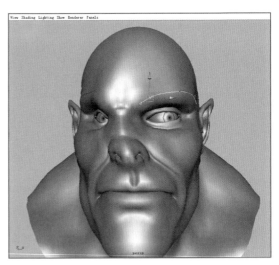

图7-51　查看模型的变形幅度

06 从视图中可以看到眉弓部位的移动变形影响到整个面部的变形，说明眉弓曲线控制的范围过大，选中模型head00执行Edit Deformers|Paint Wire Weights Tool命令，看到整个模型都呈高亮显示，如图7-52所示。

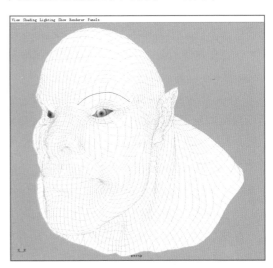

图7-52　执行笔刷线性权重命令

07 在弹出的权重笔刷设置对话框中，将笔刷切换到Replace状态，将Value设置为0并单击Flood按钮，将整个模型的权重设置为0，模型呈黑色显示，再适当调节Value值，切换配合使用Smooth模式，用笔刷对眉弓部位的点绘制权重，如图7-53所示。

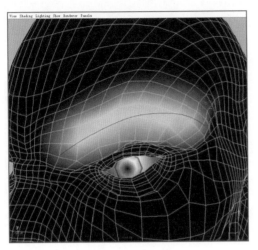

图7-53 笔刷绘制权重

08 按W键把模型切换到正常选择状态下，选择曲线上的点进行移动可看到只有眉弓部位跟随着曲线移动变形，如图7-54所示。

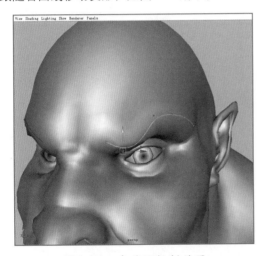

图7-54 查看线控制效果

09 用同样的方法对模型右侧的眉弓进行曲线控制并调整曲线控制范围，编辑眉弓弧度与右侧的相同，效果如图7-55所示。

10 单击工具栏里的✔按钮对模型眼皮部位进行线吸附，并调整曲线适合上眼皮的运动变形，如图7-56所示。

11 曲线创建完成之后单击✔按钮取消模型的吸附状态，选中模型添加线性变形器，并对眼皮部位的权重使用笔刷绘制，笔刷时一定注意力度否则影响眼皮的变形平滑力度，如图7-57所示。

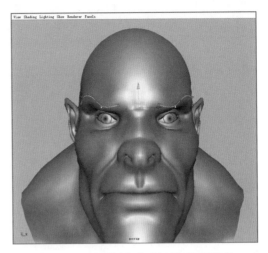

图7-55 调整模型两侧的眉弓弧度

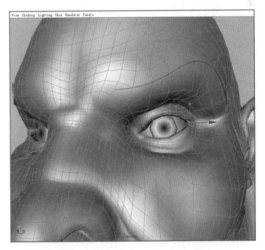

图7-56 创建眼部控制曲线

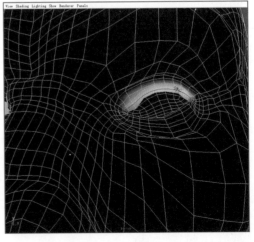

图7-57 笔刷眼皮权重

⓬ 选中眼部曲线点进行拖动，能达到自然的闭合效果即可，效果如图7-58所示。

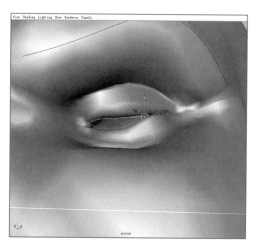

图7-58 调节眼皮控制效果

⓭ head00模型的眉弓变形调整效果如图7-59所示，选中head00模型按组合键Ctrl+D复制，把复制的模型取名为head01并保存到图层面板单击隐藏。

⓮ 回到head00模型上来调整其眼部变形并选中模型复制，因为复制后的模型不能再进行变形编辑只能回到原来加过线性变形的模型上调整变形，把复制的模型取名为head02并保存到图层面板单击隐藏，head02的变形调整如图7-60所示。

⓯ 再在head00模型上调整变形并复制，取名为head03，同样创建变形模型head04，如图7-61所示。

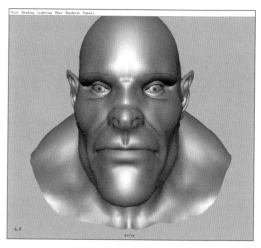

图7-59 调整并复制模型head01

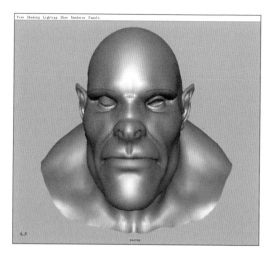

图7-60 head02模型的变形调节

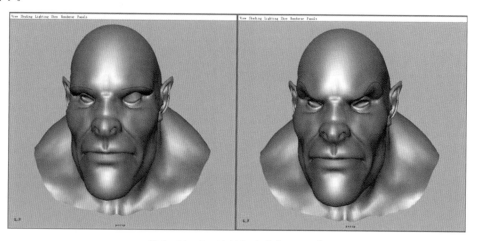

图7-61 head03模型的变形调节

2．添加晶格变形

01 按Z键恢复模型原来形状。选中head01模型，执行Create Deformers|Lattice命令，为了使晶格变形影响减小一些就把晶格细分加多一些，设置晶格属性参数S Division：5、T Divisions：7、U Divisions，如图7—62所示。

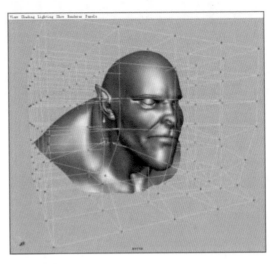

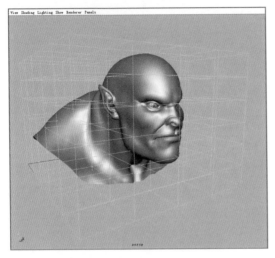

图7—62 执行晶格变形命令

02 选中晶格变形器并右击，在弹出的快捷菜单中执行Lattice Point命令，进入点编辑状态，模型head01的编辑效果如图7—63所示，注意调整晶格点时对其他部位的变形影响。

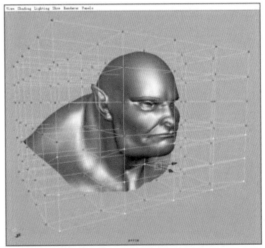

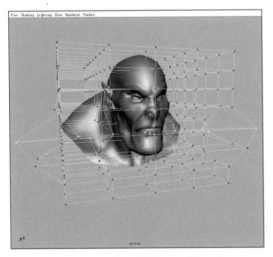

图7—63 head01模型的面部变形

03 head02、head02、head04模型的面部变形效果如图7—64所示。

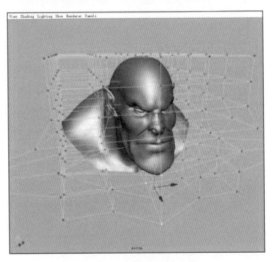

图7—64 面部变形效果

04 选中head03模型执行Create Deformers|Sculpt Deformer□命令，打开造型变形属性对话框，在Inside mode属性下选中Ring选项并单击Create按钮，关闭造型变形属性对话框，在视图窗口中可以看到模型的中心位置出现一个球形控制器和Locator控制器，如图7-65所示。

05 选中控制器缩放其大小并移动到模型下巴部位，使下巴产生赘肉的效果，如图7-66所示。

06 5个模型的变形效果如图7-67所示。

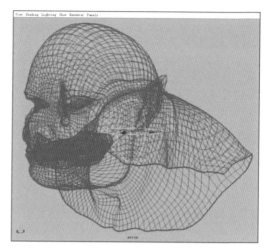

图7-65　执行造型变形命令

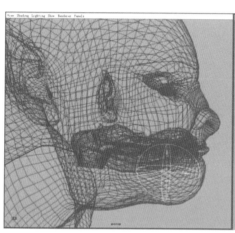
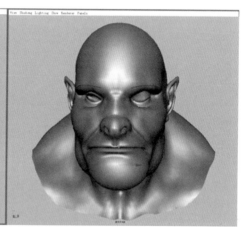

图7-66　调整造型控制效果

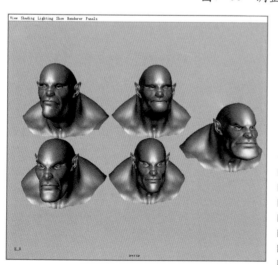

图7-67　产生的5个脸庞效果

3. 编辑变形动画

01 依照先后顺序先选择目标模型head01、head02、head03、head04，再选择基础模型head，执行Create Deformers|Blend Shape命令创建融合变形，如图7-68所示。

02 执行Window|Animation Editors|Blend Shape命令自动弹出融合编辑器对话框，可以看到4个目标变形物体都被载入到编辑窗口中，任意拖动每个属性名称上方的小滑块，基础模型head都会发生变形，如图7-69所示。

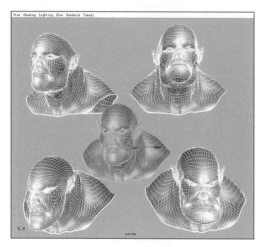

图7-68　创建融合变形

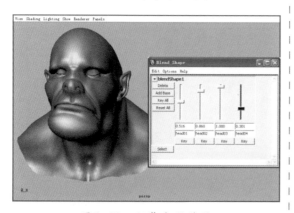

图7-69　预览变形效果

03 接下来给它设置关键帧，把时间滑块放到第0帧，调整变形编辑器对话框中的变形参数都为0，并单击其左侧的Key All按钮对整体的变形设置关键帧，效果如图7-70所示。

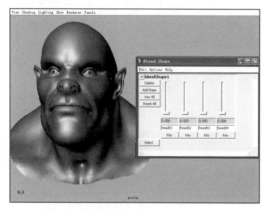

图7-70　设置关键帧（第0帧）

04 同样地把时间滑块放在第8帧并修改编辑器对话框中的参数，单击Key All按钮设置关键帧，效果如图7-71所示。

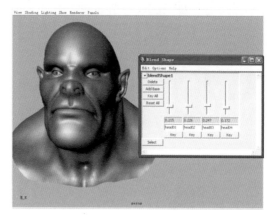

图7-71　设置关键帧（第8帧）

05 把时间滑块放到第16帧并修改编辑器对话框中的参数，单击Key All按钮设置关键帧，效果如图7-72所示。

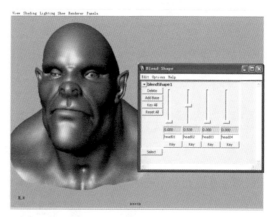

图7-72　设置关键帧（第16帧）

06 设置第24帧时的变形动画参数，并为其设置关键帧，效果如图7-73所示。

07 设置第32帧时的变形动画参数，并为其设置关键帧，效果如图7-74所示。

08 设置第40帧处的变形动画参数，并为其设置关键帧，效果如图7-75所示。

09 设置第48帧处的变形动画参数，并为其设置关键帧，效果如图7-76所示。

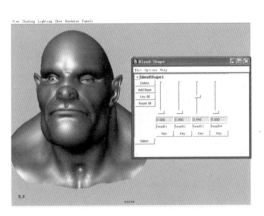

图7-73 设置变形参数

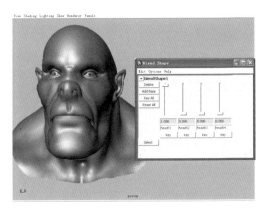

图7-75 第40帧动画参数

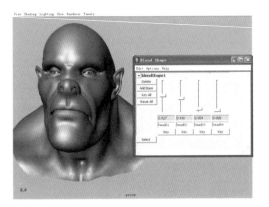

图7-74 设置关键帧参数

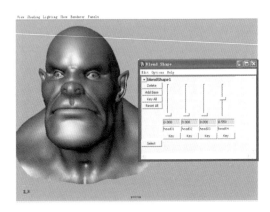

图7-76 第48帧动画参数

10 时间滑块放到第56帧，编辑器对话框参数都调整为0并设置关键帧，那么这一小段动画就完成了，整体的动画变形效果如图7-77所示。

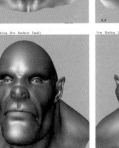
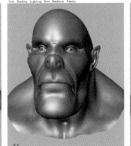

图7-77 各时间段变形效果

7.5　局部动作——抖动变形

当物体运动时，抖动变形可以为物体上的点增加适当的抖动效果，例如河马在行走或者休息的过程中，耳朵会产生间隔的抖动现象。在Maya中，虽然可以通过利用关键帧的手法产生抖动效果，但是使用抖动变形器可以使效果看起来更加真实。

7.5.1　使用抖动变形器

抖动变形基于物体每一帧的运动或者变形幅度来计算的，所以要对物体创建抖动变形就必须先对物体创建动画，再添加抖动变形。

进入侧视图窗口中选中模型耳朵顶点，创建一个弯曲变形并对每种耳朵上下摆动的动作设置上关键帧，创建完成动画之后，回到第1帧，选中模型执行Create Deformers|Jiggle Deformer命令，先使用默认参数快速创建抖动变形，如图7-78所示。

图7-79　抖动变形参数面板

其参数含义如下。

▶▶ Envelope（变形系数）　设置变形系数，默认值为1，如果抖动变形幅度太大，可以适当调小系数值。

▶▶ Enable（抖动模式）　该选项用来切换抖动变形的3种作用模式。其中Enable选项用来表示产生抖动效果；Disable选项用来表示关闭抖动效果；Enable Only Object Stops选项表示仅在物体停止动画之后产生抖动变形。

▶▶ Ignore Transform（忽略变换）　忽略移动节点，默认值为off，若打开此选项，Maya将忽略有关Transform节点上的抖动变形，即平移、旋转、缩放物体将不再产生抖动变形效果，但如果是BlendShape混合变形或其他变形动画可以产生抖动变形效果。

▶▶ Force Along Normal（沿法线变形系数）　设置物体沿法线方向产生的抖动幅度，修改此参数值，可以调整物体单单在切线方向上的抖动变形力度。

▶▶ Force On Tangent（沿切线方向变形系数）　设置沿物体表面方向产生的抖动幅度，修改此参数值，可以调整物体单单在法线方向上的抖动变形力度。

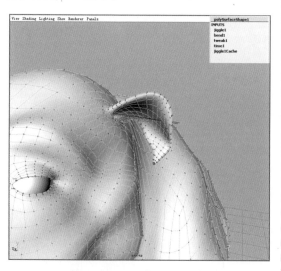

图7-78　创建耳朵动画

抖动变形创建完成后，模型对象已经具有了抖动变形属性，播放一下动画，可以看到动画结束后模型耳朵停止上下摆动之后，还会出现短时间内晃动的动画，直到30多秒才会停止晃动。

选中变形模型，打开其属性面板，可以看到其历史操作的节点中，创建出了jiggle1、bend1、tweak1、time1、jiggle1Cache共5个节点选项，单击jiggle1显示出抖动变形参数设置，如图7-79所示。

>> Motion Multiplier（抖动系数） 设置物体停止动画后，产生抖动变形的幅度系数，仅仅在物体停止移动之后，调整此参数可调整物体产生抖动变形的多重幅度。

>> Stiffness（刚性系数） 设置刚性系数，值调整得越高，减少抖动的弹性，同时也会增加抖动频率，值越低就会延缓抖动频率。

>> Damping（阻尼系数） 设置抖动阻尼值，调整的数值越高会减少抖动，低会增强抖动的弹力。

>> Jiggle Weight（抖动权重） 设置抖动的整体权重值，调整其参数大小可以改变物体局部的抖动变形的范围大小。

>> Direction Bias（方向偏移） 设置曲面抖动的方向偏移，取决于曲面的法线方向，当方向偏移值为1时，曲面抖动变形仅向法线方向移动；当方向偏移值为−1时，曲面抖动变形只沿法线方向的反方向移动；而当方向偏移值为0时，曲面抖动变形就会在正负两方向反复晃动。

7.5.2 制作耳朵抖动动画

本节向读者介绍一个动物耳朵的抖动瞬间，在制作类似的动画时，通常都是利用抖动修改器来进行变形。在制作的过程中，需要读者掌握关于抖动变形的一些基础知识，以及产生抖动变形的原理。

01 在场景中导入动物的头部模型，选中其中一只耳朵的节点并执行Create|Sets|Quick Select Set命令为其设置名称为1，如图7-80所示。

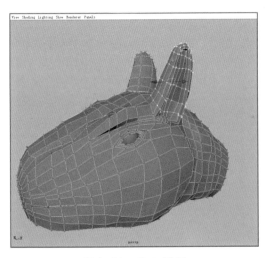

图7-80 导入模型

02 再执行Animation模块下的Create Deformers|Nonlinear|Bend弯曲命令，在耳朵上产生一个弯曲定位器，如图7-81所示。

03 在Bend属性栏里将Curvature参数设置为1.5，可以看到定位器控制的模型区域产生变形，如图7-82所示。

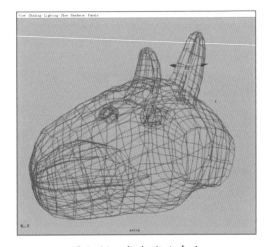

图7-81 执行弯曲命令

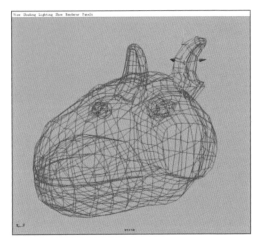

图7-82 查看变形效果

04 按Z键撤销上一步操作，为了不让耳朵的根部也发生变形，需要选中定位器沿Y轴向下移动到耳朵的根部，如图7-83所示。

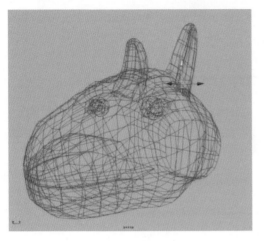

图7-83　调整定位器位置

05 在Bend属性栏中调整Curvature的值为2.1，将Low Bound的值设置为0，再查看耳朵的变形情况，将时间滑块拖动到第0帧，按S键设置关键帧，如图7-84所示。

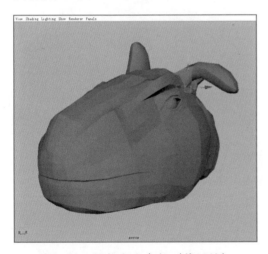

图7-84　调整弯曲参数（第10帧）

06 将时间滑块拖动在第10帧时，在Bend属性栏中将Curvature参数设置为-1.5，将Low Bound设置为0，效果如图7-85所示。

07 此时面产生了相交，需要修正。选中定位器使其沿Y轴上移一点，并按S键设置关键帧，如图7-86所示。

08 将时间滑块拖动到第20帧处，按照第0帧处的参数设置Bend属性，并按S键设置关键帧，此时的耳朵形状如图7-87所示。

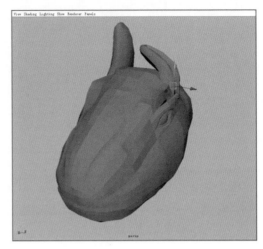

图7-85　调整弯曲参数（第10帧）

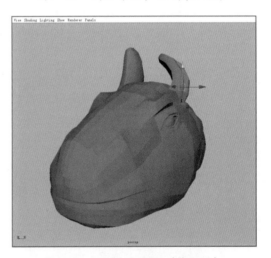

图7-86　设置关键帧（第10帧）

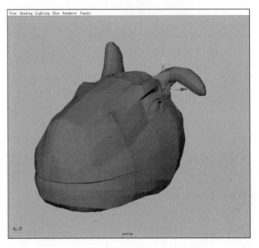

图7-87　设置关键帧（第20帧）

09 播放动画可以看到动作过渡比较僵硬。选中Bend定位器，执行Window|Animation Editors|Graph Editor命令，打开图形编辑窗口并选中动画曲线节点，单击━按钮展平节点，回到视图窗口播放动画，看到动作过渡更平缓些，如图7-88所示。

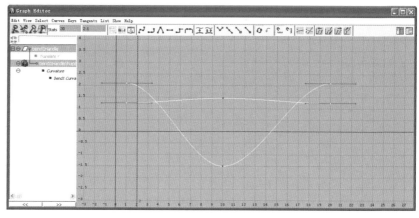

图7-88 调整动画曲线

10 执行Edit|Quick Sets命令，选择Set1，选中之前选择的耳朵，执行Create Deformers|Jiggle Deformer命令，对耳朵进行抖动变形，效果如图7-89所示。

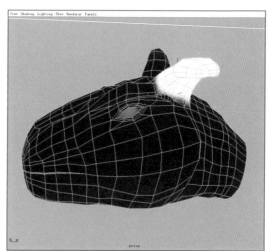

图7-90 执行笔刷抖动权重命令

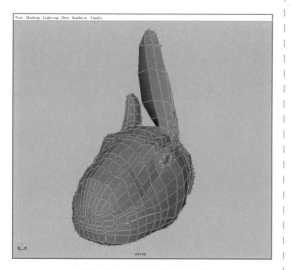

图7-89 创建抖动变形

11 从变形上可以看到耳朵抖动变形跨度比较大，选中模型执行Edit Deformers|Paint Jiggle Weights Tool命令，从而执行笔刷抖动，效果如图7-90所示。

12 可以看到控制区和非控制区过渡很明显，打开视图窗口右侧工具属性面板并调整其参数，如图7-91所示。

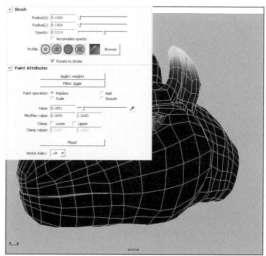

图7-91 笔刷权重范围

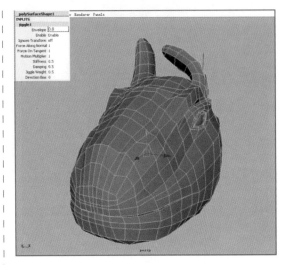

图7-92 修改抖动参数

⑬ 按W键回到模型正常选择状态，可以看到耳朵抖动变形还有点不自然。打开抖动属性栏并修改抖动属性参数改变抖动变形力度，播放动画，可以看到抖动变形就比较平缓自然了，效果如图7-92所示。

7.6 影视应用——非线性变形

所谓非线性变形，是指一类变形器，而不是一个或者两个。这种变形器都具有相似的特性，即它们的变形都不是线性的。在Maya中，非线性变形器包括Bend、Flare、Sine、Squash、Twist和Wave等类型，本节将向读者介绍Bend和Squash变形器。

7.6.1 Bend变形器

Bend变形器是一种非线性变形器，它不仅可以让模型绕着指定的轴向进行整体弯曲，而且还可以在模型的局部产生弯曲变形。在Maya 2009中新建一个场景，创建一个多边形长方体，参数设置如图7-93所示。

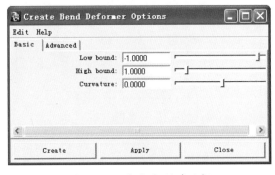

图7-94 弯曲变形对话框

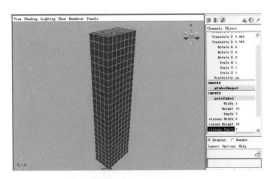

图7-93 创建长方体

选中圆锥物体，切换到动画模块，执行Create Deformers | Nonlinear | Bend□命令，打开如图7-94所示的对话框。下面来认识一下Bend的主要参数设置。

>> **Low bound（下限）** Low bound用于控制弯曲变形影响范围的下限。

>> **High bound（上限）** High bound用于控制弯曲变形影响范围的上限。

>> **Curvature（曲度）** Curvature用于控制弯曲变形的曲度，该值可以设置为正负值，分别对应物体左右弯曲方向。

单击Create按钮，在透视图中按4键将显示模型线框，可以看到，长方体的中央会多出一条绿色的直线，如图7-95所示。

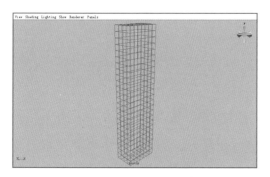

图7-95　弯曲变形的控制线

按T键，在视图中看到弯曲变形的控制手柄，该控制手柄有3个控制点，上下两个控制点可以垂直移动，控制着弯曲的上限和下限。中间的控制点可以水平移动，控制弯曲的曲率，使用鼠标左键拖动中间的控制点，结果如图7-96所示。

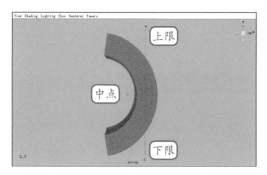

图7-96　移动中间的控制点

在图7-97中，左侧的图是改变上限的结果，右侧的图是改变下限的结果。

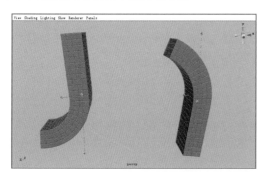

图7-97　改变控制手柄的上下限

按W键，切换到移动工具，选择控制手柄，分别沿Y轴和沿X轴进行移动，结果如图7-98所示。

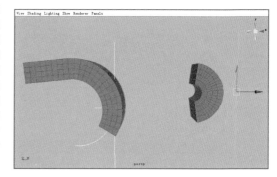

图7-98　移动控制手柄

按E键，切换到旋转工具，对控制手柄进行旋转操作，如图7-99所示，左侧的图是在Y轴上旋转，右侧的图是在X轴上旋转。

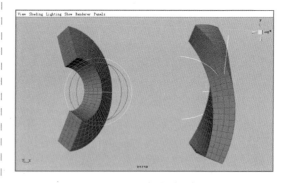

图7-99　旋转控制手柄

按R键，切换到缩放工具，对控制手柄进行缩放操作，如图7-100所示，左侧的图是对控制手柄整体进行缩放，右侧的图是在Y轴上进行缩放。

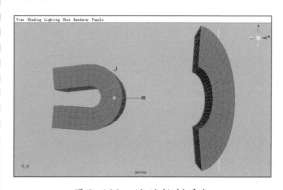

图7-100　缩放控制手柄

另外，在创建弯曲变形器后，在其属性栏中也可以改变其参数设置，如图7-101所示。

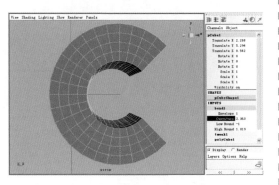

图7-101　在通道栏中更改参数

7.6.2　Squash变形器

在制作动画中，挤压和拉伸是经常用到的变形手段，它可以使制作的动画效果更加有生气。在Maya 2009中，可以修改物体的Scale（缩放）值来制作挤压和拉伸效果，但Squash（挤压）变形器提供了更多的控制参数，使得操作更加方便。

先在场景中创建一个NURBS球体，执行Create Deformers | Nonlinear | Squash□命令，弹出的对话框如图7-102所示。下面对该对话框的几个特殊参数进行介绍。

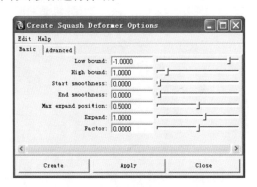

图7-102　挤压变形设置对话框

▶▶ Start smoothness（起始平滑度）　该值控制挤压变形在起始端的平滑程度。

▶▶ End smoothness（结束平滑度）　该值控制挤压变形在结束端的平滑程度。

▶▶ Max expand position（最大扩展位置）　该值用来设定上限位置和下限位置之间最大扩展范围的中心。

▶▶ Expand（扩展）　该值用来设定挤压变形的扩展程度。

▶▶ Factor（挤压因子）　该参数设置模型的变形程度。如果参数值小于0，则挤压模型；如果参数值大于0，则拉伸模型。

使用默认值单击Create按钮，按T键，可以看到挤压控制手柄上也有4个控制点，最右侧的点控制的是挤压的幅度，可以左右移动，图7-103所示是向右移动的结果。

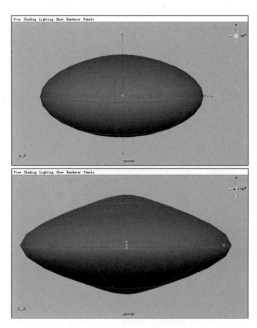

图7-103　调整挤压幅度

中间线上两端的点控制的是挤压上限和下限，将它们都向中间移动，结果如图7-104所示。中间线上中间的点控制的是扩展位置，将其向下移动然后再调整上下限，结果如图7-105所示。

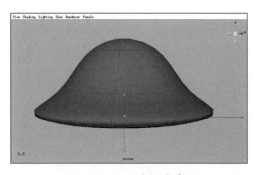

图7-104　移动扩展中心

在控制手柄上没有平滑度的控制，可以在变形器的属性栏中进行调整，如图7-105所示。

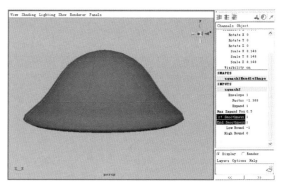

图7-105　调整平滑度

7.6.3　制作变形动画

本实例所介绍的是一个片花的单镜头，在这个镜头当中，摄像机不再任何动作，仅仅是一些类似于水滴形状的小生物在"嬉戏"。由于场景的原因这些小动画将做出各种变形动作，借此来烘托场景，并吸引观众。

1. 制作变形动画

01 打开随书光盘目录下的blend.mb文件，如图7-106所示。

图7-107　导入文件

图7-106　场景渲染效果

02 再执行File| Import命令，将光盘目录下的dongxi.mb文件导入到场景中，如图7-107所示。

03 选中haha1模型，按Ctrl+D键，复制出3个同样的模型，将它们放到如图7-108所示的位置。

图7-108　复制物体

04 选中haha1，将模块切换到Animation模块下，依次执行Create Deformers| Nonlinear| Bend和Squash命令，如图7-109所示。

05 选中其他同样的模型，同样执行Bend和Squash的命令，如图7-110所示。

06 执行CV Curve Tool命令，在Persp视图中绘制曲线，如图7-111所示。

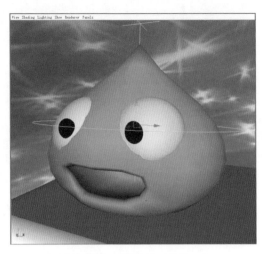

图7—109　创建Bend和Squash

图7—110　执行同样的命令

图7—111　创建线条

07 将线条放置到如图7—111所示的位置，然后先选中haha1，再选中线条，执行Animate| Motion Paths| Attach to Motion Path命令，将模型绑定到曲线上，如图7—112所示。

图7—112　创建运动路径

08 使用CV Curve Tool工具，在Persp视图中绘制曲线。然后将haha2物体绑定到该曲线上，如图7—113所示。

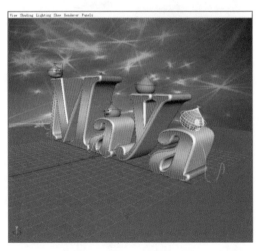

图7—113　创建运动路径并将haha2绑定到曲线上

09 使用CV Curve Tool命令，在Persp视图中创建线，并将haha3绑定到该曲线上，如图7—114所示。

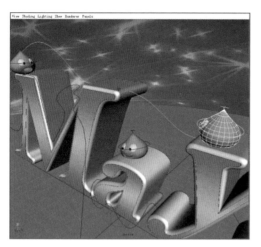

图7-114 创建运动路径并将haha3绑定到该曲
线上

2. 录制动画

01 选择haha1，拖动时间滑块到第14帧处，打开通道面板，展开Bend1卷展栏，将Curvature设置为-0.5，右击，在弹出的快捷菜单中执行Key Selected命令，如图7-115所示。

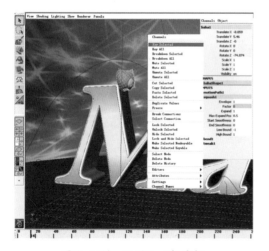

图7-115 设置Bend卷展栏

02 拖动时间轴到第38帧处，展开Squash卷展栏，将Factor设置为0，右击，在弹出的快捷菜单中执行Key Selected命令创建关键帧，如图7-116所示。

03 拖动时间滑块到第52帧处，将Factor设置为0.5，右击，在弹出的快捷菜单中执行Key Selected命令创建关键帧，如图7-117所示。

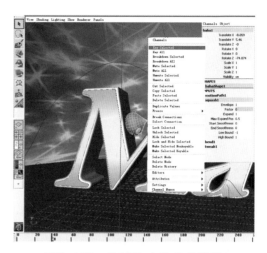

图7-116 第38帧时设置关键帧

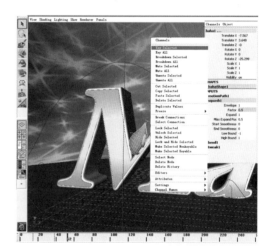

图7-117 第52帧时设置关键帧

04 拖动时间滑块到第55帧处，将Factor设置为0.148，右击，在弹出的快捷菜单中执行Key Selected命令创建关键帧，如图7-118所示。

05 拖动时间滑块到第58帧处，将Factor设置为0.5，右击，在弹出的快捷菜单中执行Key Selected命令创建关键帧，如图7-119所示。

06 选择haha2，打开通道面板，展开Bend卷展栏，将Curvature设置为-0.7，在第1帧时右击，在弹出的快捷菜单中执行择Key Selected命令创建关键帧，如图7-120所示。

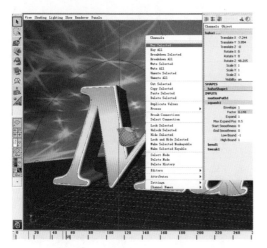

图7-118　第55帧时设置关键帧

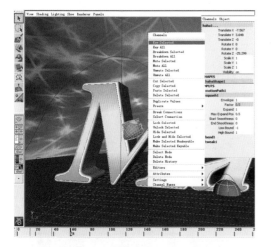

图7-119　第58帧时设置关键帧

图7-120　设置关键帧

07 展开Squash卷展栏，将Factor设置为0，在第1帧时右击，在弹出的快捷菜单中执行Key Selected命令，如图7-121所示。

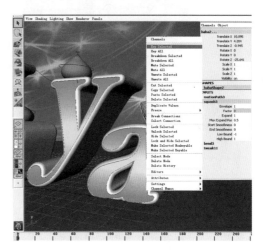

图7-121　设置Squash卷展栏

08 将时间滑块拖动到第12帧处，将Factor设置为0，右击，在弹出的快捷菜单中执行Key Selected命令创建关键帧，如图7-122所示。

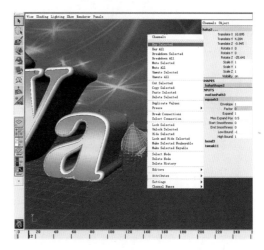

图7-122　第12帧时设置关键帧

09 拖动时间滑块到第20帧处，将Factor设置为-0.1，右击，在弹出的快捷菜单中执行Key Selected命令设置关键帧，如图7-123所示。

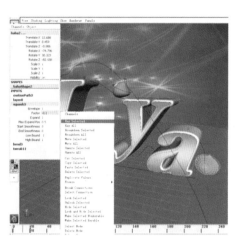

图7-123 第20帧时设置关键帧

10 拖动时间滑块到第25帧处，将Factor设置为-0.4，右击，在弹出的快捷菜单中执行Key Selected命令设置关键帧，如图7-124所示。

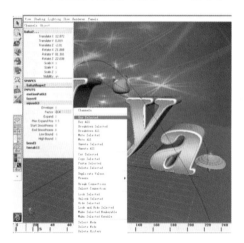

图7-124 第25帧时设置关键帧

11 分别将时间滑块拖动到第34、44、56、67、74、83、92和102帧处，将Factor分别设置为0、-0.2、0、-0.2、0、-0.2、0、0.2，如图

7-125所示。将时间滑块拖动到第117帧，设置关键帧，如图7-126所示。

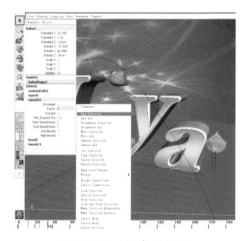

图7-125 创建关键帧

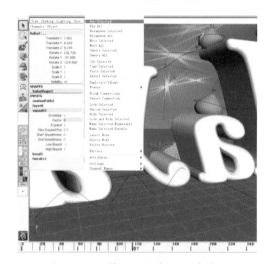

图7-126 第117帧时设置关键帧

12 然后，使用相同的方法设置Factor参数的动画，从而产生一个变形的效果，如图7-127所示。

13 选择haha3物体，拖动时间滑块到第1帧处，打开通道面板，展开Bend卷展栏，将Curvature设置为0，并设置一个关键帧，如图7-128所示。

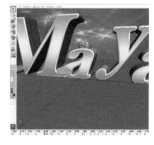

图7-127 同样方法设置关键帧

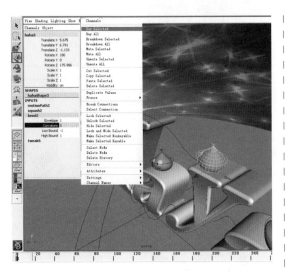

图7-128　设置haha3

14 拖动时间滑块到第17帧处，将Curvature设置为-0.469，右击，在弹出的快捷菜单中执行Key Selected命令，如图7-129所示。

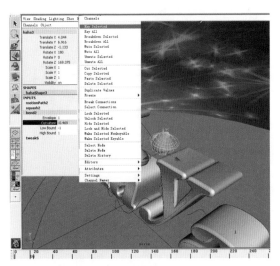

图7-129　第17帧时设置关键帧

15 选择haha4，拖动时间滑块到第1帧处，向左大约旋转30°，按S键，设置关键帧，如图7-130所示。

16 拖动时间滑块到第20帧处，向右旋转30°，按S键，设置关键帧，如图7-131所示。

17 拖动时间滑块到第40帧处，向左旋转30°，按S键，设置关键帧，如图7-132所示。

图7-130　第1帧时设置关键帧

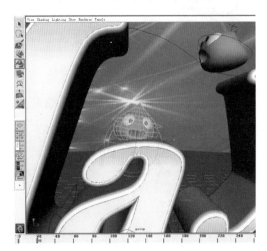

图7-131　第20帧时设置关键帧

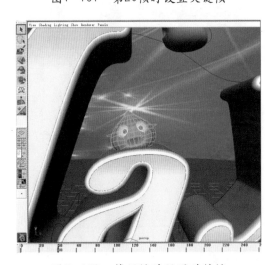

图7-132　第40帧时设置关键帧

18 拖动时间滑块到第60帧处，向右大约旋转30°，按S键，设置关键帧，如图7-133所示。

19 以下关键帧按上述一样的方法，向左向右各30°，按S键，设置关键帧，如图7-134所示。

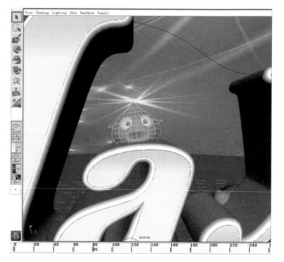

图7-133　第60帧时设置关键帧　　　　　图7-134　设置关键帧

20 完成录制动画参数，渲染最终效果，如图7-135所示。

图7-135　最终效果

第8章
常用动画技术

　　动画是基于人的视觉原理创建的运动图像。在一定的时间内连续快速地观看一系列相关的静止画面，就会形成动画。关于动画的这些原理在前文中曾经介绍过。对于动画而言，由于它的应用面比较广泛，并且实现途径也比较多，往往给初学者造成了很大的困扰。有鉴于此，本章将向大家提供11种常用的动画制作方法，当然这些动画技术也是Maya中常用的动画技术。

8.1 剖析宇宙

本案例向大家介绍的是地球在太空中的运动方式，这种动画经常被应用在各种科幻、科教电影当中。这是一种Maya中常用的动画技术——路径动画。沿路径运动动画可以使物体沿着指定的路径进行运动。本节将向大家介绍"剖析宇宙"的实现方法，以及关于路径动画的制作要点。

8.1.1 沿路径运动要点

在Maya中，使用路径动画可以使物体沿着特定的路径进行运动。路径动画是通过将一条NURBS曲线指定为对象的运动路径来实现的。在视图中任意创建一条NURBS曲线和一个沿曲线运动的物体，如图8-1所示。先选择立方体，然后按住Shift键并选择曲线。

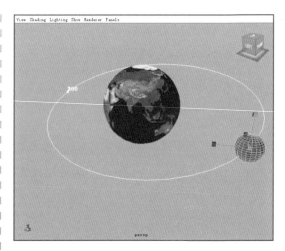

图8-2 创建路径动画

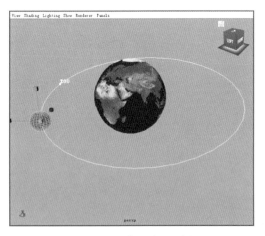

图8-1 创建物体和路径

将时间轴上的结束时间改为200，然后在动画模块的菜单栏中执行Animate | Motion Paths | Attach to Motion Path命令，结果如图8-2所示。现在播放动画发现球体已经沿着曲线运动了。

执行Animate | Motion Paths | Attach to Motion Path □命令，将打开路径动画的设置对话框，如图8-3所示。下面介绍该对话框中各选项的含义。

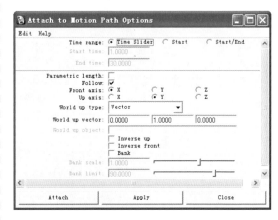

图8-3 路径动画的设置对话框

▶▶ Time range（时间范围）　该选项的后面有3个单选按钮，当选中Time Slider（时间滑块）单选按钮时，时间轴上的开始时间和结束时间分别控制路径上的开始时间和结束时间；当选中Start单选按钮时，下面的Start time参数被激活，可以在这里设置物体沿路径运动的开始时间；当选中Start/End单选按钮时，下面的Start time和End time两个参数同时被激活，可以设置物体沿路径的开始和结束时间。

▶▶ Parametric length（参数长度）　在Maya中有两种沿曲线定位物体的方式：参数间距方式和参数长度方式。启用该复选框，使用参数间距方式；禁用该复选框，则使用参数长度方式。

Follow（跟随） 启用该复选框，Maya将计算物体沿曲线运动的方向。

提示

Maya使用前向量和顶向量来计算对象的方向，并把对象的局部坐标轴和这两个方向进行对齐。在曲线的任意一点，前向量都和曲线的切线对齐，并指向对象的运动方向，而顶向量和切线总是保持垂直。

 Front axis（前方轴） 选择X、Y、Z这3个坐标轴中的一个坐标轴和前向量对齐。当物体沿曲线运动时，设置物体的前方方向。

 Up axis（上方轴） 选择X、Y、Z这3个坐标轴中的一个坐标轴和顶向量对齐。当物体沿曲线运动时，设置物体的顶方方向。

 Bank（倾斜） 启用该复选框可以使对象在运动时向着曲线的曲率中心倾斜，就像摩托车在拐弯时总是向里倾斜。该复选框只有在Follow复选框启用时才有效。

 Front Twist、Side Twist和Up Twist（前旋转、侧旋转和上旋转） 这3个参数分别用于控制物体侧旋、前倾、后仰等效果。

8.1.2 剖析宇宙——路径运动

在了解了关于路径动画的制作要点后，下面将要进入实际操作阶段。本节，将向大家详细介绍路径动画的制作方法，以及本案例的制作思路。通过本节的实际操作，要求读者掌握路径动画的实际应用技巧。

1. 创建月球

01 新建场景，打开随书光盘目录下的yuzhou.mb文件，如图8-4所示。

图8-4 打开场景

02 在视图中选中地球物体，将时间滑块拖动到第1帧，按S键，再拖动时间滑块到第200帧，按E键，旋转Y轴360°，按S键，从而制作出了地球自转动画，如图8-5所示。

03 切换到Polygons选项卡，单击 按钮，创建出一个NURBS球体，如图8-6所示。

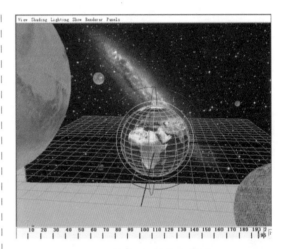

图8-5 制作地球的旋转动画

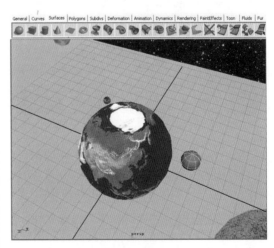

图8-6 创建球体

04 然后打开Hypershade窗口，为该球体制作一个合适的贴图，在后期的动画制作中将使用该球体充当月球，如图8-7所示。

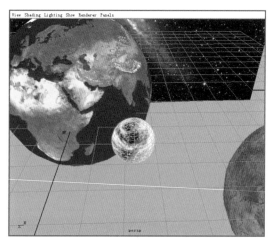

图8-7　赋予月球材质

2. 制作月球围绕地球旋转的动画

01 切换到Curves选项卡，单击〇按钮，在视图中创建一个圆，如图8-8所示。

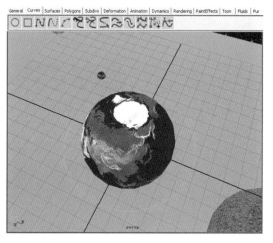

图8-8　创建圆形

02 切换到Animation模块，选中球体和圆，执行Animate| Motion Paths| Attach to Motion Path命令，产生一个路径动画，如图8-9所示。

03 在视图中选中月球物体，为其制作一个自转的旋转动画。为了场景的真实性，读者可以选择其他球体，也为其制作一个自转动画，如图8-10所示。

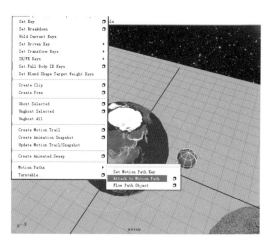

图8-9　创建路径动画

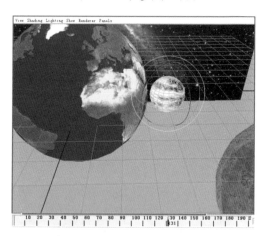

图8-10　制作月球的旋转动画

04 完成其他星球的动画，切换到摄像机视图中，快速渲染一下观察此时的效果，如图8-11所示。

图8-11　渲染效果

8.2 动力火车

沿路径变形动画也是一种比较常用的路径动画。它的原理是在路径动画的基础上添加晶格变形。例如创建一条蛇的爬行动画，不仅要让它沿路径运动，还必须让它沿路径弯曲。下面带领大家认识一下路径变形动画。

8.2.1 沿路径变形动画

要制作路径变形，必须具备两个条件：第一，需要有变形的形状，通常使用曲线来定义；第二，需要有被变形的物体，如图8-12所示。

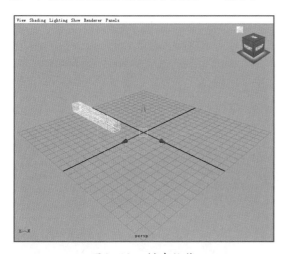

图8-12 创建物体

将时间范围设置为0～100，同时选中被变形物体和形状曲线，执行Animate | Motion Paths | Attach to Motion Path命令，先将其结合到路径上，并修改其方向。现在移动时间滑块，圆柱体已经沿曲线运动了，但它不会随曲线的曲度变化，很僵硬。

选中被变形物体，执行Animate | Motion Paths | Flow Path Object □命令，这时会弹出设置对话框，如图8-13所示。该设置对话框中各项参数的含义如下。

>> Divisions（细分） 该选项用于设置晶格在3个方向上的细分数量，Front控制沿曲线方向的细分；Up控制沿物体向上的细分；Side控制沿物体侧边轴上的细分数。

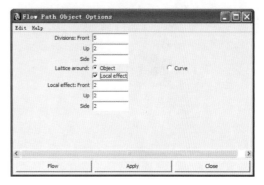

图8-13 设置对话框

>> Lattice around（晶格周围设置） 该选项下有两种生成晶格的方式：Object可以沿物体周围创建晶格，创建的晶格包裹住物体，并跟随物体同时作路径运动，当曲线弯曲时，晶格跟随弯曲，从而带动物体弯曲，如图8-14所示；Curve用于沿曲线创建晶格，即从曲线的开始端到末端，晶格沿着路径分布，如图8-15所示。

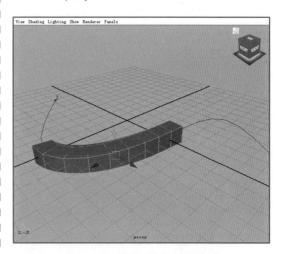

图8-14 Object创建晶格方式

>> Local effect（局部影响） Local effect可以纠正在路径变形中产生的局部错误，特别是在曲线拐弯处。对于沿曲线创建晶格的方式尤为重要。

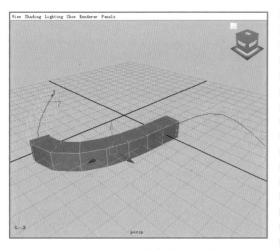

图8-15 Curve创建晶格方式

8.2.2 动力火车——路径变形

本实例介绍的是一辆火车沿铁轨快速运动的效果。在本实例中，将使用路径变形来约束或者模型沿着指定的铁轨进行运动。在实际制作过程中，火车的运行实际上不是通过铁轨进行运动的，而是一条已经定义好的曲线进行运动，下面就来观察一下它的具体实现方法。

01 打开随书光盘本章目录下的train.mb文件，这是一个已经制作好模型的场景，如图8-16所示。

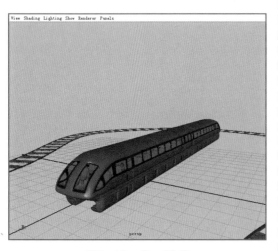

图8-16 导入模型

02 执行Create|CV Curve Tool命令，在视图中创建一条曲线，注意曲线的形状应当和铁轨的形状一致，如图8-17所示。

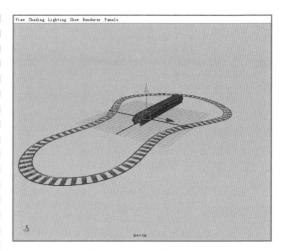

图8-17 创建曲线

03 切换到Animation模块，先选择火车再选择曲线，执行Animats|Motion Paths|Attach to Motion Path□命令，打开Attach to Motion Path Options对话框，调整好火车的轴向，如图8-18所示。

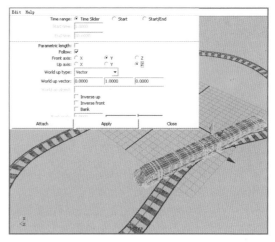

图8-18 创建路径动画

04 再在视图中选择火车，执行Animate|
Motion Paths| Flow Path Object⬚命令，在打开的
对话框中将Divisions Front设置为100，启用Local
effect复选框和选中Curve单选按钮，然后单击
Apply按钮，如图8-19所示。

05 设置完成后，单击▶按钮观察此时的火
车运动情况，其动画序列帧如图8-20所示。

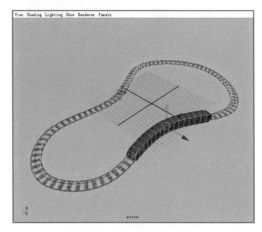

图8-19 创建晶格

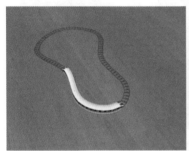  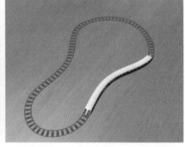

图8-20 渲染最终效果

8.3 分分秒秒

分分秒秒实际上讲述了一个快照动画，在
这个动画当中，制作了一个手表指针运动的动
画。这个动画充分利用了快照动画的特点，帮
助人们解决了实际的问题，详细内容如下。

8.3.1 快照动画

快照动画是路径动画的一种形式，它可以
沿路径快速复制物体，在某些情况下可以极大
地提高工作效率。下面来学习它的操作方法。
快照动画也需要有一条运动路径和一个用于创
建快照的物体，如图8-21所示。

将动画的时间范围设置为0~100帧，然后
创建路径动画，方法同上，如图8-22所示。

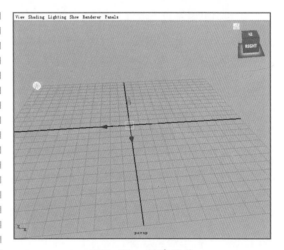

图8-21 创建物体

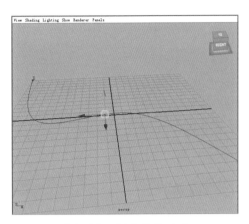

图8-22　创建路径动画

选中长方体，在菜单栏中执行Animate |
Create Animation Snapshot（创建动画快照）▢
命令。这时会弹出动画快照设置对话框，如图
8-23所示。

图8-23　动画快照对话框

该对话框中各选项的作用如下。

▶▶ Time range（时间范围）　该参数用于控制时间范围。其中，选中Start/End单选按钮，可以自定义生成快照的时间范围；选中 Time Slider单选按钮，表示使用时间轴上的时间范围。

▶▶ Increment （增值）　Increment用于控制生成快照的取样值，单位为帧。例如，如果将该值设置为5，表示每隔5帧生成一个快照物体。

▶▶ Update（更新）　该参数用于控制快照的更新方式。其中，On demand单选按钮表示仅在执行Animate | Update Motion Trail命令后，路径快照才会更新；Fast单选按钮表示当改动目标物体关键帧动画后会自动更新快照动画；Slow单选按钮表示使用这种更新方式后Maya的运行速度会变慢，因为任何更改物体的操作都会进行一次更新。

8.3.2　分分秒秒——快照动画

分分秒秒是一个快照动画的典型应用，通过使用它制作一个秒针转动的效果。下面将带领读者一起来学习它的实现方法。通过本实例的实际操作，要求读者掌握快照动画在实际应用中的一些要点。

01 新建场景，执行File| Import命令，导入b007.mb文件，渲染效果如图8-24所示。

图8-24　导入模型

02 在场景中分别创建一个圆环和一个圆柱体，并调整一下它们的位置，如图8-25所示。

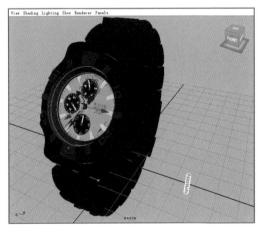

图8-25　创建圆环和圆柱体

03 切换到Animation模块，先选中圆柱体，再选中曲线，执行Animate| Motion Paths |Attach to Motion Path▢命令，打开Attach to Motion Path Options对话框，设置它的运动轴向，如图8-26所示。

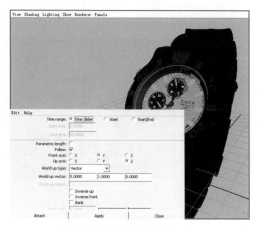

图8-26 设置运动轴向

04 选择圆柱体，执行Animate|Motion Paths|Flow Path Object回命令，打开Flow Path Object Options对话框，将Divisions：Front设置为100，将Lattice around切换到Curve模式，启用Local effect复选框，完成后单击Apply按钮，如图8-27所示。

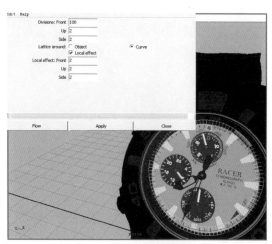

图8-27 创建晶格

05 选择圆柱体，执行Animate| Create Animation Snapshot回命令，打开Create Animation Snapshot Options对话框，将Time range切换到Time Slider模式，完成后单击Apply按钮，如图8-28所示。

06 打开Outliner窗口，选择nurbsCylinder1和Snapshpt1Group，打开Hypershade窗口，创建两个Blinn材质球，将它调整为红色，将另一个调整为蓝色，如图8-29所示。

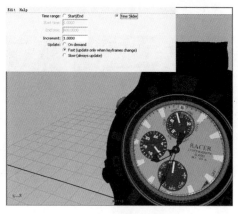

图8-28 创建快照动画

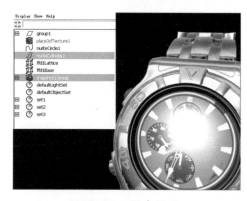

图8-29 创建材质

07 完成设置材质，打开Outliner窗口，展开group1卷展栏，选择c903rc80，打开通道面板，选择Rotate Y，右击，在弹出的快捷菜单中执行Editors| Expressions命令，打开Expression Editor对话框，在Expression文本框中输入C903rc80.rotateY=floor(time)*(−6)表达式，如图8-30所示。

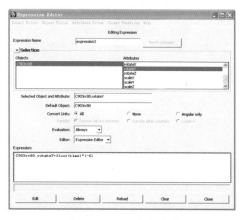

图8-30 设置表达式

08 完成表达式动画，最终渲染效果如图8-31所示。

图8-31 最终渲染效果

8.4 实例操作——横空出世

横空出世描述的是一架武装飞机在夜幕下腾空的动画，这是一部电视剧中的一个镜头。在制作的时候，作者使用Maya中的表达式约束进行创作。本节将向读者介绍该镜头的实现方法以及表达式约束的知识要点。

01 新建场景，打开随书光盘目录下的feiji.mb文件，如图8-32所示。

图8-32 打开场景

02 在Top视图中执行Create| CV Curve Tool命令，创建一条如图8-33所示的曲线。

03 完成创建曲线，选择曲线，切换到点编辑状态下，将它调整为如图8-34所示。

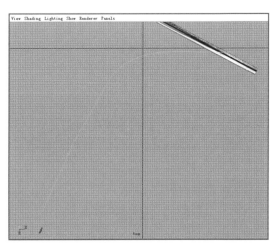

图8-33 创建曲线

图8-34 编辑曲线

04 切换到Animation模块，先选择飞机，再选择曲线，执行Animate| Motion Paths| Attach to Motion Path□命令，打开Attach to Motion Path Options对话框，启用Bank复选框，如图8-35所示。

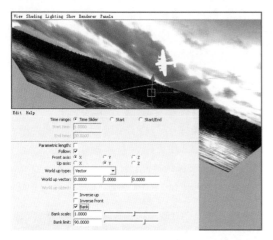

图8-35　设置Attach to Motion Path参数

05 选择飞机上的螺旋桨，打开通道面板，在Rotate X上右击，在弹出的快捷菜单中执行Editors| Expressions…命令，如图8-36所示。

06 然后打开Expression Editor对话框，在Expression文本框中输入feiji:feiji:lanc_helice4.rotateX=time*1000，如图8-37所示。这样可以使其产生一个旋转效果。

07 然后按上一步所介绍的方法，设置螺旋桨的动画，渲染效果如图8-38所示。

图8-36　执行Expressions命令

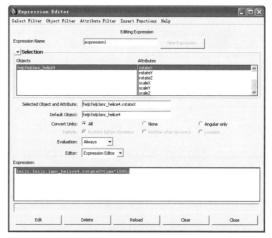

图8-37　设置Expression Editor参数

图8-38　渲染最终效果

8.5 机械运动

机械运动是一种常见的运动形式，它时时刻刻围绕在人们的周围，例如运动的汽车、电梯、天空的飞机、施工中的挖掘机等。类似于这种动画的制作，是Maya中值得探讨的一个问题，很多机械动画就是因为运动失真而以失败告终。本节将以一种全新的制作思路向读者介绍一个机械运动的典型案例。

8.5.1 点约束简介

点约束可以理解为位移约束，即用一个物体的空间坐标去约束另一个物体的空间坐标。要想建立点约束，至少需要两个物体。先选择圆锥再配合Shift键选择球体，然后在动画模块下，执行Constrain | Point□命令，这时会弹出点约束设置对话框，如图8-39所示。

图8-39　点约束设置对话框

下面对该对话框中几个选项的含义进行解释。

>> Maintian offset（原始位置偏移）　在约束时允许控制物体和被控制物体之间存在原始位置差，如果在创建点约束时不启用该复选框，那么被控制物体的原点就会吸附到控制物体上。

>> Constraint axes（约束轴向）　该选项控制对物体哪个轴向进行约束。启用All复选框是对所有轴向进行约束，被约束对象将完全跟随约束物体；如果只启用X复选框，则只约束物体X轴上的位移，其他两个轴向可以自由移动。

>> Weight（权重）　该参数控制着约束的权重值，即受约束的程度。

按照这些参数的含义，并根据实际需要设置好参数后，单击Add按钮，即可在物体A和物体B之间产生一个点约束。

8.5.2 机械运动——机械约束

点约束的操作比较简单，但是在实现的过程中可能会遇到很多问题，有鉴于此，所以在下面的实例操作中，将详细向大家介绍关于点约束的具体实现方法。

01 新建场景，打开随书光盘目录下的jiqi.mb文件，渲染效果如图8-40所示。

图8-40　打开jiqi.mb文件

02 此时，雕刻机已经在金砖的正上方，选中雕刻机，将时间滑块拖动到第1帧，按S键创建关键帧，如图8-41所示。

03 将时间滑块拖到第20帧的位置，垂直向下移动雕刻头，让雕刻头刚好贴到金砖上，按S键设置关键帧，如图8-42所示。

04 先选中雕刻头再按下Shift键选中金砖，执行Constrain|Point□命令，打开Point Constraint Options对话框，启用Maintain offset复选框，如图8-43所示。

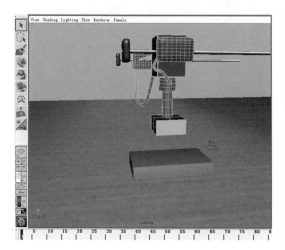

图8-41 设置第1帧为关键帧

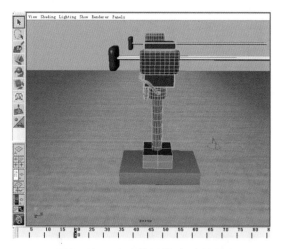

图8-42 设置第20帧为关键帧

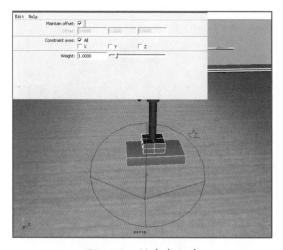

图8-43 创建点约束

05 将时间滑块拖动到第19帧，选择金砖，打开通道面板，展开Pcube5_pointConstraint1卷展栏，将P Cube 1WO设置为0，并设置关键帧，如图8-44所示。

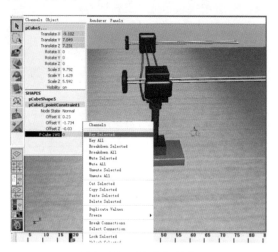

图8-44 设置点约束

06 将时间滑块拖动到第20帧，选中金砖，打开通道面板，展开Pcube5_pointConstraint1卷展栏，将P Cube 1WO设置为1，然后设置关键帧，如图8-45所示。

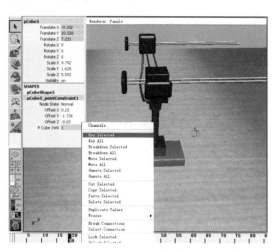

图8-45 设置关键帧

07 将时间滑块拖动到第40帧，选中雕刻头，沿Translate Y轴向上移动其位置，恢复到初始高度，并设置关键帧，如图8-46所示。

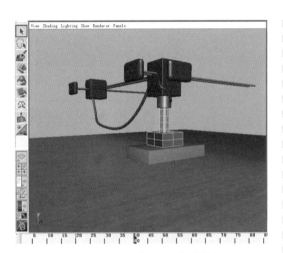

图8-46 设置第40帧为关键帧

08 将时间滑块拖动到第60帧，垂直向下移动Translate Y轴，让它们刚好贴到地板上，然后设置关键帧，如图8-47所示。

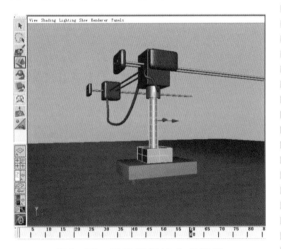

图8-47 设置第60帧为关键帧

09 在第60帧，选中金砖，打开通道面板，展开Pcude5_PointConstraint1卷展栏，将Node State设置为Normal，P Cube 1WO设置为1，然后设置关键帧，如图8-48所示。

10 到第61帧，选中金砖，打开通道面板，展开Pcude5_PointConstraint1卷展栏，将Node State设置为Waiting-Normal，P Cube 1WO设置为0，然后设置关键帧，如图8-49所示。

11 将时间滑块拖到第80帧，选中雕刻头，垂直移动Translate Y轴，使其恢复到初始高度，按S键设置关键帧，如图8-50所示。

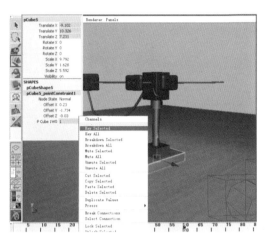

图8-48 设置关键帧

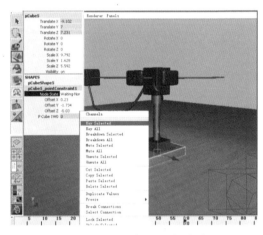

图8-49 设置第61帧为关键帧

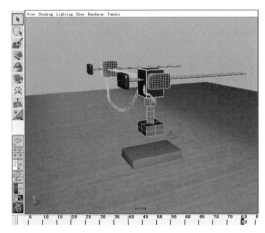

图8-50 设置第80帧为关键帧

12 动画参数设置完成，渲染效果如图8-51所示。

图8-51　渲染效果

8.6　翩翩起舞

翩翩起舞描述了一个比较祥和的环境。在这个环境当中，主人公将会遇到他人生当中的一个重大的转折，通过这个环境表达了当时主人公的一种心境，从而为接下来将要发生的事情做了铺垫。本节将向读者介绍这个案例的实现过程。

8.6.1　认识目标约束

目标约束是使用一个物体的位移属性来约束另一个物体的旋转属性。最典型的例子是眼睛注视，可以将人物或者动物的眼球约束到一个物体上，并将这个物体放置到摄像机的后面。然后移动物体的位置，则眼球也将发生相应的变化。

以眼球的转动为例，选中目标物体再配合Shift键选择眼球，然后在动画模块下，执行Constrain | Aim▫命令，会弹出目标约束的设置对话框，如图8-52所示。

下面来学习该对话框中各选项的含义。与点约束设置中相同的参数这里不再赘述，只介绍目标约束特有的参数。

▶▶ Aim vector（目标向量）　该选项用于设置目标向量在约束物体局部空间中的方向。目标向量指向目标点，从而迫使被控制物体对齐自身轴向。

▶▶ Up vector（向上向量）　设置向上向量在约束物体局部空间中的方向。它的作用也是强行对齐物体的轴向。

▶▶ World up type（世界向量类型）　设置世界向量在空间坐标中的类型，默认的选项为Vector。

参数设置完毕后，单击Add按钮即可产生一个目标约束。在添加约束之后，Outliner中会多出一个nurbsSphere1_aimConstraint1节点，将此节点删除则可以直接删除目标约束节点。

图8-52　目标约束设置对话框

8.6.2　翩翩起舞——目标约束

在上一节中，向大家介绍了一些关于目标约束的知识，相信大家已经对目标约束的实现方法、基本参数功能，以及其主要应用有了一定的了解。下面向读者介绍"翩翩起舞"这个案例的具体实现方法。

1. 创建目标约束

01 新建场景，打开随书光盘目录下的 hudie.mb文件，如图8-53所示。

图8-53 打开场景

02 先选中蝴蝶，再按住Shift键，选中摄像机，执行Constrain| Aim☐命令，打开Aim Constraint Options对话框，启用Maintain offset复选框，如图8-54所示。

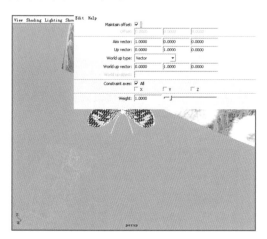

图8-54 创建目标约束

03 完成创建目标约束，执行Create| Locator命令，创建定位器，如图8-55所示。

04 选中翅膀，按Insert键，设置翅膀的坐标，如图8-56所示。

05 选中定位器，再按住Shift键，选中翅膀，执行Constrain| Aim命令，创建目标约束，如图8-57所示。

图8-55 创建定位器

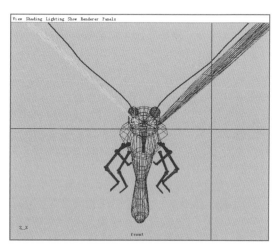

图8-56 设置坐标

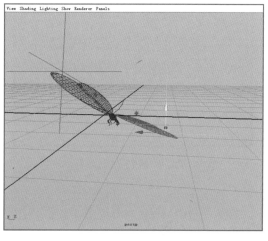

图8-57 创建目标约束

06 然后使用相同的方法，在另一个翅膀上创建一个目标约束，如图8-58所示。

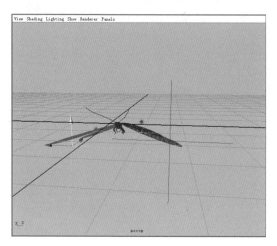

图8-58 目标约束

2. 录制动画

01 选中两个定位器，将时间滑块拖到第1帧，按S键创建关键帧，如图8-59所示。

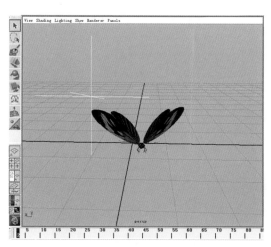

图8-59 设置第一帧关键帧

02 将时间滑块拖到第5帧，垂直向下移动两个定位器，按S键设置关键帧，如图8-60所示。

03 将时间滑块拖到第10帧，垂直向上移动两个定位器，按S键设置关键帧，如图8-61所示。

04 选中两个定位器，打开Graph Editor窗口，框选所有动画曲线，执行Edit| Delete by Type| Static Channels命令，删除多余的非动画曲线，如图8-62所示。

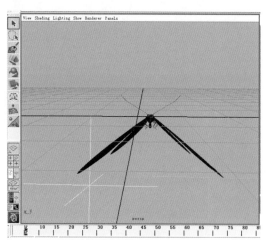

图8-60 设置第5帧关键帧

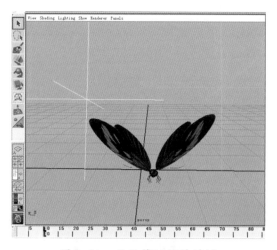

图8-61 设置第10帧关键帧

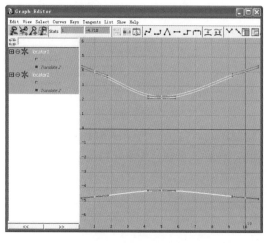

图8-62 删除动画曲线

05 在Graph Editor窗口中执行Curves| Pre Infinity|Cycle命令，创建向前循环，如图8-63所示，执行View| Infinity命令，显示循环曲线。

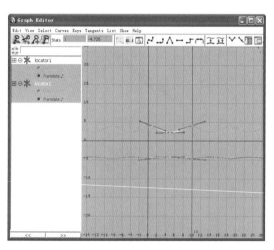

图8-63　创建向前循环曲线

06 在Graph Editor窗口中执行Curves| Post Infinity|Cycle命令，创建向后循环，如图8-64所示。

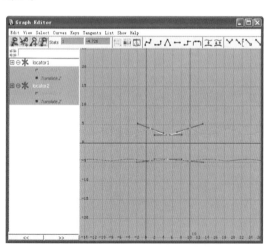

图8-64　创建向后循环曲线

07 执行Create| CV Curve Tool命令，在Top视图中创建CV曲线，如图8-65所示。

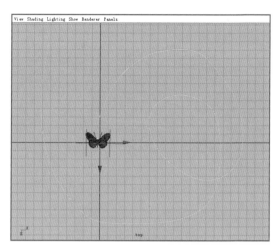

图8-65　创建CV曲线

08 选中蝴蝶，再按下Shift键选中CV曲线，执行Animate|Motion Paths| Attach to Motion Path命令，打开Attach to Motion Path Options对话框，调整它的方向，启用Inverse front复选框如图8-66所示。

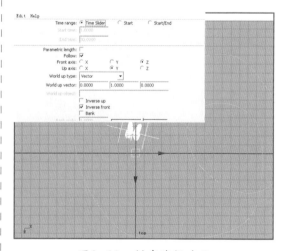

图8-66　创建路径动画

09 设置完毕后，使用相同的方法再制作几只蝴蝶以及它们的动画效果。切换到摄像机视图，渲染效果如图8-67所示。

图8-67 最终渲染效果

8.7 实例操作——工业时代

本案例制作的是多个齿轮相互影响，并产生运动的效果。这类动画通常用在机械原理、或者机械广告当中，通常用来表现某个物体的内部结构。在这里主要用来表现机械手表的齿轮工作方式，详细简介如下。

旋转约束是使用一个物体的旋转属性约束另一个物体的旋转属性，注意要和目标约束区别开。旋转约束的参数设置和目标约束的参数相同，并且实现方法也十分相似，这里不再赘述，下面重点向读者介绍"工业时代"的实现方法。

01 打开随书光盘目录下的ci.obj文件，如图8-68所示。

图8-68 打开光盘上的文件

02 打开Hypershade窗口，创建Blinn材质球，展开Common Material Attributes卷展栏，在光盘中选择jin2.mb文件并将其指定给Color通道，将Ambient Color的颜色设置为HSV：60、0、0.463，展开Special Effects卷展栏，将Glow Intensity设置为0.132，渲染效果如图8-69所示。

03 打开Outliner窗口，先选中Mesh，再按住Ctrl键选中Mesh3，执行Constrain| Orient命令，创建旋转约束，如图8-70所示。

04 先选中Mesh1，再按住Ctrl键选中Mesh4，执行Constrain| Orient命令，创建旋转约束，如图8-71所示。

图8-69　渲染效果

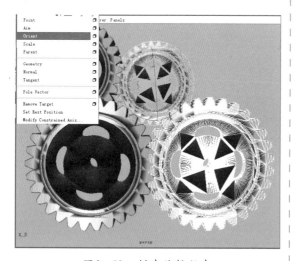

图8-70　创建旋转约束

图8-71　产生约束

05 使用相同的方法，在其他齿轮之间建立旋转约束，如图8-72所示。

图8-72　渲染效果

06 选中Mesh，打开通道面板，右击Rotate z参数，在弹出的快捷菜单中执行Editors| Expressions命令，打开Expression Editor对话框，在Expression文本框中输入Mesh.rotateZ=time*30，然后单击Edit按钮，完成创建表达式，如图8-73所示。

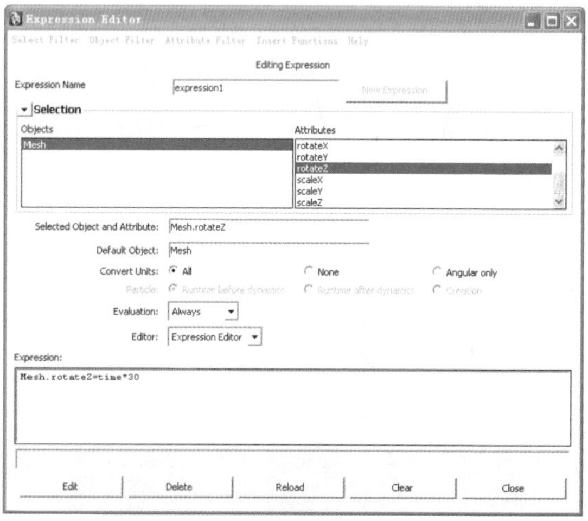

图8-73　创建表达式1

07 选中Mesh1，打开通道面板，右击Rotate z参数，在弹出的快捷菜单中执行Editors| Expressions命令，打开Expression Editor对话框，在Expression文本框中输入Mesh1.rotateZ=time*-30，然后单击Edit按钮，完成创建表达式，如图8-74所示。

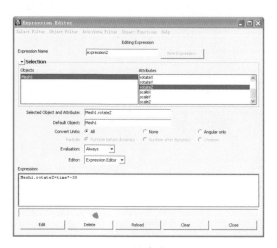

图8-74 创建表达式2

08 执行File| Import命令,导入光盘目录下的S_biao.mb文件,并查看渲染效果,如图8-75所示。

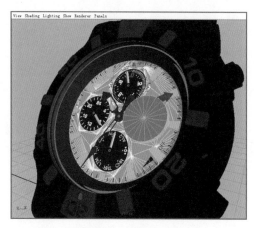

图8-76 创建圆柱体

图8-75 渲染效果

图8-77 渲染效果

09 创建出一个圆柱体,将圆柱体放在手表上,其位置和大小如图8-76所示。

10 执行Mesh| Booleans| Difference命令,创建布尔运算。然后将齿轮放置到如图8-77所示的位置。

11 完成以上步骤,分别选中时针和分针,打开通道面板,选择Rotate Y,在它上边右击,在弹出的快捷菜单中执行Editors| Expressions命令,打开Expression Editor对话框,在Expression文本框中输入a0008:C903rc35.rotateY=floor(time)*6,然后单击Edit按钮,完成创建表达式,如图8-78所示。

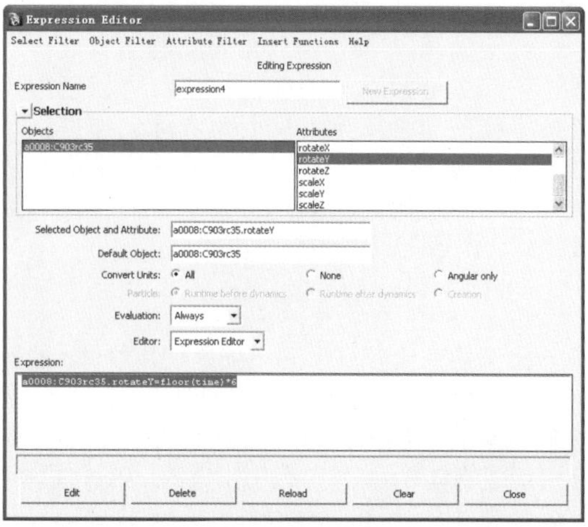

图8-78 创建时针和分针的表达式

⓬ 完成以上步骤，选中秒针，打开通道面板，选择Rotate Y，在它上边右击，在弹出的快捷菜单中执行Editors| Expressions命令，打开Expression Editor对话框，在Expression文本框中输入a0008：C903rc36.rotateY=time*12，然后单击Edit按钮，完成创建表达式，如图8-79所示。

上述操作完成后，关于工业时代的实例就制作完成了，图8-80所示是该动画的关键帧序列。

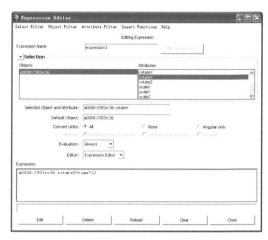

图8-79　创建秒针的表达式

图8-80　最终渲染效果

8.8　大海深处

约束动画是Maya中的常用动画工具之一，通过它和关键帧动画的有机结合，可以创建出复杂多样的动画效果，从而为实际创作提供了思路和实现方法。本节所要介绍的实例将利用到约束动画中的比例约束工具，下面首先向读者介绍一下该工具的一些使用要点。

8.8.1　比例约束要点

比例约束比较好理解，就是使用物体A的比例值去约束物体B的比例值。可以在视图中创建一个简单的场景来操作一下。首先，在场景中分别创建物体A和B。先选中物体A，再按住Shift键选中物体B，执行Constrain|Scale□命令，打开如图8-81所示的对话框。

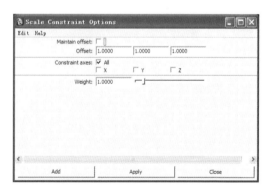

图8-81　比例约束参数设置对话框

下面向读者简单介绍一下该对话框中的一些主要参数的功能。

▶▶ **Maintain offset** 在约束时允许控制物体和被控制物体之间存在原始体积比例差，如果在创建点约束时不启用该复选框，那么被控制物体的体积Scale值就会和控制物体的Scale值相同。

▶▶ **Constraint axes** 该选项用来指定将在哪个轴

向上产生缩放。例如，如果仅启用了X复选框，则被控制物体仅仅在X轴上产生缩放，其他两个轴向不会产生缩放效果。

根据设置的需要，在图8-81所示的对话框中设置好比例约束参数后，单击Add按钮即可完成比例约束操作。

8.8.2 大海深处——比例约束

这是一个影视中常用的镜头效果，它主要用来描述海洋生物的生活环境。在本实例当中，利用了比例约束的方法，通过控制一条鱼的Scale值，来影响多条鱼的缩放比例，详细制作过程如下。

01 新建场景，打开随书光盘目录下的jing.mb文件，如图8-82所示。

图8-82 打开场景

02 选中jing物体，按组合键Ctrl+D，复制出一个jing副本，如图8-83所示。

图8-83 复制模型

03 选中jing1按R键，并将模型缩放到如图8-84所示的大小。

图8-84 缩放物体

04 将时间滑块拖动到第1帧处，按S键，创建关键帧。如图8-85所示。

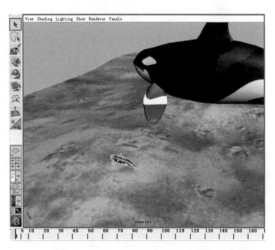

图8-85 设置第1帧为关键帧

05 将时间滑块拖动到第160帧处，按R键，将jing1缩放到原来的大小，按S键，创建关键帧，如图8-86所示。

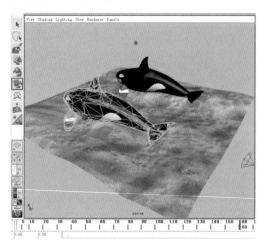

图8-86　创建第160帧为关键帧

06 切换到Animation模块，先选中jing1，再按住Ctrl键选中jing2，执行Constrain| Scale命令，创建比例约束，如图8-87所示。

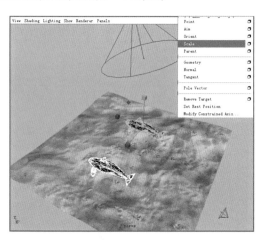

图8-87　创建关键帧

07 然后，在Top视图中，执行Create |CV Curve Tool命令，创建CV曲线，如图8-88所示。

08 先选中jing2，再按住Ctrl键选中CV曲线，执行Animate| Motion Paths| Attach to Motion Path命令，创建运动曲线，如图8-89所示。

09 选中jing2，执行Animate| Motion Paths| Flow Path Object命令，创建晶格变形，如图8-90所示。

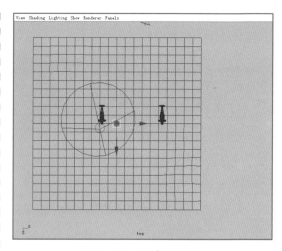

图8-88　创建CV曲线

图8-89　创建运动路径

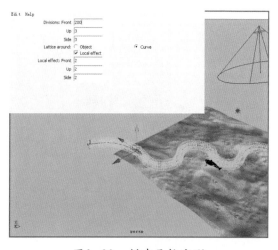

图8-90　创建晶格变形

⑩ 选中jing1，打开通道面板，创建一个图层，选择刚创建的图层，右击，在弹出的快捷菜单中执行Add Selected Objects命令，如图8-91所示。

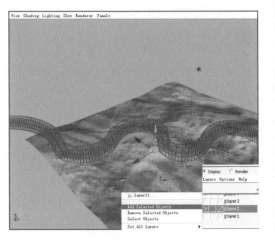

图8-91 创建图层

⑪ 上述操作完成后，切换到摄像机视图，快速渲染一下，观察此时的效果，如图8-92所示。

图8-92 渲染效果

⑫ 完成上述操作后，利用笔刷工具再在视图中绘制一些海底所拥有的植物，即可完成操作。图8-93所示是鲸鱼在海底游动的效果。

图8-93 最终渲染效果

8.9 宇宙奇景

父子约束也是Maya中的一种重要约束工具，本节将使用父子约束产生一个月球围绕地球旋转的近镜头效果。在介绍该案例之前，有必要向大家介绍一下父子约束的要点知识，详细介绍如下。

8.9.1 父子约束要点

父子约束是使一个物体对另一个物体同时进行点约束和旋转约束。要在两个物体之间建立父子约束，需要先选择原始物体，再配合Shift键选择目标物体，然后执行Constrain | Parent□命令，在弹出的对话框中启用Maintain offset、Translate和Rotate这3个复选框，如图8-94所示。

单击Add按钮，这时在通道栏中可以看到目标物体的移动和旋转属性都变成了蓝色，表示该物体已经设置了父子约束。

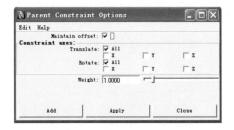

图8-94 父子约束对话框

8.9.2 宇宙奇景——父子约束

当父子约束产生后，子物体将会随着父物体的运动而运动。通过使用这种方式，可以制作很多动画效果。下面针对父子约束制作"宇宙奇景"实例，在实际操作过程中要求读者注意父子约束的一些条件。

01 打开随书光盘目录下的diqiu.mb文件，如图8-95所示。

图8-95 打开场景

02 选中月球，按Ctrl+D键，复制出一个月球，选中刚刚复制的月球，将它起名为地核，放置在地球的中心部分，如图8-96所示。

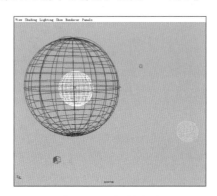

图8-96 复制月球

03 先选中地核，再按住Shift键选中月球，执行Constrain| Parent命令，创建父子约束，如图8-97所示。

04 完成上述操作后，选中地核，打开通道面板，在Rotate Y上右击，在弹出的快捷菜单中执行Editors|Expressions命令，如图8-98所示。

05 打开Expression Editor对话框，在Expression文本框中输入|dihe.rotateY=time*360，如图8-99所示。

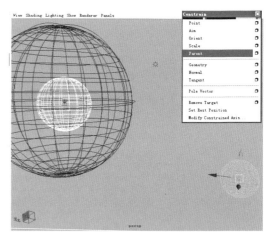

图8-97 创建父子约束

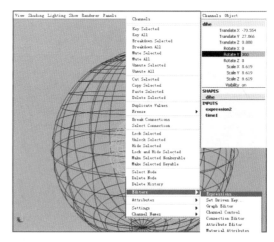

图8-98 设置Rotate Y

图8-99 创建表达式

06 选中地球，打开通道面板，在Rotate Y上右击选择Editors|Expressions命令，如图8-100所示。

07 然后，打开Expression Editor对话框，在Expression文本框中输入diqiu.rotateY=time*20，如图8-101所示。

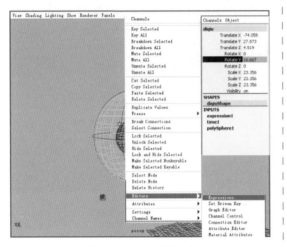

图8-100　设置地球

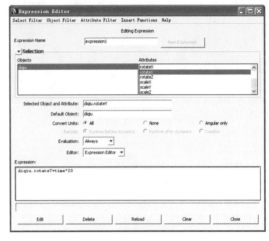

图8-101　创建表达式

08 表达式设置完毕后，关闭Expression Editor对话框，播放一下动画观察此时的动画效果。图8-102所示是本案例最终的渲染效果。

图8-102　最终渲染效果

8.10　钢圈飞舞

在大街上可能看到过这样的玩物，几个圆环套在一起可以来回地滚动，并且每两个圆环都能快速地产生一个支撑点，从而保持3个圆环与地面都存在一定的角度。本节将模拟3个圆环套在一起所产生的旋转效果。

8.10.1　法线约束要点

法线约束是使用一个物体的法线信息来约束另一个物体的旋转属性。法线约束也需要两个物体，即约束物体和被约束物体。然后，选择约束物体，再配合Shift键选择被约束物体。执行Constrain | Normal □命令，在弹出的对话框中修改Aim vector参数并单击Add按钮完成法线约束，如图8-103所示。

选中曲面，执行Display | NURBS | Normal (Shaded Mode) 命令，可以将模型的法线显示出来，圆柱体的方向和法线的方向是保持一致的，如图8-104所示。

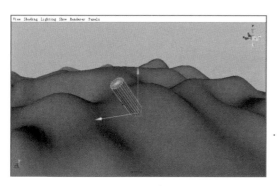

图8-103　约束结果

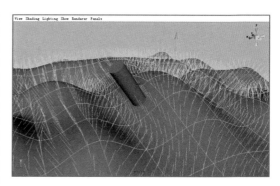

图8-104　显示法线

8.10.2　钢圈飞舞——法线约束

　　知道了法线约束的具体用法之后，下面向读者介绍"钢圈飞舞"这个案例的制作方法。在制作的过程中，需要使用到表达式的一些知识，如果读者有什么疑问的话，可以翻阅相关图书进行查阅，这里不再详细介绍表达式的定义方法。

　　01 新建场景，在工具架中切换到Surfaces工具栏中单击 ⬤ 按钮，创建圆环并适当调整一下它的参数，如图8-105所示。

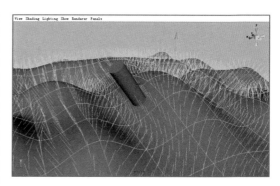

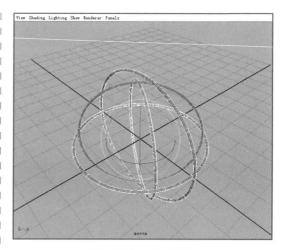

图8-106　复制圆环

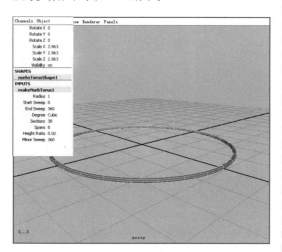

图8-105　创建圆环

　　02 选中圆环，按Ctrl＋D键，复制出几个圆环，如图8-106所示。

　　03 执行Window| Outliner命令，打开Outliner窗口，先选中NurbsTorus1，再按住Shift键选中NurbsTorus2，如图8-107所示。

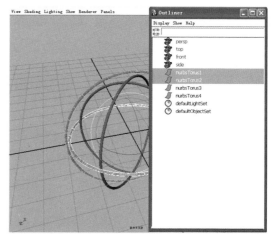

图8-107　Outliner窗口

04 切换到Animation模块，执行Constrain|Normal命令，创建法线约束，如图8-108所示。

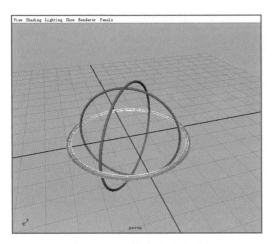

图8-108 创建法线约束

05 然后，分别选择其他的圆环，执行上述的法线约束操作，使每两个圆环之间都产生法线约束，如图8-109所示。

06 选中NurbsTorus1，打开通道面板，分别选中Rotate X Y Z，右击，在弹出的快捷菜单中执行Editors| Expressions命令，打开ExpressionEditor对话框，在Expression文本框中输入nurbsTorus1.rotateX=time*40，效果如图8-110所示。

07 完成以上步骤后，为圆环制作一种金属材质即可完成操作。图8-111所示是圆环转动的动画序列。

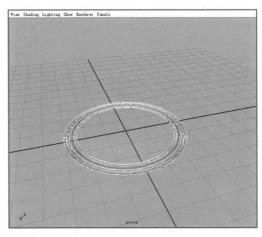

图8-109 法线约束

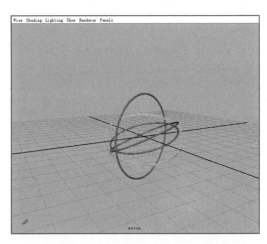

图8-110 创建表达式的效果

图8-111 渲染效果

8.11 宁静一角

"宁静一角"表现的是一个角落的效果，在影视创作或者动画设计中，对于一些静物的表现也是凸显故事情节的一个重要因素。这种动画通常应用在比较祥和的氛围当中。本实例所介绍的是发生在芭蕉树上的故事……

8.11.1　几何体约束

几何体约束是使用一个物体的表面信息去约束另一个物体的位移。例如使用一个曲面来约束圆锥体，选择曲面再配合Shift键选择圆锥体，执行Constrain | Geometry命令，圆锥体就会约束到曲面上，如图8-112所示，现在移动圆锥体发现只能在曲面上进行移动，而且圆柱体的中心坐标会跟随曲面曲度的变化而变化。

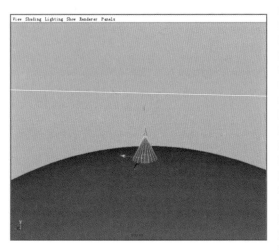

图8-112　约束之后

可以通过改变圆锥体的中心坐标来改变约束的偏移值，选中圆锥体，切换到移动工具，然后按Insert键，将中心坐标调整到圆锥体的底部，再次按Insert键回到变化模式，移动模型观察效果，如图8-113所示。

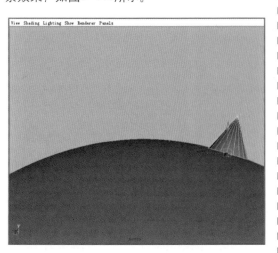

图8-113　改变中心坐标

8.11.2　切线约束

切线约束可以使一个物体的Front轴向始终和切线的方向保持一致，当曲线拐弯时，物体的轴向也随之改变。创建一个圆和一个球体，选择曲线再配合Shift键选择球体，单击Constrain | Tangent右侧的■按钮，在弹出的对话框中将Aim　vector的Y轴向的值改为1，X轴向上的值改为0，效果如图8-114所示。

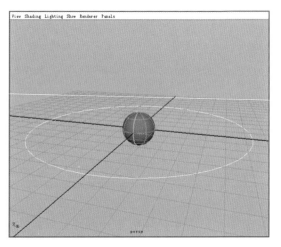

图8-114　创建模型

单击Add按钮，现在任意移动球体，球体的转向会随着曲线的转向而实时发生变化，如图8-115所示。

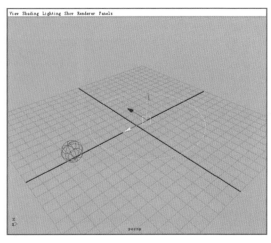

图8-115　切线约束效果

8.11.3　宁静一角——几何体约束

本节将向大家介绍"宁静一角"的具体实现过程。这个动画有两个基本的动画部分组成：第一，蜗牛沿着叶子向上爬动的动画；第二，水滴从叶子上滴落的动画。在下面的讲解当中，将分别向读者介绍它们的实现过程。

1. 几何体的约束动画

01 打开随书光盘目录中的Snail-1.mb文件，这是一个已经制作了基本素材的场景，如图8-116所示。

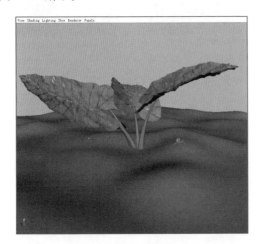

图8-116　导入场景模型

02 创建一个Phong材质，将其取名为Leaves，选中Leaves材质打开其属性栏，在属性节点color上连接一个叶子的纹理材质，如图8-117所示。

图8-117　赋予植物叶子材质

03 创建一个Phong材质，将其取名为Branch，打开Branch材质属性栏并在其属性节点color上连接一个枝干的纹理材质，如图8-118所示。

04 在编辑器窗口中再创建一个Lambert材质，并赋予一个地面的纹理材质，如图8-119所示。

05 在场景中找到蜗牛模型，在Hypershade编辑器窗口中创建两个Phong材质，分别赋予蜗牛的外壳和身体并调整纹理的分布，效果如图8-120所示。

图8-118　赋予植物枝干材质

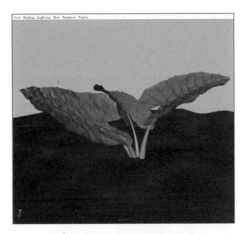

图8-119　赋予场景材质

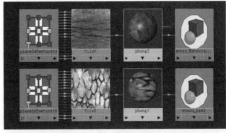

图8-120　赋予蜗牛模型材质

06 选择场景中植物的枝干模型，单击 ✐ 按钮对模型进行激活，在曲线工具栏中选择CV曲线工具，对模型进行吸附编辑，如图8-121所示。

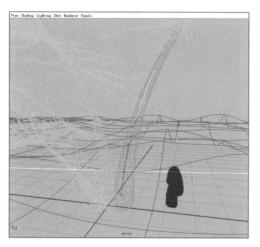

图8-121　创建CV曲线

07 先选中曲线后选中蜗牛模型，执行Constrain|Geometry命令，创建几何体约束命令，如图8-122所示。

图8-122　创建几何体约

08 创建约束命令后，选中蜗牛模型移动一下，可以看到蜗牛沿曲线移动，但是方向还是不能沿曲线的方向移动，蜗牛进入植物的枝干里面，如图8-123所示。

图8-123　查看约束效果

09 先选中曲线，再按住Shift键选中蜗牛模型，执行Constrain|Tangent命令，添加切线约束并根据情况修改属性参数值，此时可以看到蜗牛模型跟随着曲线的方向，如图8-124所示。

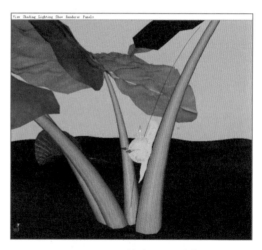

图8-124　创建切线约束

10 选中曲线右击进入点编辑状态，移动曲线上的点，可以看到蜗牛模型随着曲线的移动而变化，效果如图8-125所示。

11 根据曲线对模型的约束影响，可以用调整曲线的方法来修改蜗牛与植物枝干的接触距离，调整效果如图8-126所示。

12 将时间滑块拖动到第1帧，选中蜗牛并为其设置关键帧，如图8-127所示。

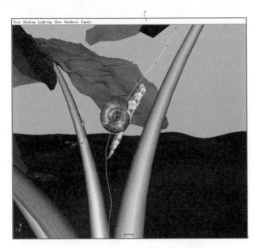

图8-125 查看约束效果

图8-126 调整蜗牛与枝干的距离

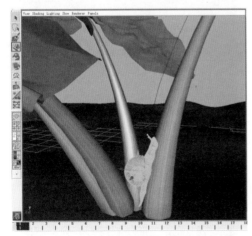

图8-127 设置关键帧（第1帧）

13 将时间滑块拖动到第30帧，选中蜗牛

并移动一定位置，为其设置关键帧，效果如图8-128所示。

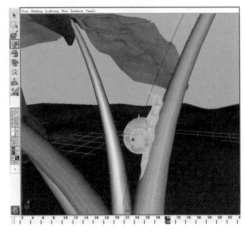

图8-128 设置第30帧动画

2. 创建水滴下落动画

01 在场景中创建两个NURBS小球，调整小球为类似水滴的形状，如图8-129所示。

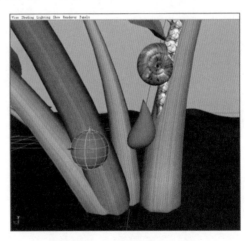

图8-129 创建水滴的模型

02 创建一个Blinn材质，选中材质打开其属性栏，调整其属性参数，如图8-130所示。

03 选中Blinn材质，按住鼠标中键不放，拖动材质球到水滴模型上，从而将其赋予水滴模型，渲染效果如图8-131所示。

04 先选中植物的叶子模型，再选中小球，执行Constrain|Geometry命令，创建几何体约束命令，移动小球可以看到小球只在约束的叶子上面移动，如图8-132所示。

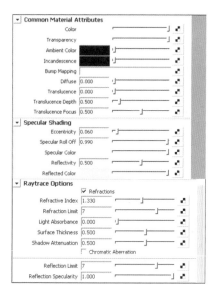

图8-130　调整材质属性

图8-131　水滴渲染效果

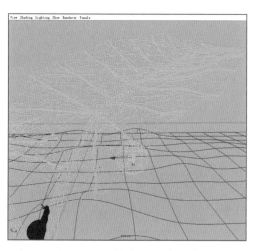

图8-132　创建几何体约束

05 使用同样的方法在其他的叶子和水滴之间产生约束，执行约束后，再适当调整一下水滴的形状，如图8-133所示。

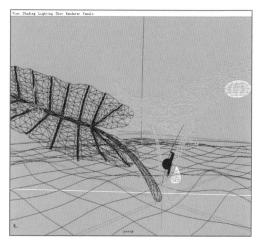

图8-133　创建其他的约束

06 接下来为水滴设置动画，首先选中其中的一个水滴模型并适当调整其大小，将时间滑块拖动到第1帧并为水滴设置关键帧，如图8-134所示。

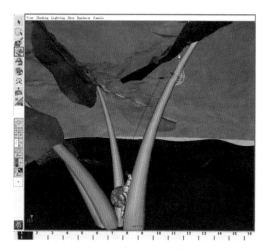

图8-134　设置水滴的动画

07 将时间滑块拖动到第20帧，将水滴移动到图8-135所示位置，适当调整水滴的大小并为其设置关键帧。

08 将时间滑块拖动到第40帧处，将水滴移动到图8-136所示位置，适当调整水滴的大小并为其设置关键帧。

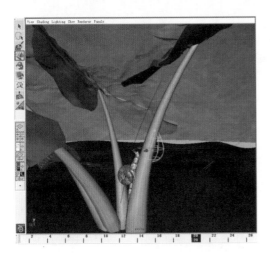

图8-135 设置水滴第20帧动画

图8-137 创建小草笔触

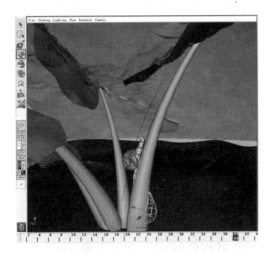

图8-136 设置第40帧动画

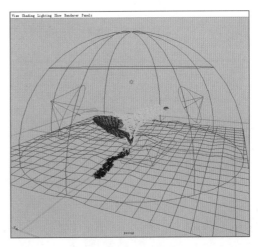

图8-138 创建NURBS半球

09 选中地面模型，执行Paint Effects|Make Paintable命令，在地面上创建一些小草，再为场景创建灯光，调整灯光照亮场景中央的植物即可，效果如图8-137所示。

10 在场景中创建一个NURBS球体，删除球的另一半，创建一个Lambert材质并赋予剩余的半球一个环境纹理，从而创建一个虚拟的环境，如图8-138所示。

11 执行Create|Cameras|Camera and Aim命令，在场景中创建一个摄像机，调整摄像机的位置和方向到图8-139所示的位置，拖动时间滑块到第1帧并为摄像机设置关键帧。

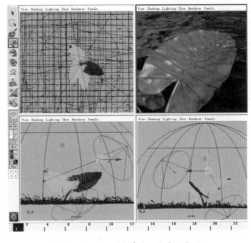

图8-139 创建摄像机动画

12 将时间滑块拖动到第29帧，调整摄像机的位置和方向，如图8-140所示，并为摄像机设置关键帧。

13 将时间滑块拖动到第50帧，调整摄像机的位置和方向，如图8-141所示，并为摄像机设置关键帧。

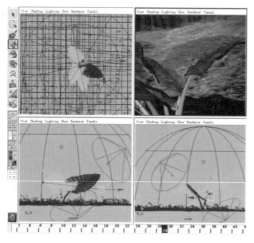

图8-140　设置第29帧动画

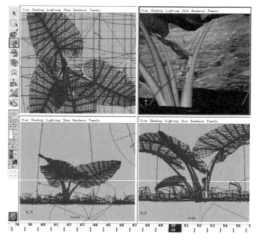

图8-141　设置第50帧动画

14 用同样的方法为其他的水滴设置流动的动画，在设置动画时将每个水滴的时间段错开，每个水滴的移动随机一些，播放动画渲染效果如图8-142所示。

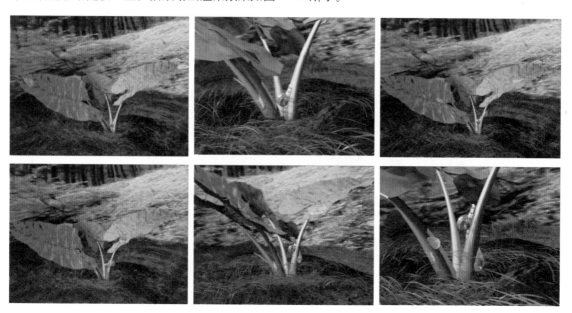

图8-142　各时段水滴的运动效果

第9章

动画——粒子应用技术

Maya最令人称道的是它的粒子系统，这使使用建模和动画方面的技术不可能实现的效果成为可能，如爆炸、旋风或者成群飞舞的昆虫。Maya的粒子——动力学系统相当强大，一方面它允许使用相对较少的输入方便地控制粒子的运动，还可以与各种不同的动画工具混合使用，即可以与场、关键帧、表达式等方便地结合使用。Maya粒子系统让即使在控制大量粒子时的交互性作业成为可能。本章将帮助读者逐步了解Maya粒子系统，并使读者能够掌握它。

9.1 影视中的粒子

粒子的应用范围是十分广泛的，大到好莱坞的大型影片、小到影视广告中，都可以利用粒子来表现。通过使用粒子，可以使场景的动感更加丰富，能够非常好地表现出作品的主题。首先，向大家介绍一下粒子的常见应用领域。

1. 影视场景

在一些电影、电视的场景中，由于某些片断的制作耗资很大，并且实现的难度较大，此时就可以利用粒子来模拟真实的环境，例如《十面埋伏》、《英雄》等都使用到这种手法；通过在场景中使用粒子，可以表现出很多情节，例如，如梦如幻的花雨可以表现两个人爱情的纯真，宏大的爆炸场景可以使争斗显得更加激烈，瓢泼的大雨或者蓬蓬的大雪可以表现出主人公的处境，等等。图9-1所示的就是一个宏大的爆炸场景。

图9-2 游戏场景

3. 影视栏目包装

在快节奏的现代生活中，影视栏目包装也成为影视发展的先锋部队，它直接影响着电视的收视率以及人们对栏目的关注程度，如图9-3所示。在这个效果中，标志四周利用粒子制作出了类似于火焰的雾状效果，给人一种热情奔放的感觉。

图9-1 爆炸场景

2. 游戏场景

在一些知名的游戏中，尤其是三维游戏中，粒子是少不了的，例如魔兽世界、星际争霸等场景中，就大量地利用了粒子，例如游戏中的天气、人物技能、环境等。图9-2所示的就是一个关于粒子的游戏场景，在这个场景中充分显示了水分子的运动，并产生了绚丽多彩的画面。

图9-3 栏目包装

4. 片头广告

片头广告也是粒子系统的一个重要应用领域，在电视上随处可见，例如沿路径流动的水、挥舞的星星、美丽的夜空等。图9-4所示的就是一个广告片头，在这一则广告中，作者以大量的树叶为背景，制作出了一幅宁静、舒心的场景，而这些树叶以及它们的翻滚动作都可以利用粒子来进行实现。

关于粒子的应用还有很多其他的领域，在这里就不再一一列举。对于粒子而言，任何具有流动性、随机性的微观物质形态都可以用它来实现，因此读者要放宽自己的思路，大胆应用。

图9-4 片头广告

9.2 翻滚的气泡——粒子发射器

实际上，粒子动画是一个动力学模块。打开Maya 2009后，按快捷键F5即可切换到动力学模块中，此时在工作界面的左上角将显示Dynamics（动力学）模块。同时，在菜单栏中将显示出Dynamics（动力学）菜单，如图9-5所示。

默认情况下，主要通过3种方法创建粒子物体，包括手动创建粒子、利用发射器创建粒子、从物体表面发射粒子，下面分别介绍它们的操作方法。

9.2.1 手动创建粒子

手动粒子创建工具允许读者以手动绘制的方式来创建粒子，这种方法创建出的粒子群是静止的，需要通过为它们施加场以使其运动。关于手动创建粒子的操作方法如下。

首先，转换到Dynamics（动力学）模块，然后执行Particles（粒子）| Particle Tool（粒子工具）□命令，打开如图9-6所示的通道盒。

然后，在Persp（透）视图中单击，即可定义粒子。如果连续多次单击，则可以在场景中创建多个粒子，绘制完毕后按回车键即可确认粒子的创建，其效果如图9-7所示。

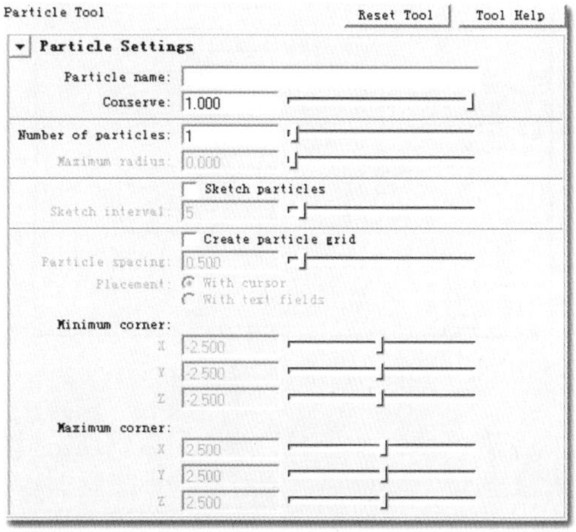

图9-5 粒子菜单

图9-6 通道盒

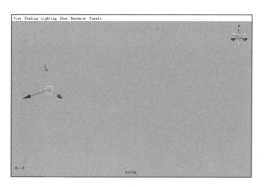

图9-7 手动创建粒子

如果需要单击一次创建多个粒子，则可以在其通道盒中将Number of particles（粒子数目）设置一个较大的数，并将Maximum radius设置得

9.2.2 创建粒子发射器

在Maya中，粒子还可以通过喷射器进行喷射，这种方法制作出来的粒子是运动的，并且读者还可以通过其参数设置来控制粒子的速度、时间、运动方向等。关于使用粒子发射器创建粒子的操作方法如下。

执行Particles | Create Emitter◻命令，打开如图9-9所示的参数对话框。

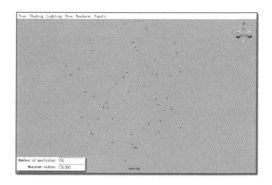

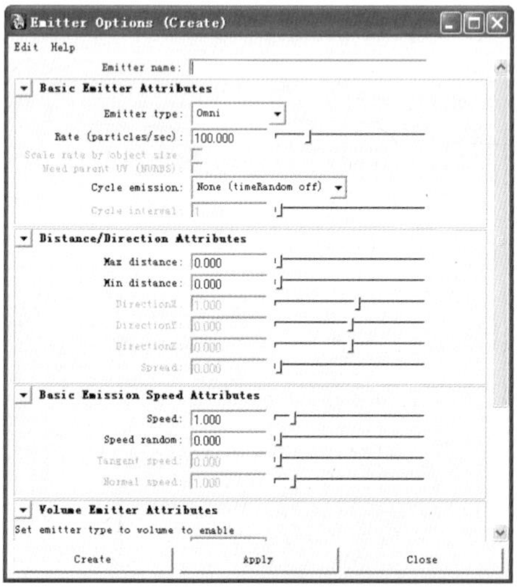

大一些。然后，再在视图中单击，则系统将在指定的Maximum radius范围内创建指定的Number of particles（粒子数目），如图9-8所示。

图9-8 创建粒子

图9-9 参数对话框

展开Emitter type下拉列表，可以发现发射器发射粒子的类型有3种，分别是Omni（泛向）、Directional（定向）和Volume（体积）。其中，Omni可以向各个方向发射粒子；Directional可以沿着某个特定的方向发射粒子；而Volume则可以

沿着发射器的体积发射粒子，它们的效果如图9-10所示。

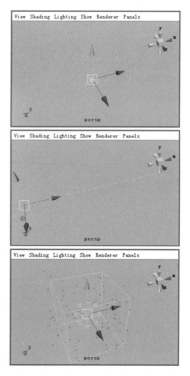

图9-10 粒子发射器发射类型

在其参数对话框的Emitter type下拉列表中选择一种粒子发射类型后，单击Create按钮即可创建一个粒子，此时可以通过单击动画控制区域中的播放按钮观察粒子的喷射效果。

9.2.3　沿物体表面发射

有些情况下，粒子并不是仅仅靠粒子喷射器发射就可以满足设计要求。例如，需要制作一只小鸟在飞行过程中羽毛脱落的动画，就需要将小鸟作为发射器发射羽毛。实际上，Maya是支持这种发射方式的。下面将向大家介绍利用物体作为发射器发射粒子的具体操作方法。

首先，需要在场景中存在一个需要发射粒子的物体，在这里将在一个茶壶上发射粒子，如图9-11所示。

图9-11　发射载体

执行Particles | Emit from Object□命令，打开如图9-12所示的对话框。

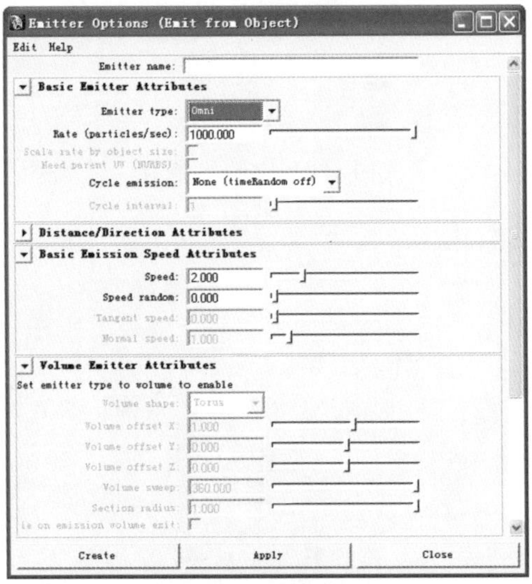

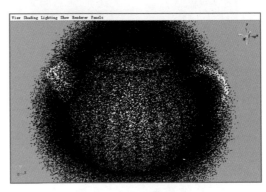

图9-13　发射粒子

该对话框与创建喷射器的参数设置对话框十分相似。如果要将物体作为喷射器发射粒子，则需要选择一种粒子喷射方式后，在视图中拾取发射对象，然后单击Create（创建）按钮即可创建一个沿对象喷射的粒子系统，如图9-13所示。

图9-13所示是利用Omni方式发射的粒子，同样读者可以在Emitter type（发射器类型）中选择Directional使粒子沿着方向发射。不过，读者还可以利用另外的方式使粒子沿着物体发射。例如，选择Surface（表面）选项则可以使粒子沿着物体的表面发射粒子，如图9-14所示。

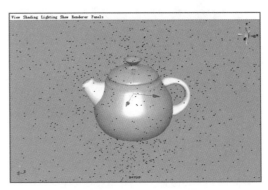

图9-14　沿物体表面发射粒子

图9-12　参数设置

9.2.4　翻滚的气泡动画

在这个实例当中，利用粒子模拟出了饮料中气泡冒出的效果。整个效果的制作过程中，还应用到了场。通过本练习的学习，要求读者掌握粒子的基本设置方法以及和场的搭配应用方法。

01 打开随书光盘目录下的qipao.mb文件，这是一个制作了简单模型的场景文件，如图9-15所示。

图9-15　打开场景文件

02 切换到Dynamics（动力学）模块，执行Particles|Create Emitter（创建粒子发射器）▣命令，打开粒子发射器参数设置对话框，然后按照图9-16所示的参数进行设置。设置完毕后单击Apply按钮，创建一个粒子发射器。

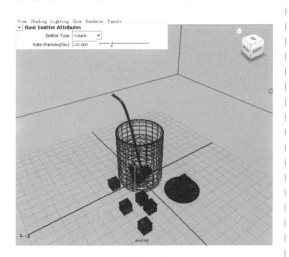

图9-16　创建发射器的位置

03 在视图中选中发射器，单击▦按钮，在通道盒中将Rate设置为10，观察此时的粒子发射情况，如图9-17所示。

04 单击▦按钮切换到属性面板。展开Volume Emitter Attributes卷展栏，将Volume Shape的选项类型中的Cube改为Cylinder，如图9-18所示。

05 展开Volume Speed Attributes卷展栏，将Away From Axis改为0，Along Axis改为1，如图9-19所示。

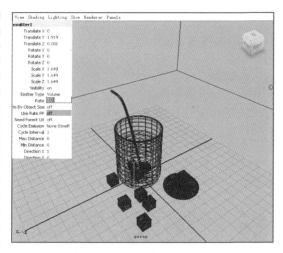

图9-17　通道面板

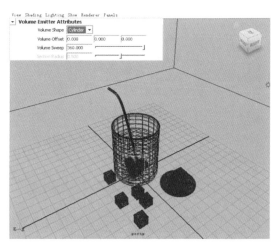

图9-18　发射器形状

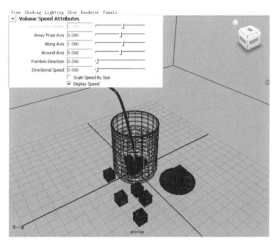

图9-19　设置轴向

06 然后切换到ParticleShape1选项卡，展开Render Attributes卷展栏，将Particle Render Type的类型设置为Blobby SurFace (S/W)。然后单击Current Render Type按钮，将Radius改为0.3，Threshold改为0.2，如图9-20所示。

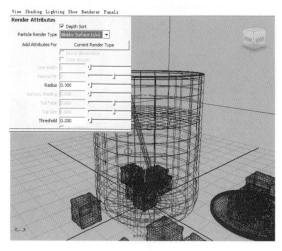

图9-20　设置粒子形状

07 展开Lifespan Attributes卷展栏，将Lifespan Mode的类型设置为lifespanPP only，如图9-21所示。

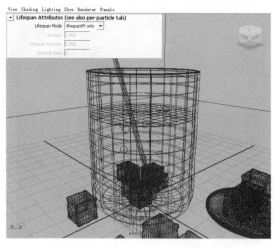

图9-21　调整粒子碰撞方式

08 选择粒子，执行Fields|Turbulence□命令，打开Turbulence对话框，并将Magnitude改为1，如图9-22所示。

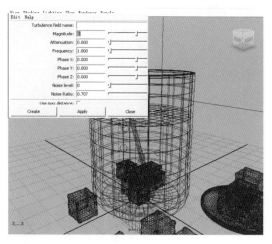

图9-22　创建场

09 再选择粒子，执行Fields|Uniform□命令，打开Uniform对话框，将Direction X设置为0，将Direction Y设置为1，如图9-23所示。

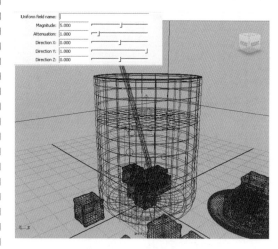

图9-23　创建Uniform

10 选中发射器，切换到ParticleShape1选项卡，展开Add Dynamic Attributes卷展栏，单击General按钮，打开Add Attribute对话框，切换到Particle选项卡，选择RadiusPP选项后单击OK按钮，如图9-24所示。

11 然后展开Per Particle (Array) Attributes卷展栏，在RadiusPP选项上右击，在弹出的快捷菜单中执行Creation Expression命令，打开Expression Editor对话框，在Expression文本框中输入particleShape1.radiusPP=rand(0.1,0.2)，如图9-25所示。

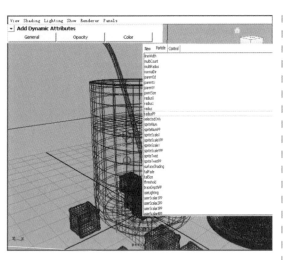

图9-24　添加事件

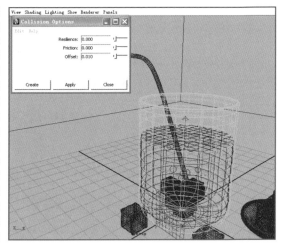

图9-26　设置Collision参数

图9-25　编辑表达式

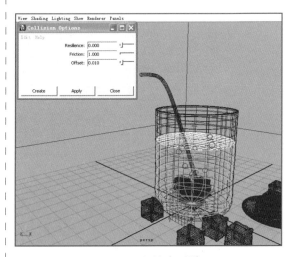

图9-27　创建碰撞

12 选中瓶子物体，执行Particles|Make Collide□命令，打开Collision Options对话框，将Resilience设置为0，并单击Apply按钮，如图9-26所示。

13 然后选中果汁物体，执行Particles|Make Collide命令，将Friction改为1，单击Apply按钮，创建碰撞物体，如图9-27所示。

14 设置完成后，快速渲染Persp视图，观察此时的效果，如图9-28所示。

图9-28　渲染效果

9.3 雪花飞舞——粒子属性

Maya中粒子的功能是非常强大的，它的强大功能完全依赖于它有着十分灵活的控制属性。本节将通过一个"雪花飞舞"的实例向读者介绍一下Maya中粒子的属性控制方法，详细介绍如下。

9.3.1 硬件渲染的粒子

在Maya中，不同的渲染类型可以产生不同的粒子效果。要更改粒子的渲染类型，可以在选择创建的粒子的情况下，切换到ParticleShape1选项卡，展开其中的Render Attributes卷展栏，如图9-29所示。

图9-29 渲染属性

要更改粒子的渲染类型，可以展开Particle Render Type（粒子渲染类型）下拉列表，并选择其中的相应选项即可。关于渲染类型的简介如下。

▶▶ Points 将粒子的形状设置为点方式。此时，粒子的形状为点，点的数目和粒子的数目是对应的，如图9-30所示。

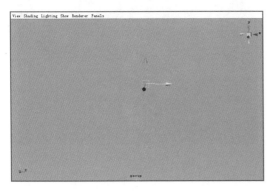

图9-30 点

▶▶ MultiPoint 多点粒子是上述类型的增强版，其形状和Points相同，不同的是粒子系统的每个粒子数目对应多个点物体，如图9-31所示。

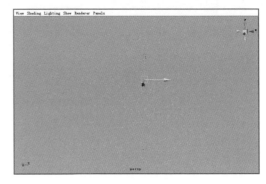

图9-31 多点

▶▶ Numeric 这种粒子类型将粒子的ID数值直接显示在对应的点上。所谓粒子的ID，就是指每个粒子所特有的标签，它记录了粒子诞生的先后顺序，如图9-32所示。

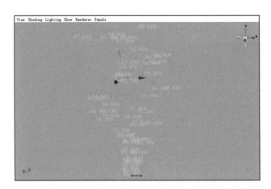

图9-32 随机数字

▶▶ Sphere 粒子的类型将被设置为球体。在做粒子测试时，经常会使用到这种显示类型。如果单击Current Render Type按钮，还可以更改球体的半径等参数。该类型创建的效果如图9-33所示。

▶▶ Sprites 如果选中该方式，则粒子将会喷射出一系列面板，读者可以通过制作材质的方式制作类似于烟雾、火焰等效果，如图9-34所示。

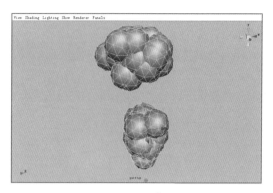

图9-33　球体

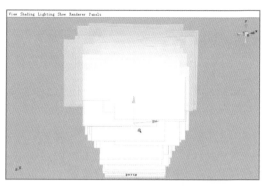

图9-34　Sprites效果

9.3.2　软件渲染的粒子

软件渲染的粒子是一种非实时显示的粒子，只有通过软件渲染后才能够看到它们。Maya中的软件渲染粒子包括Blobby Surfaces（斑点表面）、Cloud（粒子云）和Tube（管状体）共3种类型，关于它们的简介如下。

>> Blobby Surfaces（s/w）　它可以将粒子的形状设置为斑点形状的圆片，它是一种可融合的粒子，效果如图9-35所示。

>> Cloud　这种粒子可以用来制作云彩、烟雾等效果。这种粒子类型的融合能力很大，非常适合制作体积感较大的粒子群。

粒子云类型的渲染只能支持一种特有的材质类型，即Particle Cloud（粒子云）类型。如果读者不能渲染出这种粒子，则需要制作Particle Cloud（粒子云）材质。

>> Tube　Tube是一种以管状形状渲染的粒子。它和Cloud具有一个共同的特性——都需要使用Particle材质进行渲染。

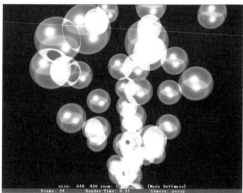

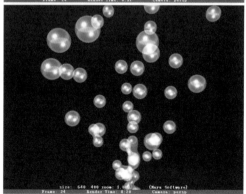

图9-35　Threshold对粒子的影响

9.3.3　每粒子属性

粒子的每粒子属性是一种基于每个粒子元素的属性，即每个粒子的属性。本节将带领读者认识Maya的每粒子属性。

当在视图中创建了一个粒子喷射器后，则可以按组合键Ctrl+A打开粒子的通道盒。然后，切换到ParticleShape节点，在Per Particle（Array） Attributes（每粒子属性）卷展栏中显示了关于粒子的每粒子属性，如图9-36所示。

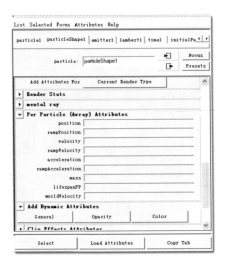

图9-36 每粒子属性

▶▶ Per Particle (Array) Attributes卷展栏中的属性可以控制每个粒子的位置或者运动的不同方式。其中，position、velocity、acceleration这3个属性分别用来控制每个粒子的位置、速度和加速度；ramPosition、rampVelocity和rampAcceleration这3个属性和上述的3个参数功能相似，所不同的是后者需要依靠Ramp（渐变纹理）的方式来控制粒子的位置、速度和加速度；mass、lifespanPP和worldVelocity则分别用于控制粒子的质量、生命周期和世界坐标下的速度。

9.3.4 雪花飞舞

本实例将向读者展现一种雪的效果，通过本示例的学习，要求读者能够掌握这种效果的设置方法。要体现雪花雪白的效果，本实例是运用材质的渐变效果来制作材质的，要求读者能够掌握这种材质的制作方法。

01 打开随书光盘目录下的xuejing.mb场景文件，如图9-38所示。

02 切换到Dynamics模块，执行Particles|Create Emitter（创建粒子发射器）▣命令，打开粒子发射器参数设置对话框，然后按照图8-39所示的参数进行设置。设置完毕后单击Apply按钮，创建一个粒子发射器。

▶▶ General 通过单击该按钮，可以在接着打开的对话框中为粒子添加一些Maya内置的属性以及控制属性。

▶▶ Opacity 单击该按钮可以添加粒子的透明属性。可以在打开的对话框中选择添加Add Per Add Per Particle(Array) Attribute属性，如图9-37所示。

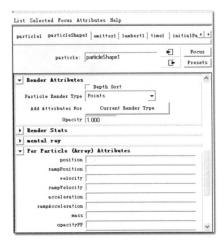

图9-37 添加一般属性

▶▶ Color 读者可以通过单击该按钮添加粒子的RGB颜色属性。它的参数设置与Opacity几乎相同，只是在参数控制下面多出了一个Shader，如果添加了该属性，则可以在打开的材质编辑器中修改粒子的材质属性。

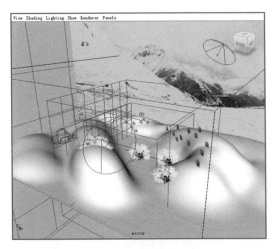

图9-38 场景图

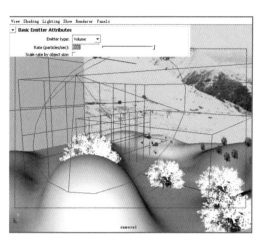

图9-39　创建粒子

03 单击缩放按钮，将发射器缩放到图9-40所示的大小。切换到属性面板，在ParticleShape1选项卡中展开Render Attributes卷展栏，将Particle Render Type的类型设置为Cloud（s/w）。单击Current Render Type按钮，将Radius设置为0.1，Surface Shading设置为0.058。

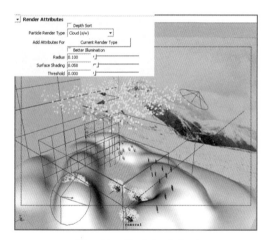

图9-40　修改粒子类型

04 选中粒子，执行Fields|Gravity□命令，打开参数设置对话框，然后按照图9-41所示的参数进行设置，设置完毕后单击Apply按钮。

05 在视图中选中粒子和面片。执行Particles|Make Collide命令，从而使粒子和面片产生碰撞，如图9-42所示。

06 选择面片，切换到其通道盒，展开gepConnector1卷展栏，将Friction改为1，如图9-43所示。

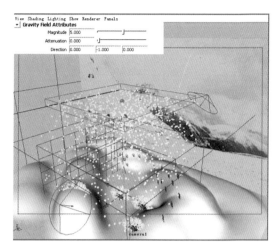

图9-41　添加重力场

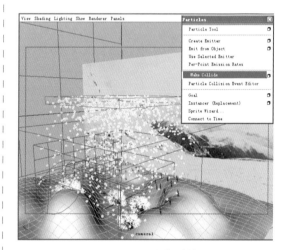

图9-42　创建碰撞

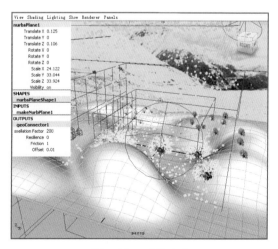

图9-43　碰撞参数

07 选中粒子，执行Fields|Drag▣命令，打开参数设置对话框，然后按照图9-44所示的参数进行设置，设置完毕后单击Apply按钮完成操作。

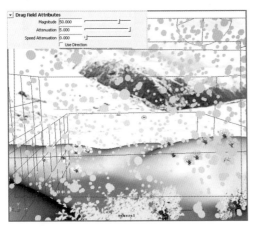

图9-44 添加拖动

08 设置完成后，快速渲染Camera1视图，观察此时的效果，如图9-45所示。

图9-45 渲染效果

9.4 天空奇迹

所谓粒子碰撞，是指粒子被发射出来，在运动的过程中产生的相互碰撞。当粒子发生碰撞时，可以根据实际的需求，使其产生多种动作。本节将向大家介绍如何设置粒子的碰撞。

9.4.1 创建粒子碰撞

粒子的碰撞不但可以在粒子与粒子之间完成，而且还可以在粒子与物体之间完成。如果要创建粒子碰撞，必须首先创建一个粒子碰撞物体，这个物体将作为粒子与粒子或者粒子与物体之间的介质物体，它会为粒子与物体之间建立联系，这样才能形成最终的粒子碰撞效果。下面向读者介绍一下粒子碰撞的产生方法。

在场景中创建一个多边形平面和一个粒子发射器，然后将粒子的形状设置为球体，将大小设置为0.1，效果如图9-46所示。

选择粒子物体，执行Fields|Gravity命令，添加一个重力场，从而使其产生重力影响，如图9-47所示。

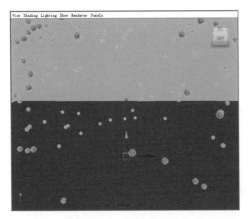

图9-46 粒子形状

图9-47 重力影响粒子

在视图中选择粒子物体，按住Shift键后再选择多边形平面，执行Particles|Make Collide命令创建碰撞，如图9-48所示。

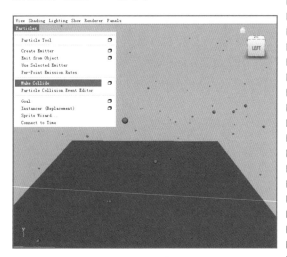

图9-48 创建碰撞

如果此时碰撞的强度不符合设计本意，则可以打开其通道盒，在geoConnector Geo Connector Attributes选项区域中进行设置。

9.4.2 碰撞事件简介

所谓碰撞事件，是指粒子在受到碰撞以后所要产生的动作，例如死亡、分裂等。实际上，粒子的碰撞事件包括：碰撞后再分裂、碰撞后死亡和产生新的粒子，利用这些事件可以逼真地模拟大自然的各种物理现象。如果要创建粒子碰撞事件，必须首先创建粒子碰撞，然后执行Particles | Particle Collision Event Editor命令，打开如图9-49所示的对话框。

在这个对话框中可以为粒子的碰撞添加各种事件，具体参数如下。

>> Objects　Objects列表列出场景中所有带有碰撞事件的粒子物体。

>> Set event name　Set event name用于设置粒子碰撞事件的名称。这个名称比较重要，尤其是当利用MEL语言控制粒子动作时。

>> All collisions　当启用该复选框时，系统将为粒子与系统的所有碰撞创建碰撞事件；当禁用该复选框时，其下侧的Collision number文本框被激活，用来指定系统为粒子碰撞的哪次碰撞创建碰撞事件。

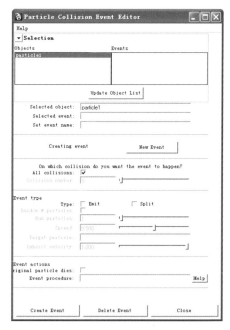

图9-49 粒子碰撞事件编辑器

>> Emit　启用该复选框时，在粒子发生碰撞的过程中，粒子系统将会产生新的粒子，产生新粒子的数目将由Num particles文本框控制。

>> Inherit velocity　该值大于0时，新产生的粒子将继承原来粒子的发射速度。

>> Split　如果启用该复选框，当粒子发生碰撞时，原始的粒子将分裂产生新的粒子，新粒子的数目由Num particles文本框控制。

>> Original particle dies　启用该复选框后，如果粒子在运动的过程中发生碰撞，则粒子将死亡。

>> Random # particles　启用该复选框后，分裂或者发射的粒子数目是1和Num particles数值之间的随机值。

>> Spread　和粒子发射参数类似，该参数用于设置粒子发射时的圆锥角度，在这个范围内粒子可以被随机发射。

关于粒子的碰撞就介绍到这里，对于碰撞而言，不同的设置将会产生不同的动画效果，需要视具体情况而定，因此对于其参数设置的掌握是非常重要的。

9.4.3 制作天空奇迹

很多读者曾经问过这样的问题：在某些电视上曾经看到过天空中各种形状的云彩，那是怎么做的呢？实际上，利用Maya的粒子系统可以非常方便地实现这种效果，本节将向大家介绍一个类似的云彩效果。

1. 创建粒子

01 使用CV Curve Tool工具在Front视图中绘制一个如图9-50所示的曲线形状。

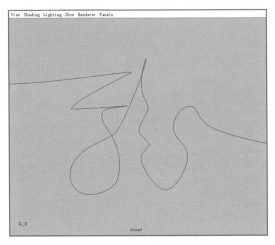

图9-50 打开场景

02 执行Particles| Create Emitter□命令，打开Emitter Options(Create)对话框，将Rate数值更改为80，并将Speed改为0，将Speed Random改为0.2，如图9-51所示。

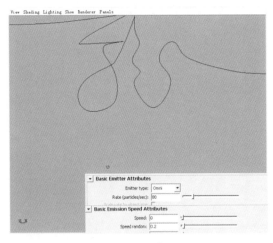

图9-51 创建粒子

03 执行File|Import命令，导入飞机模型，如图9-52所示。

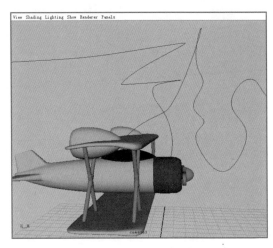

图9-52 导入飞机模型

04 将粒子放置在飞机的尾部，如图9-53所示，先选中粒子再选中飞机，按快捷键P使粒子和飞机成为父子关系。

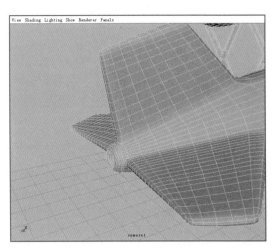

图9-53 粒子放置的位置

05 按快捷键R启动缩放工具，缩放一下飞机的大小，如图9-54所示。

06 打开Hypershade窗口，双击particleCloud1材质，打开属性面板，调整参数如图9-55所示。

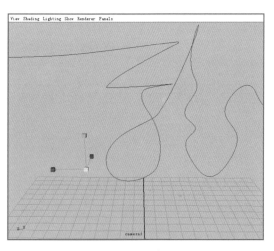

图9-54　缩放飞机的大小

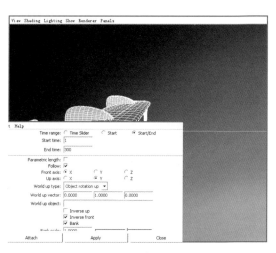

图9-56　创建运动路径

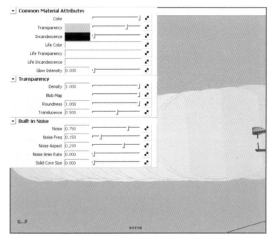

图9-55　修改粒子材质参数

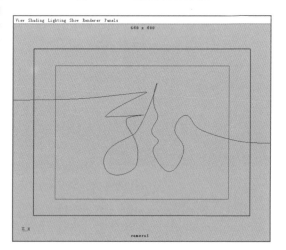

图9-57　调整摄像机

2．录制动画

01 切换到Animation模块，先选择飞机再选择线条，执行Animate |Motion Paths |Attach to Motion Path□命令，在打开的对话框中启用Inverse front和Bank复选框，单击Attach按钮创建运动路径，如图9-56所示。

02 然后录制动画，先创建一个摄像机，将摄像机的目标调整到如图9-57所示。

03 将时间滑块拖动到第1帧处，将Rate设置为0，按S键设置关键帧。将时间滑块拖动到第40帧，将Rate设置为80，按S键设置关键帧，如图9-58所示。

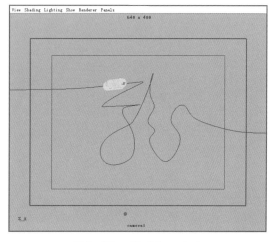

图9-58　设置Rate动画

04 将时间滑块拖动到第100帧处，将Rate设置为15，按S键设置关键帧。图9-59所示是设置后的云彩效果。

图9-59 云彩效果

05 将时间滑块拖动到第120帧处，将Rate设置为50，按S键设置关键帧。然后，快速渲染摄像机视图，观察此时的效果，如图9-60所示。

图9-60 渲染效果（第120帧）

06 将时间滑块拖动到第140帧处，将Rate设置为3，按S键设置关键帧，渲染效果如图9-61所示。

07 使用相同的方法，分别将时间滑块拖动到第165、190、230帧处，并分别将Rate参数设置为50、10和0，此时的时间轴如图9-62所示。

08 使用CV Curve Tool工具，在Top视图中绘制一个如图9-63所示的形状。

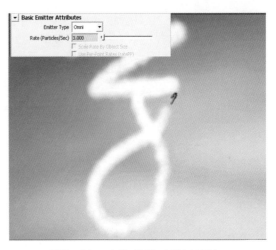

图9-61 渲染效果（第140帧）

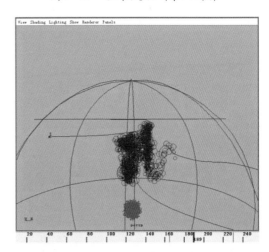

图9-62 创建关键帧

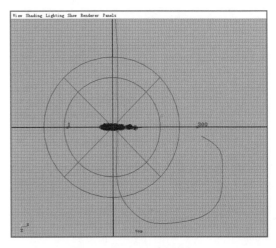

图 9-63 创建CV曲线

09 选中飞机，按快捷键Ctrl+D复制一个副本，然后将其放到如图9-64所示的位置。

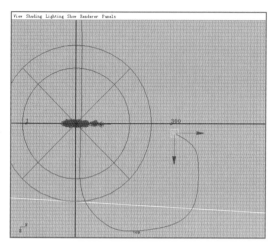

图9-64　复制飞机

10 在视图中选中飞机和曲线，执行Animate |Motion Paths |Attach to Motion Path□命令，在打开的对话框中调整其参数设置，如图9-65所示。

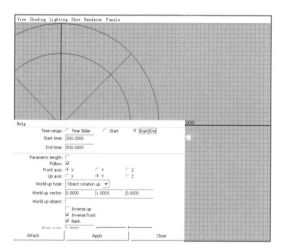

图9-65　创建运动路径

11 切换到Dynamics模块下，选择粒子并执行Fields |Newton命令，如图9-66所示。

12 选择Newton场放到飞机2的内部，再选中飞机2按快捷键P，让它们成为父子关系，如图9-67所示。

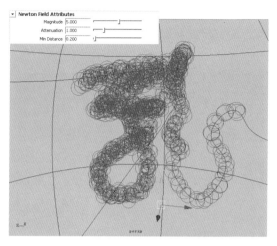

图9-66　创建Newton场

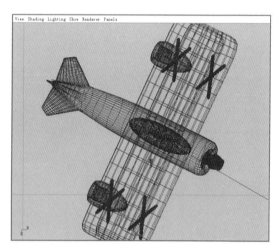

图9-67　建立父子关系

13 选中Newton场，在第1帧处将Magnitude设置为0，按S键设置关键帧。在第430帧处按S键创建一个关键帧。然后，在第440帧处，将Magnitude设置为5，按S键设置关键帧。图9-68所示是参数设置完毕后的渲染效果。

14 选择粒子物体，执行Fields|Gravity□命令，在打开的对话框中将Magnitude设置为3，如图9-69所示。

15 选中Gravity场，在第1帧处将Magnitude设置为0，按S键设置关键帧。将时间滑块拖动到第430帧处，按S键创建一个关键帧。将时间滑块拖动到第440帧，将Magnitude设置为3，从而创建一个重力动画。设置完毕后，观察此时的粒子运动效果，如图9-70所示。

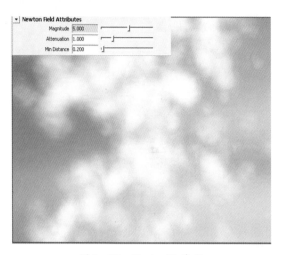

图9-68　Newton场动画

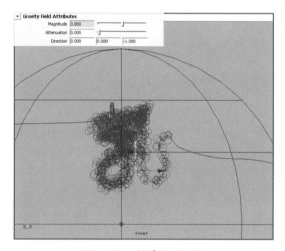

图9-69　创建Gravity场

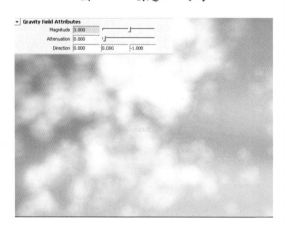

图9-70　Gravity场动画

16 选择粒子并执行Fields |Turbulence□命令，将Magnitude设置为20，如图9-71所示。

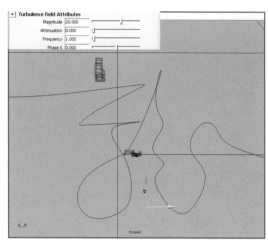

图9-71　创建Turbulence场

17 选中Turbulence场，在第1帧处将Magnitude设置为0，如图9-72所示。保持参数不变，在第430帧处建立一个关键帧。将时间滑块拖动到第440帧处，将Magnitude设置为3，按S键创建关键帧。

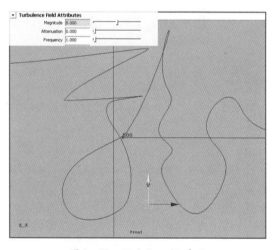

图9-72　Turbulence场动画

18 动画设置完成后，关于整个动画的制作就完成了，读者可以将其最终效果渲染出来，如图9-73所示。

图9-73　最终渲染效果

9.5　粒子聚集徽标

　　在Maya 2009中，目标是粒子跟随或者运动的对象。可以使用目标制作粒子的跟随运动，从而形成追击、跟随等动画效果。在Maya中，除了对象表面的曲线以外，其他的对象都可以作为目标对象。另外，粒子跟踪对象的运动还取决于目标对象的类型和目标对象的数目。

9.5.1　认识目标类型

　　通常情况下，可以将Maya中的目标类型分为3种基本类型，分别是粒子目标、非粒子目标和多粒子目标，下面分别介绍它们的功能及其特性。

1. 粒子目标

　　在Maya中，可以使用很多种技术控制粒子的运动方式，但是将粒子对象作为目标进行使用则是最灵活的一种方式。它不允许为粒子对象中的单个粒子添加目标，但是可以控制粒子目标对象中每个粒子的影响力的大小，还可以创建多个粒子目标影响同一个粒子对象或者柔体。如果目标是粒子对象，当动画播放时，它的粒子逐个吸引跟踪对象的粒子。如果对象中的粒子不消失，则跟踪粒子基于创建的顺序跟踪目标粒子。

2. 非粒子目标

　　如果跟踪的目标是NURBS对象、多边形对象或者晶格，那么目标对象的CVs、顶点或者晶格点将逐个吸引粒子，多余的粒子在开始点跟随目标对象点。

　　如果目标不是晶格、NURBS或者多边形对象，而是灯光或者摄像机，则对象的变换节点将成为目标，例如图9-74所示的效果中，粒子将直接跟随摄像机进行运动。

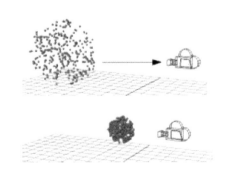

图9-74　非粒子目标

3. 多个目标

在Maya中，可以使用多个目标对象作用于一个粒子对象。对于每个目标对象，跟踪粒子对象有一个目标权重，可以用于设置吸引相对的影响力。如果目标权重是相同的，每个目标对象以均衡的作用力吸引轨迹对象。轨迹对象向两个目标对象之间位置移动，在达到平衡前，一般都要前后振荡。

9.5.2 粒子聚集Logo

聚集动画是影视当中的一个亮点，通常利用凝聚的方式将主体显示出来，例如绿箭口香糖的标志就是利用这种方式引出来的。在Maya中，实现这种动画的方法很简单，读者只需要将粒子目标化即可。

1. 创建粒子物体

01 打开随书光盘本章目录下的"粒子聚集.mb"文件，这是一个已经创建好模型的基本场景，如图9-75所示。

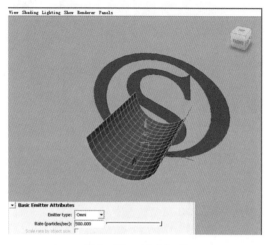

图9-76 创建粒子

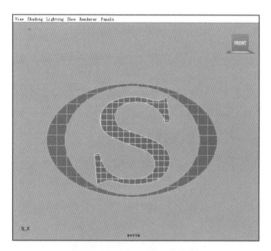

图9-75 打开场景文件

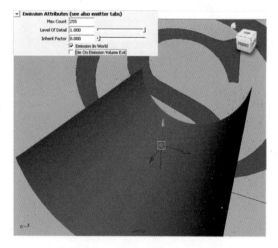

图9-77 更改发射器的数值

02 切换到Dynamics模块，选择面片，执行Particles|Emit from Object回命令，打开Emitter Options（Emit From Object）对话框，展开Basic Emitter Attributes卷展栏，将Rate数值设置为500，单击Create按钮创建粒子，如图9-76所示。

03 选择粒子发射器，切换到其通道盒，切换到ParyicleShape1选项卡，展开Emission Attributes卷展栏，将Max Count设置为255，如图9-77所示。

04 展开Render Attributes卷展栏，将Particle Render Type的类型改为Cloud（s/w），单击Current Render Type按钮，显示粒子类型属性，将Radius设置为0.2，如图9-78所示。

05 选择面片并按快捷键Ctrl+D复制面片，再用这个面片做另一个面片发射器。选择刚复制的面片，执行创建粒子的命令，创建粒子物体，如图9-79所示。

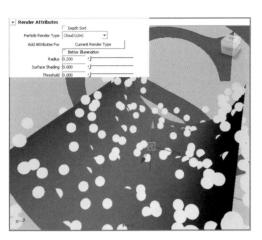

图9-78 设置粒子的类型

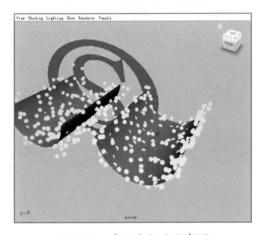

图9-79 建两个粒子发射器

06 选择粒子和面片，执行Solvers| Initial State| Set for Selected命令后，将粒子和发射器分离，如图9-80所示。

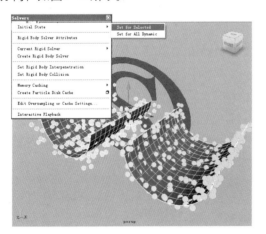

图9-80 分离粒子发射器

07 删除两个面片物体。将粒子2放置在粒子1的位置上，然后选择粒子1和粒子2，按快捷键Ctrl+G群组粒子，如图9-81所示。

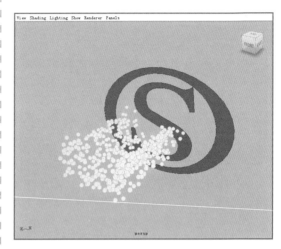

图9-81 群组粒子

08 先选中粒子1，按Shift键选中椭圆形的面片，执行Particles|Goal命令，将面片物体作为粒子的目标，此时粒子将自动吸附到椭圆形的面片上，如图9-82所示。

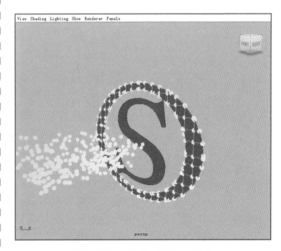

图9-82 粒子吸附到面片

09 选中粒子2，再选中S形面片，执行Particles|Goal命令，将粒子2目标化，如图9-83所示。

10 选中椭圆形和S形面片，单击通道栏中的 按钮，将Visibility设置为0，（在Visibility上0是隐藏物体，1是显示物体），如图9-84所示。

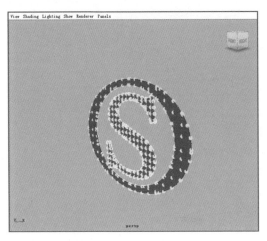

图9-83 粒子吸附到面片

图9-86 粒子的渲染效果

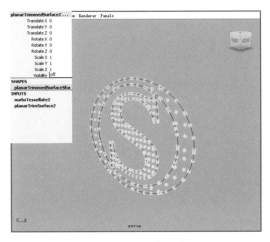

图9-84 隐藏物体

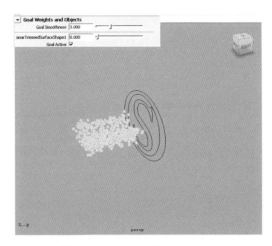

图9-87 修改吸附粒子权重

11 打开Hypershade窗口，按照图9-85所示的参数调整一下粒子的材质。

14 选中两个粒子，执行Fields | Vortex□命令，打开Vortex Options对话框，将Magnitude设置为16，如图9-88所示。

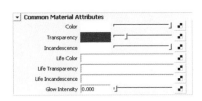

图9-85 调整颜色

12 选中两个粒子，将调整好的材质赋予粒子物体，渲染效果如图9-86所示

13 选中两个粒子，按快捷键Ctrl+A切换到属性面板，展开Goal Weights and Objects 卷展栏，将anar TrimmedSurfaceShape1更改为0，如图9-87所示。

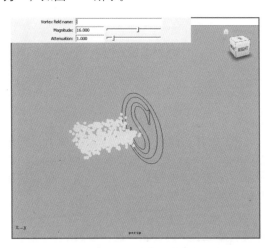

图9-88 创建涡流场

2．制作动画

01 将时间播放范围更改为0～500，移动粒子到如图9-89所示的位置。

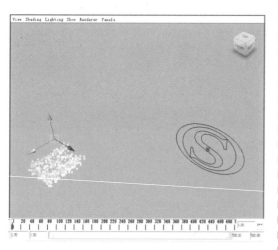

图9-89　修改动画长度

02 执行Create|Cameras|Camera命令，创建一个摄像机，并将摄像机调整到如图9-90所示的位置。

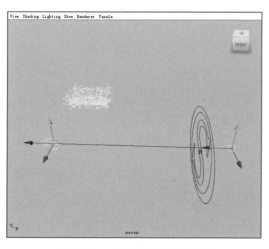

图9-90　调整摄像机的位置

03 选择摄像机，按快捷键Ctrl+A，切换到CameraShape1选项卡，展开Environment卷展栏，单击Create按钮，创建环境贴图，如图9-91所示。

04 然后，展开Image Plane Attributes卷展栏，单击Image Name后的 按钮，选择在Photoshop中做好的背景图，如图9-92所示。

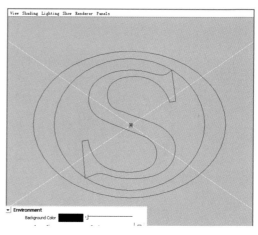

图9-91　创建背景图

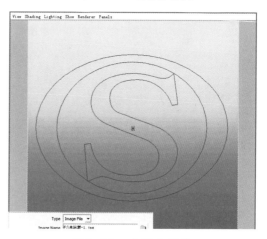

图9-92　选择背景图

05 展开Placement卷展栏，将Fit的类型改为Horizontal，如图9-93所示。

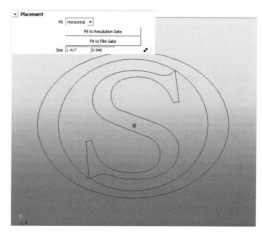

图9-93　把背景图放大

06 开始录制动画，第1帧时选择两个粒子在原位不动并按S键，设置一个关键帧，如图9-94所示。

图9-94 录制动画

07 移动到第300帧处，选中两个粒子物体并切换到属性面板，展开Goal Weights and Objects 卷展栏，将anar TrimmedSurfaceShape1更改为0.2，按S键设置关键帧，如图9-95所示。

08 将时间滑块移动到第400帧处，再依次执行上一步的操作，将anar TrimmedSurfaceShape1更改为1，按S键设置关键帧，如图9-96所示。

09 至此，录制粒子动画参数更改完成。最终渲染效果如图9-97所示。

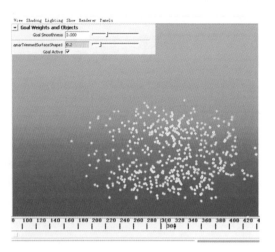

图9-95 修改参数录制动画（第300帧）

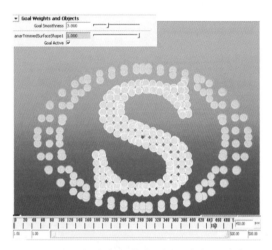

图9-96 修改参数录制动画（第400帧）

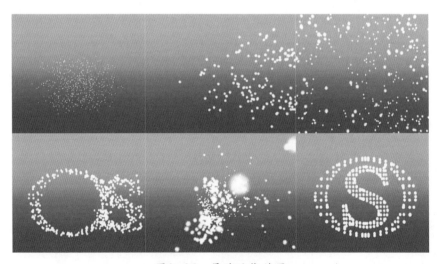

图9-97 最终渲染效果

9.6 慧智科技——粒子镜头

这是一个栏目包装中的常用镜头，例如将幻化出一些形状，并利用绚丽的材质，搭配文本产生主题。在Maya中，可以轻松地实现这种效果，本节将向大家介绍它的具体实现方法。

1. 制作粒子

01 打开随书光盘目录下的qiu.mb文件，这是一个已经制作好材质的简单物体，如图9-98所示。

图9-98 打开场景

02 在Dynamics模块下，执行Particles | Create Emitter□命令，打开属性对话框，展开Basic Emitter Attributes卷展栏，将Emitter type的类型选择为Directional，Rate数值更改为10，如图9-99所示。

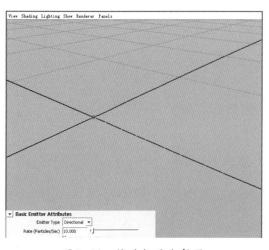

图9-99 修改粒子发射器

03 展开Distance/Direction Attributes卷展栏，将参数修改为如图9-100所示。

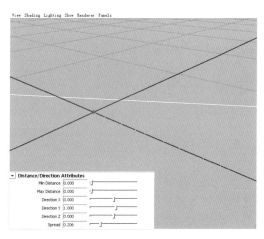

图9-100 修改粒子发射器1

04 展开Basic Emission Speed Attributes卷展栏，将Speed更改为2.7，Speed Random更改为0.2，如图9-101所示。

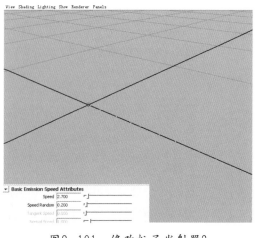

图9-101 修改粒子发射器2

05 先选择球1，再选择粒子。执行Instancer（Replacement）后，粒子替换成球，如图9-102所示。

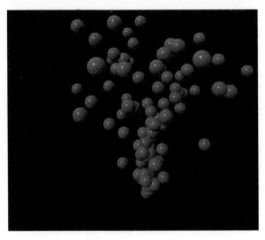

图9-102　替换粒子

06 选择粒子，执行Fields|Turbulence命令，给粒子一个扰乱场。选择扰乱场，将它移动到粒子发射器的上方，如图9-103所示。

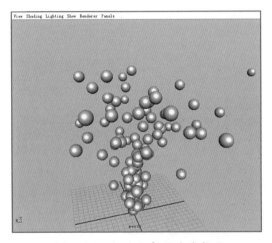

图9-103　粒子发射器产生扰乱

07 选择扰乱场，按快捷键Ctrl+A打开属性面板，展开Turbulence Field Attributes卷展栏，将Magnitude设置为30。播放动画观察效果，如图9-104所示。

08 选择粒子并按快捷键Ctrl+A，打开属性面板，切换到ParticleShape1选项卡下展开Add Dynamic Attributes卷展栏，单击General按钮，弹出Add Attribute：particleShape1对话框，如图9-105所示。

09 在New选项卡里，在Long name后面输入要添加属性的名称：aaaa，在Attribute Type下选

中Per particle (array) 单选按钮，最后单击OK按钮，如图9-106所示。

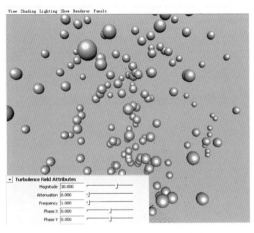

图9-104　调整扰乱场的参数

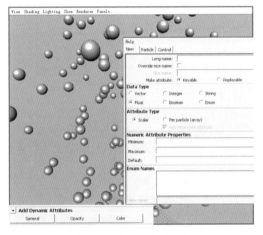

图9-105　添加属性

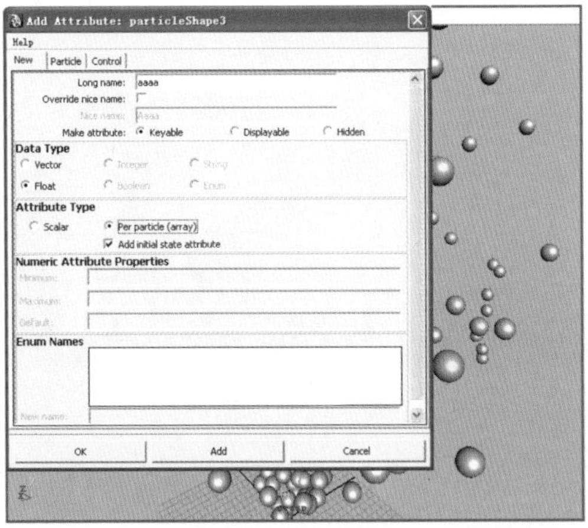

图9-106　New选项卡

10 添加属性成功后，展开Per Particle (Array) Attributes卷展栏，在属性右侧的长方形空白区域内右击，执行Creation Expression Editor命令，打开Expression Editor对话框，在Expression文本框中输入particleShape3. aaaa=rand（0.3,1.2）。最后单击Create按钮，如图9-107所示。

图9-107　创建表达式

11 在粒子属性面板里，展开Instancer (Geometry Replacement) 卷展栏，启用Allow All Data Types复选框，在Scale下拉列表框中选择aaaa选项，如图9-108所示。

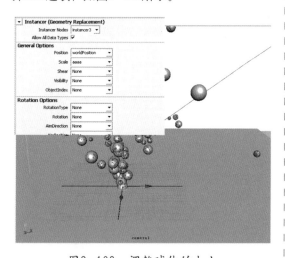

图9-108　调整球体的大小

12 然后使用CV曲线工具，在Top视图上绘制一条如图9-109所示的曲线。

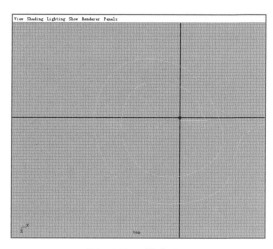

图9-109　创建曲线

13 重复执行上一次的命令，创建粒子。选择粒子和曲线，然后切换到Animation模块下，执行Animate | Motion Paths| Attach to Motion Path命令，将粒子吸附到线条上，如图9-110所示。

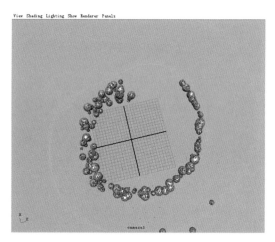

图9-110　创建运动路径

14 选择"球2"物体，按快捷键Ctrl+D复制几个副本，如图9-111所示。

15 选择复制qiu2，按快捷键Ctrl+G组合并为其命名。切换到Dynamics模块下，执行Soft/Rigid Bodies| Create Active Rigid Body命令，将其设置为刚体。再创建一个面片，执行Soft/Rigid Bodies| Create Passive Rigid Body命令，将其设置为刚体，如图9-112所示。

16 选择球体并执行Fields| Gravity回命令，

在打开的对话框中将Magnitude更改为3，如图9-113所示。

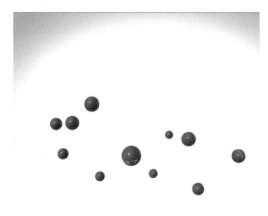

图9-111 复制qiu2

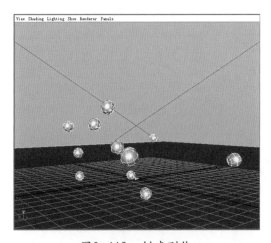

图9-112 创建刚体

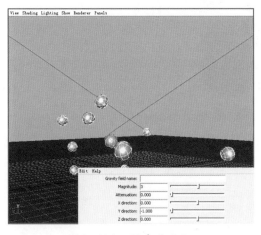

图9-113 创建重力场

2．录制动画

01 选择粒子1并按快捷键Ctrl+A，打开属性面板，展开Basic Emitter Attributes卷展栏，在第1帧处将Rate设置为10，按S键设置关键帧。然后，在第200帧处将Rate设置为0，按S键设置关键帧，如图9-114所示。

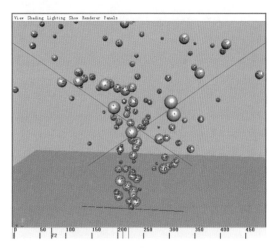

图9-114 设置Rate动画

02 选择粒子2并打开属性面板，展开Basic Emitter Attributes卷展栏，在第200帧处，将粒子的数量设置为50，按S键设置关键帧。在第450帧处将粒子的数量设置为0，按S键设置关键帧，如图9-115所示。

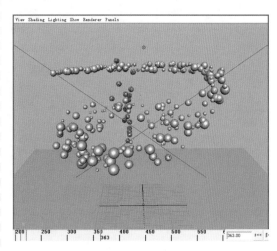

图9-115 录制动画

03 选中球并单击 ≡ 按钮，打开通道面板，将Visibility设置为0。将第1帧的关键帧复制到第460帧处，将时间滑块移动到第600帧处，将Visibility设置为1，从而产生一个渐现动画，如图9-116所示。

04 选中重力场并按快捷键Ctrl+A，打开属性面板，在第1帧处将Magnitude设置为0，并将该关键帧复制到第464帧处。然后，将时间滑块移动到第600帧处，将该参数设置为3，如图9-117所示。

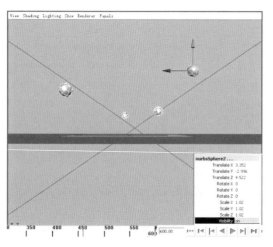

图9-116 设置渐现动画

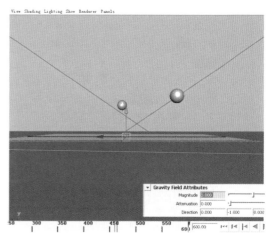

图9-117 设置重力动画

05 至此，录制粒子动画参数更改完成。最终渲染效果如图9-118所示。

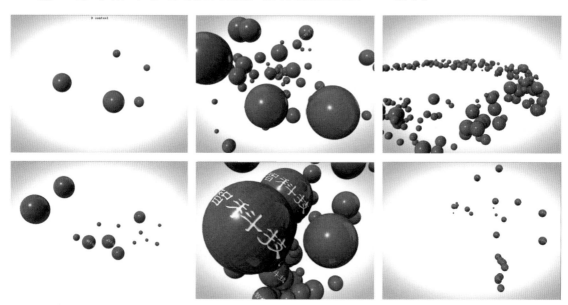

图9-118 最终渲染效果

第10章

特效——流体和笔触

流体主要用来计算那些没有固定形态的物体在运动中的受力状态。随着计算机图形学的发展，流体也不再是现实科学的附属物了。Maya动力学模块的流体功能也是一种用于计算非固定形态的特效工具，通过使用该工具可以模拟水流、火焰、烟雾、海洋等效果。

Maya的Paint Effect工具是一个非常方便且适用的工具，使用它可以绘制二维或三维物体。它通常用于创建场景比较广阔，且细节较多的场合。利用该工具最大的优点就在于它不需要读者逐个建模，只要拖动鼠标绘制即可。本章将向读者介绍一些关于流体和笔触方面的应用。

10.1 宇宙飞船

这是表现太空的一个镜头，在这个镜头当中特写了一个宇宙飞船，它将绕着一个星球执行巡逻任务。在飞船的飞行过程中，由于助力燃烧而喷射的火焰是本节表现的主体。在介绍本实例的制作之前，首先向读者介绍一下关于2D流体的一些知识。

10.1.1 创建2D流体

Maya中的流体和粒子系统有很多相似之处，首先它们都是通过发射器或者其他物体发射出来的，其次是都具有非固定形态。流体的创建方式很多，可以通过发射器创建，也可以通过一个模型制作流体。

1. 利用发射器创建流体

要创建2D流体，可以切换到Dynamics模块下，执行Fluid Effects| Create 2D Container命令，打开其属性对话框，其中X、Y Resolution参数分别表示流体在X、Y方向的分辨率，而X、Y、Z Size则是其初始创建容器的大小尺寸，单击Apply and Close按钮，视图中出现一个方形的流体容器，如图10-1所示。

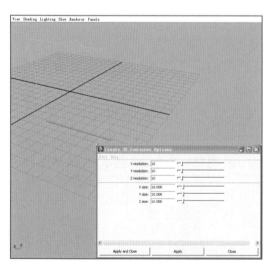

图10-1 打开2D流体容器

单单一个容器是不能产生流体的，要使其产生一个流体，首先要创建一个发射器，选中创建的2D容器，执行Fluid Effects|Add/Edit

Contents|Emitter命令创建一个发射器，播放一下动画可以看到流体在容器内的发射效果，如图10-2所示。

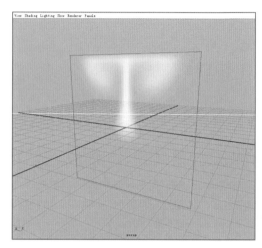

图10-2 创建流体发射器

2. 从物体发射流体

流体也可以从物体发射，首先选中之前创建的发射器并保留容器，创建一个NURBS圆环，先选中圆环，再选中容器，执行Fluid Effects|Add/Edit Contents|Emitter from Object命令，播放一下动画可以看到流体从圆环表面在容器内发射，效果如图10-3所示。

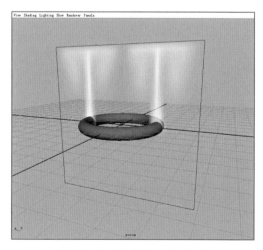

图10-3 创建曲面发射器

同样可以依照流体的性质使用渐变来创建流体，选中容器执行Fluid Effects|Add/Edit Contents|Gradients命令，效果如图10-4所示。

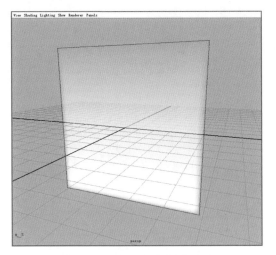

图10-4　使用渐变创建流体

3. 创建其他形状的流体

在Maya中，可以自行创建不同形状的流体，首先选择容器执行Fluid Effects|Add/Edit Content |Paint Fluid Tool（画笔流体工具）命令，在视图区变为笔刷的形状，可以在容器内绘制出任意的形状，效果如图10-5所示。

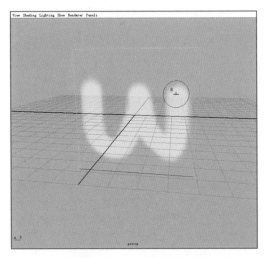

图10-5　画笔绘制流体

4. 沿路径发射流体

能创建流体发射的方法还可以使用路径，首先在容器所在的区域平面内创建一条曲线，

再选择曲线和流体容器，执行Fluid Effects|Add/Edit Contents|With Curve回命令，打开其属性对话框，启用Density和Velocity两个复选框，单击Apply and Close按钮，可看到流体沿路径在容器内发射，效果如图10-6所示。

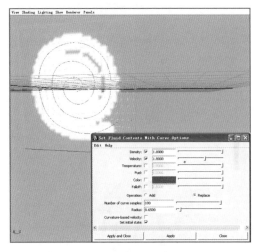

图10-6　路径创建流体

5. 使用预设

同样地，还可以通过Visor编辑器里的流体实例来拾取已经建好的流体，首先执行Fluid Effects|Add/Edit Contents|Initial States回命令，在弹出的对话框中选中From initial state单选按钮，单击Apply and Close按钮，打开Visor编辑窗口，在其窗口中选择相对应的2D的流体实例，选中对应的2D笔触，用鼠标中键拖动到流体容器上面，效果如图10-7所示。

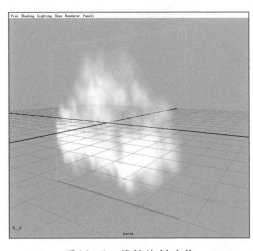

图10-7　笔触绘制流体

277

10.1.2 宇宙飞船

在介绍了一些关于流体的创建方法后，下面向读者介绍一下关于飞行器喷射火焰的一种实现方法。通过本节的实际操作，要求读者掌握流体的创建方法，以及如何与模型进行绑定。

1. 创建流体

01 打开随书光盘目录下的yuzhou.mb文件，如图10-8所示。

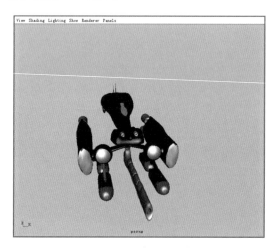

图10-8 打开场景

02 把模块切换到Dynamics模块，执行Fluid Effects| Create 2D Container With Emitter命令，如图10-9所示。

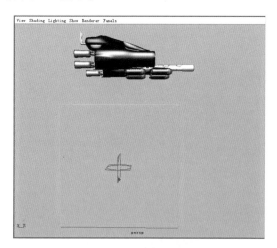

图10-9 创建2D流体

03 选择2D流体，按Ctrl+A键，打开属性面板，展开Contents Method卷展栏，将Density的

类型选择为Gradient，Velocity的类型选择为Off（zero），如图10-10所示。

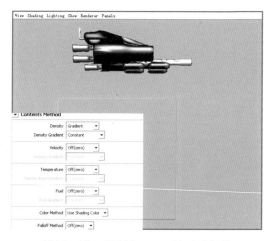

图10-10 设置Contents Method参数

04 展开Display卷展栏，将Boundary Draw的类型选择为Bounding box，如图10-11所示。

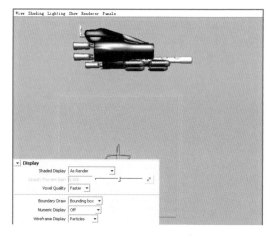

图10-11 设置Display参数

05 展开Contents Details| Shading 卷展栏，将Transparency的值设置为HSV（36.95、0、0.231），将Glow Intensity的参数设置为0.537，将Dropoff Shape的类型选择为Sphere，如图10-12所示。

06 展开Color卷展栏，设置参数如图10-13所示。

07 展开Incandescence卷展栏，设置参数如图10-14所示。

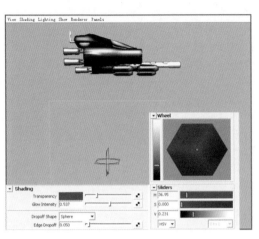

图10—12　设置Shading参数

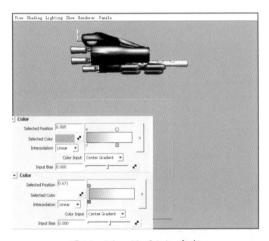

图10—13　设置Color参数

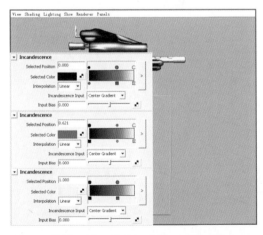

图10—14　设置Incandescence参数

08 展开Opacity卷展栏，设置参数如图10—15所示。

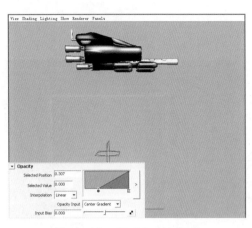

图10—15　设置Opacity参数

09 展开Textures卷展栏，启用Texture Incandescence复选框，如图10—16所示。

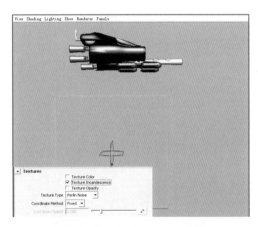

图10—16　设置Textures参数

10 按R键，将2D流体缩放到如图10—17所示的大小。

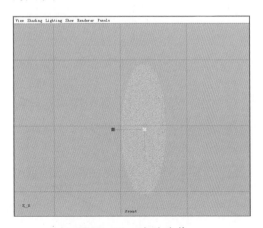

图10—17　缩放流体

11 流体参数设置完成，单击渲染按钮█，渲染效果如图10-18所示。

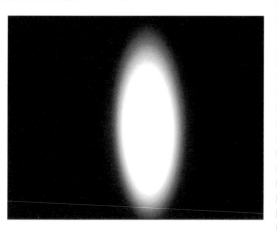

图10-18　渲染效果

2．录制动画

01 选择2D流体，按Ctrl+A键，复制3个流体，将它们4个流体放到飞船的后面，如图10-19所示。

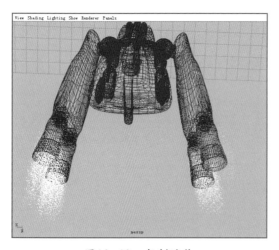

图10-19　复制流体

02 然后先选择流体，再选择飞船，按P键，让它们建立父子关系，如图10-20所示。

03 在Front视图中，使用CV Curve Tool命令创建线条，如图10-21所示。

04 先选择飞船，再选择线条，按F2键，切换到Animation模块，执行Animate |Motion Paths |Attach to Motion Path命令，如图10-22所示。

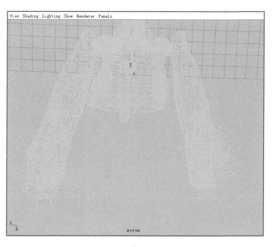

图10-20　建立父子关系

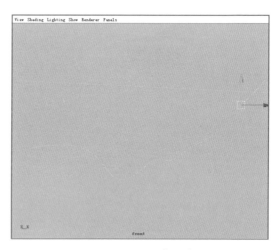

图10-21　创建线条

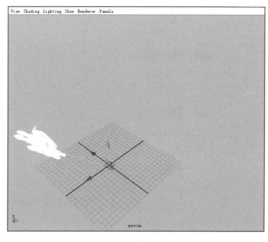

图10-22　捆绑到运动路径

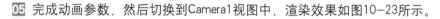

05 完成动画参数，然后切换到Camera1视图中，渲染效果如图10-23所示。

图10-23　渲染效果

10.2　遨游蓝天

　　3D流体和2D流体有很多相似之处，所不同的是3D流体具有Z轴方向，即它是一个有体积的物体，而不是2D流体的平面物体。相对于2D流体而言，3D的功能更为强大一些，应用的范围也十分广泛，下面向读者介绍一下它的特性。

10.2.1　创建3D流体

　　和创建2D流体一样，执行Fluid Effects|Create 3D Container命令创建一个3D流体容器，2D容器创建流体的几种方法，3D容器也可以使用同样的方法创建流体，而3D流体区别于2D流体主要因为3D流体添加了一个Z轴方向的参数属性，除此之外可以执行Create 3D Container With Emitter命令，创建出自带发射器的流体容器，如图10-24所示。

　　选择流体，打开其属性面板如图10-25所示，可以看到所有流体的属性节点，如流体基本属性，流体形状，流体发射时间以及流体发射器等属性节点，接下来重点讲解fluidShape和fluidEmitter这两个节点属性。

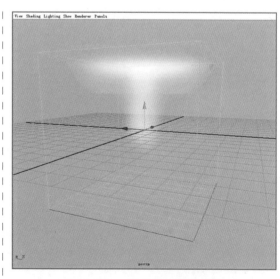

图10-24　创建3D流体发射器

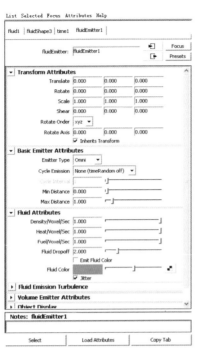

图10-25　打开流体编辑器

来控制流体温度上升的密度；Fule/ Voxel/ Sec决定流体燃料消耗的速度；Fluid Dropoff控制流体的衰减度；Emit Fluid Color用来设置流体发射颜色。

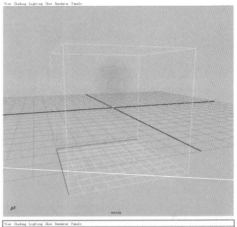

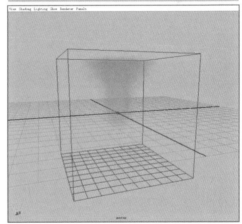

图10-26　不同的密度对比

>> Transform Attributes（变换属性）　调整 Transform Attributes卷展栏下面的属性可以对流体发射器的位移、旋转等属性进行修改。

>> Basic Emitter Attributes（基本发射属性）其属性和粒子发射器的属性类似，在这里不做详细的介绍。

>> Fluid Attributes（流体属性）　Density/ Voxel/Sec用来控制流体每秒流出的密度，其效果对比如图10-26所示；Heat/Voxel/Sec用

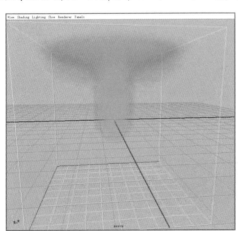

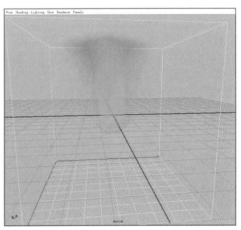

图10-27　流体扰动类型比较

Fluid Emission Turbulence（流体的扰动）
Turbulence Type用来设置扰动的类型，不同的类型效果对比如图10-27所示；Turbulence Speed控制扰动的速度；Turbulence Freq设置扰动的频率；Turbulence offset用来控制扰动的偏移；Detail Turbulence设置优化扰动的精细度。

Container Properties（流体属性） Resolution设置容器的网格分辨率；Size用来控制容器的大小；Boundary X、Y、Z设置容器的边界，默认设置为顶部和底部，如图10-28所示。

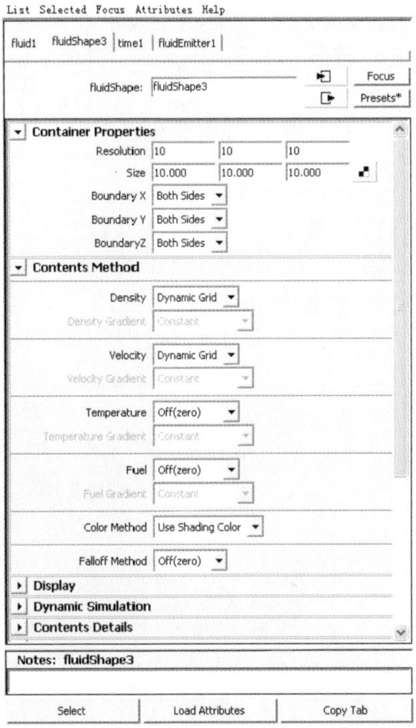

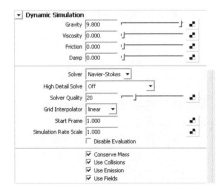

图10-28　流体形状属性栏

Contents Method（流体模式） Off (zero)模式用来隐藏流体内容；Static Grid模式用来只显示静态的流体内容；Dynamic Grid模式用来显示动态的流体内容；Density设置流体的密度；Velocity设置流体的速度属性；Temperature控制流体的温度属性；Fuel控制流体的燃料属性。

Display（流体的显示） Shaded Display设置流体在场景中的显示模式；Opacity Preview Gain调整此参数可以改变流体显示的不透明度；Voxel Quality选择显示质量；Boundary

Draw设置流体边缘线的显示方式；Numeric Display设置流体依数字方式显示；Wireframe Display设置流体如何在线框模式中显示；Velocity Draw设置在容器中显示各部分的流动方向和速率。

Dynamic Simulation（模拟动力学） 用来模拟流体的动力学，如图10-29所示。其中，Gravity用来调整重力加速度大小；Viscosity用来设置流体的疏密度，调整的值越大流体就越接近于固体；Friction用来模拟流体粒子之间的相互作用力；Damp控制流体阻尼的衰减度。

图10-29　Dynamic Simulation

Content Details（流体的详细属性）
Density/Velocity/Temperature/Fuel/Scale将Density、Fuel等属性按比例缩放；Buoyancy用于结算流体控制的值；Dissipation调整温度或密度的消散范围的大小。

Grid Cache（缓存网格） 当流体在进行动力学模拟时，选中此选项，可用来增加缓存。

Surface（曲面渲染模式） 默认情况下，流体以Volume Render的方式显示，但也可以以Surface Render的方式即以几何物体的模式来显示流体，用于调整流体的渲染效果如图10-30所示。

Shading（材质） Shading用来控制显示流体效果的属性。其中，Transparency设置流体的透明度；Glow Intensity设置流体的辉光强度；Dropoff Shape设置流体的衰减形状；Edge Dropoff控制流体边缘衰减度的宽度大小。

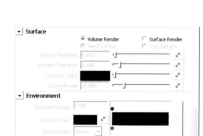

图10-30　曲面渲染编辑卷展栏

▶▶ Color（流体颜色）　Color用来调整流体的基本颜色。

▶▶ Incandescence（自发光）　Incandescence用来设置流体的自发光；在Maya中是使用Temperature来控制显示流体的自发光属性的，但其Color Method方式应选择Dynamic Grid选项并且Contents Method方式选择Dynamic Grid选项。

▶▶ Opacity（流体的透明）　Opacity控制透明遮罩的属性。

▶▶ Shading Quality（流体渲染精度）　Shading Quality用于设置阴影的质量。其中，Quality用于设置流体渲染质量精度；Contrast Tolerance用于设置对比度的公差值；Sample Method用于设置采样的使用方式；Render Interpolator用于设置渲染插值的方式。

▶▶ Lighting（照明）　Lighting用于设置照明。其中，启用Self Shadow复选框，流体将产生自身的阴影；启用Hardware Shadow复选框，可产生硬件渲染阴影；启用Real Lights复选框，可使流体采用真实光。

10.2.2　制作遨游蓝天

　　大家也许在电视上看到过云彩翻滚、形状变幻的效果。通常情况下，云彩的变化用于反映剧情的变化，并且能够点缀画面效果。本节将向大家介绍一个天空的效果，在这个案例中将介绍云彩的制作方法。

1. 创建流体

　　01 新建一个场景，执行Fluid Effects|Create 3D Container命令，创建流体，如图10-31所示。

　　02 选中流体，按Ctrl+A键，打开属性面板，展开Container Properties卷展栏，将Resolution分别设置为（20、3、20），将Size分别设置为（20、3、20），如图10-32所示。

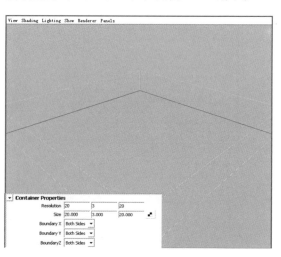

图10-32　设置Container Properties参数

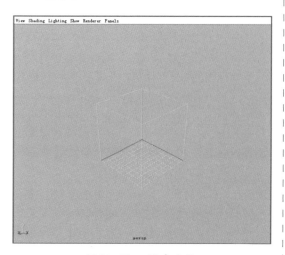

图10-31　创建流体

03 展开Contents Method卷展栏，将Density设置为Off（zero），如图10-33所示。

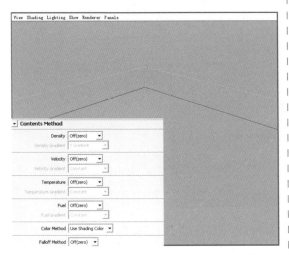

图10-33　设置Contents Method参数

04 展开Display卷展栏，将Slices per Voxel设置为1，将Boundary Draw设置为Bounding box，如图10-34所示。

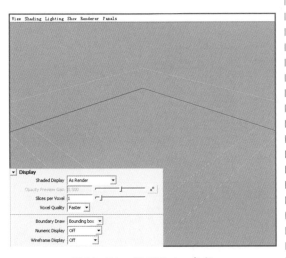

图10-34　设置Display参数

05 展开Contents Details| Shading卷展栏，设置参数如图10-35所示。

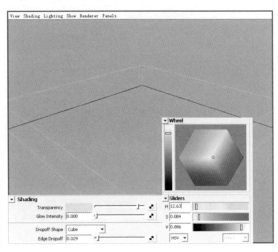

图10-35　设置Shading参数

06 展开Color卷展栏，调整参数如图10-36所示。

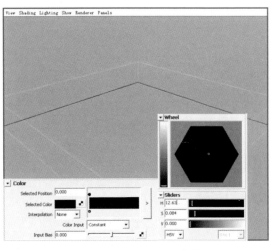

图10-36　设置Color参数

07 展开Incandescence卷展栏，设置参数如图10-37所示。

08 展开Opacity卷展栏，设置参数如图10-38所示。

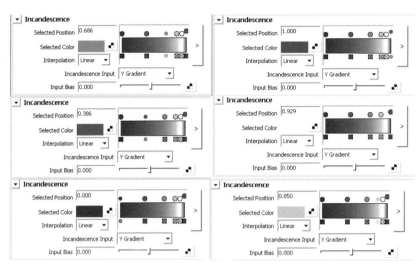

图10-37　设置Incandescence参数

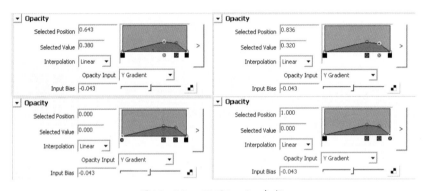

图10-38　设置Opacity参数

09 展开Shading Quality卷展栏，将Quality设置为0.02，Contrast Tolerance设置为0.04，Sample Method设置为Uniform，如图10-39所示。

10 展开Lighting卷展栏，禁用Real Lights复选框，将Directional Light分别设置为（0.5、0.2、-0.4），如图10-40所示。

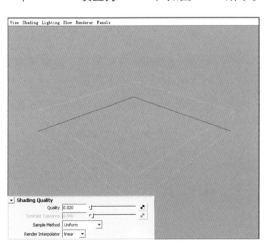

图10-39　设置Shading Quality参数

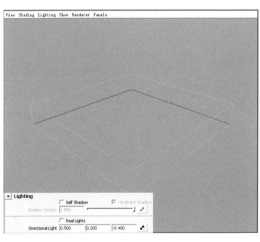

图10-40　设置Lighting参数

11 展开Render Stats卷展栏，禁用Casts Shadows和Receive Shadows复选框，如图10-41所示。

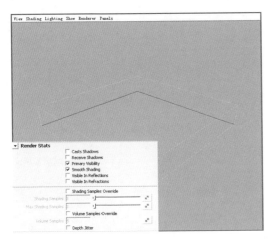

图10-41 设置Render Stats参数

12 执行Fluid Effects| Create 3D Container命令，再次创建3D流体，如图10-42所示。

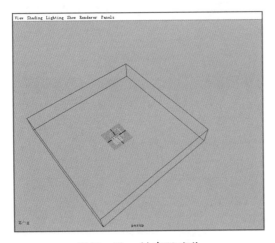

图10-42 创建3D流体

13 选择流体，按Ctrl+A键，打开属性面板，展开Container Properties卷展栏，将Resolution分别设置为（80、4、80），将Size分别设置为（20、1、20），如图10-43所示。

14 展开Contents Method卷展栏，将Density、Velocity、Temperature、Fuel都设置为Off（zero），如图10-44所示。

15 展开Display卷展栏，将Boundary Draw设置为Bounding box类型，如图10-45所示。

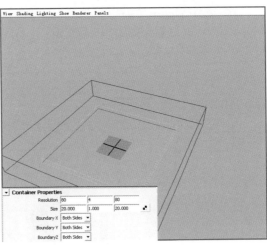

图10-43 设置Container Properties参数

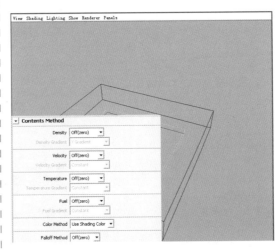

图10-44 设置Contents Method参数

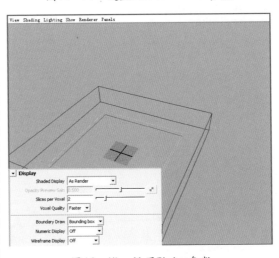

图10-45 设置Display参数

16 展开Contents Details| Shading卷展栏，将Transparency设置为如图10—46所示，将Edge Dropoff设置为0.165。

17 展开Color卷展栏，设置参数如图10—47所示。

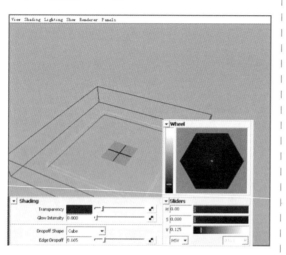

图10—46　设置Shading参数

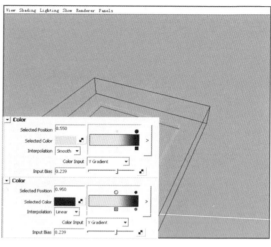

图10—47　设置Color参数

18 展开Incandescence卷展栏，设置参数如图10—48所示。

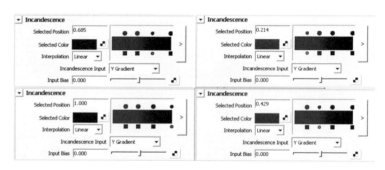

图10—48　设置Incandescence参数

19 展开Opacity卷展栏，设置参数如图10—49所示。

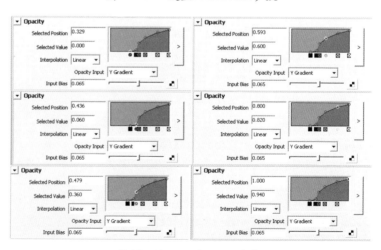

图10—49　设置Opacity参数

20 展开Shading Quality卷展栏，将Quality、Contrast Tolerance分别设置为1.5、0.02，将Sample Method设置为Adaptive Jittered，将Render Interpolator设置为linear，如图10-50所示。

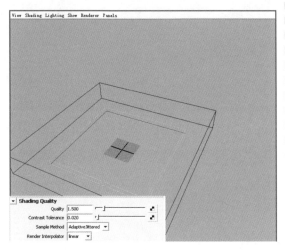

图10-50　设置Shading Quality参数

21 展开Textures卷展栏，分别启用Texture Color、Texture Incandescence、Texture Opacity复选框，其他设置参数如图10-51所示。

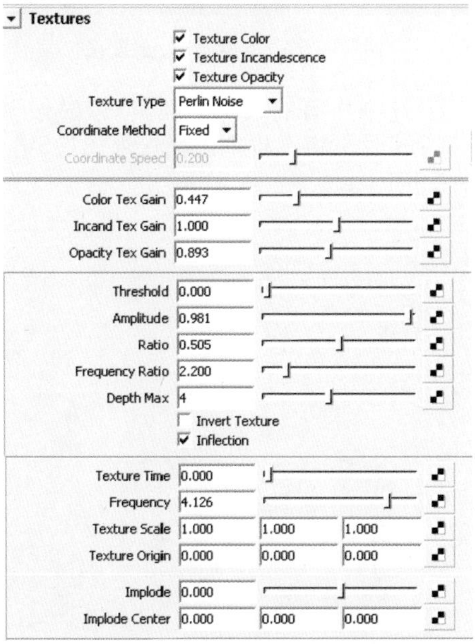

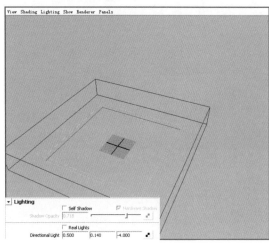

图10-51　设置Textures参数

22 展开Lighting卷展栏，禁用Real Lights复选框，将Directional Light设置为（0.5、0.14、-4），如图10-52所示。

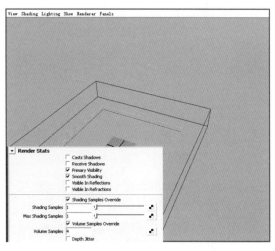

图10-52　设置Lighting参数

23 展开Render Stats卷展栏，禁用Casts Shadows和Receive Shadows 复选框，启用Shading Samples Override 和Volume Samples Override复选框，如图10-53所示。

图10-53　设置Render Stats参数

24 流体的参数设置完成，渲染效果如图10-54所示。

图10-54 渲染效果

图10-56 渲染效果图

2. 录制动画

01 导入随书光盘目录下的feiji.obj文件，如图10-55所示。

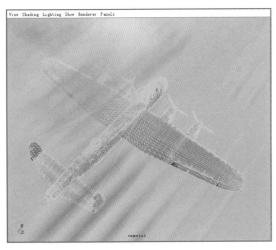

图10-55 导入文件

02 执行Hypershade命令，将贴图材质赋予飞机，渲染效果如图10-56所示。

03 选中飞机，按Ctrl+D键，复制出3架飞机，渲染效果如图10-57所示。

图10-57 5架飞机效果图

04 选中所有的飞机，在第1帧时按S键，到第300帧时，将飞机拖出场景外，按S键，如图10-58所示。

图10-58 录制动画

05 单击创建面片，按R键，将面片缩放到如图10-59所示。

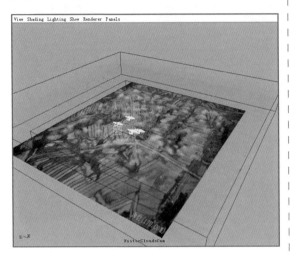

图10-59　创建面片

06 单击全局渲染按钮，弹出Render Settings对话框，切换到Maya Software选项卡，展开Motion Blur卷展栏，启用Motion blur复选框，将Motion blur type的类型切换到3D模式，如图10-60所示。

07 完成录制动画，渲染效果如图10-61所示。

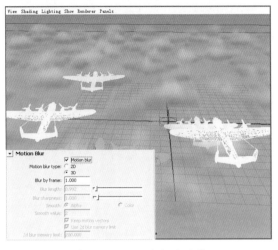

图10-60　设置全局渲染

图10-61　渲染效果

10.3　波涛汹涌

Maya中提供的流体是一种非常出色的特效制作模式。利用流体可以制作出很多的波浪效果，例如波澜壮阔的海洋、涓涓细流、汹涌的洪水等。本节将向大家介绍一个大海风暴来临前的效果。在介绍实例操作之前，首先介绍一下流体的碰撞设置方法。

10.3.1　流体碰撞

在Maya中，粒子、动力场能够产生碰撞，同样地流体也能产生碰撞的效果或和其他物体之间产生相互作用。本节向大家介绍设置流体碰撞的方法。

01 首先在视图中创建一个NURBS曲面并调整其变形，注意NURBS曲面必须在流体容器范围内，以免影响流体的碰撞效果。

02 执行Fluid Effects|Create 3D Container with Emitter命令创建一个带发射器的流体容器，选中NURBS曲面，再选中流体容器执行Make Collide命令，播放动画，可以看到流体上升到曲面时被阻挡，如图10-62所示。

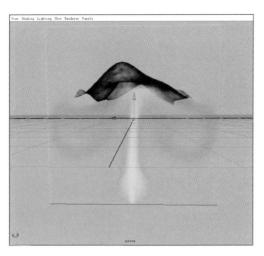

图10-62 创建流体碰撞

03 先选中曲面再选中流体容器，执行Fluid Effects|Make Motion Field命令创建流体的运动场，播放动画，可以看到容器中自动出现一个运动控制器和拖动场，流体围绕曲面的曲度进行移动，效果如图10-63所示。

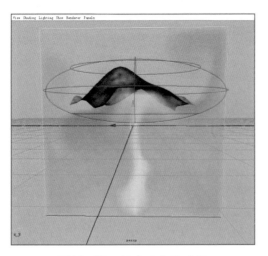

图10-63 创建流体运动场

04 选中运动控制器打开其属性栏，如图10-64所示，将Magnitude强度值改为100，启用Use Direction复选框并设置Direction X为10，播放动画，效果如图10-65所示。

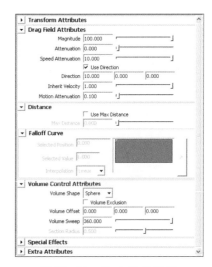

图10-64 拖动场属性栏

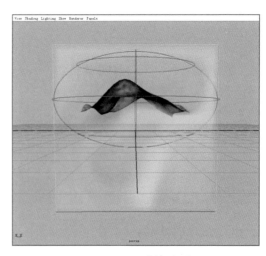

图10-65 碰撞效果

10.3.2 制作波涛汹涌

本节所介绍的是一个海面的效果，在制作的过程中将使用3D流体，搭配合理的材质以及灯光布置，创建出一幅波涛汹涌的效果。下面向读者介绍一下它的详细创建流程。

1. 创建海

01 新建场景，在Dynamics模块下，执行 Fluid Effects |Ocean |Create Ocean◻命令，弹出Create Ocean对话框，将Preview plane size设置为40，单击Apply按钮，如图10-66所示。

02 选中transform1，按Ctrl+A键，打开属性面板，切换到oceanpreviewplane1选项卡，在Color上右击，在弹出的快捷菜单中执行Break Connection命令，断开关系，如图10-67所示。

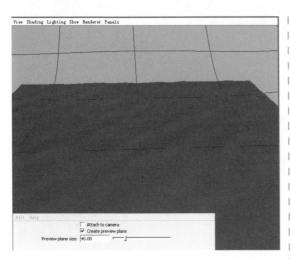

图10-66 Create Ocean

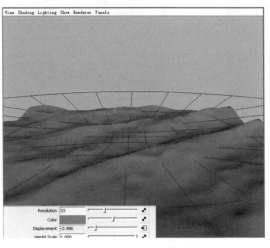

图10-68 设置参数

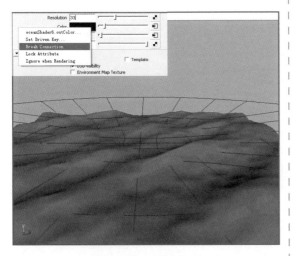

图10-67 断开关系

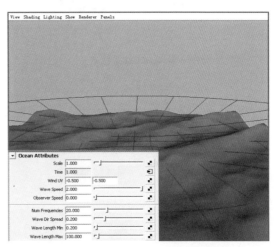

图10-69 设置Ocean Attributes参数

03 将Resolution设置为33，将Color设置为HSV（180、0.6、0.5），如图10-68所示。

04 切换到oceanShader1选项卡，展开Ocean Attributes卷展栏，将Wind UV设置为（-0.5、-0.5），Wave Speed设置为2，将Num Frequencies、Wave Dir Spread、Wave Length Min、Wave Length Max分别设置为（20、0.2、0.2、100），如图10-69所示。

05 展开Wave Height卷展栏，参数设置如图10-70所示。

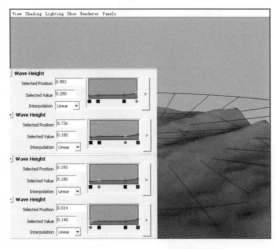

图10-70 设置Wave Height参数

06 展开Wave Turbulence卷展栏，设置参数如图10-71所示。

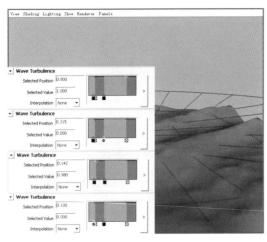

图10-71　设置Wave Turbulence参数

07 展开Wave Peaking卷展栏，调整参数如图10-72所示。

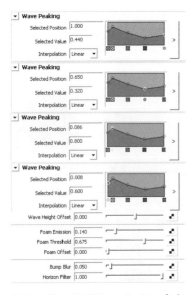

图10-72　设置Wave Peaking参数

08 展开Common Material Attributes卷展栏，设置参数如图10-73所示。

09 展开Specular Shading卷展栏，将Specularity设置为0.447，Eccentricity设置为0.3，Specular Color设置为HSV（226.79、0.326、0.395），Reflectivity设置为0.971，如图10-74所示。

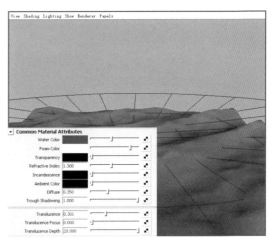

图10-73　设置Common Material Attributes参数

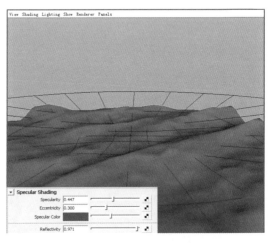

图10-74　设置Specular Shading参数

10 展开Environment卷展栏，设置参数如图10-75所示。

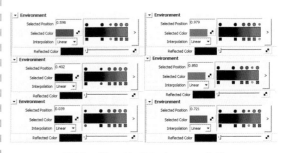

图10-75　设置Environment参数

11 切换到layer1选项卡，展开Drawing Override Options卷展栏，启用Visible复选框，如图10-76所示。

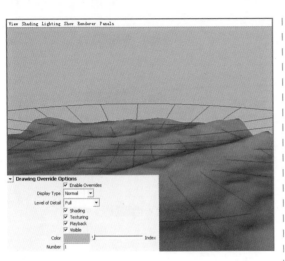

图10-76　设置Drawing Override Options参数

12 海的参数设置完成，渲染一下透视图，观察效果如图10-77所示。

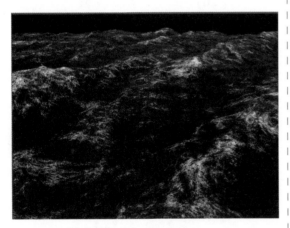

图10-77　渲染效果

2. 创建雾效

01 执行Fluid Effects| Create 3D Container命令，创建出Fluid1流体，如图10-78所示。

02 选择Fluid1流体，按Ctrl+A键，打开属性面板，切换到FluidShape1选项卡，展开Container Properties卷展栏，将Resolution分别设置为（30、3、30），将Size分别设置为（20、2、20），如图10-79所示。

03 展开Contents Method卷展栏，将Density、Velocity、Temperature、Fuel都调整为Off（zero）模式，如图10-80所示。

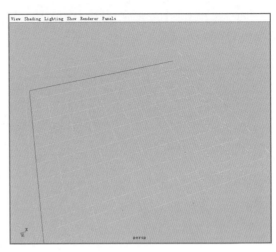

图10-78　创建Fluid1流体

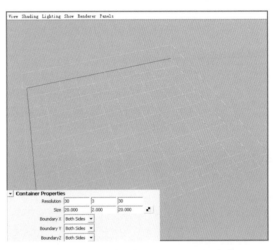

图10-79　设置Container Properties参数

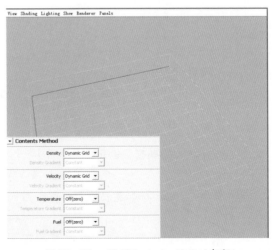

图10-80　设置Contents Method参数

04 展开Display卷展栏，将Wireframe Display设置为Off模式，如图10-81所示。

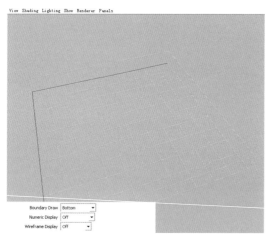

图10-81　设置Display参数

05 展开Contents Details| Shading卷展栏，将Transparency的颜色改为HSV（0、0、0.545），将Dropoff Shape设置为Sphere模式，将Edge Dropoff参数改为0.078，如图10-82所示。

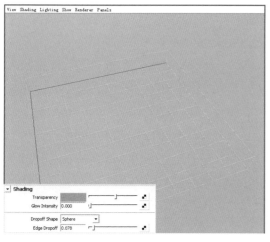

图10-82　设置Shading参数

06 展开Color卷展栏，调整参数如图10-83所示。

07 展开Incandescence卷展栏，调整参数如图10-84所示。

08 展开Opacity卷展栏，设置参数如图10-85所示。

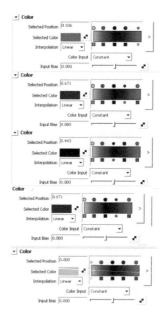

图10-83　设置Color参数

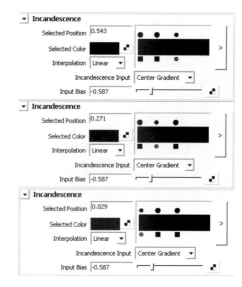

图10-84　设置Incandescence参数

09 展开Shading Quality卷展栏，将Contrast Tolerance设置为0.02，如图10-86所示。

10 展开Textures卷展栏，启用Texture Color、Texture Incandescence、Texture Opacity复选框，将Color Tex Gain、Incand Tex Gain、Opacity Tex Gain、Threshold、Amplitude、Ratio、Frequency Ratio、 Depth Max分别设置为（0.951、0.447、1、0、1、0.777、3.010、2），如图10-87所示。

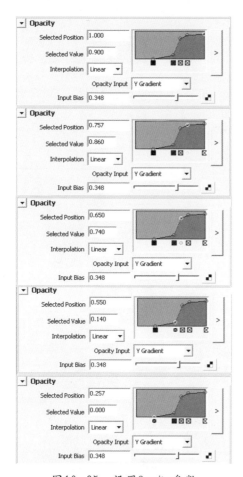

图10—85 设置Opacity参数

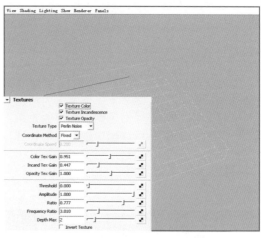

图10—87 调整Textures参数

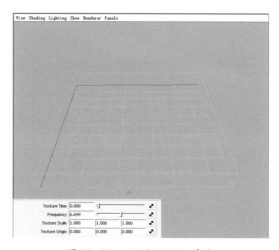

图10—88 设置Textures参数

12 雾的效果调整完成，然后渲染最终效果，如图10—89所示。

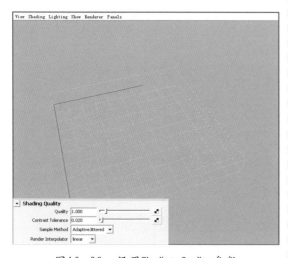

图10—86 设置Shading Quality参数

11 将Texture Time、Frequency分别设置为(0、6.699)，如图10—88所示。

图10—89 最终效果

10.4　燃烧生命

燃烧生命这个案例是一个广告招贴的前期准备部分。为了能够产生一个逼真的招贴效果，作者利用Maya制作出了烟卷燃烧的效果。然后，将其输出到Photoshop中进行后期处理。本节主要向大家介绍烟雾效果的制作方法。

01 打开随书光盘目录下的xiyan.mb文件，渲染效果如图10-90所示。

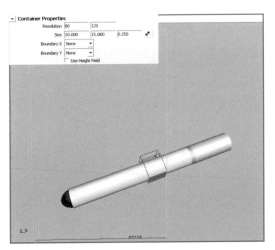

图10-90　渲染效果图

02 在Dynamics模块下执行Fluid Effects| Create 2D Container命令，按Ctrl+A键，打开属性面板，展开Container Properties卷展栏，将Resolution设置为（80、120），Size设置为（10、15、0.250），将Boundary X和Boundary Y都设置为None，如图10-91所示。

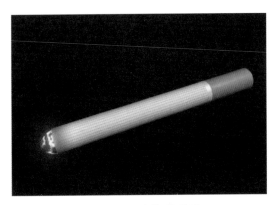

图10-91　设置容器参数

03 展开Contents Details| Density卷展栏，将Density Scale、Buoyancy、Dissipation、Diffusion分别设置为（0.826、12.00、0.562、0.000），如图10-92所示。

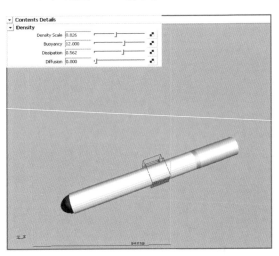

图10-92　设置Density的参数

04 展开Velocity卷展栏，将Swirl设置为10，如图10-93所示。

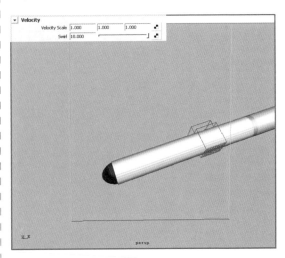

图10-93　设置Velocity参数

05 展开Turbulence卷展栏，将Strength、Frequency、Speed分别设置为（0、0.2、0.03），如图10-94所示。

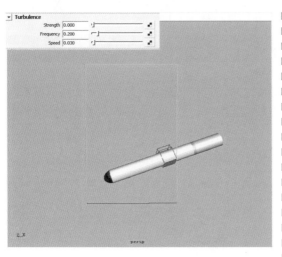

图10-94 设置Turbulence参数

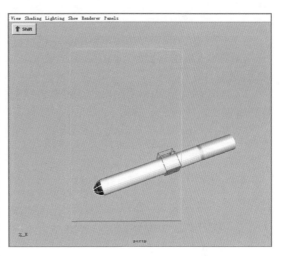

图10-96 按住Shift键选择fluid1

06 展开Shading卷展栏，将Transparency的颜色设置为HVS（0、0、0.058），如图10-95所示。

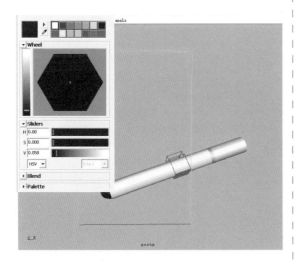

图10-95 设置Transparency颜色

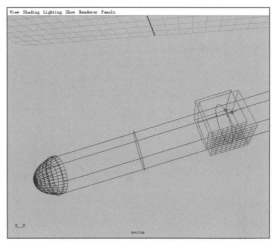

图10-97 创建发射器

07 流体参数设置完成，然后先选择yan4，按住Shift键加选fluid1，如图10-96所示。

08 执行Fluid Effects| Add/Edit Contents| Emit From Object命令，创建发射器，如图10-97所示。然后将时间滑块上的播放时间更改为1～200。

09 流体动画参数更改完成，将Persp视图切换到Camera1视图中，然后单击 按钮，渲染效果如图10-98所示。

图10-98 最终渲染效果

299

10.5 笔触特效——走进大自然

Paint Effects是Maya中提供的一种非常精彩的绘画工具，可以使用它来绘制各种特殊的效果，其制作过程非常方便、快捷。Paint Effects分为2D笔触和3D笔触，可以使用这两种形式来创作所需要的画面，下面向读者介绍一下2D笔触。

10.5.1 2D笔触特效

Maya中的笔触分为两种基本类型。再复杂的笔触效果，其基础都是这两种笔触方式的结合。通过它们的有机结合，才创建了丰富多彩的特效。本节将向大家介绍Maya中的笔触类型以及2D特效的使用方法。

1. 笔触类型介绍

在使用笔触之前，一定要了解笔触的类型，在Maya软件中，笔触可划分为两种：单一笔触和管状笔触。

>> **单一笔触** 在使用单一笔触时，笔画将直接沿着绘画的路径直接将画面画到场景或画布中，在Maya任意视图中按8键，即可打开Paint Effect画板使用单一笔触绘制，效果如图10-99所示。

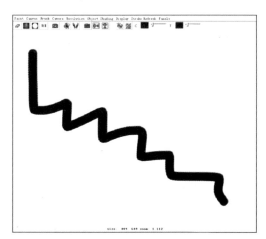

图10-99 单一笔触效果

>> **管状笔触** 在使用管状笔触时，在沿绘画路径所绘制的路径上生成许多分支，称这些分支为Tube，它将会沿着所绘制的路径生长出来，因此也可以把管状画笔叫做生长画笔，按8键打开Paint Effect画板使用管状笔触绘制，效果如图10-100所示。

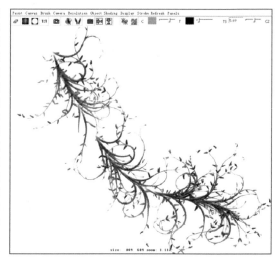

图10-100 管状笔触效果

另外，管状笔触由于它的多功能性和灵活使用性，所以是笔触工具中最重要的一种。它可以用来模拟在自然界中许多有分支结构的物体，如花、树木、草等，在笔触属性中有很多针对它的属性内容。

2. 绘制2D笔触

按8键切换到笔触面板，接下来调整面板颜色，首先执行笔触画板上的Canvas|Clear命令，调整Clear Color颜色为淡黄色。执行Brush|Get Brush命令打开Visor编辑器，在Paint Effects选项区域下选择Water Color文件夹，在窗口右侧区域选择SumiBamboo.mel笔触，在笔触面板中拖动笔触光标进行绘制，如图10-101所示。

现在修改一下画笔的颜色属性，执行Brush|Edit Template Brush命令，自动弹出笔触的属性编辑器，打开Shading卷展栏，并设置Color1为暗绿色，Incandescence1为深绿色，如图10-102所示。

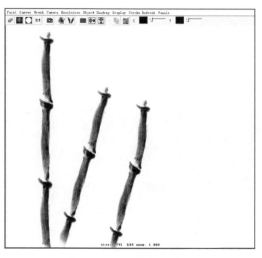

图10-101 创建2D笔触

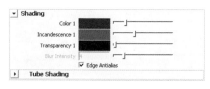

图10-102 调整笔触Shading属性

再次在画板上绘制,可以看到笔触绘制的颜色变成了绿色,效果如图10-103所示。

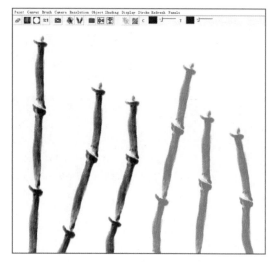

图10-103 调整笔触的颜色

10.5.2 绘制自然风景

利用笔触可以创建出很多真实的自然风景。本节所介绍的是一条大路的效果,它采用了2D笔触和3D笔触相结合的方法创建场景,详细的操作流程如下。

1. 绘制场景

01 首先创建一个场景文件并执行Create|Polygon Primitives|Plane命令创建一个多边形面片,调整多边形面片的宽度,如图10-104所示。

02 打开Hypershade材质编辑器,在其右侧创建一个Lambert材质取名为dimian01,单击其属性面板Color右侧的 按钮,在打开的节点属性面板中单击File节点,在弹出的属性面板中单击Image Name选项右侧的 按钮导入素材dimian01,并通过材质的Bump Mapping选项赋予素材dimian01-1,材质节点连接如图10-105所示。

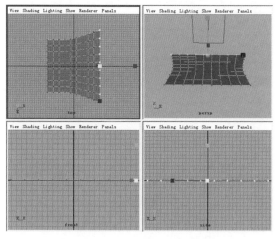

图10-104 创建多边形面片

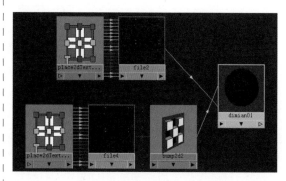

图10-105 材质节点连接

03 在材质编辑器工作区单击Bump 2d节点，在其弹出的属性面板中调整Bump Depth值为0.2，在工作区再双击2d Texture Placement放置器，将Repeat UV分别设置为6和2，选中面片，在材质dimian01上右击，在弹出的快捷菜单中执行Assign Material To Selection命令把材质赋予面片，产生土壤的效果如图10-106所示。

图10-106　赋予面片材质

04 创建一个多边形面片，选中面片右击鼠标，选择其中的Vertex命令，进入节点编辑状态，并选择多边形两边的节点向下拖动，使多边形的两边融入到创建的第一个多边形面片下，调整如图10-107所示。

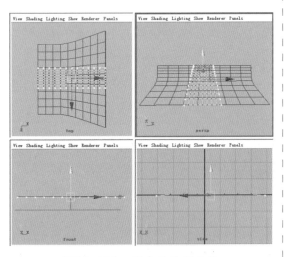

图10-107　创建多边形面片

05 在Hypershade材质编辑器中创建一个Lambert材质，将其命名为dimian02，单击其属性面板Color右侧的按钮，在打开的节点属

性面板中单击File节点，在弹出的属性面板中单击Image Name选项右侧的按钮导入素材dimian02，并通过材质的Bump Mapping凹凸贴图选项赋予素材dimian02-2，材质节点连接如图10-108所示。

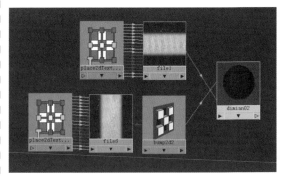

图10-108　材质节点连接

06 在材质编辑器工作区单击Bump 2d节点，在其弹出的属性面板中调整Bump Depth值为0.2，在工作区再双击2d Texture Placement放置器，将Repeat UV分别设置为7和1，将材质dimian02赋予面片物体，产生了路的效果，如图10-109所示。

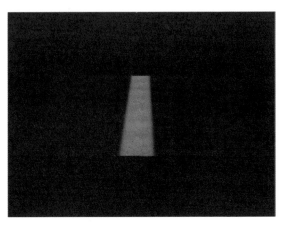

图10-109　赋予地面材质

07 接下来使用画笔在地面两侧添加一些植物，首先选中面片执行Rendering模块下的Paint Effects|Make Paintable命令，再执行Window|General Editors|Visor命令，弹出画笔窗口，任意选择一种植物类别都能显示此类的植物，如果在窗口左侧选择树选项，则右侧自动弹出许多树的素材，如图10-110所示。

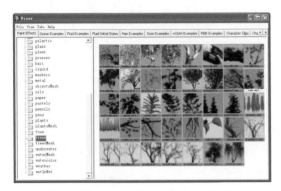

图10-110 Visor窗口

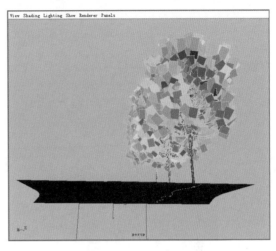

图10-112 树贴在地面上

08 单击树的素材图标,当光标变为笔的形状时,转到Top视图,沿着马路一侧按住鼠标左键并拖动画出一排树,这样树自动被创建出来,如图10-111所示。

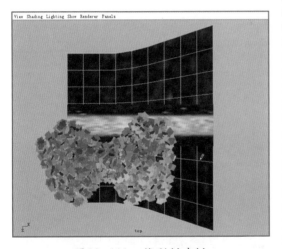

图10-111 笔刷创建树

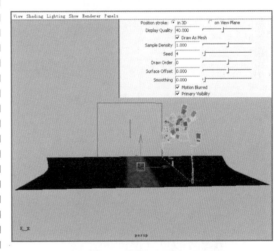

图10-113 调整树的显示密度

09 在视图窗口中可以看到,在执行Make Paintable命令后,所创建的树完全地贴在了地面上,效果如图10-112所示。

10 选中创建的树,按组合键Ctrl+A打开其属性面板,切换到StrokeshapeDeyaKiStreet 5选项卡,将Display Quality参数设置为40,切换到KeyaKiStreet9选项卡并将Global Scale设置为3.2,全局大小根据场景比例调整,效果如图10-113所示。

11 用同样的方法在树的另一侧再创建一排树,并调整其密度,同样的模型最好不要复制而要用画笔创建,以防下次打开文件时找不到已复制的模型素材,如图10-114所示。

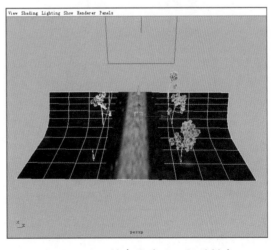

图10-114 创建马路另一侧的树木

12 在画笔窗口中选择grasses选项，找到grassTexWide.mel素材，在马路两侧的空地上创建一些小草。注意调整小草的密度和大小，也可以多创建一些树，如图10-115所示。

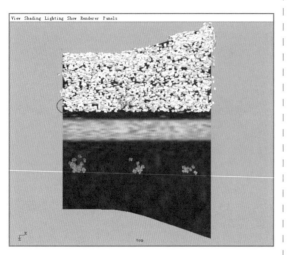

图10-115　创建小草

13 在画笔窗口中选择grasses选项，找到grassClump.mel素材，在靠近马路旁创建一些细碎的小草。注意调整小草的密度和权重大小，如图10-116所示。

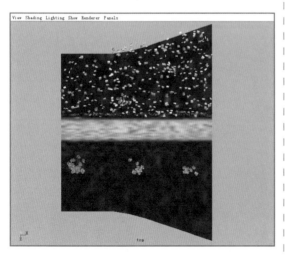

图10-116　创建靠近马路旁的小草

14 用同样的方法在马路的另一侧空地创建一些小草并调整小草的显示密度和全局大小，效果如图10-117所示。

图10-117　整体草的添加效果

15 接下来创建一些花来衬托景色，首先选中画笔窗口中的flowers选项，并在其右侧选择flowerTallRed.mel素材，在场景中的小树旁绘制小花，如图10-118所示。

图10-118　绘制花丛

16 按组合键Ctrl+A打开花的属性面板，切换到flowerTallRed12选项卡，将Global Scale参数更改为1，再调整Brush Profile属性下的参数，视图中可以看到花的分枝增多了，如图10-119所示。

17 在此属性对话框中向下拖动滚动条，找到Flowers卷展栏并调整其属性选项，对花瓣进行调整，效果如图10-120所示。

18 用同样的方法在地面的其他地方绘制一些花草并调整其显示密度降低缓存，场景整体花草效果如图10-121所示。

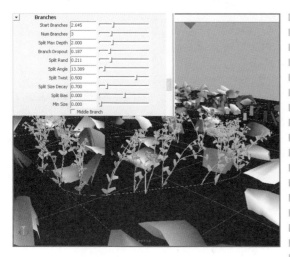

图10-119 添加花的枝条

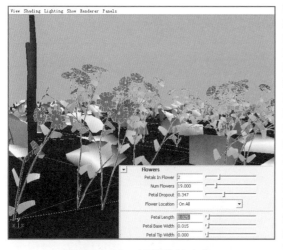

图10-120 调整花瓣参数

图10-121 绘制场景花丛

19 接下来创建一个天空，首先执行Create|NURBS Primitives|Plane命令创建一个NURBS面片，用Hypershade材质编辑器在视图右侧创建一个Lambert材质，将其命名为tiankong，赋予面片一个天空材质，如图10-122所示。

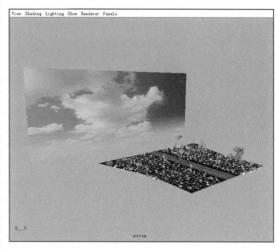

图10-122 创建天空面片

20 执行Create|Cameras|Camera and Aim命令创建摄像机，并调整其角度适合场景角度，如图10-123所示。

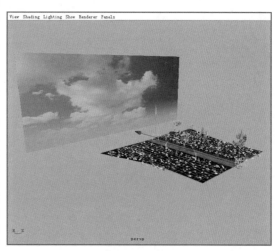

图10-123 创建摄像机并调整摄像机位置

21 在透视图窗口中执行Panels|Perspective|Camera命令，激活摄像机视图，查看此时的效果，如图10-124所示。

图10-124 通过摄像机查看视图

2. 创建灯光

01 接下来为场景创建灯光，首先执行Create|Lights|Spot Light命令，创建一盏射灯作为主光源，选中灯光按T键显示其目标点调整射灯角度，为了让它对树产生阴影灯，灯光照射范围调整不能过大，如图10-125所示。

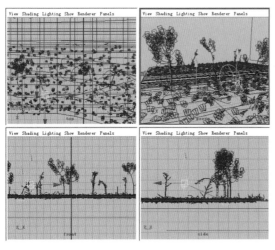

图10-125 调整灯光照射角度

02 选中主光源，按Ctrl+A键打开灯光属性对话框找到Depth Map Shadow Attributes卷展栏，启用Use Depth Map Shadows复选框，修改Resolution参数为1896，然后再调整灯光参数并注意查看产生阴影的效果，如图10-126所示。

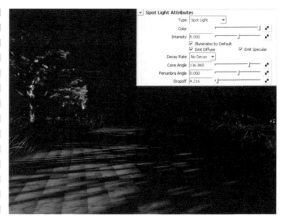

图10-126 调整摄像机属性参数

03 选中主光源，按Ctrl+D键复制灯光作为辅助灯光，辅助灯光的照射角度如图10-127所示。

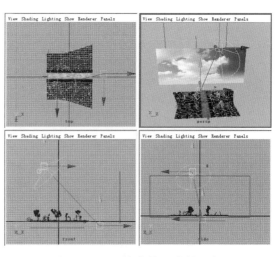

图10-127 创建第一盏辅助灯

04 选中辅助灯光打开其属性栏并调整其属性参数，找到Depth Map Shadow Attributes卷展栏，禁用Use Depth Map Shadows复选框，关掉深度贴图阴影选项，摄像机视图渲染效果如图10-128所示。

05 选中第一盏辅助灯，按Ctrl+D键再复制另一盏辅助灯，辅助灯光的照射角度及参数调整如图10-129所示。

06 进入到摄像机视图并单击渲染按钮，查看一下创建第二盏辅助灯之后的照明效果，如图10-130所示。

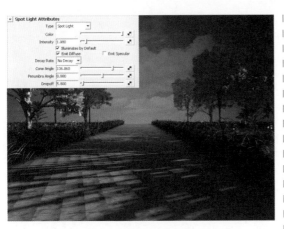

图10-128 创建辅助灯渲染效果

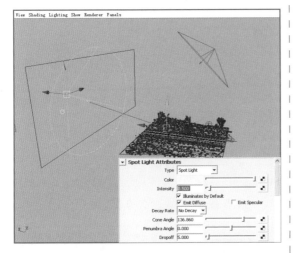

图10-129 创建第二盏辅助灯

图10-130 创建第二盏辅助灯后的渲染效果

07 从图10-130中可以看到场景还是达不到白天的效果，再在场景中创建一盏散光灯和一盏辅助射灯，灯光亮度都调整为0.5，然后调整一下灯光的位置，如图10-131所示。

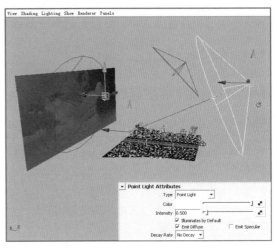

图10-131 创建散光灯和射灯

08 进入到摄像机视图单击渲染按钮，查看一下创建散光灯和辅助射灯之后的照明效果，如图10-132所示。

图10-132 最终渲染效果

10.6　笔触特效——诅咒之地

在学习了2D绘画以后，下面将学习如何进行3D空间的绘画。3D绘画在Paint Effect中起着非常重要的作用，读者可以在三维空间绘制所需要的效果。首先向大家介绍一下3D笔触的一些特性。

10.6.1　3D笔触特效

在画板中执行Paint|Paint Scene命令可以使用笔触绘制具有三维效果的物体，也可以在场景中直接绘制三维的效果，更为简单的方法是在任意视图窗口中直接绘制，使操作更灵活快捷。

1. 在场景中绘制

执行Window|General Editor|Visor命令打开笔触编辑窗口，在窗口左侧列表中找到flowers文件夹并在其右侧单击选择flower TallRed.mel笔触，弹出笔触编辑面板，如图10-133所示。

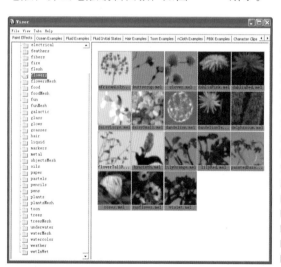

图10-133　打开笔触编辑窗口

在视图窗口中光标变为画笔形状时，拖动鼠标左键绘制物体，可以看到视图中笔触经过的地方产生一条路径并在此路径上长出许多花的模型，如图10-134所示。

2. 沿物体表面绘制

在场景中创建一个曲面（或多边形）并调整其细分，再用雕刻工具把曲面雕刻出山脉起伏的形状，切换到Rendering模块下，执行Paint Effects|Make Paintable命令，在视图窗口中光标变为画笔形状时，拖动鼠标左键在曲面上绘

制，可以看到创建出来的模型紧贴在曲面上，如图10-135所示。

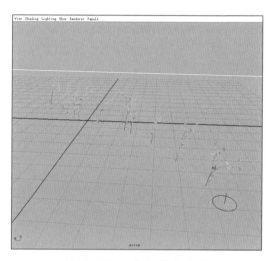

图10-134　在场景中绘制

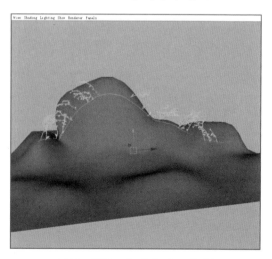

图10-135　在物体表面绘制

3. 笔触路径的调整

使用3D笔触绘制的三维物体是沿绘制的曲线生长出来的，如果修改曲线的形状，

其上面的三维物体也必定会发生变化，首先执行Display|Show|Show Geometry|NURBS Curves命令，显示笔触的路径曲线，单击曲线进入点编辑模型并执行Paint Effects|Curve Untilities|Simplify Stroke Paths Curves命令，简化曲线点密度，移动曲线上的点可以看到物体也跟随曲线的移动而移动，如图10-136所示。

4. 在曲线上添加笔触

首先在视图窗口中创建一条曲线，然后再按住Shift键选择笔触，执行Paint Effects|Curve Utilities | Attach to Curves命令，笔触和笔触路径自动贴合在先前创建的曲线上，效果如图10-137所示。

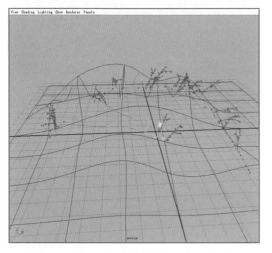

图10-136 查看物体和曲线的变化

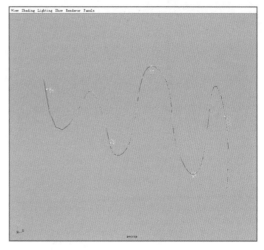

图10-137 把笔触添加到曲线上

10.6.2 绘制死亡绝地

本实例所介绍的也是一个笔触特效。在本特效中，仅仅在地面上绘制了一些小草。本实例的重点在于灯光的布置方法，以及整体氛围的调整方法。当然，笔触的使用以及对笔触特效的照明也是本节的重点之一。

01 打开随书光盘目录下的huabi.mb文件，如图10-138所示。

02 执行File| Import命令，导入随书光盘目录下的shizi.obj文件，如图10-139所示。

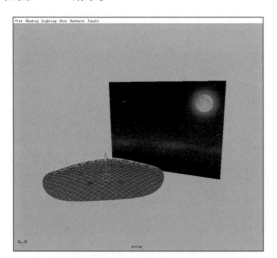

图10-138 打开场景文件

图10-139 导入文件

03 切换到Rendering模块，选择面片，执行Paint Effects| Make Paintable命令，然后就可以在面片上随意地画，如图10-140所示。

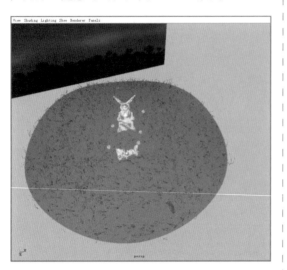

图10-140 执行Make Paintable命令

04 执行Window| General Editors| Visor命令，打开Visor窗口，在Paint Effects选项卡下找到grasses文件夹，单击grassclump.mel笔刷，如图10-141所示。

图10-141 打开Visor窗口

05 切换Persp视图，在面片上随便画草，渲染效果如图10-142所示。

06 再打开grasses文件夹，单击cornSilkGreen.mel笔刷，如图10-143所示。

图10-142 grassclump.mel的效果

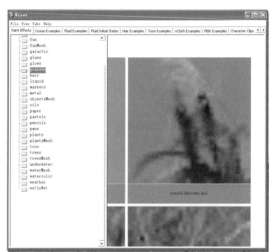

图10-143 cornSilkGreen.mel草

07 切换到Persp视图，在面片上随意画草，渲染效果如图10-144所示。

图10-144 cornSilkGreen.mel的效果

08 再次打开grasses文件夹，单击grassWindNarrow.mel笔刷，如图10-145所示。

图10-145 grassWindNarrow.mel草

09 切换到Persp视图，在面片上随意画草，渲染效果如图10-146所示。

图10-146 grassWindNarrow.mel的效果

10 执行Create| Lights| Directional Light命令，创建一展灯光如图10-147所示。

11 选择平行灯，按T键显示灯光目标点，然后将灯光调整到如图10-148所示的位置上。

12 激活摄像机视图，快速渲染该视图，以查看渲染效果，如图10-149所示。

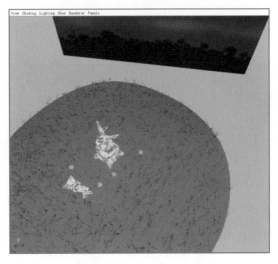

图10-147 创建平行灯

图10-148 调整灯光的位置

图10-149 渲染效果

13 执行Create| Lights| Spot Light命令，在视图中创建一盏聚光灯，如图10-150所示。

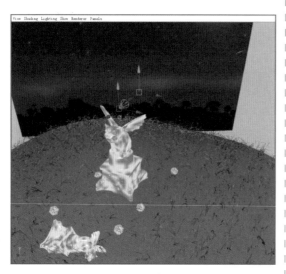

图10-150　创建Spot Light

14 选择聚光灯物体，按T键显示其目标点，然后将灯光调整到如图10-151所示的位置。

15 上述操作完成后，可以快速渲染摄像机视图，观察此时的渲染效果，如图10-152所示。

图10-151　调整聚光灯

图10-152　最终渲染效果

第11章

综合案例——游戏场景

　　三维软件的一个重要的应用领域就是场景设计。随着网络的进一步发展、计算机技术的不断更新，游戏的质量也在发生翻天覆地的变化，从原来的网页游戏到二维游戏，乃至发展到现在的三维游戏。对于学习Maya的读者来说，学习一些关于游戏场景制作方面的知识是非常有必要的，因此在本书的后面安排了这样的一个实训内容。

11.1 制作山体

在游戏当中，最常见的就是一些静态场景的设计，例如城堡、迷宫、山地、树林等，这些游戏元素都是用来模拟真实环境的，是必不可少的。本实例中要求读者创建一个山地的造型。

1. 创建山地

01 首先，在Persp视图中创建一个NURBS面片，如图11-1所示。

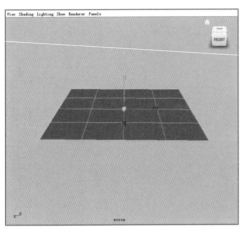

图11-1 创建NURBS面片

02 适当调整一下细分的程度，以便在雕刻山脉时保持其表面的平滑度，这里将U向参数设为16，V向为16，如图11-2所示。

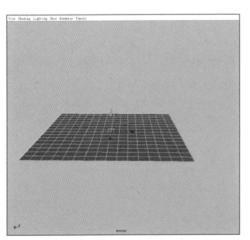

图11-2 添加细分

03 在Surfaces模块下执行Edit NURBS|Sculpt Geometry Tool命令，在NURBS面板上进行雕刻，效果如图11-3所示。

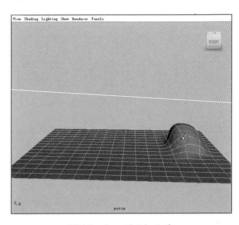

图11-3 雕刻面片

04 使用上述方法雕刻出一个山体的轮廓，如图11-4所示。

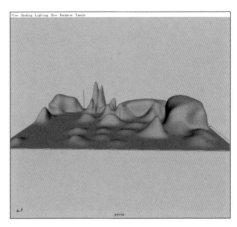

图11-4 完成山体轮廓

接下来给这些山制作材质，可以想象一下山的材质。实际上，山的材质比较复杂，可以看作是由草、土、石头纹理综合起来的一种材质，因此可以考虑将多种材质叠加到一起来形成。

2. 创建山地材质

01 创建一个Lambert材质球，取名为dimian1，单击Color右侧的 ▪ 按钮，在打开的对话框中选中as projection选项，并单击File按钮，在File属性栏里单击 ▪ 按钮导入名为dimian的素材，如图11-5所示。

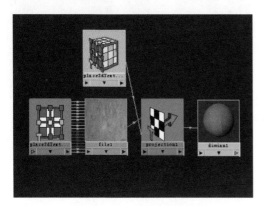

图11-5 创建材质

注意

在这里选中as projection映射贴图的原因是，为了使材质纹理与山脉模型的UV方向相同，从而避免材质UV在后期产生变形。

02 在材质球dimian1属性面板中单击Bump Mapping右侧的 ▪ 按钮，在弹出的对话框选中as projection选项，在2D Textures里单击Noise纹理，并在其属性面板中调整参数，如图11-6所示。

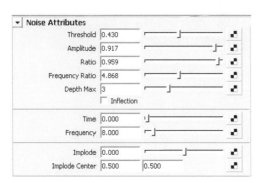

图11-6 设置Noise参数

03 调整Bump Depth参数为0.1，从而使贴图产生一定的凹凸效果。此时的节点连接如图11-7所示。

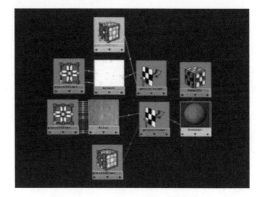

图11-7 材质节点结构图

04 再创建一个Lambert材质，取名为caodi，在其属性栏里单击Color右侧的 ▪ 按钮，在打开的对话框中选中as projection选项，并单击File按钮，在File属性栏里单击 ▪ 按钮导入名为dipi01的素材，如图11-8所示。

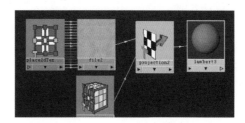

图11-8 草地材质

05 在材质caodi属性栏里单击Transparency右侧的 ▪ 按钮，在打开的对话框中选中as projection选项，并单击File按钮，导入名为dipi02的图片素材，其节点连接如图11-9所示。

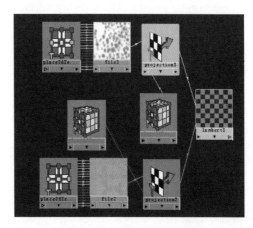

图11-9 导入透明贴图

06 创建一个Layered Shaders，取名为shan，单击材质球打开其属性栏，如图11-10所示。

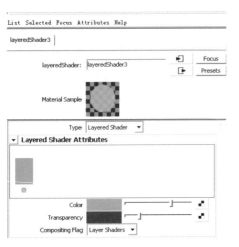

图11-10 创建Layered Shaders材质

07 单击图11-10中的 ⊠ 按钮关闭Layered Shader Attributes属性，然后把材质球caodi拖进红色线框，再将dimian1也拖到里面，如图11-11所示。

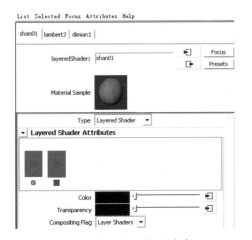

图11-11 添加材质节点

08 这样，关于山脉的材质就制作完成了，图11-12所示是该材质的最终结构图。

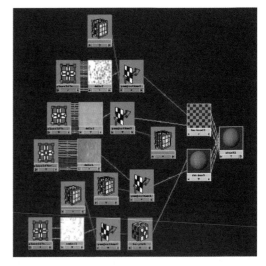

图11-12 材质结构

09 选中材质shan，用鼠标中键拖动附给山脉，最终材质效果如图11-13所示。

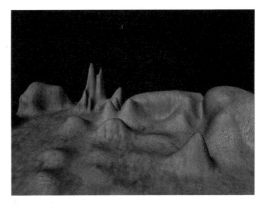

图11-13 山地渲染效果

11.2 制作大蘑菇

在这个场景的策划中，表现的是一个精灵居住的环境。这里为了能够烘托出气氛，制作了一个蘑菇组合，漂浮在天上，形成了一个充满生气的画面。本节制作的是众多蘑菇当中的一个大蘑菇造型。

1. 创建蘑菇主体

01 把前面做的山脉存入图层并设置隐藏。执行Create|Polygon Primitives|Cube命令，创建一个盒子。然后，将Subdivisions Width、Subdivisions Height和Subdivisions Depth参数都设置为5，如图11-14所示。

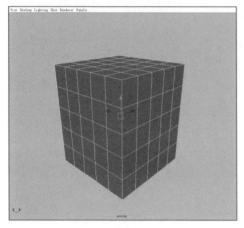

图11-14 创建盒子

02 接着对其进行编辑，边界棱角要调圆，形状如图11-15所示。

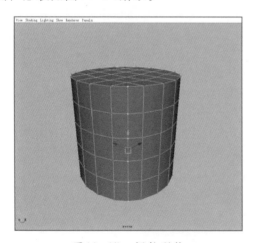

图11-15 调整形状

03 分别选择顶部的面片进行挤压、缩放操作，并按照图11-16所示调整它的形状。

04 使用上面两步的操作方法，将多边形调整为如图11-17所示的形状。

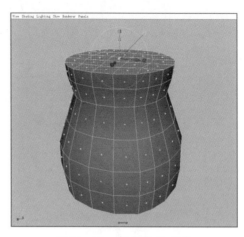

图11-16 调整物体形状

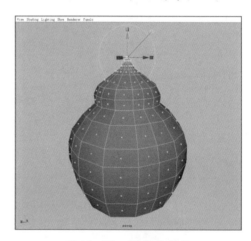

图11-17 形成的形状

05 选中最下边的边进行挤压，做出两个分叉，如图11-18所示。

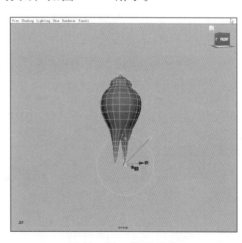

图11-18 挤压形状

317

06 选中面片执行Edit Mesh|Duplicate Face命令，然后执行Edit|Delete by Type|History命令删除历史，如图11-19所示。

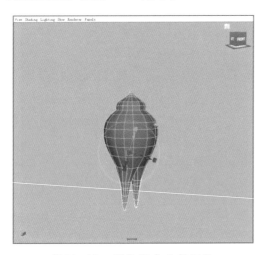

图11-19 删除历史后的形状

07 把源对象保存到图层并隐藏，对目标对象进行挤压编辑，如图11-20所示。

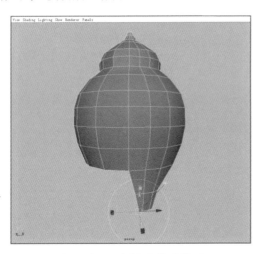

图11-20 选择元素并挤压

08 使用相同的方法，选择另外3组边进行挤压，并对挤压出来的物体执行旋转、缩放操作，效果如图11-21所示。

09 选中面片执行Edit Mesh|Duplicate Face命令，然后执行Edit|Delete by Type|History删除历史，如图11-22所示。

10 把源对象保存到图层并隐藏，对目标对象进行挤压编辑，如图11-23所示。

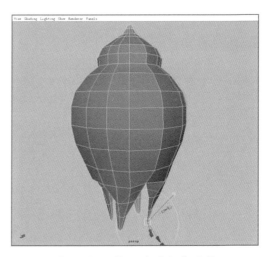

图11-21 挤压后的物体形状

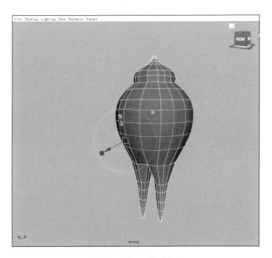

图11-22 复制面

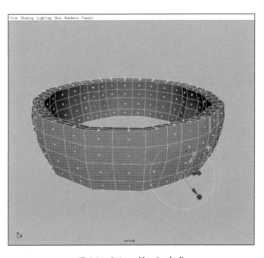

图11-23 挤压对象

11 先删除目标对象的一半，然后对其进行细分切割，切割后的对象形状如图11-24所示。

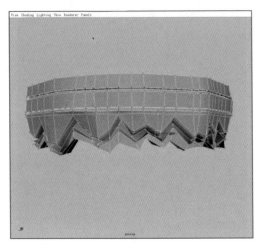

图11-24 切割对象

12 切割完成后，分别进入点、线、面状态调整多边形的形状，如图11-25所示。

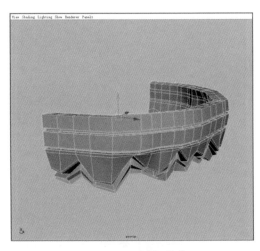

图11-25 调整形状

13 选中目标对象，按快捷键Ctrl+D对其进行复制，打开图层通道编辑器，将Scale X参数设置为-1，产生一个镜像物体，如图11-26所示。

14 框选目标对象并执行Mesh|Combine命令，然后执行Edit Mesh|Merge Edge Tool命令，观察此时的接缝形状，如图11-27所示。

15 单击接缝线并按回车键对其进行边缝合，如图11-28所示。

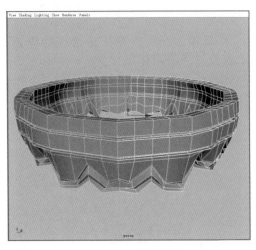

图11-26 复制对象

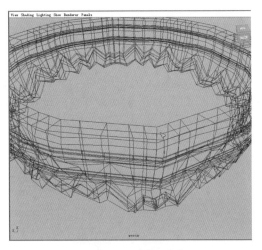

图11-27 执行缝合

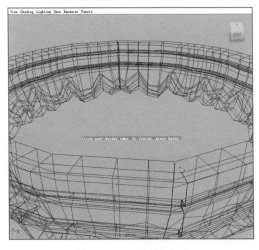

图11-28 缝合模型

2．创建树藤

01 模型做好后，接下来选择物体并单击 按钮对选中对象进行激活，如图11-29所示。

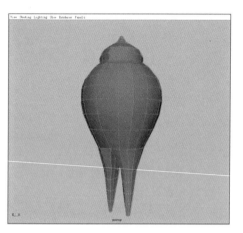

图11-29　激活选中对象

02 同时按住Shift键和Ctrl键并执行CU Curve Tool命令，此命令会自动出现在工具栏里，单击 按钮在激活物体上绘制曲线，如图11-30所示。

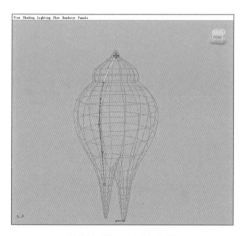

图11-30　绘制曲线

03 调整曲线的顶点，从而使曲线的形状像一根树藤围绕着激活物体即可，如图11-31所示。

04 用同样的方法在激活物体上编辑其他的曲线，执行Create|NURBS Primitives|Circle命令创建圆环，调整圆环半径大小。然后，选中圆环并按住Shift键选择CV曲线，执行

Surfaces|Extrude□命令，打开其属性对话框并调整其参数选项，如图11-32所示。

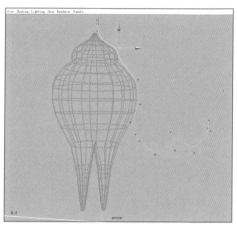

图11-31　调整曲线形状

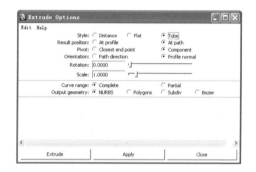

图11-32　设置参数

05 参数调整后单击Apply按钮执行挤压，如图11-33所示。

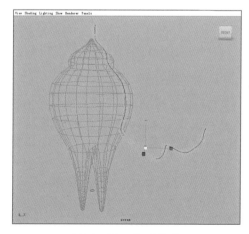

图11-33　挤压物体

06 使用该方法挤压多条树藤的形状，制作完成后删除历史，并调整树藤的变形形状，如图11-34所示。

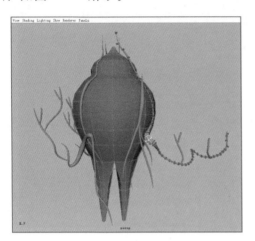

图11-34 调整树藤形状

3. 创建标志物体

01 单击 ✍ 按钮取消对物体的激活控制，创建一个多边形面片，并将Subdivisions Width和Subdivisions Height参数都设置为4，如图11-35所示。

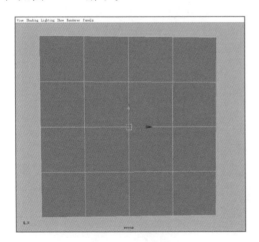

图11-35 创建物体

02 使用缩放工具对其宽度进行调整，如图11-36所示。

03 然后，切换到顶点编辑状态，对其顶点进行调整，如图11-37所示。

04 对其进行细分切割，最好不要出现三角面，如图11-38所示。

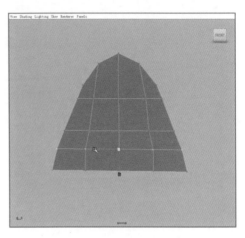

图11-36 形状调整

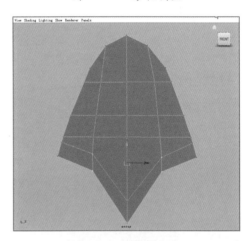

图11-37 调整顶点

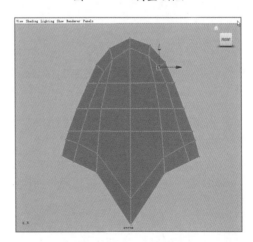

图11-38 切割对象

05 选中中间的点向外拖，中间凸出来有一定弧度即可，如图11-39所示。

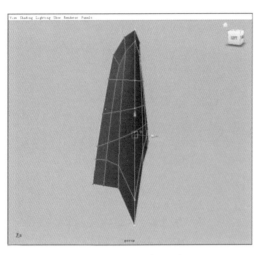

图11-39　调整形状

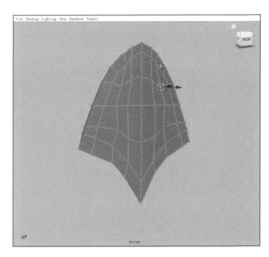

图11-41　调整形状

06 选中物体面片，执行Edit Mesh|Extrude命令，并向外拖动，再挤压一次产生一定厚度，如图11-40所示。

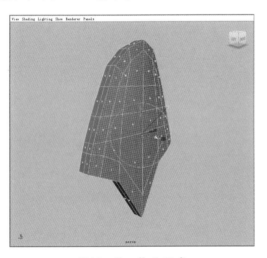

图11-40　挤出厚度

07 然后，利用切割和加线的方式将中间部分调整到如图11-41所示的形状。

08 选中圆形区域面片，执行Edit Mesh|Extrude命令，并缩放调整挤压面的大小，如图11-42所示。

09 挤压完成后再创建一个多边形面片，将Subdivisions Width和Subdivisions Height设置为5，如图11-43所示。

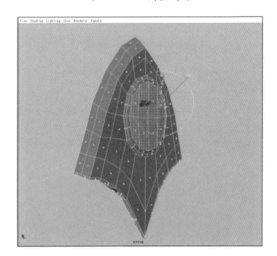

图11-42　挤出面

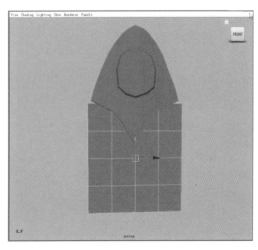

图11-43　创建面片

10 保存并隐藏先前做好的模型，按照图11-44所示调整多边形面片的形状。

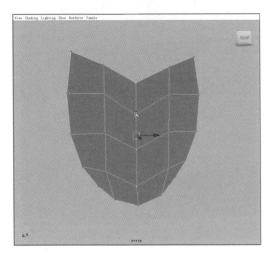

图11-44 调整面片形状

11 细分切割多边形面片，并调整顶点位置，尽量避免三角面的出现，如图11-45所示。

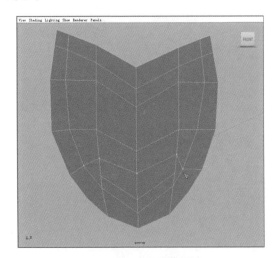

图11-45 调整形状

12 调整后选中面片，执行Edit Mesh|Extrude命令，将面片挤压为三维物体，如图11-46所示。

13 挤压后，切换到点、线、面编辑状态，调整其形状，如图11-47所示。

14 选择下侧的顶点，沿Y轴的反方向调整一下它们的位置，如图11-48所示。

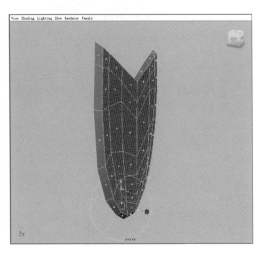

图11-46 挤压物体

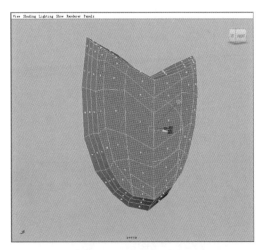

图11-47 调整形状

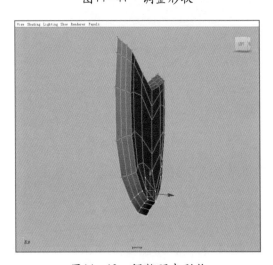

图11-48 调整顶点形状

15 显示图层隐藏的模型，选中将要变形的两个物体，在Animation模块下执行Create Deformers|Lattice命令，在Lattice属性面板中将S Divisions设置为5，将T Divisions设置为6，将U Divisions设置为3，如图11-49所示。

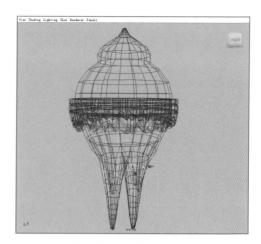

图11-51　调整面片细分

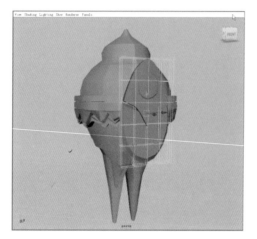

图11-49　设置晶格参数

16 切换到Lattice Point模式，调整模型弧度，如图11-50所示。

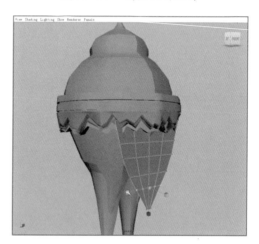

图11-52　调整面片形状

19 节点调整一定弧度，基本贴合模型即可，如图11-53所示。

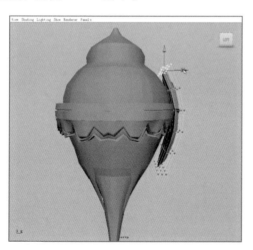

图11-50　调整弧度

17 图层隐藏变形物体，创建一个多边形面片，分别将Subdivisions Width和Subdivisions Height设置为4、5，如图11-51所示。

18 然后，使用上面所介绍的方法调整一下面片的形状，如图11-52所示。

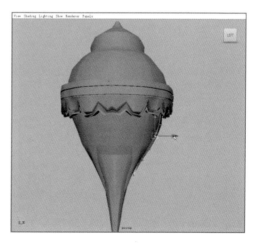

图11-53　调整顶点

20 选中面片，执行Edit Mesh|Extrude命令，并缩放调整挤压面的大小，如图11-54所示。

到此为止，关于蘑菇主体就制作完成了。在制作的过程中，读者可以考虑多种工具结合使用，这样可以节省大量的时间。

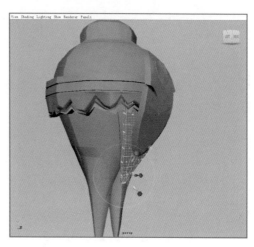

图11-54　挤出并调整

 ## 11.3　制作小蘑菇

小蘑菇包含两个基本形状，一个类似于小伞，一个类似于巫师帽，它们将被连接到大蘑菇上。在制作这种场景的时候，要重复使用多边形建模，借此能够让读者熟练掌握这种建模技术。

01 创建一个多边形球体，将Subdivisions Axis设置为10，将Subdivisions Height设置为10，将Scale Y设置为0.15，如图11-55所示。

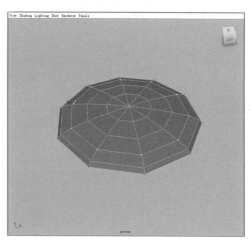

图11-56　编辑顶点

03 选择内侧的两圈顶点，沿Y轴向物体内部移动一下，从而形成一个凹槽，如图11-57所示。

04 再调整顶点把模型调得不规则一点，如图11-58所示。

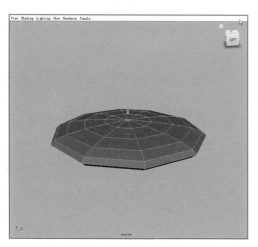

图11-55　修改参数

02 进入顶点编辑状态，执行Edit|Paint Selection Tool命令，在物体上右击，在弹出的快捷菜单中执行Vertex命令，并选择要编辑的节点，如图11-56所示。

05 调整完成后，退出物体编辑状态，并将物体光滑一下，形状如图11-59所示。

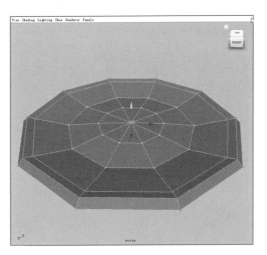

图11-57　调整顶点形状

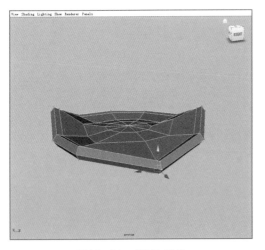

图11-58　调整形状

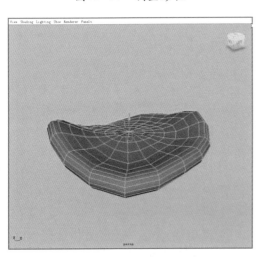

图11-59　光滑后的效果

06　选中未光滑的小蘑菇，按快捷键Ctrl+D复制一个小蘑菇，如图11-60所示。

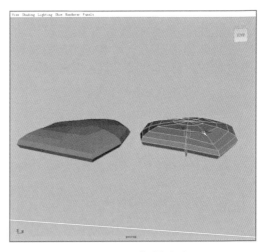

图11-60　复制蘑菇

07　选择顶部的多边形，执行Edit Mesh|Extrude命令，将其拉伸出来，如图11-61所示。

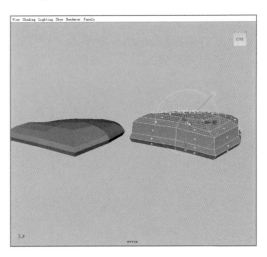

图11-61　拉伸多边形面

08 确认刚才挤出的面处于选择状态，重复多次执行Extrude命令并缩放其大小，制作出如图11-62所示的形状。

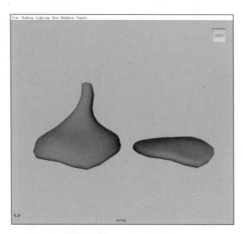

图11-63　光滑模型

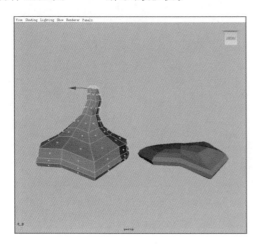

图11-62　调整形状

09 制作完成后，退出多边形的编辑状态，并对多边形实施光滑操作，光滑后的效果如图11-63所示。

10 把做好的蘑菇放置到前面做好的树藤枝上，这样制作的整个模型效果就产生了，如图11-64所示。

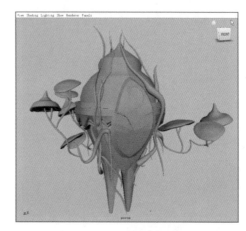

图11-64　整体模型效果

11.4　制作模型材质

模型制作完成后，下面需要制作的是场景的材质。不同的模型都具有不同的表面纹理，为了能够逼真地模拟出物体表面质感，就需要使用合适的贴图，必要的时候还需要动手制作一些。

1. 制作蘑菇材质

01 创建小蘑菇材质。在Hyper shade窗口中创建一个Lambert材质球，将其命名为mogu01，双击mogu01材质球打开其属性编辑器，单击Color右侧的 按钮，在打开的对话框中选中Normal选项并单击File按钮，在File属性栏里单击 按钮导入名为mogu01的素材，如图11-65所示。

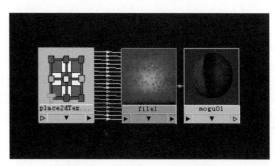

图11-65　制作小蘑菇材质

02 选中小蘑菇物体，执行Edit|Paint Selection Tool命令，选中小蘑菇上部面片，并执行Create|Sets|CreateQuick Select Set命令并取名为mogu，如图11-66所示。

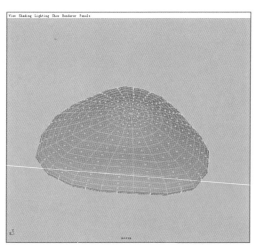

图11-66　创建快速选择

03 执行Create UVs|Planar Mapping命令，使用平面贴图，如图11-67所示。

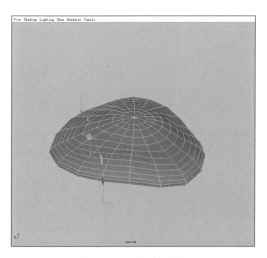

图11-67　调整贴图

04 调整二维放置器属性栏旋转参数，保证二维放置器与物体所在平面平行即可，右击，在弹出的快捷菜单中执行Assign Material to Selection命令，调整二维放置器与物体的长宽比例，效果如图11-68所示。

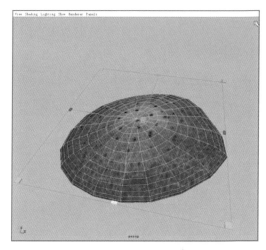

图11-68　调整贴图坐标

05 创建一个Lambert材质取名为mogu02，双击mogu02材质球打开其属性编辑器，单击Color右侧的 ■ 按钮，在打开的对话框中选中Normal选项并单击File按钮，在File属性栏里单击 按钮导入名为mogu02的素材，如图11-69所示。

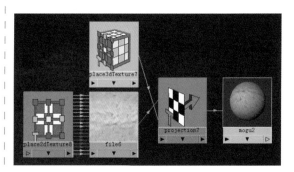

图11-69　导入素材

06 执行Edit|Quick Select Sets|mogu01命令，再执行Edit|Invert Selection命令，选择小蘑菇剩余部分的面，执行Create UVs|Planar Mapping命令，将二维放置器属性的Rotate Z设置为90，如图11-70所示。

07 右击，在弹出的快捷菜单中执行Assign Materialto Selection命令，将材质赋予物体，产生的效果如图11-71所示。

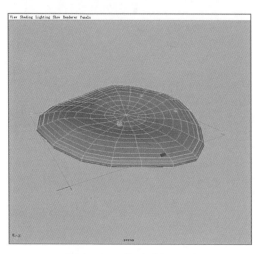

图11-70　使用平面贴图

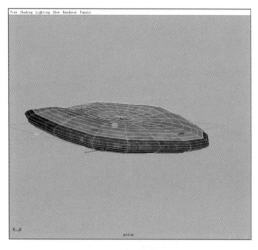

图11-71　将材质赋予物体

08 把小蘑菇保存到图层并隐藏，接下来给大蘑菇附材质，首先创建一个Lambert材质取名为mogu03，双击mogu03材质球打开其属性编辑器，单击Color右侧的 ■ 按钮，在打开的对话框中选中Normal选项并单击File按钮，在File属性栏里单击 ■ 按钮导入名为mogu的素材，如图11-72所示。

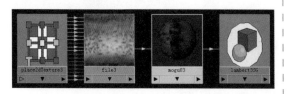

图11-72　导入素材

09 使用画笔选择工具，选择大蘑菇上部的面片，设置其快速选择为mogu02，执行Create UVs|Cylindrical Mapping命令，产生一个贴图约束，如图11-73所示。

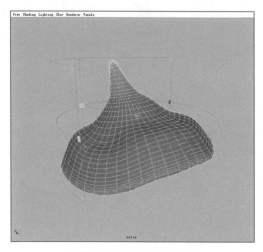

图11-73　设置贴图约束

10 可以看到UV编辑器只能分到模型的一半，打开编辑器映射属性栏并修改Projection Horizontal Sweep值为360，可以看到红色和黄色的小方块对接在一起，如图11-74所示。

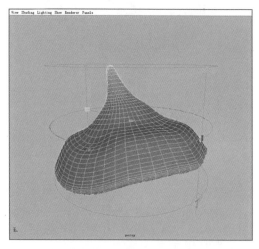

图11-74　修改约束参数

11 在材质mogu03上右击，在弹出的快捷菜单中执行Assign Material to Selection命令，如图11-75所示。

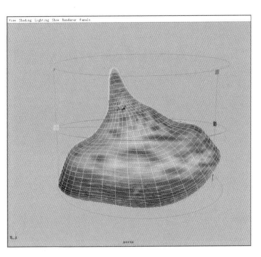

图11-75 赋予材质

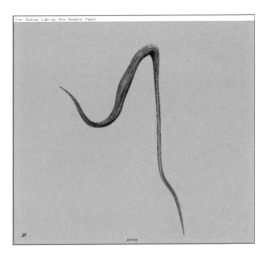

图11-77 木藤材质

12 快速选择mogu03，反选大蘑菇剩余部分的面片，执行平面贴图命令，右击，在弹出的快捷菜单中执行Assign Material to Selection命令，效果如图11-76所示。

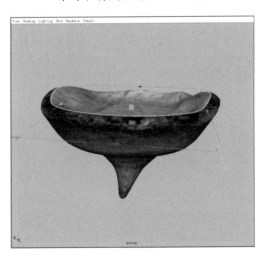

图11-76 反面材质

2. 制作树藤材质

01 接下来为树藤附材质，新建一个Lambert取名为muzhi，单击Color右侧的 ![按钮] 按钮，在File属性栏里单击 ![按钮] 按钮导入名为muzhi的素材，按住鼠标中键将材质赋予树藤，效果11-77所示。

02 然后，再将该材质赋予场景中所有的木藤模型，效果如图11-78所示。

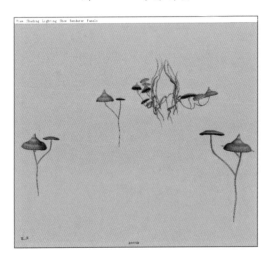

图11-78 场景效果

03 创建一个Lambert材质取名为waipi，单击Color右侧的 ![按钮] 按钮，在File属性栏里单击 ![按钮] 按钮导入名为waipi2的素材，如图11-79所示。

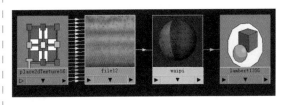

图11-79 创建材质

04 选中对象执行Create UVs|Cylindrical Mapping命令，创建一个圆柱形约束，如图11-80所示。

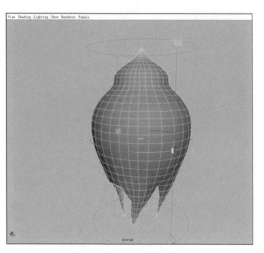

图11-80　创建材质约束

05 打开编辑器映射属性栏，将Projection Horizontal Sweep修改为360，在材质waipi2上右击，在弹出的快捷菜单中执行Assign Material to Selection命令，效果如图11-81所示。

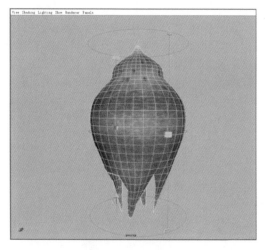

图11-81　赋予材质

06 选择大蘑菇上半部分面片，选择的位置如图11-82所示。

07 然后，按Delete键将其删除，留下如图11-83所示的部分。

08 选择如图11-84所示的面片，执行Create UVs|Cylindrical Mapping命令，打开编辑器映射属性栏，将Projection Horizontal Sweep设置为360。

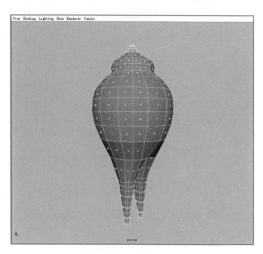

图11-82　选择面片

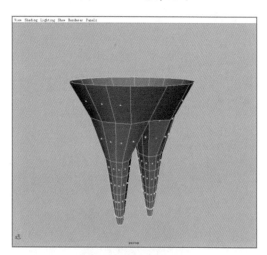

图11-83　留下部分

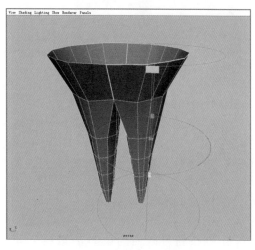

图11-84　添加贴图约束

09 在材质waipi上右击，在弹出的快捷菜单中执行Assign Material to Selection命令，把材质附给左侧对象，效果如图11-85所示。

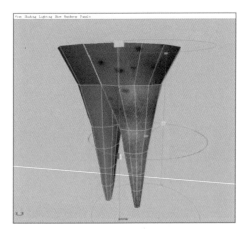

图11-85　查看效果

10 用同样的方法也把右侧附上材质，最终效果如图11-86所示。

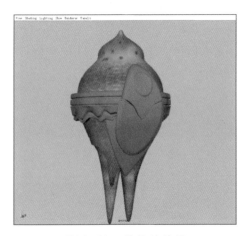

图11-86　蘑菇的效果

3. 创建标志材质

01 创建一个Lambert材质取名为huan1，单击Color右侧的 ■ 按钮，在File属性栏里单击 ■ 按钮导入名为huan的素材，效果如图11-87所示。

02 创建一个Lambert材质取名为tou1，单击Color右侧的 ■ 按钮，在File属性栏里单击 ■ 按钮导入名为tou1的素材，如图11-88所示。

图11-87　环的材质

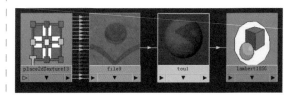

图11-88　创建标志素材

03 选择物体的上一半，执行Create UVs|Planar Mapping命令，调整二维放置器属性栏旋转参数，保证二维放置器与物体所在平面平行即可，如图11-89所示。

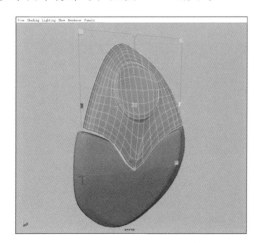

图11-89　设置贴图约束

04 右击，在弹出的快捷菜单中执行Assign Material to Selection命令，并调整二维放置器与物体的长宽比例，如图11-90所示。

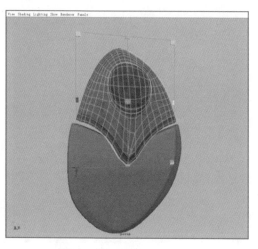

图11-90 调整贴图比例

05 新建一个Lambert材质,将其命名为tou2,单击Color右侧的 ◢ 按钮,在File属性栏里单击 ◪ 按钮导入名为tou2的素材,如图11-91所示。

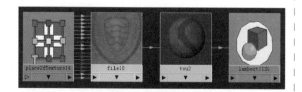

图11-91 创建Lambert材质

06 选择物体的下半部同样执行平面贴图命令,效果如图11-92所示。

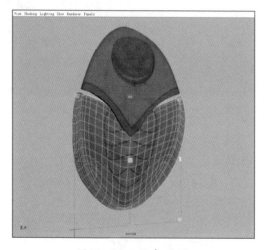

图11-92 约束贴图

07 首先创建一个Lambert材质取名为

yijiao1,单击Color右侧的 ◢ 按钮,在File属性栏里单击 ◪ 按钮导入名为yijiao的素材,如图11-93所示。

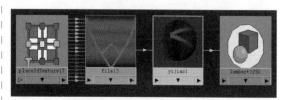

图11-93 创建材质球

08 选中物体执行平面贴图命令,并右击,在弹出的快捷菜单中执行Assign Material to Selection命令,效果如图11-94所示。

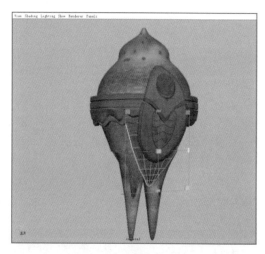

图11-94 材质效果

09 创建一个Lambert材质,将其命名为tiankong,单击Color右侧的 ◢ 按钮,在File属性栏里单击 ◪ 按钮导入名为tiankong1的素材,效果如图11-95所示。

图11-95 天空材质

10 在场景中创建一个NURBS面片,使用鼠标中键拖动材质tiankong到面片上,效果如图11-96所示。

图11-96　天空效果

11 执行Create|Cameras|Camera and Aim命令，创建一个摄像机，并简单布置一

下场景的灯光，即可得到最终效果，如图11-97所示。

图11-97　最终效果

11.5　制作动画

通过上面的操作，已经产生了一个游戏的场景，下面将要在这个场景上建立一段动画。这样可以使场景更加具有说服力。下面是具体的实现过程。

01 选中需要单独加动画的物体，按快捷键Ctrl+G进行群组，如图11-98所示。

图11-98　蘑菇群组图

02 使用同样的方法，将需要制作动画的小蘑菇群组一下，如图11-99所示。

图11-99　小蘑菇群组

03 首先创建一个NURBS圆环并把其移动到蘑菇中心位置，如图11-100所示。

04 执行Create|Cameras|Camera and Aim命令创建一个摄像机，按T键显示摄像机目标控制手柄，如图11-101所示。

05 然后，调整摄像机目标控制手柄位置，如图11-102所示。

图11-100　创建圆环

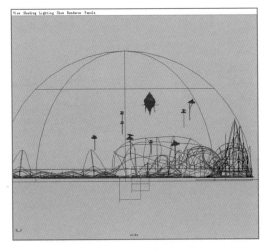

图11-101　创建摄像机

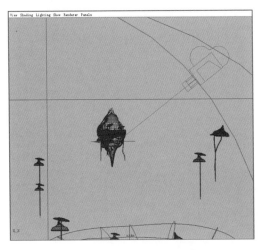

图11-102　移动摄像机手柄

06 选中摄像机后，再选择圆环并按P键，在它们之间建立父子关系，如图11-103所示。

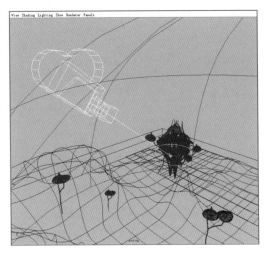

图11-103　建立父子关系

07 将动画长度设置为150，当时间滑块在第0帧时选中圆环并在其通道栏的Rotate Y上右击，在弹出的快捷菜单中执行Key Selected命令，使其高亮度显示，这表示已经成功设立了关键帧，摄像机当前位置如图11-104所示。

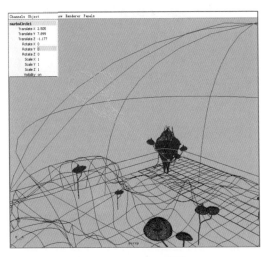

图11-104　设置关键帧

08 将时间滑块调整到第48帧，选中圆环并修改其通道栏的旋转坐标值，如图11-105所示，设置完成后右击，在弹出的快捷菜单中执行Key Selected命令。

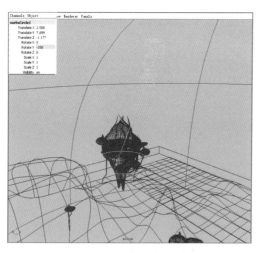

图11-105　设置关键帧（第48帧）

09 单击时间轴上的 ▶ 按钮播放时间线，这样就形成摄像机围绕着蘑菇旋转的效果，如图11-106所示。

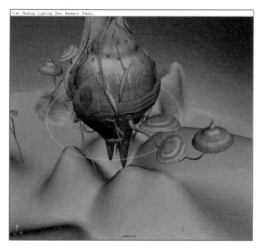

图11-106　形成旋转镜头

10 选中蘑菇物体，执行Modify|Freeze Transformations命令，对其进行变换冻结，冻结前后蘑菇通道属性变化如图11-107所示。

11 将时间滑块移动到第0帧处，按S键设置一个关键帧，观察此时的通道盒变化，如图11-108所示。

12 将时间滑块移动到第25帧，选中圆环并修改其Translate Y为0.1，按S键设置关键帧，变化如图11-109所示。

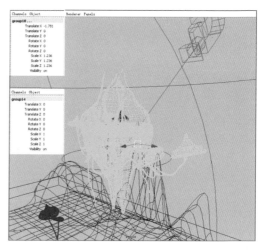

图11-107　对蘑菇执行冻结

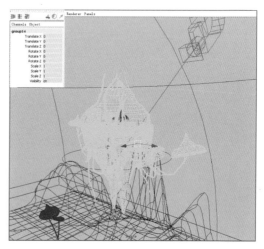

图11-108　设置关键帧

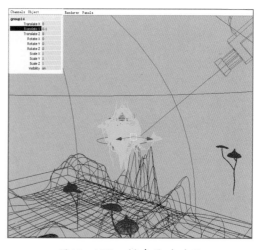

图11-109　创建移动动画

13 将时间滑块移动到第50帧，选中圆环并修改其Translate Y属性为0，按S键设置关键帧，变化如图11-110所示。

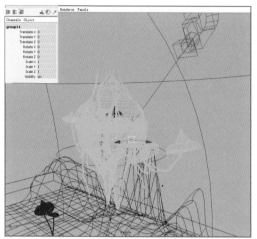

图11-110 设置漂浮效果

14 选中蘑菇物体，执行Edit|Delete by Type|Static Channels命令，删除静态通道，可以看到通道栏静态属性的动画被删除，变化如图11-111所示。

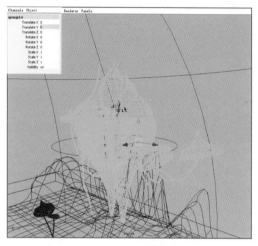

图11-111 删除静态通道

15 选中蘑菇物体，执行Window|Animation Editors|Graph Editor命令，打开曲线编辑器窗口，如图11-112所示。

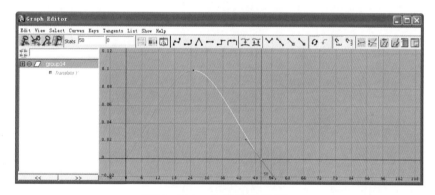

图11-112 曲线编辑器窗口

16 框选第0帧和第50帧的曲线节点，单击工具栏中的━按钮，使得动作过渡更平缓，曲线变化如图11-113所示。

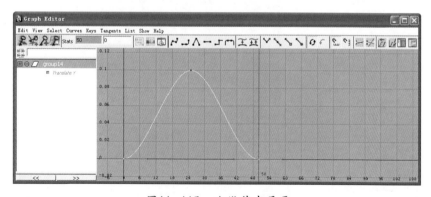

图11-113 曲线节点展平

17 选中蘑菇执行Window|Animation Editors|Trax Editor命令，打开如图11-114所示的窗口。

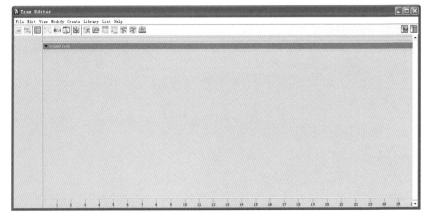

图11-114　Trax Editor窗口

18 单击工具栏右侧的▥按钮，创建一个0～50帧的剪辑片段，如图11-115所示。

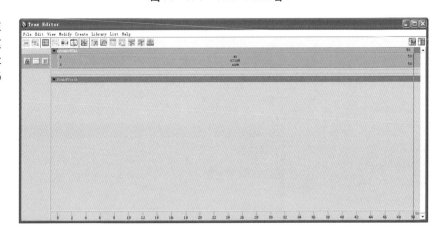

图11-115　新建剪辑片段

19 选中新建的剪辑片段，执行Copy Clip操作，如图11-116所示。

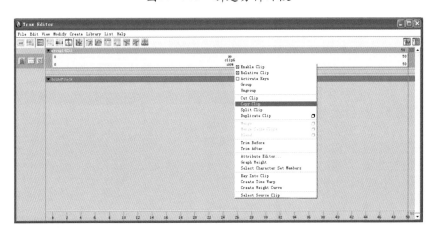

图11-116　复制剪辑片段

20 将光标放在后面的空白处，右击，在弹出的快捷菜单中执行 Paste Clip（粘贴剪辑片段）命令，执行 View|Frame All命令，可以看到轨道上产生一段剪辑，如图11-117所示。

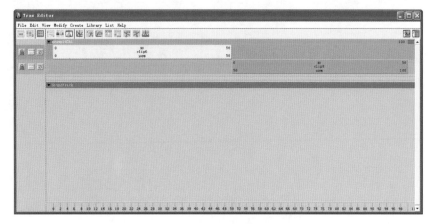

图11-117　粘贴剪辑片段

21 再粘贴一段剪辑，关键帧达到150帧，从而达到循环蘑菇前50帧漂浮动画的目的，如图11-118所示。

22 小蘑菇组执行和蘑菇以上相同的操作，也能达到上下漂浮的效果（把小蘑菇和蘑菇的关键帧错开才能产生交互漂浮的效果）。

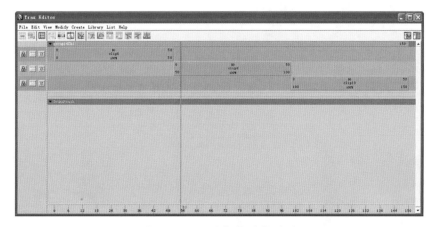

图11-118　再粘贴剪辑片段

第12章

打造炫场时空

炫场时空是一个栏目的包装效果，在这个作品当中，采用粉红色作为主题颜色，搭配一些白色的辅助色，做出了较为大气的效果。这个栏目包装作品由三个镜头组成，其中第3个镜头为整个栏目的定版镜头，前两个镜头主要用来介绍一些关于该栏目的主旨，当然这些内容都是通过动画的形式表现出来的。下面首先向读者介绍一下镜头1的实现过程。图12-1所示是本章所创建的最终效果。

图12-1　最终的镜头效果

12.1 制作镜头1

镜头1是一个小喇叭的效果，这个喇叭将从屏幕的一侧运动到另一侧，并且在运动的过程中将会产生细节动画。它的建模过程比较简单，主要利用3ds Max中的一些标准几何体进行建模，然后再制作相应的动画，详细实现过程如下。

12.1.1 喇叭动画

喇叭的动画包括两个最基本的动作，分别是喇叭的位移动画、喇叭的缩放动画。位移动画主要用来改变喇叭的显示位置，而缩放动画可以使喇叭产生颤抖的效果，从而能够使其产生一定的动感，给人的感觉是喇叭正在播放音乐。下面从建模开始向读者介绍该物体的制作方法。

01 首先在场景中用NURBS建模创建一个类似喇叭的模型，制作时保证面的平滑度，并赋予颜色材质，效果如图12-2所示。

图12-2 创建喇叭模型

02 框选所有物体并将其组合，然后执行冻结操作，将时间滑块拖动到第1帧处，将喇叭模型调整到如图12-3所示的位置，并设置关键帧。

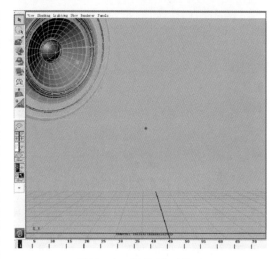

图12-3 调整模型位置

03 将第1帧处的关键帧复制到第12帧处，按照图12-4所示的位置设置关键帧，从而使喇叭有个停顿的动作。

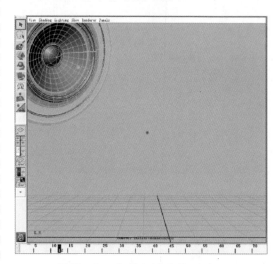

图12-4 为喇叭设置停顿动画

04 把时间滑块拖到第24帧，调整喇叭的位置并设置关键帧，如果此时动画播放得不太流畅，则可以在第12帧和24帧之间添加关键帧，然后再将第24帧处的关键帧复制到第34帧处，为喇叭设置停顿动画，如图12-5所示。

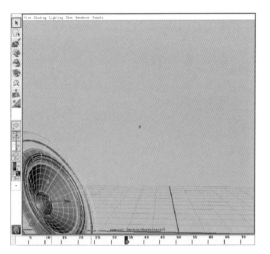

图12-5　设置第24和34帧动画

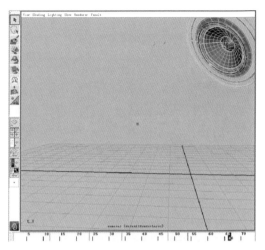

图12-7　设置第66帧动画

05 将时间滑块拖动到第48帧，调整喇叭的位置并为其设置关键帧，然后再将该帧处的关键帧复制到第54帧处，为喇叭设置停帧动画，如图12-6所示。

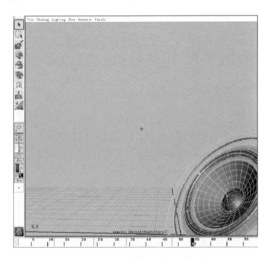

图12-6　设置第48和54帧动画

06 调整喇叭模型位置，拖动时间滑块到第66帧并为喇叭设置关键帧，如图12-7所示。

07 拖动时间滑块到第72帧，调整喇叭到如图12-8所示位置并为其设置关键帧。

08 拖动时间滑块到第78帧，调整喇叭模型到如图12-9所示位置并为其设置关键帧。

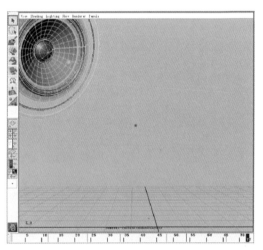

图12-8　设置第72帧动画

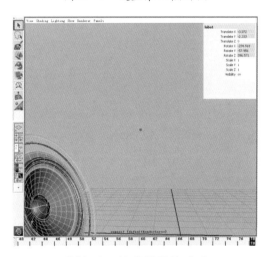

图12-9　设置第78帧动画

09 选中喇叭模型中间的小球和圆环，对其进行群组，拖动时间滑块到第1帧并设置关键帧，如图12-10所示。

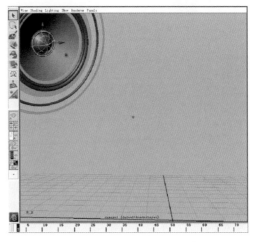

图12-11 设置第2帧为关键帧

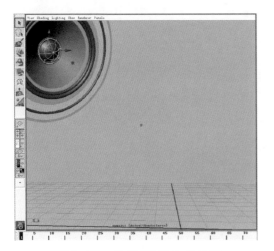

图12-10 设置第1帧为关键帧

10 拖动时间滑块到第2帧，设置模型空间参数Translate X为0.015，Translate Y为-0.015，Translate Z为0.015，并设置关键帧，如图12-11所示。

11 拖动时间滑块到第3帧，将Translate X、Translate Y、Translate Z都设置为0，按S键设置关键帧，播放动画小球就有弹跳的效果了，如图12-12所示。

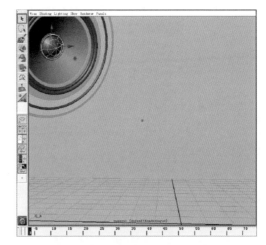

图12-12 设置第3帧为关键帧

12 重复使用上述方法，制作一个完整的喇叭运动动画，效果如图12-13所示。

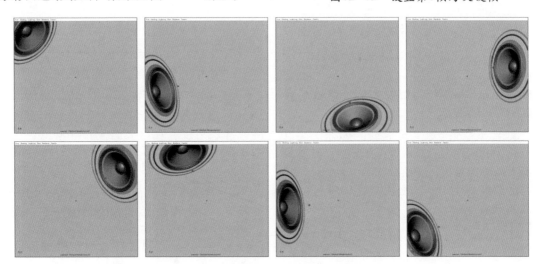

图12-13 各时间段喇叭模型的动画效果

12.1.2　方体的生长动画

方体动画在第一个镜头中主要用作一种陪衬，在栏目包装设计过程中，有时候一些好的陪衬可以使整个片头看起来更炫目、更加具有趣味性，能够很好地吸引观众的眼球。在这个片头中，大量使用方体作为片头的背景，产生了很好的效果，下面向读者介绍一下它的创建方法。

1. 创建字体阵列

01　新建场景并创建文本，选中文本，执行Surfaces|Bevel Plus□命令，打开其属性对话框，切换到Output Options选项卡中，选中NURBS选项，其参数设置如图12-14所示。

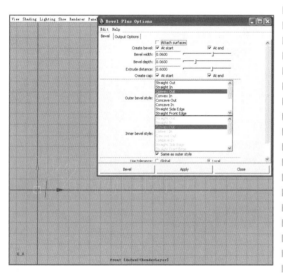

图12-14　执行倒角命令

02　选中倒角打开文字倒角属性栏，切换到BevelEndcapshape31选项卡，找到Tessellation卷展栏并调整其属性参数，效果如图12-15所示。

03　选中倒角文字，执行Window|General Editors|Attribute Spread Sheet命令，切换到Tessellation选项卡，把U（V）Divisions Fact属性全部设置为4.5，在视图窗口中可以看到倒角曲面的细分精度增高了，效果如图12-16所示。

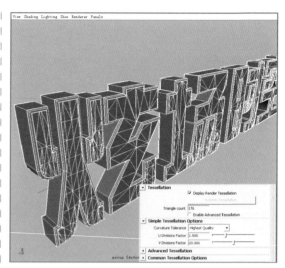

图12-15　细分倒角曲面渲染精度

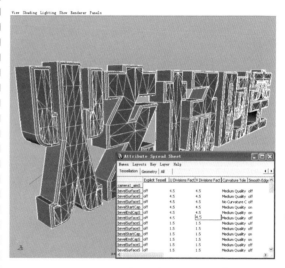

图12-16　调整文字曲面细分度

04　为"火"字体曲面的正面赋予一个Blinn材质，调整其Color颜色为红色，调整其高光和反射度，在材质的reflectedcolor节点上连接Env Sphere节点并在其属性Image选项上导入一个渐变纹理，如图12-17所示。

05　再为字体曲面的侧面赋予一个Blinn材质，调整其高光和反射度，在材质的reflectedcolor节点上连接Env Sphere节点并在其属性Image选项上导入一个素材节点，调整纹理的拉伸度，如图12-18所示。

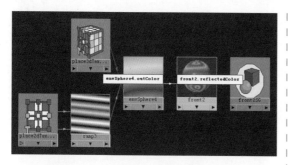

图12-17 创建红色曲面正面材质

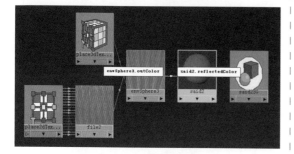

图12-18 创建侧面材质

06 创建一个Blinn材质赋予"火"字体的倒角边，将Color调整为淡红色并调整材质的高光和反射度，如图12-19所示。

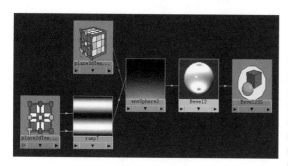

图12-19 创建倒角材质

07 创建一个Blinn材质，将其Color设置为金黄色，在其反射颜色上创建一个渐变纹理赋予曲面的正面，如图12-20所示。

08 再创建一个Blinn材质赋予字体的倒角边，适当调整Color为淡黄色并调整材质的高光和反射度，如图12-21所示。

09 再为字体曲面的侧面赋予一个Blinn材质，适当调整其Color值，调整材质的高光及反射度，在材质的reflectedcolor节点上连接Env Sphere节点并在其属性Image选项

上导入一个素材节点，调整纹理的拉伸度，如图12-22所示。

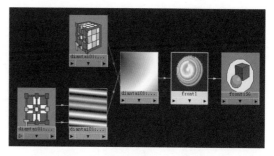

图12-20 创建曲面正面材质

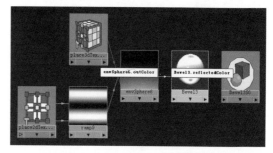

图12-21 创建倒角边材质

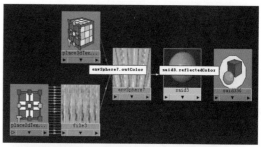

图12-22 创建字体侧面的金黄色材质

2．创建方体的生长动画

01 创建一个长方体，并按照图12-23所示调整一下它的长、宽、高。

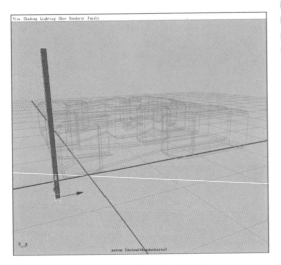

图12-23　创建方体模型

02 然后，对其进行阵列操作，直到完全覆盖字体为止，效果如图12-24所示。

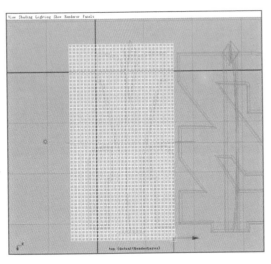

图12-24　复制方体模型

03 依照字体模板的轮廓删除字体以外的方体模型，效果如图12-25所示。

04 随机选择方体模型并分组保存到各个图层，注意选择的每个模型组里的方体应间隔分散一些，如图12-26所示。

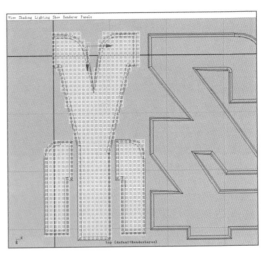

图12-25　创建方体阵列

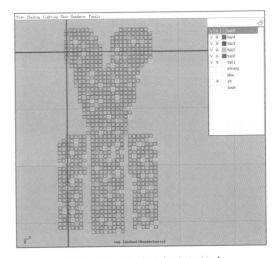

图12-26　模型进行分组保存

技巧

保存一个副本文档以便制作文字出场动画时再次使用。另外，在这里提醒大家，在项目的实现过程中，要时刻注意备份文档，以避免操作出错时无法恢复。

05 选中第一个模型组并调整其随机高度，然后对其变换参数进行冻结，把时间滑块拖动到第1帧并为模型设置关键帧，如图12-27所示。

06 把时间滑块拖动到第15帧，修改模型组的Scale Y为1.4并为其设置关键帧，播放动画看到方体在向上生长，效果如图12-28所示。

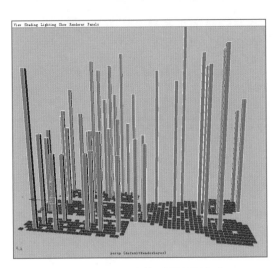

图12-27 设置模型第1帧动画

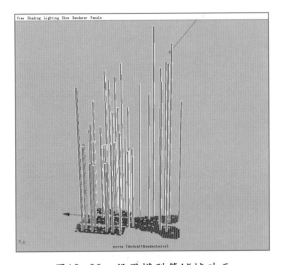

图12-28 设置模型第15帧动画

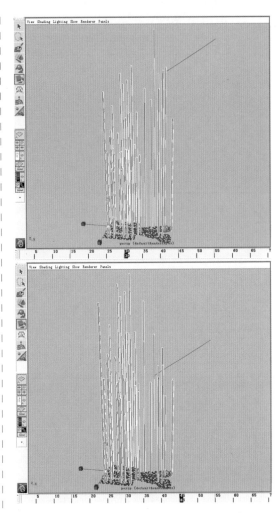

图12-29 设置第30帧动画和第45帧动画

07 拖动时间滑块到第30帧，将Scale Y 设置为3并为其设置关键帧，然后再拖动时间滑块到第45帧，修改模型组的属性参数Scale Y为3.5并为其设置关键帧，效果如图12-29所示。

08 拖动时间滑块到第55帧，修改Scale Y参数为4并为其设置关键帧，播放动画可以看到方体一直在向上生长，效果如图12-30所示。

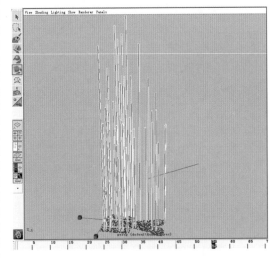

图12-30 设置第55帧动画

09 使用同样的方法为其他的方体组也创建从1~55帧的生长动画，为了能够让方体随机地向上生长，在设置动画时把关键帧错开，效果如图12-31所示。

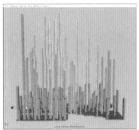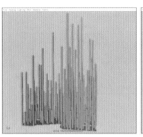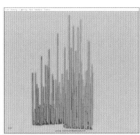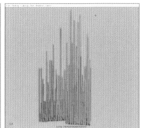

图12-31　方体组生长动画效果

3．设置镜头运动动画

01 方体的生长动画创建完成后，再在场景中创建灯光将方体模型照亮，接下来在场景中创建一个摄像机并调整其位置，拖动时间滑块到第1帧为摄像机设置关键帧，如图12-32所示。

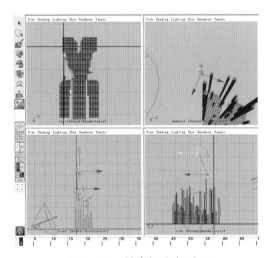

图12-32　创建摄像机动画

02 拖动时间滑块到第15帧，调整摄像机的位置及方向，让方体的上方产生小幅度的旋转的效果，再为摄像机设置关键帧，效果如图12-33所示。

03 拖动时间滑块到第30帧，调整摄像机的位置和方向，再为摄像机设置关键帧，效果如图12-34所示。

04 拖动时间滑块到第55帧，调整摄像机的位置和方向为其设置关键帧，效果如图12-35所示。

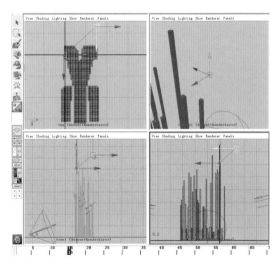

图12-33　设置第15帧动画

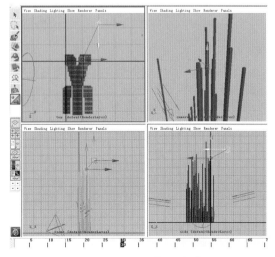

图12-34　设置第30帧动画

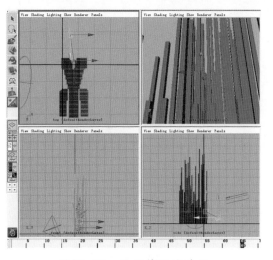

图12-35　设置第55帧动画

生无限生长和放大的效果，效果如图12-36所示。

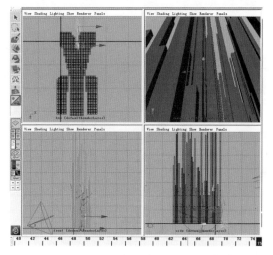

图12-36　设置第75帧动画

05 拖动时间滑块到第75帧，调整摄像机的位置和方向为其设置关键帧，使方体产

06 播放动画，观察场景中摄像机的运动效果如图12-37所示。

图12-37　各时段镜头动画效果

12.2　制作镜头2

这个镜头实际上是一个背景效果，在这里将利用几何体的伸长来表达该栏目蒸蒸日上的寓意，同时通过几何体的组合来引出场景的主题——炫场时空。这个动画相对上一个镜头而言有点复杂，需要读者仔细阅读本节内容。

12.2.1　文字出场动画

文字出场是动画中一个重要的因素。上面所介绍的镜头1完全是为了引出文字出场动画。文字出场也将利用到摄像机动画，通过一些元素的合理搭配，能够壮大文字显示出来的场面，详细介绍如下。

01 新建场景并打开之前保存的文字方体阵列文档副本，导入文字和方体阵列模型，如图12-38所示。

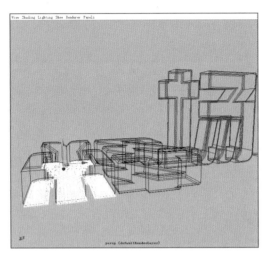

图12-38　导入文字方体阵列模型

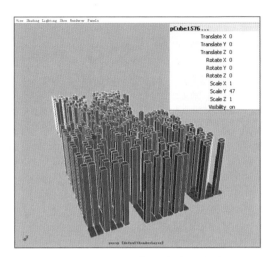

图12-40　缩放部分方体的长度

02 框选方体模型对其变换参数进行冻结，根据各个图层中的方体模型组，可以分层选择方体模型组，如图12-39所示。

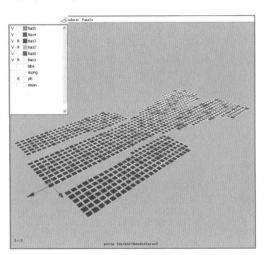

图12-39　分层选择方体模型组

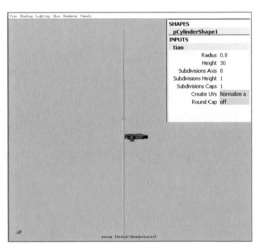

图12-41　创建圆柱模型

03 选中一部分方体模型组，在其通道属性栏中将Scale　Y修改为47，效果如图12-40所示。

04 在场景中创建一个圆柱体模型，在其属性栏中将Radius设置为0.8，将Height设置为30，效果如图12-41所示。

05 复制一个圆柱体，并调整它的位置，使其和原模型相切并执行群组操作，取名为tiao01，调整圆柱体组的中心坐标到圆柱体的顶部，效果如图12-42所示。

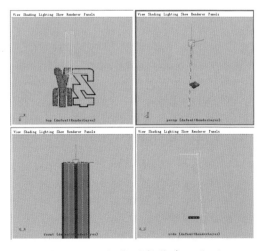

图12-42　调整圆柱体中心位置

06 选中群组tiao01模型组并再复制两个群组，依次取名为tiao02和tiao03，并调整它们摆放的位置，效果如图12-43所示。

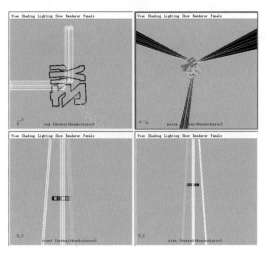

图12-43　复制圆柱体组

07 在Hypershade编辑器窗口中创建一个Blinn材质，将Color调整为粉红色，并将制作好的材质赋予圆柱体组，效果如图12-44所示。

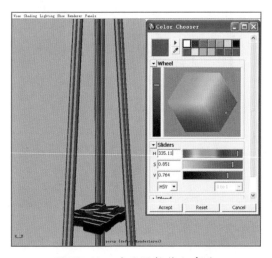

图12-44　赋予圆柱体组颜色

08 在视图窗口中创建一个摄像机，调整一下它的位置，使其与文字模型接近，拖动时间滑块到第10帧，为摄像机设置关键帧，如图12-45所示。

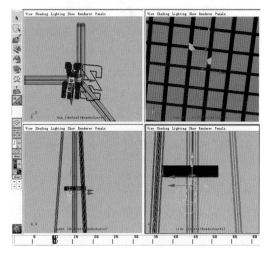

图12-45　创建摄像机动画

09 拖动时间滑块到第60帧，再调整摄像机的位置和方向，让摄像机产生远离字体的效果，再为摄像机设置关键帧，如图12-46所示。

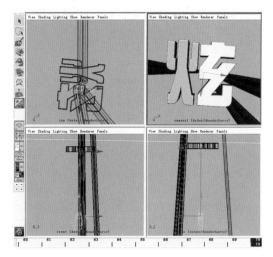

图12-46　设置第60帧动画

10 播放一下动画，查看摄像机的运动效果，如图12-47所示。

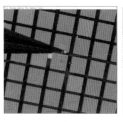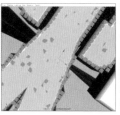

图12-47　摄像机的运动效果

12.2.2　设置旋转动画

在场景的安排过程中，设置了一个简单的旋转动画，从而增加整个画面的动感，并且在字体的旋转过程中还将产生一个渐现的动画，即方体阵列将变为一个完整的文本，关键的技术简介如下。

1. 设置字体旋转效果

01 选中"炫"字体模型和方体阵列模型，对两者进行群组并取名为xuanzhuan，对其变换参数进行冻结，修改模型的中心点，效果如图12-48所示。

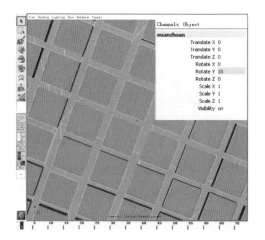

图12-49　设置第1帧动画

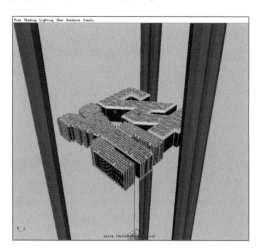

图12-48　创建字体的旋转动画

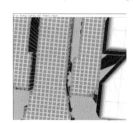

图12-50　设置第65帧动画

02 将时间滑块拖动到第1帧处，选中模型组并将Rotate Y调整为10，为其设置关键帧，如图12-49所示。

03 拖动时间滑块到第65帧，选中模型组并将Rotate Y设置为-95，再为其设置关键帧，从而为字体添加旋转动画，效果如图12-50所示。

04 此时，通过播放动画来查看一下字体的旋转效果，如图12-51所示。

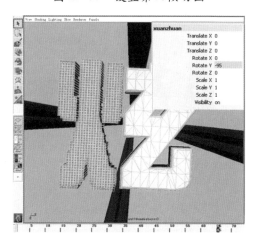

图12-51　字体的运动效果

2. 制作渐现动画

01 首先选中倒角字体的正面和侧面部分对其进行群组并取名为face，拖动时间滑块到第53帧，在模型组的属性栏里将Visibility设置为1，按S键设置关键帧，如图12-52所示。

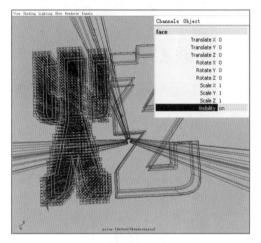

图12-52 设置倒角曲面显示

02 将时间滑块拖动到第48帧，在face群组的属性栏里将Visibility设置为0，并为其设置关键帧，此时可以看到face群组模型被隐藏了，如图12-53所示。

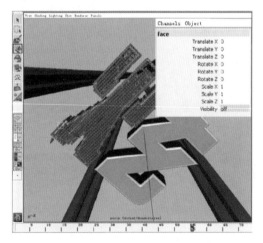

图12-53 设置倒角曲面隐藏

03 选中字体的倒角边部分，对其进行群组并取名为Bevel4，拖动时间滑块到第40帧，在Bevel4群组的属性栏里将Visibility设置为1，并为其设置关键帧，如图12-54所示。

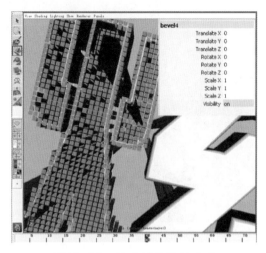

图12-54 设置倒角边的显示

04 拖动时间滑块到第30帧，在Bevel4群组的属性栏里将Visibility设置为0，并设置关键帧，可以看到Bevel4群组模型被隐藏了，如图12-55所示。

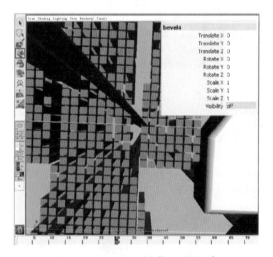

图12-55 设置倒角边的隐藏

05 将时间滑块拖动到第55帧，在Hypershade编辑器窗口中双击方体模型的材质，打开其材质属性栏，在材质属性栏的下方找到Transparency属性，调整透明为最小值，并设置关键帧，如图12-56所示。

06 拖动时间滑块到第58帧，将Transparency设置为最大值（即完全透明），并为其设置关键帧，这时在视图窗口中可以看到方体阵列模型完全透明了，效果如图12-57所示。

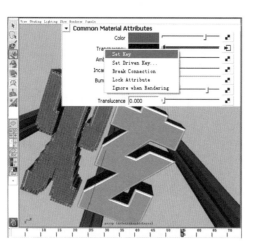

图12-56　设置模型不透明

图12-57　设置模型透明

07 播放一下动画，查看字体的变化效果，如图12-58所示。

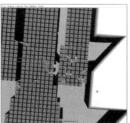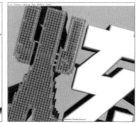

图12-58　字体的变化效果

3. 制作彩条动画

01 选中圆柱模型tiao02并将其变换参数进行冻结，拖动时间滑块到第62帧，在窗口右侧的属性栏里将Rotate Y设置为0，并设置关键帧，如图12-59所示。

图12-59　设置圆柱旋转动画

02 将时间滑块拖动到第66帧，在窗口右侧的属性栏里将Rotate Y设置为80，并为其设置关键帧，如图12-60所示。

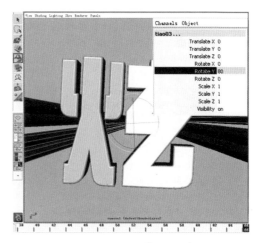

图12-60　设置第66帧动画

03 在场景中创建一盏聚光灯并调整其位置和方向，效果如图12-61所示。

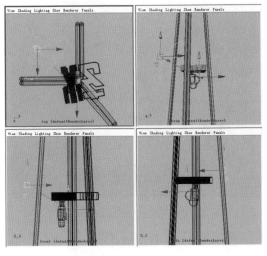

图12-61　创建第一盏灯

04 选中聚光灯打开其属性栏，调整灯光属性参数，灯光参数调整及渲染效果如图12-62所示。

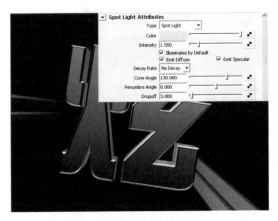

图12-62　灯光渲染效果

05 从渲染的结果看灯光的亮度效果很差，显示场景非常的暗，在场景中再创建一盏聚光灯，调整其位置和方向如图12-63所示。

06 选中创建的第二盏聚光灯，打开灯光属性栏并调整其参数，灯光参数调整及渲染效果如图12-64所示。

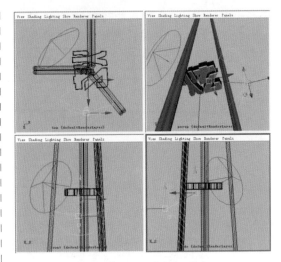

图12-63　创建第二盏灯

图12-64　灯光渲染效果

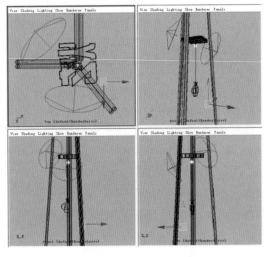

图12-65　创建散光灯

07 从渲染的结果中看到整体的场景显示还是比较暗，再创建两盏散光灯并调整灯的位置，如图12-65所示，再调整两盏灯的属性参数Intensity都为0.5，渲染效果如图12-66所示。

08 渲染输出动画，查看其动画和渲染效果如图12-67所示。

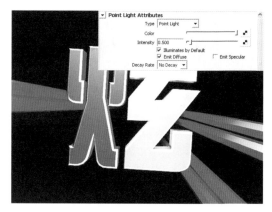

图12-66　灯光渲染效果

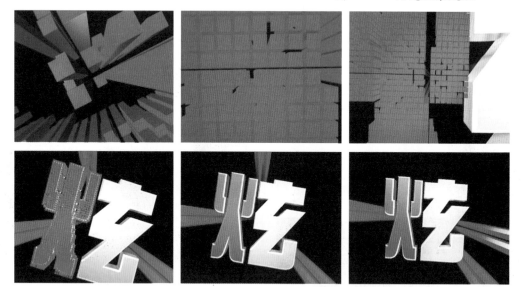

图12-67　各时段动画渲染效果

12.3　制作镜头3

镜头3是整个作品的最后一个镜头，也是落版镜头，在这个镜头中将会显示栏目的标题。整个镜头的布置比较简单，主要是由背景动画和主题文本所组成的。下面一一向读者介绍它们的实现方法。

12.3.1　制作盒子动画

这是整个栏目片头的定版。在这里，为了能够更加突出地表现出作品的主题，采用了一个动态的背景，通过方块的缓缓下落，引出了场景的主体——炫场时空。下面将详细向读者介绍关于这个背景的实现方法。

01 打开前面保存的文字副本文件，文字模型自动导入到场景中，再在其场景中创建一个多边形盒子，如图12-68所示。

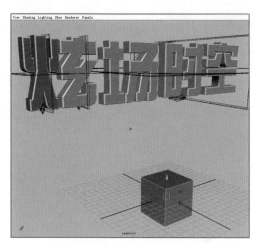

图12-68 导入场景文字

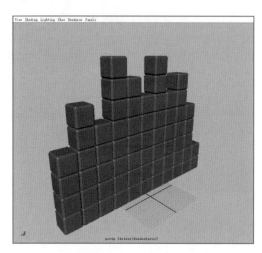

图12-70 复制盒子模型

02 选中多边形盒子模型，执行Edit Mesh|Bevel□命令，在弹出的属性对话框中找到Width属性选项并调整其参数值为0.1，执行倒角命令，效果如图12-69所示。

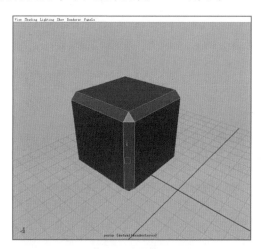

图12-69 创建倒角命令

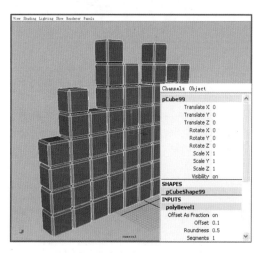

图12-71 对每个模型进行冻结

03 调整一下盒子的中心位置，复制多个盒子模型并调整盒子之间的摆放位置，效果如图12-70所示。

04 选中全部盒子对其变换参数进行变换冻结，把所有的变换参数都调整为默认值，如图12-71所示。

05 选中全部盒子模型并在其通道栏中调整其空间坐标属性Translate Y为21.133，使盒子整体向正Y轴方向移动一段距离，效果如图12-72所示。

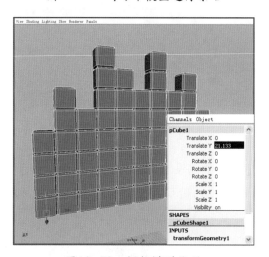

图12-72 调整模型位置

06 首先拖动时间滑块到第1帧，再选中其中的5个盒子模型并在其空间坐标属性Translate Y参数上设置关键帧动画，如图12-73所示。

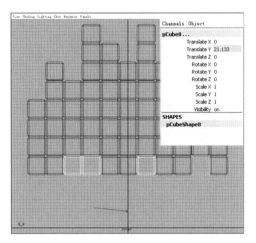

图12-73 为盒子设置关键帧

07 拖动时间滑块到第5帧，将盒子的Translate Y属性设置为0，并为其设置关键帧，效果如图12-74所示。

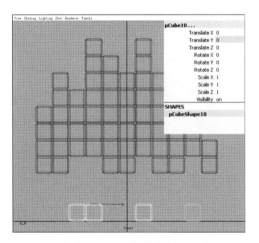

图12-74 设置盒子第5帧动画1

08 时间滑块依然在第5帧，选中其上面的盒子并为其设置关键帧，如图12-75所示。

09 拖动时间滑块到第10帧，将盒子的Translate Y设置为0，并为其设置关键帧，如图12-76所示。

10 时间滑块依然在第10帧，选中其上面的盒子，为其设置关键帧，如图12-77所示。

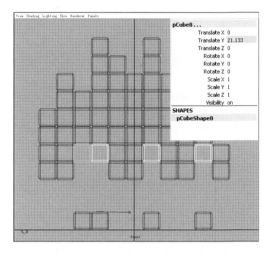

图12-75 设置盒子第5帧动画2

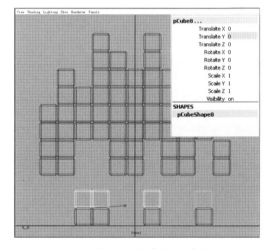

图12-76 设置第10帧动画1

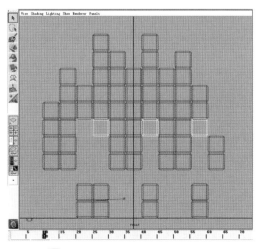

图12-77 设置第10帧动画2

11 拖动时间滑块到第15帧，修改盒子空间坐标属性Translate Y参数为0并为其设置关键帧，如图12-78所示。

12 使用同样的方法依次为后面的盒子创建动画，设置盒子相互间的动画间隔为5帧，如图12-79所示。

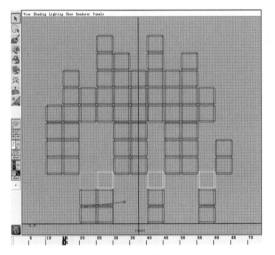

图12-78　设置第15帧动画

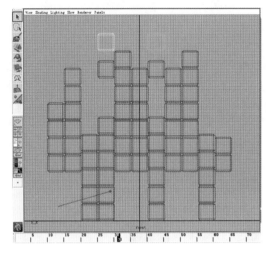

图12-79　设置关键帧动画

13 使用相同的方法为其他各列的盒子设置动画，在设置动画时要错开它们设置关键帧的时间段，才能保证随机下落的动作，效果如图12-80所示。

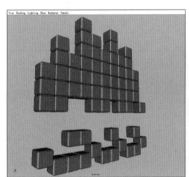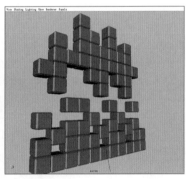

图12-80　各时段盒子的动画情况

12.3.2　创建摄像机动画

在影视片头中，摄像机动画占有十分重要的地位。通过合理的使用摄像机动画，可以使作品显得更加生动，整个画面将变得更加具有情趣，更能够说明主题思想。本实例也大量地应用了摄像机动画来渲染画面。本节所介绍的是关于定版画面的摄像机的应用方法。

1. 创建文本动画

01 在场景中创建一个NURBS面片，为其赋予一个Blinn材质，取名为floor，双击floor材质打开其属性栏并调整其参数，如图12-81所示。

02 显示隐藏的字体图层，选中字体，在场景中调整它的放置位置，并对其变换参数进行冻结，效果如图12-82所示。

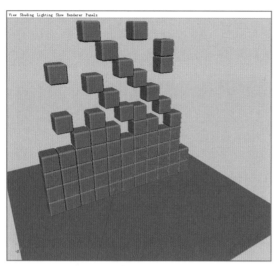

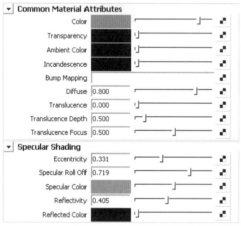

图12-81　创建一个NURBS面片

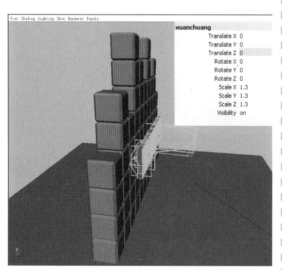

图12-82　调整字体在场景中的位置

03 将时间滑块拖动到第50帧，将Translate Z设置为25，并设置关键帧，效果如图12-83所示。

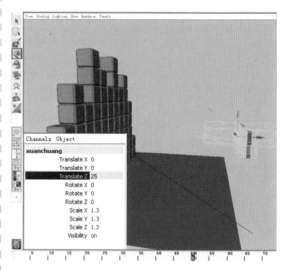

图12-83　设置字体第50帧动画

04 将时间滑块拖动到第76帧，将Translate Z设置为-4，并设置关键帧，效果如图12-84所示。

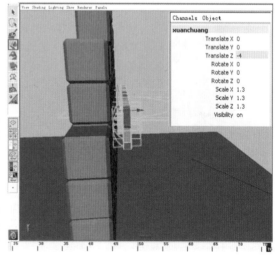

图12-84　设置第76帧动画

2. 创建摄像机动画

01 在场景中创建一个摄像机，调整一下它在场景中的位置和方向，拖动时间滑块到第1帧并为摄像机设置关键帧，效果如图12-85所示。

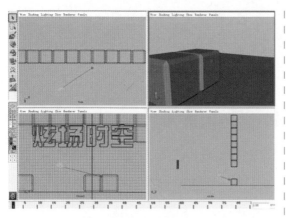

图12-85　创建摄像机

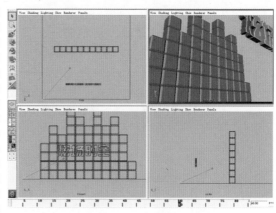

图12-86　设置第60帧动画

02 拖动时间滑块到第60帧，调整摄像机的位置和方向，并为其设置关键帧，如图12-86所示。

03 播放一下动画，查看摄像机和字体的动画效果，如图12-87所示。

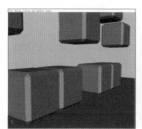

图12-87　各时段摄像机的动画情况

3．添加场景照明

01 在场景中创建一个聚光灯和一个Ambient Light，调整其位置和照射方向如图12-88所示。

02 调整聚光灯和Ambient Light的属性参数，快速渲染透视图，观察此时的渲染效果，如图12-89所示。

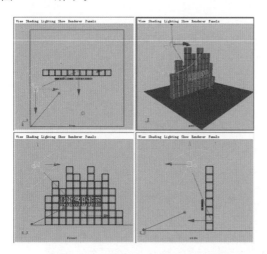

图12-88　创建聚光灯和环境灯

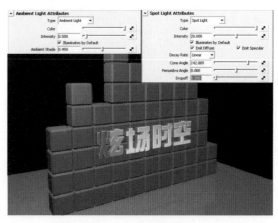

图12-89　参数调整后的效果

03 从渲染效果中可以看出场景的上方亮了，但是下方还是比较暗，再创建一盏聚光灯，并调整其位置和方向，如图12-90所示。

04 再创建一盏聚光灯，调整其位置和方向如图12-91所示。调整完毕后，适当调整一下它的参数设置。

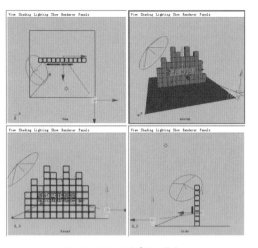

图12-90　创建聚光灯1

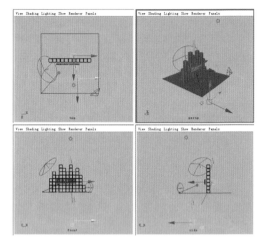

图12-91　创建聚光灯2

05 播放动画，渲染输出，查看各时段动画以及灯光照明效果，如图12-92所示。

到这里为止，关于整个炫场时空的前期制作部分就完成了。此时，关于栏目的制作才进行了一半，还需要在后期软件制作中进行进一步的设置，完整的效果见本章开始部分。

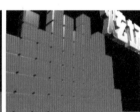

图12-92　各时段灯光照明效果